LOS TERRITORIOS AUSENTES

LOS TERRITORIOS AUSENTES

URIEL QUESADA

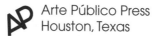

Arte Público Press
Houston, Texas

Recuperando el pasado, creando el futuro

Arte Público Press
University of Houston
4902 Gulf Fwy, Bldg 19, Rm 100
Houston, Texas 77204-2004

Diseño de la portada por Mora Des¡gn
Arte de la portada por Gustavo Duque

Library of Congress Control Number: 2021941033

21 22 23   4 3 2 1

A Morbila Fernández, Martín Sancho y Milton Machuca,
compañeros de viaje

Conozco al monstruo,
he vivido de sus entrañas.
Yo también soy monstruo.

Gustavo Pérez Firmat

ÍNDICE / TABLE OF CONTENTS

LOS TERRITORIOS AUSENTES

MISSING TERRITORIES

LOS TERRITORIOS AUSENTES

Travel is a vanishing act.
Paul Theroux

Ayer mi madre me contó por teléfono que papá se estaba quedando ciego.

—Él no dice nada, como siempre, pero lo noto ahora que le ayudo con las compras del mercado. Su voz no transmitía emoción, no como quien da una mala noticia, sino como quien corrobora un hecho de por sí ya intuido. —Se acerca al borde de la acera y duda. Hasta hace poco yo no entendía y pensaba que era otra necedad de viejo. Lo veía balancearse, después dar un brinquito al pavimento. Quería regañarlo, pero decidí esperar. Vos sabés cómo es tu papá. Suspendió la suscripción del periódico, según yo porque la plata no alcanzaba, como siempre, pero ahora sospecho que no puede leerlo, aunque usa un lente que tiene escondido bajo llave . . . tal vez te lo diga cuando hablés con él . . . hace poco lo mandé a comprar unas salcitas para adobar carne, pero trajo las incorrectas. Su excusa fue que los frascos se parecían . . .

Se detuvo un momento para tomar aire. Yo no había dicho nada hasta momento, así que me preguntó si aún estaba ahí.

—Sí, mi mama, dígame.

Entonces empezó a hablar de otra cosa, de las dolencias de una señora a quién yo no recordaba. Luego me explicó que papá recién

1

llegaba con los comestibles del día y, aunque también se estaba quedando sordo, aún podía oír lo que le interesaba.

—Un día de estos decidí preguntarle directamente si ya no veía —continuó luego de otra pausa, seguro para asegurarse que mi papá no se hallaba cerca—. Como te podrás imaginar no me contestó con un 'sí' o un 'no'. Se puso bravo, me dijo que lo dejara tranquilo, que no fuera metiche. ¿A vos qué te parece?

Creo haber respondido con una mezcolanza de resentimiento y cansancio. Seguidamente le ofrecí apoyo incondicional a mi madre, pues si era cierto que papá se estaba quedando ciego, la responsabilidad de la casa y de la relación recaería al cien por cien en ella. En aquel momento en mi vida, apoyo significaba principalmente dinero, el que pudiera rescatar de una vida desordenada, deambulando de aquí para allá por ciudades y pueblos de Estados Unidos. Mi mamá ya no tenía claro exactamente dónde yo residía, y a sus amistades les hablaba más bien del lugar desde donde le había hablado la última vez. Ella trataba de explicar(se) mi comportamiento en términos de su falta de educación. Le decía a la gente que no podía recordar el nombre del sitio donde yo me encontraba porque nunca aprendió bien geografía en la escuela. "Los Estados Unidos es tan grande", solía justificarse. "Una ni se lo imagina".

Mi madre venía de un pueblo tan pobre que en la escuela ni siquiera tenían un buen mapa de América. El único a disposición de los alumnos estaba rasgado en varias partes, y el maestro apuntaba con su temible regla metálica el vacío y les pedía a los niños que imaginaran los territorios faltantes, sus riquezas, sus gentes. Sin embargo, la verdad podía ser otra: Mi madre pocas veces había salido de Cartago, una ciudad pequeña entre montañas, donde las nociones de distancia eran muy particulares. Fuera de los límites de Cartago todo parecía estar aterradoramente lejano. Unos cuantos cientos de kilómetros conducían inevitablemente a otro país, es decir a ese extremo del mundo donde todo era diferente y amenazador. Cuando era niño yo mismo sentí esa sensación de extravío hasta que leí algunos libros, le creí a las películas y conocí a gente que tenía otras experiencias. Esas personas me enseñaron a soñar con espacios que yo apenas podía entender, pues me faltaban imágenes, sonidos y sabores. Después crecí y me harté. Las hermosas alturas alrededor de mi ciudad empezaron a ahogarme y un día vendí mis discos, un viejo pickup que adoraba, unos aretes de oro que pertenecieron a mi abuela, y me subí a un avión sin contarle nada a nadie. No hubo ceremonia de despedida, ni deseos de buena suerte. Mejor así.

Horas después estaba en Los Ángeles, tan lejos de todo que la idea de distancia se fue deshaciendo rápidamente en su propio absurdo. Llegué, como la gran mayoría de los indocumentados, por la puerta grande de un aeropuerto, con una visa que me daba unos meses de libertad para explorar mis sueños y tomar decisiones. Le dije al oficial de migración que apenas le entendía . . . "Yo ¿Yo? ¡A los parques de diversiones! ¿Yo? Mall. ¿Entiende? Shopping . . ." Al rato crucé esas puertas que se abren como por encanto, que separan el mundo aséptico y refrigerado del aeropuerto de la ferocidad de la calle. Allá afuera algo bullía, algo terrible y hermoso como el cuerpo desnudo de un desconocido. ¿Era eso Los Ángeles? ¿Acaso esa multitud congregada en el aeropuerto? Se apiñaban ahí todas las voces, todos los aspectos físicos, todas la actitudes. Había miradas ansiosas, tristes, alegres, indiferentes, oscuras. Vos salías a los ruidos, mi mama, pues los ruidos te recibían al otro lado de la puerta antes que el calor o el frío de la estación. Algunos eran inmediatos, como los murmullos y gritos de las personas, o los avisos de los altavoces, o los vehículos en su ir y venir. Otros sonidos surgían del fondo, de la noche misma, como el rugido de un animal oculto que merodeaba en algún rincón imposible de señalar. La bestia que es Los Ángeles nunca duerme, no te acoge ni te expulsa ni te promete nada, solo está.

Sí, de repente ésa era Los Ángeles. Amanecía en tonos grises, el rugido de fondo se volvía más intenso. Y yo estaba allí con la dirección del amigo de un amigo en la mano y una extraña sensación en las tripas, no tanto de miedo como de vértigo. Me había esfumado de todo, desvanecido como ocurre con ciertos recuerdos, y esa posibilidad de ser un espectro me causó un delicioso estremecimiento. Ahora solamente tenía dos retos: sobrevivir y explicarle a mi madre mi partida.

∾ ∾ ∾

La ciudad, aparentemente interminable, en algún momento se topaba con el mar. Tomé varios autobuses, no cualesquiera sino aquellos que me llevaran al oeste. Según me habían dicho, en esa área encontraría los parques donde los indigentes dormían. Eran amplias extensiones llenas de palmeras, con senderitos de cemento bordeados de arbustos. Los indigentes le daban un aspecto ruinoso, destruían el césped, echaban a perder las fuentes de agua y los baños públicos, donde además dejaban las paredes repletas de mensajes sin destinatario preciso: reclamos, invitaciones y proclamas a quien quisiera leerlas; dibujitos obscenos, garabatos sin sentido aparente, nombres, muchísimos nombres . . . Esas zonas de mendigos eran territorios libres. La policía solamente entraba cuando había incidentes, aunque siempre de noche una patrulla vigilaba desde cierta distancia. De cuando en cuando un fuerte haz iluminaba los arbustos, las cajas de cartón acomodadas como féretros sobre las bancas, los bultos escondidos entre las plantas. De cualquier modo, esos hombres y mujeres eran invisibles. Bajo la luz del día ni los oficiales, ni quienes iban rumbo a la playa, ni quienes paseaban o hacían ejercicio en los bulevares eran capaces de verlos. Solamente existían para algunas iglesias, cuyos voluntarios llegaban por las tardes con mensajes de salvación y comida. Los mendigos también éramos parte de un paisaje móvil para quienes nos necesitaban como objeto de estudio, principalmente investigadores de las universidades. Venían en grupo con sus estudiantes y se iban parque adentro a encontrar quién contestara algunas preguntas a cambio de dinero, o se dejara tomar muestras de sangre o hacer un examen físico cuyos resultados nunca nos eran notificados. Objetos de ciencia o simplemente objetos, de eso no pasábamos. Ahí, en el parque frente al mar, podría instalarme mientras me orientaba para encontrar al amigo de mi amigo.

Hube de competir con los mendigos. Había un largo paseo peatonal donde nos tirábamos a pedir limosna. Algunos tocaban guitarra, otros hacían figuritas de papel, otros rogaban compasión como buenos actores. Yo me dejaba caer al piso con un torpe rótulo, *No Ta-*

lents, casi colgándome de las manos. Y quizás por la sencillez del mensaje, o porque parecía más invisible que los otros, o simulaba mejor la sinceridad, las personas me daban algo de dinero, lo suficiente para malvivir en el parque y llamar a mi madre cada sábado a las diez. "¿Estás dónde?", preguntó incrédula. Para ella no resultaba extraño que yo hubiera desaparecido. A veces lo hacía por una noche o dos; en otras ocasiones no volvía en semanas, pues me había marchado simplemente por el impulso de explorar mis propias posibilidades, o siguiendo el rastro de un aroma a hombre. "Los Ángeles, ¿cómo así?" Su voz se había sumido de repente en una soledad sin posibilidades de alivio, entre la perplejidad y la rabia, entre el desamparo y el miedo. Supe que mi madre iba cayendo vacío abajo, y que por muchos días no haría otra cosa que seguir descendiendo, arrastrada por mi ausencia. "¿Y qué va a ser de nosotros sin usted?" Traté de calmarla con todas las frases hechas que se me vinieron a la cabeza, pero los dos sabíamos que no había respuesta alguna. Al final nos habíamos perdido, y de ahora en adelante cualquier gesto o palabra significaría algo distinto y nuestros lazos habrían de rehacerse a punta de desencuentros y reconciliaciones.

De ese modo me fui quedando en Los Ángeles, la ciudad inabarcable. "Buscá a ese mae", me había dicho mi amigo. "Tener a alguien conocido en tierra extraña es como una ventana en un caserón abandonado: Aunque sea incómoda te permite entrar. Una vez adentro, entre el polvo y la soledad no vas a encontrar cuartos sino una red. Seguila, subite a ella y la red te llevará a algún lado".

Al cabo del tiempo encontré una casa llena de ticos, unos treinta, viviendo estrechamente, cocinando en una plantilla de gas, hablando del futbol dominical y de la política como si aún pudieran asistir al estadio y vivir lo que ocurría a miles de kilómetros de distancia. Estaba en un barrio malo, de calles sucias y pintas en las paredes. No era, sin embargo, de los peores. No, esos se encontraban ciudad adentro. Podías identificarlos por el tipo de grafiti, esos códigos desplegados a lo largo y ancho de los muros y aceras. La mayoría de nosotros no entendía el significado de las pintas. No era necesario, bastaba saber que te encontrabas en territorio reclamado por alguna pandilla, y si podías era mejor largarse cuanto antes. Si no podías, no quedaba más alternativa que negociar los términos de tu sumisión a la violencia.

La lógica indicaba que la casa de ticos era lugar de paso, por lo que algunas mañanas aparecían caras nuevas, en tanto las de ayer desaparecían. "Hoy estás, mañana, no", me había explicado el amigo de mi amigo. "Tuyo es el catre que te han alquilado, nada más. Irte es tu destino. No debés apurarlo, pero tampoco podés dormirte en los laureles". A mí me daba pereza estar presentándome a los recién llegados y decirles adiós a quienes se marchaban. Detestaba el fútbol, los chistes repetidos una y otra vez con leves variantes, la insistencia de que no hay nada mejor en el mundo como lo peor que se ha dejado atrás. Yo no hablaba mucho. Mi silencio no era bienvenido, pero al menos respetado.

Prefería estar en las calles, conseguir un trabajo, fuera este lo que fuera: limpieza de jardines o edificios, construcción, lo que fuera. Permanecía atento durante los largos recorridos en autobús, en ruta hacia las esquinas que tenían fama de seguras y donde nos reuníamos a esperar el trabajo del día. Así anduve entre gente de muchas partes, rostros que a veces reconocía, rostros que a veces creía reconocer. Pero yo estaba en lo mío, tan callado y al mismo tiempo alerta de lo que pasara alrededor. El amigo de mi amigo me había enseñado a desconfiar, pues cualquiera de esas personas que aguardaban la oportunidad de oro podía ser un agente encubierto, un oficial listo para guiarte hacia una trampa que significaba largas semanas en esas cárceles donde no había nombres, ni luz, ni esperanza. Luego te presionaban para obligarte a firmar papeles en los que renunciabas a tus derechos, o largas comparecencias ante los jueces. Al final de cualquiera de los caminos vendría la deportación.

Pero también entre los desconocidos podía estar esa persona que el destino en ocasiones te ofrece. Si ese alguien finalmente iba a reconocerme en la inmensidad de Los Ángeles, yo debía estar listo. Tal vez deseaba tanto esa oportunidad —no se la confesaba a nadie excepto a mi madre, con quien hablaba desde los teléfonos públicos usando las tarjetitas que compraba en las estaciones de gasolina— que tuve que provocarla, incluso a pesar de los riesgos. ¿De qué otra manera se llega al final del camino? Una tarde volvía del trabajo hacia el bus stop cuando me pareció escuchar que me llamaban desde un carro. El chofer hacía sonar el claxon y se dirigía a mí con palabras que yo apenas podía entender. Se detuvo un poco adelante y me asomé por la ventanilla, aunque mi inglés y mi conocimiento de la ciudad no me hubieran permitido orientar al conductor en caso de que estuviera perdido. Pero no era así. El desconocido me invitaba a subir al carro, a irme con él. Yo aún estaba sucio después la jornada de trabajo, con una camiseta rota y un viejo casco repleto de magulladuras, pero así me quería el hombre. "Yo gusto tú", dijo varias veces para convencerme. Mencioné una cantidad de dinero, él aceptó con una inclinación de cabeza. Entonces subí y le hice una señal para que avanzara.

El hombre hablaba sin respiro, así engañaba a sus temores y al mismo tiempo le abría paso a la excitación de tener cerca a ese objeto que era yo. Por mi parte, en esas circunstancias prefiero saborear lo que mi cuerpo y mi corazón me dictan. Sí, estaba un poco nervioso, pero simplemente me dejaba ir, aceptar mi suerte. El corazón me palpitaba un poquito más rápido, a la vez creía oír con mayor claridad todo, desde el tráfico hasta el roce de un papel contra el asfalto. A la cháchara del hombre le respondía con una mirada. Nuestro único juego se daba cuando pretendía quitarme el casco y el hombre, hablando aún más rápido, me indicaba que no. Levantaba su mano como para volver el casco a su lugar, pero no se atrevía a tocarme, tan inmensa era la soledad a la que se había acostumbrado a vivir.

Llegamos a uno de esos moteles de camino como los que salen en las películas. Probablemente construido en los cincuentas, sus épocas de gloria se habían acabado décadas atrás, y ahora mostraba con descaro su decadencia. Aún así era mucho mejor que algunos lugares de paso que había conocido en San José, especialmente en los alrededores de ciertas estaciones de autobuses. Allá tenían un aire siniestro, una promesa de peligro que los clientes habituales quizás no podían percibir, pero que para mí eran parte indispensable de la aventura. Los moteles de acá habían perdido todo: el brillo, el misterio, la rebeldía contra las reglas. ¿Sería por eso que había tantos asesinatos en este tipo de locales?

7

Ya en el cuartillo, le indiqué al hombre que deseaba ver el dinero. Me mostró unos billetes, pero los puso de nuevo en su cartera mientras decía algo y se llevaba la mano al corazón. Después empezó a quitarse la ropa. Yo también lo hice y me eché en la cama. El hombre apiló las almohadas encima de una manta que había encontrado en el clóset, de tal forma que yo quedara reclinado. Ya desnudo el hombre parecía muy frágil, demasiado blanco, el cuerpo hecho a las exigencias de una oficina, con una barriguita que contrastaba con los huesudos hombros. Me pidió permiso para besarme. Lo dejé, pero no en la cara. Me fue acariciando sin prisa, buscando dónde mi cuerpo reaccionaba. La caricia me trajo recuerdos. La memoria se activó no solamente en la piel, sino también en los olores de otras épocas, cuando no pensaba en el futuro porque el futuro siempre estaría allí, de puertas abiertas, esperando. Entonces tener sexo era crecer, acercarse un poco más a ese mañana lleno de sensaciones, de un bienestar surgido de la nada, dispuesto a nuestros pies. Yo me acostaba con alguien en ruta hacia el futuro mientras el presente no pasaba de ser un tránsito. Por eso estaba ávido de aprender, de acumular un cuerpo más en mi viaje hacia otros territorios, hacia otros cuerpos, hacia todos los cuerpos.

En el motel yo estaba tan solo como el desconocido que tenía prendido de mí. Quizás por eso el pasado se fue diluyendo en otras sensaciones, o más bien en lo inmediato, en lo que ocurría justo en ese momento, entre dos hombres que se habían encontrado en la calle. No había otra cosa más allá de nuestra respiración, de los ruidos y exclamaciones que espontáneamente surgían. El afuera intentaba invadir el cuarto con sus demandas: pasos al otro lado de la puerta, un televisor a todo volumen, alguien hablando a gritos, luego un silencio, luego más gritos. Aquí en el cuartillo, el placer que ese hombre me daba carecía de memoria y era bueno. El placer palpitaba piel adentro reconciliándome con el mundo, consumiendo las incertidumbres hasta no dejar de ellas más que unas cuantas cenizas dispersas. Y el placer provocaba cierta textura en nuestra piel, una transpiración sutil que la hacía brillar, una tensión muscular que nos volvía más bellos. Finalmente me vine y creo haber entrecerrado los ojos por un instante, pues cuando de nuevo volví a percatarme de donde estaba

—como si por esa fracción de eternidad hubiera perdido contacto con todo que no fuera placer— el hombre me estaba mirando fijamente, como guardando la imagen para un recuerdo posterior, ojalá uno muy hermoso. Su rostro se había transformado también. Tenía colores más intensos, una agitación distinta a la ansiedad de cuando nos topamos en la calle. Se mordía los labios, tal vez frustrado porque algo debía ser dicho en ese momento y ni él ni yo teníamos la capacidad de manifestarlo, de hacerlo entender. O quizás trataba de contener ese beso que aún yo no le había permitido. Luego se incorporó sobre la cama, me pidió permiso para abrazarme. Yo le dije que no.

Se llamaba Billy. Cuando me dejó en la esquina donde me había recogido horas atrás apuntó su nombre y un número de teléfono. Me dio el pedazo de papel mientras repetía como un ruego: —Call me any time. Is that okay, babe? Do you understand? *Ya- ma-me* . . . ¿Entiendo?

Yo le agradecí: —Sí, te llamo pa' trás.

Su letra era insegura, torpe. Cuando me bajaba del carro me retuvo por el brazo para hacerme una pregunta.

—Marcos —le respondí.

—Markus —dijo él—. Mark, you're Mark.

Billy volvió a morderse los labios, luego soltó un "hasta la vista" con acento fortísimo, como lo había aprendido después de ver muchas veces las películas de *Terminator.*

Billy y yo nos seguimos viendo a lo largo de algunos meses. No sabría decir si nos queríamos, nunca lo he sabido con nadie. En mi relación con Billy, además, estaba de por medio el pago de un servicio, cada vez más a su gusto y según sus necesidades, por lo que la palabra *amor* no parecía ajustarse muy bien, al menos si uno lo veía desde la perspectiva que enseñaban en casa, en la iglesia, en la escuela y hasta en los periódicos. A menudo yo pensaba en él con cariño, en los detalles con lo que intentaba halagarme, en las cosas que iba aprendiendo sobre su pasado, una vida anclada en relatos de niñez en un pueblo de apenas quinientos habitantes, casi nunca en el diario vivir, ni en la ciudad de Los Ángeles. Me hubiera gustado conservar una foto suya, al menos saber dónde vivía, pero esos no eran temas de conversación. ¿Nos queríamos? Quizás, pero también teníamos muy presente que lo nuestro era una transacción beneficiosa para ambos.

Por eso Billy recibía toda la atención, y por el contrario yo casi nunca hablaba de mí mismo, ni Billy parecía entender cuando yo mencionaba Costa Rica y mi propia historia. En nuestros encuentros había una llamada telefónica, un lugar donde yo debía esperarlo, un monto que Billy nunca me entregaba directamente en las manos, sino que aparecía discretamente en el bolsillo de mis pantalones, sumas que ya no necesitábamos discutir pues el menú de servicios y precios ya era suficientemente conocido.

Pero tal vez Billy me amaba incluso más allá de lo que yo admitía entender. Una noche, durante una cena en un *diner* —no era muy refinado en sus gustos, así que no pasábamos de *burger joints*, restaurantes chinos o taquerías callejeras, lugares de los que yo desconfiaba— empezó a jugar con un pequeño sobre. Con los dedos medio e índice se inventó un jugador de fútbol que corría desordenadamente por la mesa entre servillas sucias, migas de pan, gotas de refresco, y que de cuando en cuando empujaba el sobre hacia mí. Yo me había cruzado de brazos, no muy seguro de la actitud correcta en esas situaciones. Cuando tuve el sobre al alcance de la mano, Billy me indicó que lo abriera.

—A present —dijo con voz muy suave.

—¿Estamos celebrando algo? ¿A celebration?

Billy se encogió de hombros.

El sobre contenía una tarjetita azul, con mi nombre y un largo número entre dos columnas como de iglesia. Una especie de viga cruzaba la parte superior de lado a lado. Sobre ella estaban impresas las palabras "Social Security".

Billy abrió una libreta. Luego de aclararse la garganta con un sorbo de gaseosa empezó a leer. Seguramente había repasado la lectura por horas, y aún así apenas podía darse a entender: —Ahora tú es alguien en esta país. Con seguro social number poder pedir una conductor's licencia y ser libre . . . ¡Welcome to America, babe!

Dejé caer la tarjeta sobre el mantel sucio, no podía sostenerla. Levanté las manos para mirar cómo temblaban. Eran unas manos ajenas, porque las mías nunca me traicionaban, jamás habían puesto al descubierto mis debilidades. Cuando estaba a punto de empezar a agradecerle, Billy hizo un gesto demandando silencio. Se puso a comer con calma, como nunca antes lo había hecho. Cortaba trocitos de pan como para un niño, bebía la gaseosa ceremoniosamente, me miraba desde una distancia nueva para mí. Probablemente dijo algo así como "cualquier agradecimiento después, en la cama", o al menos eso quise entender.

—Come la cena, Markus.

¿Pero cómo podía comer tranquilo? El temblor en las manos no cesaba y no me sentía alegre, sino en pánico, tal vez porque la relación entre Billy y yo estaba dando un giro demasiado dramático. Nunca más podría decir que todo malentendido quedaba saldado cuando Billy dejaba como por olvido unos billetes en el bolsillo de mis pantalones. Ahora le debía algo cuyo valor era imposible calcular. Ese papelito azul escondía una cadena de secretos, desde las influencias de Billy hasta la posibilidad de que me estuviera tendiendo una trampa. Yo jamás le había pedido nada, ni soñaba un futuro con él. Nunca le había mentido, en parte porque nuestras conversaciones eran tan primitivas, basadas en frases y palabras sueltas, en gestos, dibujos y sobrentendidos. ¿Se puede mentir cuando no sos capaz de expresar plenamente aquello que está dentro de vos? Si alguna vez pensé en Billy, lo hice porque él era algo inmediato y concreto. Sí, en cierta forma la tarjetita azul me liberaba, pero a la vez me oprimía de un modo hasta entonces desconocido. Entonces me di cuenta de que las manos me temblaban de rabia, que mis músculos estaban tensos porque no podía lanzarme al cuello de Billy, apretarlo y apretarlo hasta que él ya no pudiera respirar y sus huesos se astillaran. Me estaba comprando con esa tarjetita que yo no podía rechazar. ¿Qué vendría después? ¿Un apartamento? ¿El control de mis llamadas, de mi paradero? Finalmente pude comer, no mucho, pero sí lo suficiente como para ir recuperando la calma. Bebí mi refresco, puse atención cuando Billy volvió a hablar y sus temas fueron los de otros encuentros. Después nos fuimos al motel e hicimos el amor como nunca antes, con mutua generosidad. Hacia las seis de la mañana me dejó en la esquina acostumbrada. Tomé el bus, casi vacío porque era sábado y a esa hora los pasajeros eran sobre todo trabajadores de los turnos de noche. Muchos dormitaban recostados a la ventanilla, otros conversaban de cierto partido de béisbol en televisión. Unas señoras se recomendaban remedios caseros para combatir el insomnio de los niños. Bajé dos paradas antes de la mía. Di algunas vueltas por si acaso Billy me venía siguiendo. Después recogí mis cosas y salí de la casa donde había vivido hasta entonces. Los paisanos ticos seguían durmiendo. Si acaso alguno me oyó preparar mi mochila, prefirió ignorarme. De esta manera se cumplía la primera regla de la casa: la gente va y viene pero la comunidad permanece, porque esa cama vacía será ocupada por otro desconocido, quien algún día, en medio de la celebración o el silencio, también ha de tomar sus pertenencias y desmaterializarse.

∽ ∾ ∾

Mi padre y yo hablábamos muy poco. Cuando él respondía el teléfono intercambiábamos algunas frases, como preguntas aprendidas sobre temas neutros: el costo de la vida, los tíos, el clima, el futbol. En ocasiones también le preguntaba si había recibido la remesa correspondiente a ese mes, y la respuesta era también invariable: "Sí, más o menos en la fecha de siempre, Dios se lo pague". Jamás me enteraba por él de sus problemas o enfermedades. Por mi mamá sabía, por ejemplo, que mi padre había estado en el hospital por diversas dolencias, que el corazón ya no le funcionaba igual, que tenía el sueño alterado y entonces se despertaba mucho antes del amanecer y dormitaba el resto del día, fuera en una silla frente al televisor o en el viejo sofá de la sala, con un radio de transistores al oído o el periódico abruptamente deshojado a sus pies. Pero en nuestras conversaciones el mundo siempre andaba bien, y él era el mismo padre de siempre, incapaz de quejarse.

A mí también me costaba compartir mi vida con él. Jamás le conté de Billy, menos aún de todos los trucos para hacer dinero extra. No le había hablado nunca de las dos o tres jornadas de trabajo en construcción, en cocina, en limpieza, o de esas ocasiones en que saqué partido de mi cuerpo y de las fantasías ajenas para ganar en pocas horas lo que de otro modo hubiera requerido días. El dinero llegaba, eso era suficiente. Fluía como parte de un sueño hacia mis bolsillos y de mis bolsillos hacia Costa Rica. Para mis padres, a este lado del mundo las fantasías más salvajes tendrían que materializarse en un carro enorme, una casa en los suburbios, un jardín, un tractorcito para podar el césped, una familia como las de la televisión, con niños rubios y esposa impecable. Pero en mi realidad no habría mujer, y eso se quedaba sin discutir. Tampoco niños ni casa en el suburbio. El dinero no dejó de llegarles ni aún cuando me fui de Los Ángeles, así que mi ausencia de ese territorio no pasó de ser una historia en cierto modo abstracta, pues lo mismo daba aquí o allá en tanto las remesas siguieran arribando puntuales.

Me fui aunque no era necesario: Los Ángeles te permitía desaparecer sin problema alguno. En ese momento, sin embargo, no lo sabía. Quizás aún me imaginaba en Cartago, donde en cada esquina puede uno encontrarse a un conocido. Así que tomé un autobús y otro y otro, buscando siempre el corazón de cada ciudad, esos centros abandonados a los indigentes, los negros y los inmigrantes, siempre al borde del abismo a causa del crimen, la falta de espacio, los conflictos entre los que estaban jodidos. Los suburbios siempre me han parecido pálidos, falsamente seguros, pues la violencia que no se libera en las calles explota dentro de las casas. Prefería el barrio con la tiendita de la esquina donde se podía comprar lotería y enviar dinero al país de las nostalgias; con esas farmacias sucias en las que vendían más chucherías que medicinas y donde el farmacéutico y sus ayudantes eran viejos, lentos y se equivocaban. Prefería vivir donde las licorerías estuvieran rodeadas de barrotes para protegerse de los robos y a la vez recordarles a los clientes el eventual destino de quien bebía desmedidamente. No me importaba ver los autos patrulla pasearse despacio por la calle, con los policías dando órdenes por un altavoz para disolver grupos de prietos o latinos, o desplazándose en grupo para hurgar en aquello que la sombra ocultaba: drogadictos a punto de

13

caer en la inconciencia, indigentes, extraños paseantes, algunos con sus perros, otros como esperando, otros al acecho.

Pero con mi padre la conversación tenía límites. Hablábamos del frío, tan diferente cuando vivís en el Norte, tan incomprensible para los del Sur. Hablábamos de las eternas crisis económicas en Costa Rica, de que ya no valía la pena salir a votar: "¿Por qué, mi tata?" "Porque todos los políticos se tapan con la misma cobija". No podía esperar explicaciones más detalladas, pues mi padre siempre se había guardado para sí la mayor parte de sus sentimientos, opiniones e ideas, y solamente dejaba a la vista algunas frases aisladas, las cuales carecían de sentido para quien no comprendiera a los solitarios absolutos.

—¿Sabés una cosa? —dijo en una ocasión después de un silencio largo, aunque pudo ser simplemente profundo—. Estoy yendo a la biblioteca pública.

Volvimos a guardar silencio. Si yo le hubiera respondido con un comentario sobre mi vida, él hubiera dejado de contarme su rollo.

—¿De verdad? —dije solamente para animarlo a continuar, aunque quería confesarle que yo ya no leía como antes, cuando acababa un libro en una noche de lectura frenética.

Cuando era niño mi padre iba al baño de madrugada y me reprendía al encontrarme en vela, sumido en el descubrimiento de mundos tan particulares que al levantar la cabeza del libro yo miraba desconcertado alrededor, inseguro de dónde estaba y de quién era ese hombre ceñudo que desde la puerta me mandaba apagar la luz y dormir.

—Tienen unos libritos sobre personas famosas que se quedaron ciegas . . . Siempre encuentro a alguien que me lo lea.

Contuve el aliento. Quizás ahora me revelaría su secreto, pero ojalá no me pidiera ayuda.

En esa época me dedicaba a conducir camiones. Deambulaba por el país la mayor parte del tiempo, parando en moteles baratos, comiendo en *joints* de choferes, oyendo historias de camino sin compartir las mías.

—Son muy interesantes. El último trataba de un señor Borges. Era bibliotecario y cuando le dieron un puesto muy importante quedó completamente ciego. Parece que distinguía ciertos colores nada más. De repente quise que preguntara por mí, pero bien sabía la inutilidad de ese deseo. No me pida nada, rogué en silencio, por favor no me haga poner fin a esta errancia, a los amores sin nombre, a la comida de fondas, a esa extraña sensación de llegar constantemente a lugares donde nadie te espera, esa rutina del desapego que convierte todos los pueblos en un solo pueblo y todas las ciudades en una gran, confusa, ciudad, esa donde finalmente se halla el barrio, la tienda ahogada por los barrotes de seguridad y la policía que nos vigila apertrechada en sus autos. ¿Pero quería eso? ¿O andaba buscando una excusa para volver a Costa Rica?

—Te iba a pedir un favor . . . ¿Vos sabés historias de otras personas ciegas?

Supe entonces que había caído otra vez en mi propia trampa de culpas y expectativas, en mi narcisismo a medias. Nuevamente esperaba demasiado de ese hombre, quien ahora se estaba quedando ciego.

—¿Ciegos, mi tata?

Yo no sabía nada, ni de ese tema ni de otros. Desde mi partida de Los Ángeles yo estaba muy desconectado del mundo. Lo inmediato me era ajeno. El resto del planeta parecía muy lejano, casi abstracto, y lo mismo daba un asesinato en Idaho que la última invasión del gobierno gringo. Lo cierto estaba en la televisión, en esos *reality shows* en los que unos gordos competían perdiendo peso —y reflexionaban sobre el proceso— o en los reportajes sobre los grandes deportistas que se metían en problemas. La realidad eran las comedias de blancos fabulosos, triunfantes incluso cuando perdían.

—No, no sé de ciegos, pero le prometo averiguar, mi tata.

Me lo imaginé sonriendo al otro lado de la línea, expansivo, relajado, y sentí un escozor por mentirle.

—¿Marcos, te acordás cuando fuimos a Colombia?

No, no me acordaba. Ese era uno de esos recuerdos a lo que nunca acudía.

15

—Mi tata, tengo que cortar ya. Seguimos la conversación después.

—Entiendo.

No hubo protesta alguna de su parte, como si otra vez se hubiera metido en su cueva.

Creo que colgamos sin decir adiós. Estaba terminando de atardecer, con un cielo rojo que avanzaba lentamente hacia otras tierras. Guardé mi tarjeta telefónica en el bolsillo, y como deslumbrado me fui a buscar un lugar para comer. Por la noche saldría a un parque, famoso porque los soldados de un cuartel cercano se iban por sus senderos buscando hombre. No, no tenía tiempo para recordar.

∾ ∾ ∾

Diez años atrás Costa Rica era el país más despreciable del mundo, el más hipócrita. Los noventas fueron una época de grandes transformaciones. Ya no estaban de por medio las guerras para mantenernos distraídos, y nuestros vecinos en Nicaragua habían llevado la palabra "revolución" hasta el más absoluto agotamiento. América Central estaba otra vez a merced del olvido, pero en Costa Rica aún era peor, pues no queríamos admitirlo. Estábamos orgullosos de haber salido bien librados de tanto atraso y tanta violencia, sin darnos cuenta de lo que habíamos perdido, ni de la insurrección interna, callada y sonriente que nos amenazaba por todos lados.

Hacia el mes de julio, una década antes de que mi padre me preguntara por ciegos famosos, yo estaba listo para irme de Costa Rica. Llevaba años subempleado y muy triste, pero no podía llamar las cosas por su nombre porque ignoraba el nombre de las cosas. Sin saberlo me había quedado sin nada, aunque no era el único. Muy a menudo me reunía con otros igualmente jodidos, tomábamos tragos y discutíamos de lo larga que se hacía la espera por una oportunidad. Hablábamos de los nuevos trabajos —quienes los tenían— no tan buenos como los de antes, pero algo siempre era mejor que nada. Algunos comentaban del negocio propio que estaban decididos a empezar cuanto antes. Todos, sin embargo, evitábamos mencionar lo que había salido mal. *¿Cuándo se había ido todo al carajo?* Nadie se atrevía a hacer esa pregunta ni siquiera después de varias cervezas. Los que asistíamos a esas reuniones colmadas de alcohol, chistes y amargura nos referíamos insistentemente a los buenos tiempos. Casi todos habíamos trabajado en las mismas instituciones de gobierno, y tanto ex burócratas de alto como de bajo rango finalmente nos veíamos como iguales. Hasta mediados de la década habíamos sobrevivido a los cambios políticos y a las ambiciones de quienes estaban en el poder, a esa breve vorágine de quienes se saben dueños del mundo y de los destinos ajenos. Pero la burocracia, bien era sabido, tenía la cualidad de ciertas hierbas silvestres. Al final de la tormenta, de los delirios políticos, de la abundancia o la falta de dinero, de la arrogancia absoluta, la burocracia siempre estaba allí, quizás mediocre y fea, pero viva y bien plantada.

A principios de los noventa yo trabajaba en una institución de desarrollo social. Hacía un trabajo modesto pero que no cesaba nunca. Frente a mí se acumulaban montañas de papel con información que debía clasificar y archivar en cajas grises que colocaba en estantes igualmente grises. Era un trabajo mediocre, es cierto, pero me permitía salir adelante con lo básico. Aunque hablaba con mis compañeros de grandes planes futuros, el sueño costarricense de una casita a tu gusto y un carro relativamente nuevo en el garaje se había empezado a desmoronar sin darnos cuenta, pero al menos en mi caso alquilaba un apartamentito coqueto en un barrio que fue de postín en los setentas, y manejaba un flamante *pre-owned* sedán importado de los Estados Unidos. Al fin y al cabo, como buen ciudadano de segunda ese era el tipo de vehículo que merecía. Los otros, a quienes yo consideraba jodidos, esos vivían en minúsculas casas de bloques de cemento expuesto y conducían miserables pickups transformados en automóviles de cuatro pasajeros con añadidos de fibra de vidrio y metal. Mi vida no era mala. Iba a trabajar de lunes a viernes, almorzaba con mis padres los domingos, salía a los bares a buscar con quién dormir y también me había despachado a unos cuantos en la oficina. Subir en el escalafón burocrático no era más que la disciplina de la espera: acechar por ese puesto que alguien dejaría vacante tarde o temprano y confiar en la memoria de quienes estaban por encima de vos. ¿Habías sido leal? ¿Habías jugado según las reglas? ¿Le caías bien a la gente? Un ascenso dependía de un rotundo *sí* a todas las preguntas.

Tampoco era mala idea seguir preparándose, así que de cuando en cuando yo tomaba clases en una universidad de a montón, con los aspirantes a jefe financiero y a estratega de mercadeo, con futuros auditores y gerentes generales. En esas clases se hablaba de los nuevos paradigmas de servicio y eficiencia, de un mundo regido por la libertad empresarial. Yo no prestaba mucha atención, interesado solamente en un título que me permitiera escalar posiciones, pero me gustaba la palabra *paradigma* y en alguna conversación en la oficina la dejé ir. "¿Y esa vaina qué es?", preguntó un compañero. "No estoy seguro", me encogí de hombros, "pero me parece que es el punto de vista de los que mandan".

Y como ocurre con muchos cambios rotundos, el nuestro llegó casi sin ruido. Se coló en uno de esos memos que nunca leés de inmediato. Anunciaba el arribo de un equipo técnico, comisionado para examinar las instituciones públicas y dar recomendaciones orientadas a mayores niveles de eficiencia y mejores servicios, más a tono con una ciudadanía sorpresivamente exigente y preocupada por asuntos como el gasto público y la parálisis de una economía poblada de burócratas. Simultáneamente empezó a circular el rumor de despidos masivos. Pero eso no iba a ocurrir donde yo trabajaba. Los números probaban que sí se podía echar a andar un proyecto eficiente, solidario y con óptimos resultados. En el memo la alta administración nos advertía que el equipo de expertos se iba a ubicar en el ala del edificio donde yo me encontraba, por lo que había un plazo para desalojar nuestra oficina y apretujarse donde se pudiera. Luego supe que el espacio cedido a esa gente guardaba ciertas características que se le habían exigido a la administración superior: privacidad, pocas posibilidades de contacto con el personal de la institución y acceso a alguna salida lateral que les permitiera a los expertos desplazarse sin ser notados. A pesar de las previsiones, el día de su llegada nos encontramos en el pasillo, yo con una caja llena de papeles, ellos con maletines ejecutivos. Uno de los asistentes de la gerencia guiaba al grupo a su nuevo despacho. El asistente iba adelante, seguido por una mujer vestida de negro, luego dos hombres, luego otras dos mujeres, al final un tercer hombre, que al cruzarse conmigo no me devolvió el saludo sino que se me quedó mirando fijamente a los ojos.

Luego cada uno de nosotros dio un par de pasos, yo buscando la salida, él las profundidades del pasillo, pero casi simultáneamente volteamos, no para tratar de reconocernos sino para chequear cómo lucíamos por detrás. Nos permitimos una media sonrisa, el inicio de un secreto. Por mi parte, supe que con un poco de suerte muy pronto tendría un informante en el grupo de expertos.

Se me asignó la tarea de buscar documentos en los archivos, clasificarlos, preparar una especie de recibo por si algo se extraviaba y luego llevar todo al salón donde los evaluadores hacían su trabajo. En mi imaginación, esperaba encontrar un absoluto desorden, al fin y al cabo se suponía que los visitantes estaban diseccionando la institución hasta los huesos, pero no era así. Esa gente trabajaba con pulcritud, apenas con un bloc de notas junto a las publicaciones oficiales en la que se describía la entidad, sus funciones, sus objetivos, toda esa estructura lingüística que las administraciones crean para justificarse a sí mismas. Ellos tenían los planes quinquenales juntos a los informes que mostraban hasta la saciedad y el aburrimiento los logros alcanzados. Tenían la explicación detallada de los fracasos, el razonamiento de por qué tales proyectos nunca cristalizaron y los planes para intentarlo todo de nuevo y enmendar los errores. Yo, que nada más producía datos que otros analizaban, apenas una pieza menor en ese engranaje de propósitos, números, explicaciones, me sorprendía de nuestra capacidad para dar un paso y razonarlo, para controlarnos a nosotros mismos y seguir, siempre y cuando la alta administración diera espacio, una senda en la que todo estaría previsto, medido, preparado para una nueva evaluación. A los expertos que nos estaban juzgando yo les llevaba prueba de que el futuro institucional estaba en progreso. Se encontraba claramente descrito en un papel y comprometía nuestro trabajo diario.

Esa mañana, aquello que no podía existir al momento de nombrarlo, era nuestro presente. Al menos eso creíamos casi como una cuestión de fe. Y a mí me correspondía acumular evidencia, ordenarla en carpetas de cartón amarillo, en discos de computadora, en cintas. Luego ponía todo en una mesita de café, adornada con rositas de latón, que hacía ruido cuando rodaba. A mí me daba pena, pero quizás para los expertos el chirrido les permitía preparase. En definitiva no podía acercarme sin ser escuchado, ni era capaz de sorprenderlos en conversaciones reveladoras.

Yo dejaba y recogía materiales, preguntaba si algo más era necesario. A veces mi futuro informante bajaba la mirada a su bloc de notas, como si no se hubiera dado cuenta de mi ingreso al salón. En otras ocasiones, igual que sus compañeros, hacía algún comentario neutro. Fue él, sin embargo, el primero en preguntar mi nombre.

—Digo, para no llamarlo *usted* todo el tiempo —trató de explicarse.

—Entiendo, más bien lo agradezco —respondí—. Todos en este mundo debemos tener un nombre . . . a veces hasta dos o tres. . . .

Ninguno pareció entender el chiste, así que continué. —Llámenme Marcos.

Cada uno de los expertos fue presentándose. Yo respondía "mucho gusto" tratando de relacionar el nombre con el rostro y con alguna actitud peculiar.

—Yo soy Vinicio —dijo mi futuro traidor mientras me estrechaba la mano—. Un placer . . .

Salí del salón empujando la mesita adornada con rosas, seguro de que había obtenido un triunfo importante. Sí, se llamaba Vinicio, pero además esos extraños que nos estaban observando, midiendo, calculando, quizás habían visto en mí a una persona de confianza. Entre todos los empleados de mediano y bajo rango, al menos yo tenía un nombre, era alguien. Y aunque Vinicio simulara no darse cuenta, él siempre sentía mi presencia en el salón. Por el momento todo andaba bien. Después me preocuparía de averiguar mis ventajas reales.

Casi todos en la institución querían enterarse de lo que pasaba ahí dentro y no creían cuando les contaba que las conversaciones se interrumpían apenas yo entraba, y que si uno jugaba al paranoico podía incluso pensar que ocultaban sus notas. A nadie le decía, sin embargo, que un escalofrío muy sutil me recorría el cuerpo cuando entraba al búnker donde se decidía nuestro destino. De todas maneras yo nunca hablaba con nadie, ni siquiera con las otras locas de la oficina. Tampoco confabulé contra ellas, ni me reí con chistes de playos. Yo era todo silencio, y la gente confundía silencio con lealtad. Y por esa misma razón Vinicio se fue acercando, coincidiendo más y más a menudo en los pasillos hasta que una vez, por esas casualidades que las personas vamos tramando poco a poco, nos encontramos en el baño, orinando uno al lado del otro. El habló por hablar.

Yo lo interrumpí mientras me sacudía: —¿Sabés una cosa? Me gusta lo que veo, y me parece que va a gustarme más lo que no puedo ver en este momento.

Vinicio se quedó fijo en mi verga un instante. —También me gusta lo que veo —dijo—, y me gustaría probarlo.

Acordamos provocar otra casualidad. Ese día ambos íbamos a trabajar hasta tarde y encontrarnos luego en el estacionamiento del edificio. Tendríamos que improvisar si alguien nos veía, pero esa misma posibilidad de algo fuera de control constituía un elemento central de la aventura. Sin embargo, ocurrió como en un cuento que yo había leído de joven, pues todos debían irse temprano de la oficina, y así lo hicieron; nadie debía estar en los pasillos ni en el ascensor, y a nadie encontré por los pasillos o el ascensor; Vinicio debía aguardar en su carro, y así sucedió. Y aunque el estacionamiento no estaba vacío, daba la sensación de un abandono total, como si todos estuvieran confabulando para propiciar nuestro encuentro.

Ahora en mi exilio, sea en la calle o en un parking, he visto a parejas besándose en los carros. Inevitablemente recuerdo a Vinicio, ya sin dolor alguno, y me imagino a nosotros dos como un par de sombras deformadas por la llovizna. De esa noche no recuerdo sino figuras como manchas extendidas a lo largo de la memoria del cuerpo. ¿Cómo nos veríamos desde la distancia? Porque aquí, en estas otras ciudades, ni siquiera el amor tiene tiempo para sí mismo, y no es un momento para volver a ser lo que uno es, sino un número más a punto de engrosar el catálogo de cuerpos por los que has pasado.

¿Cómo nos veíamos? ¿Acaso como posibles presencias cuyo misterio apenas era revelado por la luz de los edificios, por las lámparas que ronroneaban en lo alto de los postes? ¿Podía un paseante imaginar los besos, los olores a fluido y a desobediencia, los gemidos? Ahora veo a la gente besándose en los carros y la imaginación se me confunde con el recuerdo.

Hace poco, intentando matar el tiempo en uno de esos pueblos donde no pasa nada me largué a la calle a engañar al insomnio. Había llovido toda la tarde, así que el asfalto estaba húmedo y reflejaba luces como si el cielo no estuviera nublado y las estrellas se encontraran muy cerca de nuestras miserias. Miraba los escaparates en busca de algo, cualquier cosa, una justificación para andar afuera a esa hora en que las personas de color somos más sospechosas de crímenes innombrables, y los ingenuos y blancos gringos prefieren cruzar a la otra acera para no toparse de frente con vos, la encarnación misma de su miedo.

Seguía en busca del sueño cuando volvió a llover, no de un modo molesto sino más bien como una llamada de atención débil pero a la vez insistente. El asfalto, las aceras, todo brilló aún más. El agua caía en ráfagas, me empapaba la cara y los pies, luego se iba. Entonces, como disuelto entre la lluvia, oí un susurro con un fondo musical medio tristón. Aparentemente, cerca de mí no había nadie. A un lado estaban las tiendas a oscuras; al otro, autos estacionados en fila. Paso a paso me fui aproximando a la voz hasta darme cuenta que no era una, sino varias. Una mujer reflexionaba con cierta autoridad sobre cómo la distancia alimentaba el cariño. Una segunda la interrumpió para alabar con voz entrecortada las virtudes de un hombre que no estaba ahí. Luego solicitó que la complacieran con una canción dedicada a ese hombre. Las voces y la música se escapaban de un carro muy viejo, apretado entre dos camionetas último modelo. Los vidrios se habían empañado, pero una de las ventanillas traseras estaba semiabierta para dejar entrar el aire y salir la música. Desde la acera no se podía distinguir si quienes estaban dentro del carro eran un hombre y una mujer, o dos hombres o dos mujeres. Escuchar consejos y dedicatorias románticas tampoco daba pistas, pues hasta los más cínicos de mis colegas camioneros me habían confesado que les gustaba oír esos programas en la carretera. La luz difusa de la noche permitía adivinar dos cuerpos abrazados en el asiento delantero. La lluvia, la noche, el frío aferrado a las ventanillas, todo se convertía en su refugio. La música manaba del radio para fundar la memoria de esos besos, de esas caricias. El diálogo entre la animadora y su radioescucha subrayaba la urgencia de esos minutos de amor, pues la desventura siempre está allí acechando. Y yo, a prudente distancia del viejo carro, con el alma y los huesos empapados, yo era otra soledad, convocada para que en ese instante, en ese punto preciso del universo, coincidieran los opuestos del corazón humano.

Vinicio y yo pasamos la noche en mi apartamento. Él tenía la piel morena, el cuerpo fibroso y largas piernas que me envolvían y aprisionaban. Cada vez que llegaba al clímax su rostro se llenaba de un suave rubor, dejaba los labios entreabiertos y sus ojos adquirían un brillo muy particular, como si estuvieran suspendidos en otro tiempo y otro lugar, como si Vinicio trascendiera de lo físico a lo espiritual. Y era tan divertido el cabrón. Le gustaba jugar, probar cosas nuevas, llenar de fantasías el sexo. Aquella primera noche fue muy breve, aunque estuvimos horas juntos y tan compenetrados que hasta empezamos a dejar ir secretillos aquí y allá. Yo le dije que detestaba a mis tatas, él que vivía aún con los suyos. Yo que prácticamente había dejado la universidad por la falta de plata, él esperaba terminar una maestría en administración de negocios y conseguir un trabajo que le permitiera viajar muchísimo. Yo que sos un rico, Vinicio, desde que te vi la primera vez me dio una sed terrible por ese culo tuyo, Dios mío. Él que lo supo por mis labios, así tan carnosos, de buen mamador.

A la mañana siguiente, con el placer aún fresco, entré al salón donde estaba el grupo de evaluadores. Empujaba mi carrito decorado con rosas, repleto de documentos, algunos ya amarillentos o manchados de humedad. No supe si Vinicio respondió a mi saludo, pues parecía estar muy ocupado haciendo apuntes en hojas de contabilidad. Sí recuerdo que no levantó la mirada cuando le pregunté si requería algo. "Sí, por favor", respondió como si le hablara a la pared, "tome esta lista de memorandos y trate de localizarlos. Me interesan sobre todo los anexos estadísticos". Me fui a cumplir con mi trabajo, aunque de tanto en tanto me asaltaba cierta amargura en la garganta. Pero así eran las cosas, ¿no? De todas maneras, para no dar el brazo a torcer —o al menos no hacerme expectativas de quinceañera— junto con los memorandos dejé ir mi número de teléfono.

Vinicio llamó esa misma noche. Estaba eufórico, con muchas ganas de verme.

—Vení a pasar la noche conmigo —repliqué—. Quiero ver si como ladrás, mordés.

Parecía divertirle mi reto, sin embargo se disculpó. —No puedo. Es por mis papás, ¿sabés? —Hubo una pausa—. Hablamos del asunto mañana, en la oficina. Ahora debo colgar.

Su tono de voz había cambiado abruptamente. Quise preguntarle si había alguien más en la habitación, pero me contuve.

—¿No se te olvida algo, Vinicio? Tu teléfono.

Nueva pausa, luego un número, luego una petición: —Pero no llame después de las nueve de la noche. Mis papás están durmiendo a esa hora.

Después vinieron días llenos de demandas, por lo que no pude pensar mucho ni en la conversación con Vinicio, ni en el insomnio que hizo larguísimas las siguientes noches, ni en el cansancio que trataba de dominar con café, ni en la actitud de Vinicio cuando estaba con sus colegas: una persona sin rostro, casi sin palabras; a simple vista, un arrogante. Yo iba y venía con el carrito de rosas y papeles. Mis compañeros de trabajo, como siempre, se acercaban a preguntarme si había escuchado algo. No, de ninguna manera, pero había llevado tales o cuales documentos. Personal de toda la institución venía a preguntarme, pues los chismes corrían velozmente, mientras en los periódicos las notas daban una versión llena de optimismo. *Todas las instituciones bajo estudio*, se podía leer, *lograrán en poco tiempo racionalizar el uso de sus recursos financieros y humanos, alcanzando óptimos niveles de rendimiento. Se busca, entre otras cosas, reducir los costos de una pesada planilla y reorientar el papel del estado del viejo modelo intervencionista a uno moderno de mínimo control, permitiendo a los otros actores económicos relacionarse más libremente para beneficio de todos.* La versión oficial hablaba de cambios que dependían del marco filosófico y de los planeamientos estratégicos de cada institución, un juego retórico que había consumido esfuerzos durante los últimos tres años: ¿Cuál es su misión? ¿Cuál es su visión? Resuma en tres palabras su relación con los clientes . . . Por cierto, ¿quiénes son sus clientes? Deben replantearse los objetivos globales porque no pueden parecerse a los objetivos específicos. Por el contrario, como la palabra lo indica, han de englobarlos. Haga una lista de todas sus actividades diarias. ¿Qué equipo mecánico o electrónico necesita? ¿Materiales? ¿Está asociado con algún equipo humano? ¿Sabe la diferencia entre eficacia y eficiencia? ¿Sabe qué piensan sus clientes de usted? ¿Sabe la diferencia entre un cliente satisfecho y uno deleitado?

Las mismas preguntas se repetían una y otra vez. Después de tres años de dar respuestas, el equipo evaluador volvía a plantearlas, ahora en reuniones privadas con funcionarios de alto rango. Los periódicos hablaban de una gran movilización de empleados públicos hacia el sector privado, para lo cual habría suficiente dinero de las agencias de desarrollo norteamericanas. Los chismes giraban en torno al temor a no sobrevivir a los cambios. Según los rumores había una norma para todo el sector público: las planillas debían reducirse en un sesenta por ciento. Se decía también que los grupos evaluadores estaban llenos de gente con muchos títulos pero poca formación, ignorantes de lo que pasaba en los lugares a los que estaban asignados. Su misión era, según las malas lenguas, justificar una decisión ya de por sí tomada en las más altas esferas de poder. "Son una partida de mediocres y de patanes", comentaban mis compañeros de oficina. "¿A vos cómo te tratan, Marcos?" Yo respondía que bien, con frialdad pero bien. "Gente que por primera vez pone un pie fuera del mundillo teórico de una universidad para venir a decirnos cómo debemos hacer nuestro trabajo. ¿No te parece el colmo de la imbecilidad, Marcos?" No sabía qué decir, entonces no decía nada. "Además mezclan gente de toda calaña. Ese mae Vinicio, por ejemplo, dicen que es un gran playo. ¿No te ha echado los caballos? Cuidate el trasero, Marcos, no te vaya a desvirgar sin que te des cuenta".

25

Yo les prometía a mis compañeros ser discreto, observar en silencio a los intrusos. También me había comprometido a informarles de cualquier hallazgo, aunque no sabía nada y más bien creía, como algunos pocos, que nada iba a pasar, que como en tantas otras evaluaciones y diagnósticos administrativos al final íbamos a tener en las manos un informe repleto de recomendaciones que jamás se pondrían en práctica. De ese modo había sido por años, ¿cuál podría ser la diferencia ahora?

En algún momento encontré en el carrito un sobre con un mensaje dentro. Era Vinicio. Muy formalmente me convocaba a una reunión privada con el grupo evaluador, a las cuatro de la tarde, en un salita de reuniones adyacente, a la que los empleados de la institución llamaban *el confesionario*. Era un cuarto sin ventanas, ciertamente aislado, donde el grupo evaluador había empezado a sostener entrevistas.

A las cuatro en punto me fui por los pasillos casi desiertos rumbo a la salita. La gran oficina de los evaluadores estaba a oscuras y bajo llave. Nadie parecía estar cerca, no se oían ruidos, pero el confesionario estaba abierto.

Empujé la puerta mientras Vinicio me decía: —Poné el seguro solo por precaución.

Estaba sentado al otro extremo de una larga mesa, con un libro al lado, quizás para entretener la espera. —No te quedés ahí —ordenó—. Vení para este lado, aquí te quiero.

Momentos después estábamos haciendo el amor contra la pared, en la mesa, entre las sillas. Si yo había pensado hacerle algún reclamo, ya para entonces se me había olvidado.

—Me has hecho mucha falta —le dije.

—Vos también, Marcos, te tengo presente todo el tiempo.

—En mi caso, además, oigo mucho de vos. La gente habla, ¿entendés?

Pareció interesarse. —¿Ah, sí? ¿Dicen algo específicamente de mí?

Yo empecé a mordisquearle el torso. —Vos y tus colegas son unos testaferros.

—¿Unos testaferros?

Seguí explorando, lamiendo. Vinicio intentaba volver a la conversación, pero nuestras urgencias le hacían perder el hilo.

—Más específicamente: sos un testaferro y una loca de remate —me sentía en total dominio de la situación, de su cuerpo.

—¿Qué es un testaferro?

Lo fui besando donde le gustaba, deseoso de oír obscenidades en lugar de tantas preguntas.

—Un maricón muy puto, y yo soy una perra y me arrastro y me humillo para cogerme al testaferro y que él me coja a mí.

∽ ∽ ∽

Vinicio y yo salimos a comer a uno de esos restaurantes chinos que a mucha gente le daban asco, aunque para mí eran mejores que los puestos de tacos, de pollo a las brasas o hamburguesas. Por iniciativa de Dionisio frecuentábamos ese tipo de lugares, como si su gusto por los chinchorros no admitiera excepciones. Yo hubiera preferido un antro de moda donde todos nos vieran, pero Vinicio nunca estaba para eso. Ni siquiera íbamos juntos a las discos de ambiente. Él razonaba que su posición como auditor institucional le impedía relacionarse con la gente a la que estaba evaluando. "Por eso nadie debe vernos juntos, ¿entendés?" Había cierta lógica en ello, pero solo en parte. Vinicio se guardaba secretos que a estas alturas me empezaban a molestar. Por ejemplo, aún no sabía la dirección de su casa. Sí, claro, estaba en aquel barrio, muy cerca de donde hubo una famosa cantina donde se dice que una vez oyeron cantar un bolero a Marga Montoya, ya para entonces decadente y borracha. Pero esa cantina la habían logrado cerrar los grupos evangélicos de por ahí —se rumoraba que el dueño era ahora un cristiano renacido y enriquecido con el dinero de las giras en las que daba testimonio de su conversión—. El local había sido convertido después en bodega de granos, pero un allanamiento mostró que más bien era un secadero de marihuana. Casi de inmediato hubo un incendio, según las malas lenguas para borrar evidencias que ligaban el secadero con una red de tráfico de drogas e influencias al más alto nivel político. Quizás con el dinero proveniente de tales negocios se levantó al tiempo un horrible edificio de dos plantas, en el que se mezclaban locales vacíos con tienditas sin futuro. A pesar de conocer la historia hasta en esos detalles, yo no sabía ni siquiera llegar al edificio. Preguntarle a la gente por la cantina donde alguna vez cantó Marga Montoya hubiera tenido más sentido, aunque esas coordenadas siempre se confunden con el paso del tiempo y los lugares míticos terminan localizados simultáneamente en varios puntos de la ciudad y nadie, salvo los viejos, tiene una respuesta acertada.

Poco a poco iba comprendiendo que Vinicio rehuía hablar de sí mismo, a menos que le hiciera preguntas directas. "No contesto el teléfono porque casi nunca estoy en casa de mis papás, sea por el trabajo o por los estudios. Mis padres ya están mayores, así que se les olvida darme recados, por eso no te devuelvo tus llamadas. Mi vieja, ella no es grosera, sino más bien desconfiada y celosa. Además no le gusta hablar por teléfono, Marcos. Por eso siempre te contesta *él no está*, o *no sabría decirle cuándo va a estar*. No, ellos no saben que a mí me gustan los hombres. Por otra parte, a mí no me gustan los hombres, me gustás vos."

Por el contrario yo le contaba todo. "Mi primera experiencia con un hombre la tuve en un cine abarrotado de gente. Daban aquella película de extraterrestres *Encuentros cercanos del tercer tipo*. El título no podía ser más adecuado. ¿Las otras personas? Pues si se dieron cuenta de algo, se hicieron los tontos. De ustedes siguen pensando mal en la oficina. Según se dice las entrevistas, las encuestas, en especial esas descripciones pendejas de nuestras actividades diarias . . . en fin, se dice que ustedes ni se toman la molestia de leer todo eso porque desde hace tiempo tienen preparado su informe con las mismas recomendaciones que se han hecho en otras instituciones. Para mucha gente ustedes dedican la jornada a sus propios negocios, a estudiar como en el caso tuyo, o rascarse las pelotas para matar el aburrimiento. Si la pasás aburrido, por favor avisame: Yo voy y te entretengo. ¿Mis compas? Cabreados, con miedo. Trabajar aquí es lo que sabemos hacer. El país no ofrece opciones tampoco y cualquier compensación económica que recibamos se irá principalmente a cubrir deudas. Muchos de nosotros apenas sobrevivimos con la paga quincenal. ¡No me digás eso, Vinicio! Metete tus teorías económicas donde mejor te quepan." "Marcos, ¡Marcos!", me respondía él con cierta renuencia. "Los auditores aprendemos a ser muy discretos, nos acostumbramos a no adelantar resultados. Pero a vos sí te puedo adelantar algo: Vas a estar muy bien".

Tal vez por bruto yo le creía, o porque estaba enamorado, frecuentemente ambas condiciones son la misma.

Una noche, en el infame restaurante chino, yo tenía unas ganas enormes de mandar a Vinicio al carajo. Encontraba la comida grasosa, de mal sabor. Por dentro me recorría esa rabia de saber que nos estábamos escondiendo de la manera más ruin y más humillante. Pretendíamos mostrarle nuestra relación a todo el mundo, cuando en verdad nos ocultábamos en lugares públicos donde de seguro nadie nos iba a ver. Hay muchas maneras de volverse invisible, pero las peores son las que se ejecutan delante de todos, pues más que pasar inadvertidos le damos armas a quienes pretenden no ver. Ellos nos descubren en la invisibilidad, nos inventan vergüenzas y culpas, y así justifican su odio. Creo haber mirado a Vinicio como no lo había hecho nunca, sin los vapores del deseo, libre por un instante de la pesadez del afecto. Finalmente estaba conociendo a otro Vinicio, el de los restaurantes inmundos, el que me pedía descripciones de las actividades diarias de cada compañero de oficina y tomaba notas en sendas libretas. No era el mismo Vinicio de la espalda donde yo me perdía, ni el de los besos negros, ni el que llenaba el infinito con su cuerpo desnudo.

—No te quedés viéndome así. La gente se va a poner nerviosa.

En lugar de bajar la vista, seguí observando su rostro con detenimiento. Algo no era igual. Sin previo aviso lo tomé por la barbilla e hice girar su cabeza. Él dejó caer los cubiertos, su cuerpo se contrajo de tensión, apretó los puños.

—Estate quieto . . . Suélteme, se lo digo por las buenas.

—No seás tan creído. No hay segunda intención, Vinicio. ¿Te das cuenta? Curiosidad, simple curiosidad . . . tenés algo . . . en el ojo derecho, hacia al lado . . . como una variz azulosa . . .

Cerró su mano alrededor de la mía, apretando y apretando para obligarme a soltar su rostro. No cedí ni aún cuando sentí un crujido y el principio de un dolor intenso.

—Ahora sí debemos parecer maricones, Vinicio. Si hubiera alguien más en este restaurantucho pensaría que nos estamos acariciando.

Logró por fin arrastrar mi mano hasta la mesa. Cientos de punzadas subían por mi brazo hasta el hombro. Vinicio estaba sudando a chorros, jadeaba. Yo simplemente quería que se fuera.

—Es un tumor —dijo cuando se hubo repuesto un poco—. Es un tumor, pendejo.

Debí haber cerrado la boca, pero no pude evitar hacerle cuanta pregunta se me vino a la cabeza. ¿Desde cuándo la gente sufre de tumores en los ojos? ¿Y no es el ojo como un huevo, solo líquido por dentro? ¿Y cuando te hagan la cirugía no va a explotar? ¿O va a rodarte el ojo por el cachete como si fuera una lágrima? ¿Por qué no me lo dijiste antes? ¿Esa enfermedad le puede dar a cualquiera o solo a las locas?

Cuando finalmente se fue, sin hacer tiradero de platos ni escándalo alguno, todavía me quedaba pendiente la pregunta más importante: Vinicio, ¿cuál es la diferencia entre el silencio y la mentira?

∽ ∽ ∽

El grupo evaluador estaba terminando su trabajo, por lo que cada vez requería menos mi ayuda. De repente descubrí también que la relación conmigo estaba cambiando. Todos, salvo Vinicio, siguieron saludándome, pero ahora con una cortesía más distante, más fría. Vinicio, por el contrario, ni siquiera trataba de disimular. Ahora usaba anteojos oscuros y yo no sabía si vigilaba mis movimientos por el salón o si tenía la vista puesta en ninguna parte. No me respondía directamente, y nunca más volví a encontrarlo por los pasillos. Mientras tanto yo acarreaba documentos de vuelta a su sitio en los archivos, incluyendo viejos memorandos y esquemas de reorganización, dictámenes de asesores externos y reportes con títulos vagos, del tipo

Cómo potenciar una cultura del cambio, o *La estrategia como desafío y el desafío de la estrategia.* También yo había abierto espacio en los estantes a nuevos documentos, que en corrillos se les llamada *Pruebas de descargo.* Eran todas las comunicaciones oficiales relacionadas con el proceso de evaluación, cientos de páginas repletas de las mismas preguntas, cuyas respuestas se extendían en detalles hasta el cansancio. Sobre todo los mandos medios y bajos se habían dedicado a argumentar sobre su razón de ser y su importancia en la toma de decisiones y en el día a día de la institución. Había también documentos de carácter privado, principalmente transcripciones de entrevistas. Esos eran los papeles de la deshonra, las mutuas acusaciones sobre problemas reales o imaginarios, las sugerencias de algunos para que se cortaran las cabezas de otros, las frases que se repetían una y otra vez: "No es nada personal", "siendo muy objetivos", "por todo lo anterior es clara la decisión", "evidentemente ellos duplican nuestras funciones", "la preparación profesional de nuestro departamento en comparación con otros es obviamente superior..." Yo me estaba convirtiendo en el depositario de unos cadáveres apestosos. A mí se me confiaba poner bajo llave copia de aquellos documentos que le servirían al grupo evaluador para demostrar que fueron los funcionarios mismos quienes ejecutaron a sus compañeros y cavaron las tumbas. Yo no decía nada porque así me lo habían ordenado, incluso con sutiles amenazas.

Ahora pasaba largas horas sentado en mi escritorio, escuchando la desesperación de todos. Se pretendía normalidad, se contaban chismes, se hablaba de la familia o de las próximas vacaciones, pero incluso las frases hechas sonaban ahora distintas. Estaba prohibido ser pesimista, porque los burócratas siempre sobrevivíamos a las peores tormentas, porque el servicio público era como entrar a un monasterio o a un convento, del que no se salía si no era por iniciativa propia o por muerte. Sin embargo, el miedo iba deteniendo esa maquinaria tan perfecta, la que me había dado cobijo desde muy jovencito, cuando apenas tenía un título de secundaria y los bolsillos vacíos. Entrar a la maquinaria me había permitido alquilar el apartamentito donde pude liberarme del agobio familiar, del ojo permanentemente abierto que me daba instrucciones de cómo amar, a quién desear, en quién creer. Eventualmente me permitió entrar a la universidad, donde me había convertido en un flotante, un estudiante mediocre en busca de mejor oficio, un veterano siempre a mitad de carrera. La maquinaria nunca me preguntó cuándo pensaba terminar mis estudios. No le interesó nunca si tomaba un curso por tercera o cuarta vez, si conservaba mis becas, si al menos tenía los libros para cumplir los requerimientos mínimos de cada asignatura. Muy pronto supe que mis años estarían dedicados a archivar la historia de la institución, sacar del foso del pasado lo que el presente requiriera y volver a depositarlo en su sitio.

Sin embargo, ahora el miedo estaba resquebrajando la maquinaria. Yo, como memoria, me sentía seguro. Para los otros, las certezas se iban esfumando poco a poco. ¿Quién iba a encontrar trabajo cuando miles de empleados públicos estuvieran en la calle? ¿Quién pagaría la hipoteca, el colegio privado de los chiquitos, las cuotas del carro americano usado? Ellos no habían tenido a Vinicio, yo sí. Y él me había prometido seguridad. Lo había dicho en serio, tendido junto a mí en la cama, desnudo y hermoso. ¿Cómo va a mentir alguien cuando ya no hay nada más que ocultar? Vinicio me había jurado que yo estaría bien. Lo dijo como parte de nuestros juegos de sumisión, cuando yo estaba dentro y él quería más de lo que le gustaba. Me había tratado de seducir con la promesa de dejarme varado en esa institución, como si yo me fuera a negar cuando él quisiera poseerme.

¿Cómo estaría Vinicio? No dejaba de pensar en él, no podía. Después de pelearnos en el restaurante chino no me había quedado más que una pesada ausencia. Se acabaron las casualidades provocadas, pero no el hambre por ese cuerpo. Ya no me hablaba, pero constantemente creía escucharlo, fuera en las multitudes o en el silencio más despejado.

Llamé a casa de sus padres para dejar recados inverosímiles, nombres falsos, casi rogando que lo pusieran al teléfono. Siempre contestaba la misma voz agria, con excusas similares, hasta que me pidió que no volviera a molestar nunca más. ¿Sería cierto lo del tumor? Sobre eso tampoco se miente. ¿Y si me había comportado insensiblemente y hasta merecía su silencio? ¿A quién preguntarle cuando hasta sus mismos compañeros de trabajo apenas se dejaban ver por la institución? Corrían rumores de que los empleados nos estábamos traicionando entre nosotros. No se llegó a formar un sindicato a tiempo en parte porque esas organizaciones eran de otras épocas, ahora la norma era la solidaridad, la confianza y la comunicación plena entre la alta administración y los de abajo. Teníamos ahorros, líneas de crédito maravillosas y quizás hasta una voz, si bien débil, para cuestionar lo que pasaba, exigir participación plena de los funcionarios en el proceso de evaluación y cambio institucional. No se pasó de manifestar buenas intenciones. Algo subterráneo había empezado a crecer en el saloncito donde trabajaba el equipo evaluador y poco a poco se había ido extendiendo por todas las oficinas hasta llegar a nuestros escritorios. Así pasamos de creernos inmunes a la derrota anticipada, del valeverguismo a la angustia, de la autocomplacencia a su opuesto.

Para el momento en que dejé de ver a Vinicio circulaban acusaciones de todo tipo. Se sabía quién había concertado citas privadas con los evaluadores para dejar en claro cuán necesario era su trabajo, qué otras responsabilidades la persona estaba dispuesta a asumir y a quiénes debía despedirse. Se daban nombres de funcionarios intocables, fuera por política o simple poder. Algunos se echaban en cara secretos mal enterrados, los trapos sucios se ventilaban sin pudor alguno. Otros nos reuníamos a beber y a especular sobre quiénes estaban evidentemente jodidos y quiénes aún sacaban la nariz fuera del agua.

∾ ∾ ∾

¿Tendría dolor Vinicio? ¿Estaría en el hospital? Me fui al barrio donde una vez estuvo la cantina donde Marga Montoya cantaba boleros. Deambulé extraviado sin que nadie pudiera darme señas exactas. Pregunté por la familia de Vinicio, les di a las personas cuanto dato tenía: la mamá, una señora celosa, se llama doña Ruth, el papá está pensionado, fue chequeador de los trenes al Pacífico. Tiempo perdido, miserablemente desperdiciado. ¿Por qué él no me buscaba? ¿Se habría complicado la operación? Dejaron de importarme otros eventos. Se decía, por ejemplo, que el informe final de los evaluadores estaba a punto de ser entregado a la junta directiva de la institución. Para analizarlo se estaba organizando un retiro de dos días en un lujoso hotel de montaña. Nadie lo había leído, pero cada uno de los empleados tenía en la cabeza su propia versión del documento. Yo andaba buscando a Vinicio en los restaurantes infames a los que me solía llevar, en los sitios que había mencionado o pudo haber mencionado. Mi memoria trabajaba febrilmente inventando un pasado, creando relaciones y espacios que me permitieran dar con él. Dediqué horas a registrar los archivos, no buscando alguna clave para entender el futuro de nuestra institución, sino de una pista para dar con Vinicio. Pregunté en la alta gerencia cómo localizar al grupo evaluador. Por supuesto el dato me fue negado. Muchos otros habían intentado obtenerlo antes. Presté atención a los rumores, intentando entresacar una dirección, un teléfono. Algunos entendieron que mi intención era buscar a los evaluadores para que me dijeran la verdad a la cara. Finalmente me fui a la universidad a recorrer oficinas hasta que pude hallar a una de las evaluadoras, que había dicho una vez como por casualidad que se dedicaba a enseñar. Entré abruptamente a su despacho, sin saludar ni pedir permiso para sentarme. Me dejé ir en una silla frente a su escritorio y el cansancio y la obsesión me doblaron los hombros.

—¿Se acuerda de mí? Ustedes se fueron de la institución sin despedirse.

—Marcos, usted está haciendo algo muy incorrecto. Nosotros ya entregamos nuestro informe y cualquier decisión es enteramente la responsabilidad de las autoridades.

—Necesito encontrar a Vinicio —le imploré.

Ella se me quedó mirando. —Está incapacitado por una cirugía.

—Un tumor en un ojo, ya lo sé. ¿Está bien Vinicio? He llamado a su casa por semanas y su madre me dice que no está autorizada para darme información. Ni siquiera sé cómo llegar a casa de sus padres.

Pensé que debía verme ridículo, así como a punto de desplomarme ante un escritorio repleto de papeles, frente a una funcionaria en cuyas manos estaba mi destino, no el que cualquiera hubiera pensado sino ese otro, el de las palabras subterráneas, el de los deseos que para muchos no pueden ser vistos al sol. La mujer aún dudó unos segundos más. Tal vez estaba haciendo su propio recuento de sucesos recientes, quizás atando cabos y decidiendo cuál lealtad honrar. Finalmente garabateó en un papel un teléfono y una dirección.

—No le mencione mi nombre a nadie —me advirtió mientras señalaba la puerta con un gesto—. Y otra cosa, Marcos. Vinicio no vive con sus padres sino con su novia. Sépalo por si aún desea ir a verlo.

∾ ∾ ∾

Decidí posponer la visita unos días. Casi como un autómata fui a la estación de autobuses a tomar el expreso a casa de mis padres. Mi mamá estaba horneando pan y se sorprendió al verme a esa hora de la tarde, pero no preguntó nada. Hizo café cargado, como a mí me gustaba, y preguntó casi por costumbre si quería leche o azúcar.

—No, mi mama —respondí igual que siempre—, lo tomo negro y amargo como mi conciencia.

Pregunté por la salud de todos en la familia. Mi madre se sentó a la mesa e hizo un resumen de los males reales e imaginarios de cada uno de ellos.

—¿Y usted qué tal? —dijo después.

Me encogí de hombros, sin posibilidad de darle una respuesta.

—¿Quiere quedarse a dormir aquí esta noche?

No lo sabía, por el momento me bastaba estar ahí, con un café caliente en la mano, en ese espacio de la cocina donde el mundo exterior no entraba.

—Yo soy muy tonto, ¿sabés, mi mama?

Ella tenía una extraña costumbre cuando pensaba. Extendía miguitas de pan sobre el mantel y después las iba quebrando con las uñas hasta pulverizarlas.

—¿Tonto? No. Complicado. Pero es mal de familia, míreme a mí. Guardamos silencio por un rato, ella con sus miguitas, yo con la mirada fija en la taza de café, a la espera de que el agua caliente dejara ir volutas.

—Quédese aquí esta noche. Hace tiempo que su papá y yo no tenemos compañía.

Busqué la voz de mi madre desde las profundidades en las que me encontraba. A pesar de la edad aún conservaba ciertos rasgos de niña, sobre todo en los ojos y la boca.

—No me pidás nada hoy, ¿de acuerdo?

Entonces volvió a su silencio, a sus propias reflexiones. —Sí, m'ijo, aquí todos estamos muy bien.

Regresé a mi casa ya oscurecido. Había un recado en la contestadora, convocándome a una mesa de tragos en un bar frecuentado por trabajadores de cuello blanco. Aunque dudé si realmente quería estar con otras personas, al final me convenció el silencio que estaba encerrado en mi apartamento. Llegué al bar cuando ya casi todos estaban borrachos, y se reían de cualquier cosa aunque con un dejo de amargura. Las últimas noticias indicaban que las autoridades institucionales habían regresado de su retiro en las montañas. A esa hora, ya entrada la noche, en nuestra institución un pequeño grupo trabajaba frenéticamente con el fin de hacer oficiales las resoluciones de la junta directiva y empezar los cambios lo más pronto posible. Aquella era la mesa de los pesimistas, de los socavados por el miedo. Quizás mañana, cuando el mundo se empezara a desmoronar, recordarían esa velada como un triunfo, un gesto de desafío ante las adversidades. Tal vez la intención era aturdirse desde ahora, de tal suerte que ninguna mala noticia pudiera impactar tan agresivamente como cuando uno se halla totalmente consciente. Yo no podía tomar ni reírme. Los veía a todos desde la distancia, no presumiendo ser superior sino desde la perspectiva de quien sabe que los puentes se han roto y no queda sino esperar, lúcido y triste, la siguiente tromba de agua.

Lentamente, el nuevo día llegó haciendo visos entre nubes bajas, desperezándose con los corredores tempraneros, con las personas apresuradas por llegar a sus trabajos o la escuela. Me sacudí la modorra con un café negrísimo. Aunque iba tarde, llegué a la oficina entre los primeros. Quizá por esa simple circunstancia me llamaron pronto a una oficina donde algunos de mis superiores empezaron a hablar. Yo los oía sin entender una palabra, como si hubieran trastocado el idioma hasta volverlo otra cosa. Al final de la perorata me preguntaron si tenía alguna duda o si necesitaba pedir algo. Solicité el resto del día libre y ellos accedieron. De vuelta a mi escritorio me encontré a un grupo de compañeros. Evadí sus preguntas diciéndoles que no me había llevado ninguna sorpresa y que a cada cual le tocaría su turno frente a quienes debían comunicarnos nuestra suerte.

Antes de salir levanté el auricular del teléfono y fui marcando lentamente cada uno de los dígitos que había memorizado durante la noche. Una mujer contestó al otro lado de la línea.

—¿Puedo hablar con Vinicio, por favor?

—¿Quién habla? Él no se encuentra.

—Es Marcos. Dígale que estoy en camino a verlo.

— Pero él no está . . .

—No se preocupe, sí va a estar cuando yo llegue.

Tomé un taxi justo a la entrada de mi trabajo. El taxista me preguntó si sabía cómo llegar a esa casa y no se me ocurrió más que decirle que buscara el edificio donde estuvo la cantina donde alguna vez cantó Marga Montoya.

—Con esas señas no me pida milagros —dijo.

Después de un rato perdidos entre calles abarrotadas de casas con fachadas similares, casi copias exactas una de la otra, llegamos finalmente a la que podía ser la dirección deseada. El taxista me esperó hasta que una muchacha rubia, de cara redonda, se asomó a la puerta.

—Soy Marcos —le dije sin saludar.

Ella salió con un manojo de llaves para abrir las múltiples verjas que protegían la casa: una en la puerta principal, otra entre el jardincito y la cochera, otra más para salir a la calle. En lo alto de la reja exterior, se enredaban rizos de alambre-navaja, ése que de pequeños conocimos por las películas sobre campos de prisioneros. Un muro de

37

concreto separaba la casa de la construcción vecina. El muro estaba cubierto de trozos de vidrio. No pude evitar hacerle una pregunta a la muchacha: —¿Nunca se ha cortado?

Al principio no entendió. Luego dijo sin mirarme: —Es buena protección, pero no suficiente. Hace poco hubo una balacera aquí cerca y una bala perdida entró hasta el dormitorio.

Vinicio estaba sentado en el sofá de la sala. Vestía un short y una camiseta que yo le había regalado. Descalzo, como a mí solía gustarme, parecía haberse preparado para ofrecerme el mejor espectáculo de sí mismo. Un parche le cubría la mitad de la cara.

—Has perdido peso, Vinicio.

Él asintió. —Usted también.

La novia tomó asiento junto a él, yo en un sillón cerca de a puerta.

—Lo he tratado de cuidar —intervino la muchacha dándole un beso en la barbilla, aferrándose con fuerza de su brazo—, pero no se deja. No come mucho.

—No, nunca ha sido de buen comer.

—¿Ustedes son compañeros de trabajo?

—No —respondí.

Quería pedirle a la novia que nos dejara solos, pero decidí esperar a que Vinicio tomara la iniciativa. Lo miraba fijamente y para mi sorpresa me percaté de que su cuerpo ya no me decía nada, que encontraba a Vinicio débil y feo. Tanto él como la novia estaban a la expectativa, tal vez hasta me tenían miedo.

—¿De dónde se conocen?

No le hice caso a la muchacha, ni aún cuando me ofreció café. Vinicio cruzaba y descruzaba las piernas, ponía sus manos abiertas — y tiempo atrás, hermosas— en las rodillas. Temblaban casi imperceptiblemente. Me acerqué hasta poner mi manos sobre las suyas. De inmediato cesó su temblor.

—Perdí mi trabajo, Vinicio.

Lo solté y luego me dejé ir contra el respaldo del sillón.

—Sí —dijo al cabo de unos segundos—. Yo lo sabía desde el principio.

—¿El principio de qué? —intervino la novia.

Me levanté y fui cruzando una a una las verjas que protegían la casa. Casi a gritos la muchacha insistía en saber a qué se refería Vinicio con aquello de *el principio*. Caminé cuadras en busca de un taxi, pero en ese barrio todo parecía difícil. Finalmente paró un carro viejo y destartalado, uno de esos servicios informales que competían con los taxistas ya establecidos.

—¿Va para el centro? —gritó el chofer—. Aquí llevo al colega por los lados del Parque Central. Suba.

Me senté junto al otro pasajero, un hombre entrado en años que llevaba en el regazo un sobre ajado lleno de documentos. Era el vivo retrato de los pensionados pobres, necesitados de alguien que oyera sus historias. No más subir el pasajero me estrechó la mano y me dijo su nombre. Sin darme tiempo a responder señaló el edificio donde me habían recogido. Volteé a mirar por simple cortesía.

—Ahí, donde están esas tienduchas —dijo el anciano—, hubo un lugar muy famoso, donde Marga Montoya improvisó la letra de "Crepúsculo", uno de sus boleros más recordados.

Yo le sonreí, pero quién contestó fue el chofer: —¿De verdad, abuelo? Pues mire qué bien.

De inmediato puso el radio a todo volumen, seguramente para ahogar cualquier conversación sobre pasados idílicos.

∾ ∾ ∾

Mi madre y yo hablábamos frecuentemente por teléfono. Era una relación basada en el amor y la culpa, en extrañarse y a la vez reconocer que el mejor punto intermedio entre ambos era al mismo tiempo el punto más distante. Yo le describía pueblos y ciudades creyendo que pensábamos los sitios de la misma manera, pero un día me di cuenta que quizás no era así. Me había quedado varado Hattiesburg, un lugar al noreste de Mississippi, disperso entre estilizados árboles de copa rala y un calor maligno. Muchísimos años antes el poblado había sido famoso por sus maderas, pero de esas glorias no quedaban sino un aserradero abandonado, enormes extensiones de troncos dispersos como cicatrices y las mansiones de antaño que aún resistían los embates de las plagas y la humedad. Unas cuantas familias habían hecho de los bosques la base de su riqueza y del incesto la semilla de su desaparición.

Quienes las recordaban —negros que habían sido muy pobres cuando eran jóvenes, y ahora de viejos seguían al borde de la miseria— se referían a los amos con reverencia, como si aún les deslumbrara verlos pasar por Main Street en sus descapotables rumbo a la misa. Algunos presumían de estar emparentados con los apellidos honorables de Hattiesburg, como si pertenecer a rancias estirpes les sirviera para sobrellevar con más dignidad el tedio y la exclusión. Pero no faltaba quien quisiera amargarles las ilusiones a esas personas, mortificándolas con el hecho de que un apellido podía simplemente perpetuar la memoria de una infamia, de padres que jamás velaron por sus hijos bastardos, de amos para quienes dar su nombre a sus siervos era una manera de perpetuar sus derechos patrimoniales.

Poco a poco la madera se fue agotando, y las familias se dispersaron. Algunos miembros cambiaron su apellido, pues la misma sangre no significaba igual estatus social. Otros se convirtieron en simples ciudadanos, sin nostalgia alguna por lo que debieron ser. Los más recalcitrantes se unieron al Ku Klux Klan hasta que se derrumbó su mundo por completo y no quedó otro remedio que huir hacia al centro del país en busca de refugio, a la espera del momento oportuno para reunir las huestes y reclamar lo que por cuna les pertenecía.

Ese domingo, sobrecogido por las ausencias, llamé a mi madre desde el teléfono de una pequeña fonda. Afuera pereceaba una tarde rotunda, de tonos amarillentos. De cuando en cuando oía acercarse un carro. Lo seguía mientras cruzaba de un extremo a otro de mi campo de visión. Sin darme cuenta, más soledad se iba instalando.

—Pero entonces, m' hijo, ¿no hay nada en ese lugar?

Podía imaginarme a mi madre sentada en el borde de la cama. Tendría la espalda muy recta y la falda perfectamente planchada, como si estuviera recibiendo una visita que le demandara estar impecable.

—¿Ni siquiera dónde comerse una hamburguesa o una pizza?

Ella intentaba entender mi queja de que Hattiesburg era un moridero, y que difícilmente podría aguantar hasta que llegaran los repuestos para el camión que conducía y pudiera alejarme, ojalá para no volver jamás.

—¿Pero no tienen esos grandes almacenes donde se encuentra de todo? ¿No puede comerse unos helados? ¿No hay un cine? Y ante cada una de mis respuestas, todas afirmativas, ella parecía confundirse más y más.

—A mí no me parece mal ese lugar —dijo una vez concluido su interrogatorio—. Tiene más negocios *bonitos* que Cartago.

Pero no era lo mismo. Algo hacía falta aquí, y eso tan misterioso abundaba en esa ciudad donde yo había crecido. Tratando de explicarle a mi madre esos espectros me sumí en demasiadas contradicciones, pues los cines de mi infancia habían sucumbido por la falta de público, estacionamientos o edificios funcionales y feos habían tomado el sitio de las casas señoriales, las calles se habían vuelto peligrosas y la gente finalmente se había dejado vencer por la cultura del miedo. Pero fue en esa misma ciudad, en esos espacios ahora inasibles, que conocí a las primeras travestis, o tuve esa experiencia sexual reveladora de mi identidad, o me pude dar el lujo de caminar y caminar la noche sin temor alguno. Todos en Cartago conocíamos esos rincones supuestamente inexistentes, desde la gallera que oficialmente no estaba allí hasta el siniestro casino de orientales donde los señores perdían fortunas. Alguna vez yo mismo me perdí junto con otros jóvenes en los famosos paseos a fincas, esas orgías organizadas por viejos verdes o por esos señores de buena familia y deseos reprimidos. Por eso sufría lugares como Hattiesburg, tan reacios a contarme nada, tan indiferentes, tan poco seductores. Y mientras mi madre se maravillaba al ver erigirse poco a poco ciertos signos de modernidad —los almacenes por departamentos, las pizzerías, el centro comercial— yo extrañaba los huesos que se encontraban enterrados bajo esos signos.

¿Cómo explicarle a mi madre? ¿Cómo entenderlo yo mismo? Mejor renunciar, guardar las ausencias en mi corazón vacío, endurecer el gesto, poner más y más distancia entre ese mundo y yo.

Por eso los siguientes días me dediqué a contarle a mi madre lo que pensé que podría complacerle. Le hablé, por ejemplo, de las ofertas en una tienda que yo llamaba *The Vulture*, donde se encontraban saldos de negocios que habían quebrado o sufrido desastres como incendios o inundaciones. Uno entraba a buscar cualquier cosa en buen estado entre el desorden de muebles, ropa y comestibles, y compraba a su cuenta y riesgo. A veces los artículos tenían una costra de lodo imposible de eliminar por completo, o las etiquetas quemadas. Otras tantas traían consigo una historia, memorizada por los empleados para estimular las ventas. Así yo me compré un traje proveniente de una boutique en el alto Manhattan. El dueño había muerto sin testar, y la feroz lucha por la herencia se había resuelto con la liquidación a precios ridículos de todos los bienes. También tenía una camisa salvada de las ruinas de un tornado en Oklahoma. Incluso había comido caviar proveniente de un decomiso cerca de la frontera con Canadá.

Pero a mi madre no le hablaba de los desastres, sino de la camisa tan buena, del traje, de las latas llenas de unas pelotillas negras o verdosas que los rusos comían. No le decía nada de mis noches en ciertos bares, sino de esos mediodías calurosos de Hattiesburg en los que mataba la espera comiendo tomates verdes fritos en Mitchell's. Tampoco le conté nunca de Ornette Paciera, con quien finalmente dejé Hattiesburg para adentrarme aún más en el Sur Profundo y luego salir hacia el otro Sur.

Ornette venía de Alabama, pero conocía bien la zona de Mississippi y Louisiana. Su anécdota más recurrente se refería a unos primos a quienes no recordaba, pues era muy pequeña cuando murieron, víctimas del huracán Betsy. Sin embargo, guardada entre los misterios de un bolso de cuero demasiado viejo, la foto de unos adolescentes cargando a una bebé provocaba en Ornette un caos de recuerdos más o menos coherentes, aunque la historia nunca era exactamente la misma, y tenía más brillo o más sombras dependiendo de su estado de ánimo.

—Mis primos, ¿sabe usted, Marc?, ellos crecieron para trabajar en los campos de fresas y de arándanos, muchachos del campo, buenos conmigo, como es la gente de por aquí. No le temían al viento, mucha fe en Dios, ¿sabe?, y el Señor por eso los llamó muy pronto, en el 65, cuando Betsy. No quisieron irse, dejar la propiedad, porque se le tenía mucho miedo a los negros, que se creían iguales a nosotros. Apenas unos años antes no podían ir a la universidad, en la escuela primaria ni siquiera se sentaban en el mismo salón de clase con los blancos. Y de repente ahí estaban, exigiendo igualdad, apropiándose de lo que nunca les había pertenecido. Entonces vino el huracán Betsy, un castigo de Dios. Los muchachos enviaron a sus padres a mi casa en Alabama y ellos se quedaron a cargo de la plantación, bien armados por si alguien pretendía robarse aunque fuera una pala. Cuando el viento se puso demasiado furioso le pidieron a un vecino que los amarrara a un viejo roble. A mis primos se les olvidó el agua. La tierra, tan húmeda, ya no pudo absorber una gota más. El río creció al punto de arrastrar lagartos hasta la casa de mis primos, esos de la foto. Pero a ellos no los mató un animal, sino la cólera de Dios por el asunto de los negros. Mis pobres primos atados al árbol mientras el agua los iba cubriendo. Ellos intentando desamarrarse mientras las gotas caían, acumulándose como en esos relojes de arena, contando el tiempo. Los nudos estaban al alcance de la mano, pero nadie pensó en la humedad, en cómo el esparto mojado los apretaba más y más. Los primos vieron subir la muerte poco a poco. Se rompieron la piel del pecho, de los brazos y las piernas intentando liberarse. Nada. Al final resultó que el viento no era tan terrible. El miedo de ellos, ese sí fue más fuerte. ¿No le parece que Dios puede ser raro a veces? El Señor tan sabio y también tan cruel.

Pobre Ornette Paciera. Mencionaba a esos familiares casi desconocidos con los ojos aguados. Luego se quedaba esperando una historia de mi parte, deseosa de creer que era cierta.

—Le di todos mis ahorros a un coyote para que me ayudara a llegar a los Estados Unidos. Salimos de San José, Costa Rica, en autobús hasta Guatemala. Después cruzamos parte de México a bordo del llamado "tren de la muerte", con otros doce, pero la mayoría de ellos fue desapareciendo en el camino. No sé . . . una de las reglas era nunca mirar atrás, pues no había tiempo ni oportunidades. Si alguien se caía del tren, o no despertaba cuando era hora de partir, o le sorprendían las dudas o el miedo, a esa persona se le abandonaba. . . .

Ornette encendía un cigarrillo, cruzaba las piernas con una agilidad sorprendente hasta lograr sentarse en posición de loto en el estrecho espacio del camión.

—Yo no puedo imaginarme una situación así.

Me echaba el humo en la cara, dejaba de verme en nuestro presente para forjar un retrato de un pasado del que no tenía referencia alguna.

—Solo se me vienen a la cabeza esos documentales de África, con elefantes o búfalos, ¿no? Va la manada caminando, y cuando se da cuenta de un peligro, por ejemplo un león, echa a correr y ningún animal espera al que quedó atrasado.

Le gustaba oír mi historia poco a poco, no fuera a saturarse de tanta desgracia. Después abría la ventanilla del camión y dejaba a la brisa recoger el humo de sus cigarrillos.

—¿Vas a contarle a alguien cómo nos conocimos? Más de una vez en nuestro trayecto me hizo esa pregunta.

—¿Y le cambiarás detalles aquí y allá para que siempre suene familiar, y a la vez nunca sea la misma historia?

Entonces le recordaba la regla de oro: no hay promesas, ni se ofrecen ni se piden.

—No nos ata compromiso alguno —repetía aunque le doliera a Ornette Paciera.

En otras, sin embargo, mordía las palabras hasta convertirlas en una masa que iba tragando lentamente. Cuando eso pasaba Ornette fumaba sin hablar, reflexionando en quién sabe qué cosas. Luego su silencio y el mío se mezclaban y se convertían en la respuesta.

ᨳ ᨳ ᨳ

Ella apareció como la última maldición de Hattiesburg, cuando las cosas ya no podían ser peores. Yo estaba a cargo de un camión de una compañía de mudanzas, un infame cacharro que parecía morirse a poquitos, con las llantas casi lisas y todos los permisos de circula-ción en regla, tramitados en algún pueblo de Louisiana donde las autoridades eran fáciles de sobornar. La empresa siempre estaba en problemas, pues quienes debíamos recoger o entregar los enseres de casa casi nunca éramos bien recibidos por los clientes. Nos correspondía a nosotros escuchar quejas e insultos, y nadie nos pagaba extra por ello. Así que muy pronto mis ayudantes y yo asumimos una estrategia de valeverguismo. No prestábamos atención a los reclamos y repetíamos como un mantra: "Comuníquese con la oficina, nosotros nos limitamos a poner cosas en el camión y a bajar cosas del camión".

Llamar a la oficina, bien lo sabíamos, era entrar a un laberinto repleto de desafíos y sin esperanza de hallar una salida, pues la compañía era un caos, sin responsables visibles, sin jefaturas permanentes y llena de pillos. Para nosotros mismos resultaba un dolor de cabeza, pero al menos teníamos en control los viejos camiones. Si nuestro salario no se pagaba a tiempo, parábamos los vehículos en dónde fuera. Algunos compañeros incluso hacían "justicia laboral" apropiándose de objetos que les parecían valiosos o interesantes. Era lo bueno de trabajar para una empresa de mudanzas barata: siempre se recogían los bienes de las casas, pero nunca se sabía a ciencia cierta si se entregarían en el lugar de destino. Quienes desconocían ese detalle nos entregaban sus cosas con alivio, pues en adelante podrían dedicarse a asuntos de mayor importancia. Quienes tenían alguna información no podían ocultar su angustia, e intentaban en vano tomar nota de cuanta información fuera posible sobre los empleados o los camiones, como para irse preparando con tiempo para las futuras batallas. Todo en vano.

Yo me presentaba con cualquier nombre, y con la experiencia aprendí a hacerlo a menudo. Mis ayudantes y yo llegábamos a las casas con un vehículo rentado sin ninguna identificación. Jamás respondía preguntas sobre cuándo el menaje estaría en camino, pues la mayoría de las veces llevábamos todo a bodegas. De ese modo los enseres y sus dueños empezaban a languidecer. En la complicada logística de la empresa, se esperaba que algún camión en ruta hacia ninguna parte pasara cerca de las ciudades o los pueblos donde las pertenencias debían ser entregadas. La espera podía ser de semanas o meses, y en el entretanto indudablemente algo se iba a perder. En ciertas ocasiones una caja o un mueble terminaba en la dirección equivocada. En otras pretendíamos tales extravíos, aunque la verdad fuera menos inocente y los objetos terminaran en nuestros apartamentos o en los abarrotados pasillos de los mercados de pulgas.

Cuando me quedé varado en Hattiesburg tenía semanas en ruta. Había recibido el camión en Kansas City, había parado en una sospechosa ciudad llamada Carthage, luego en una plantación cañera en Alabama. Había remontado hacia Nashville y Memphis, donde un cliente furioso salió a recibirme con una escopeta en las manos. De ahí manejé a Jackson, y finalmente a Hattiesburg. Viajaba conmigo un ayudante, aunque nunca era el mismo. Usualmente muchachos muy pobres, desertores del sistema escolar, dispuestos a servir como mulas de carga hasta donde las fuerzas y la paciencia lo permitieran. Uno ya sabía que su viajes terminaban en cualquier momento, incluso antes de recibir la paga por sus servicios. Los chiquillos no necesariamente desaparecían al llegar a una gran ciudad. Podía suceder incluso en alguno de esos parajes donde aparentemente solo había una tienda rodeada de desolación. Cada uno de ellos llevaba consigo una historia secreta. El duro trabajo en el camión les permitía, en el mejor de los casos, huir del tedio. La mayoría, sin embargo, buscaba cómo perderse del aquí y el ahora, y encontraban en mí a ese extraño cautivo al que podían contarle sus cuitas con todo detalle. Y muchas veces el recuento de desventuras conducía a la ternura, y de ahí al sexo en lugares variopintos, desde la cabina del camión hasta rincones en estacionamientos públicos, desde la belleza de los caminos secundarios hasta la incomodidad de un baño público.

¿Pero qué iba a hacer yo con Ornette Paciera? Antes de conocerla, la única noción que tenía de ese nombre venía de un músico de jazz al que había escuchado en la radio. Tal vez por esa razón, cuando algunos empleados de la compañía me dijeron entre risas, "Ornette Paciera será tu ayudante en esta gira", no imaginé mayor cosa. Con suerte sería otro chico en busca de nada o, en el clímax de la fortuna, uno abierto a la seducción, ojalá de largas piernas y músculos firmes, y esa piel tan suave que todos tienen en la juventud.

Al llegar a Hattiesburg el camión estaba a punto de caerse a pedazos, y me ordenaron esperar para arreglarlo. Después de semanas sin noticias salió a relucir el nombre Ornette, y la situación cambió. Repentinamente llegaron los repuestos y supe que haría un recorrido por algunos pueblos del Sur hasta Morgan City, donde debía entregar el camión. De la noche a la mañana subimos el cargamento —cajas sin mayor descripción de su contenido—. Los destinatarios no eran los usuales, sino oficinas o corresponsalías de la empresa, como si nos tocara cubrir una etapa más en el largo recorrido de las cajas misteriosas, cumplido a saltitos por el inmenso territorio americano. Cuando finalmente me indicaron la fecha de salida decidí hablar sobre el extraño viaje con el administrador, un tipo gordo, con una barba bíblica y muy poco sentido del humor al que llamaban TJ. Me escuchó con impaciencia, haciendo girar un lápiz entre los dedos de la mano derecha. Luego salió con una perorata sobre la moral de trabajo, sobre el hecho de que todos recibíamos órdenes, y no fue sino hasta cuando señaló la puerta de su oficina con la punta del lápiz que me dijo algo significativo: "Tú dejas el camión y a Ornette en Morgan City. Un auto te estará esperando, después te desapareces. No se te ocurra seguir a Ornette".

Mejor no preguntar más. Si algo había entre TJ y el tal Ornette, entre ellos debía quedarse. Me preparé para uno de esos viajes que deben hacerse en silencio para no terminar mezclado en mierdas ajenas. Salí a comer tomates verdes fritos por última vez, luego a una zona de edificios abandonados, una especie de cementerio de los buenos tiempos, de cuando había dinero de los aserraderos y las familias de alcurnia necesitaban espacio para guardar el exceso de pertenencias. Ahora era un puñado de calles oscuras, aún más sombreadas por altas paredes de ladrillo desnudo. Por ahí circulaban hombres solos, la mayoría en sus autos, otros a pie, todos en busca de lo mismo.

Horas más tarde, aún de madrugada, me fui a recoger el camión. Dejaba Hattiesburg sin amor alguno. En el despacho, un viejo agotado por la falta de sueño me entregó las llaves y varias copias del itinerario. "¿Todo en orden? ¿Todo listo?", preguntó antes de acomodarse en un sillón de vinil para tratar de sacarle provecho a los restos de la noche. Recorrí un par de calles en busca de la esquina donde debía recoger a Ornette. Quien esperaba era una mujer rubia en jeans y chaqueta raídos. El pelo rubio, de tonos dispersos, le caía hasta los hombros. Puro *white trash*. Estacioné el vehículo, un poco mosqueado porque no me gustaba esperar, menos a los ayudantes. Sin embargo, no podía marcharme sin el tal Ornette. La mujer avanzó hacia el camión, abrió la puerta del pasajero y saltó dentro con bastante agilidad. Puso una maleta demasiado pequeña para el viaje tras el asiento y me miró desafiante.

—No te dijo nada, ¿verdad, *honey?* TJ, motherfucker, ni siquiera tuvo la valentía de advertírtelo.

∽ ∽ ∽

—Me encargaron perder un gato.

No pude decirle más. No sabía cómo, carecía de palabras. Entonces mi madre cambió de tema, me dijo que el papá estaba aún más ciego aunque no lo admitiera. Había cancelado todas sus citas con el oftalmólogo sin dar explicaciones, como hacía siempre que arrastraba un secreto. La mamá pensaba en asuntos de dinero, pero por casualidad —quizás no, quizás se puso a revisar gavetas, cajas, sobres escondidos entre la ropa— encontró un reporte médico sobre el asunto: la operación en Colombia había fracasado, lo mismo que los tratamientos posteriores, y ahora la capacidad visual del papá era casi nula.

—Yo me averigüé —agregó mi madre en su tono más distante, informativo—. Hice una copia y se la llevé a un especialista. Hubo muchas preguntas, después explicaciones sobre lo problemático de dar una opinión sin examinar directamente al paciente. Pero al final me lo dijo: El deterioro puede continuar o puede quedarse al nivel donde está ahora, sin embargo es mejor prepararse. Entonces yo lo presioné, le dije: No me interesan las especulaciones, explíqueme la situación tal como usted la entiende. Es casi seguro que muchas cosas ya no las distingue, me dijo, tal vez no pueda leer o mirar la tele . . . ni siquiera caminar con seguridad por la calle.

Miré a Ornette a la distancia, sentada a la mesa de un *diner*, uno de muchos en los que paramos a desayunar los mismos huevos revueltos, las mismas tostadas, avena más seca o más aguada, panqueques… Ornette había sacado de su bolso un botellín de Jack Daniel's que usaba, según ella, para darle un poco más de cuerpo al café, aunque para mí el licor lo volvía más amargo, y dejaba un ardor en lo profundo del estómago. Ornette, la gata a perder, era un problema más cercano, aunque el de la decadencia de mi padre parecía capaz de invadirlo todo, presente por ausencia incluso en la pequeñez del *diner*.

—¿Usted me está oyendo, m'hijo?

Mentí un "sí", apostando que no sería difícil retomar el hilo de la conversación.

Ornette encendió su siguiente cigarrillo mientras pensaba. O tal vez esa gente no piensa, siente nada más, y se deja llevar por esas fuerzas interiores, inexplicables, como les sucedió a los primos durante el huracán Betsy. Ahí estaba esa mujer, viajando con el extraño que era yo, tal vez porque aún en el último segundo le creyó a TJ, aunque la engañó como lo hizo conmigo. Y yo en mi pasividad había aceptado la situación, y ahora, mientras mi madre hablaba y el único sonido que persistía en mi mente era "Colombia". Empezaba a preguntarme cómo hacer para abandonar a Ornette y huir, cómo cumplir con TJ, a quien no le debía nada, sin traicionar a esa mujer tan flaca, de pelo tan revuelto, de whisky y cigarrillos tempraneros. Una mujer con la cual no guardaba ningún otro lazo aparte de algunas historias y el silencio que fuimos negociando entre Hattiesburg y cada uno de los *diners* donde nos deteníamos.

—Sí, mi mama —repetí como para sacudirme de la mezcla de ideas.

De repente se me ocurrió la posibilidad de que Ornette no viajara engañada, sino con total consciencia de que había sido expulsada del lado de TJ, y de que empezaba un viaje sin retorno con un desconocido en quien debía confiar, aunque ello significara arriesgarlo todo. Y esa fantasía se me fue enredando con la palabra "Bogotá", la ciudad fantasma adonde llevé a mi padre para salvarle la vista. Ocurrió poco antes de salir para los Estados Unidos, un jueves por la noche.

49

Llegué a casa de los viejos y mi madre me estaba esperando en la sala, con las piernas muy juntas, la falda perfecta, como si estuviera lista para salir.

—Su papá, Marquitos, su papá. Se va a quedar ciego si no hacemos algo.

Algo había ocurrido esa tarde, un mal golpe o un estornudo demasiado intenso u otra de esas caídas que mis padres guardaban en secreto por vergüenza. Se le había desprendido algo a lo interior del ojo, y el doctor había decidido enviarlo a Bogotá de inmediato.

—No es posible buscar segundas opiniones, Marquitos, salvarle la vista depende de hacer rápidamente la operación.

Aquello era un sinsentido, pero el oftalmólogo había logrado que la mayor parte del dinero lo aportara el Seguro Social, y la misma mamá había hecho aparecer unos ahorros cuya existencia yo desconocía y lo demás . . . lo demás dependía de mí.

También carecían de sentido la expectativas de mi madre, pues ella no lo sabía, pero yo estaba a punto de tomar ese avión a Los Ángeles para empezar el viaje que me iba a traer a este momento, en el que estaba con el teléfono en mano oyendo que mi padre se quedaba finalmente ciego, y que Ornette esperaba entreteniéndose con café, alcohol y cigarrillos.

Ese jueves diez años atrás, dejé que la frustración y la sorpresa se desplomaran dentro de mí. Las dejé caer con toda su violencia, con el amargo polvo que levantan cuando van vísceras abajo, pero procuré que mi rostro fuera la fachada perfecta, apenas un contenido gesto de contrariedad, apenas una señal de que tan ridículo encargo podía afectarme.

—¿Yo de dónde, mi mama? ¿No se acuerda que no he tenido ingreso fijo desde que me despidieron?

Ella empezó a sacudir invisibles migajas de mi camisa, tal vez intentando acariciarme sin que lo pareciera. —Hay en la vida sufrimientos que no nos dan ninguna oportunidad.

No me miraba a los ojos, no parecía estar en la misma conversación de hacía apenas unos minutos.

—Precisamente porque no tiene trabajo fijo nadie lo espera mañana, ni pasado, ni cuanto dure la convalecencia de su papá. Su mano se detuvo sobre mi hombro izquierdo. La fue cerrando lentamente, hasta apresar un pedacito de tela. —Y sí, tal vez no tenga un peso en los bolsillos, pero eso no significa otra cosa que la libertad para hacer cualquier cosa, empezando por lo correcto. ¿No le parece?

Al viejo hubo que sacarlo casi en vilo, y dejar que viajara en el taxi con el asiento echado hacia atrás. Y en ese acto de salir cargándolo rumbo a un destino que yo no entendía culminó mi partida del paraíso. Uno nunca sabe cuándo empieza a preparar el viaje, a dejar ir las cosas y las personas. Algunas veces el viaje es evidente y definitivo, pero muchas otras no. Aunque a simple vista las personas siguen ahí, un poquito de atención aguda a los detalles puede desvelar los abandonos ya impuestos, o el proceso de ir acumulando lo que finalmente cabrá en unas cuantas maletas y en el alma. Yo había estado marchándome por años, como si fuera un impulso natural, como si tarde o temprano —cada vez más pronto temo admitirlo— una ansiedad que no era conocida por todos me pusiera otra vez en camino. Sin embargo, fue algo que se desató poco a poco, tal vez en los sueños de infancia, o en las laminitas de tercera dimensión del Viewmaster, que me permitieron maravillarme con el mundo desde muy chico. Claro que perder a Vinicio y el trabajo donde pude haber crecido como un vegetal hasta el retiro, claro que vagar los siguientes años por Cartago y San José tratando de reconstruir la vida, todo me había empujado a partir, primero en mis fantasías, después en los planes secretos, por último en los desafíos. Y ahora me correspondía cargar a mi padre, quien sin saberlo se estaba convirtiendo en el último obstáculo.

Nos llevó al aeropuerto un taxista parlanchín, que manejaba muy lento para evitar, a su entender, causarle algún daño adicional al enfermo. Cambiaba emisoras de radio tratando de hallar una a nuestro gusto, pero mi padre se limitaba a chasquear la lengua como si tuviera sed, mientras yo miraba angustiado los autos que nos dejaban atrás en la autopista. De un momento a otro el mundo había empezado a girar contra toda lógica. Por una parte, el oftalmólogo se había ocupado personalmente de hacer los contactos en Colombia, por lo tanto no había excusa para demorar la cirugía. Por otra, había surgido una multitud de familiares y conocidos que habían pasado por circunstancias similares, conocían Bogotá y hasta guardaban información sobre el lugar donde los ticos con problemas de salud se alojaban, una pensión regentada por un par de solteronas. Conmigo llevaba un puñado de papeles, los dólares recolectados por mi madre para cubrir los gastos básicos, unas cuantas mudas de ropa y mucha confusión. No iba a ser mi primer viaje con ese desconocido, pero tenía miedo como si estuviera a punto de caer al vacío, como si yo también requiriera una intervención de urgencia con la esperanza de salvar un sentido vital y no quedarme en tinieblas por el resto de mi vida.

∽ ∽ ∽

—Un hijo de puta, un despreciable maldito, un cobarde . . . ¿Me falta algún otro insulto, Marc? No hay suficientes para describir a TJ, gordo horroroso. ¿Por qué las mujeres nos enamoramos de hombres así? Tú lo has visto, lo has tenido cerca. . . . De solo pensarlo siento un hueco aquí. ¿No te parece? Bueno, tal vez no puedas saber nada al respecto porque te pregunto sobre el amor, pero las mujeres . . . nosotras nos quedamos enganchadas de cualquier cosa y no lo sabemos hasta cuando es demasiado tarde, cuando les hemos entregado todo a los cabrones y ellos lo han aceptado, aún sabiendo que no nos quieren. Después no les pesa en la conciencia darnos una patada por el trasero cuando ya no les servimos. Tú no me entiendes, ¿verdad? Al fin y al cabo eres un hombre, tienes el mismo gusanito entre las piernas y el corazón igualmente frío.

Apenas mediodía y ya estaba agotado de escucharla. En su historia, los Paciera se habían propagado como hierba por territorios de Alabama, Louisiana y Mississippi, todos dedicados al campo, los más rebeldes a los *berries*, los más tradicionales a la caña de azúcar.

—Yo nunca me he sentido señorita de guante blanco y sombrero adornado de tul, no soy señorita sureña —dijo—. Mira mis manos,

Marc, ¿ves las cicatrices? Por trabajar el campo. Déjame ver las tuyas . . . de señorito, perdona la sinceridad.

Una finca pequeña en un pueblo adonde nadie va. Los Paciera como fundadores, piel clara en medio de una comunidad negra que se había mantenido ahí por inercia, aunque el pueblo no ofreciera nada, como si permaneciera varado en un banco de tradiciones.

—A veces pienso que TJ le había puesto el ojo a la casa de mis padres, o a la plantación. Ustedes los hombres son así. Yo solamente vi su ternura, su barba blanca, su sentido del humor.

Tal vez había visto también otras cosas menos agradables, pero cuando las personas reconstruyen su pasado lo hacen a su modo y nadie tiene derecho a intervenir, mucho menos a cuestionarlo. Pero si en nuestras evocaciones un lugar como Hattiesburg se convierte en la gran ciudad es porque la pequeñez de nuestras referencias nos ahoga y nuestro deseo se desborda sobre barreras invisibles, innombrables. ¿No te parece, Ornette Paciera? Vivís el mito del corazón puro, das un rodeo para evitar encontrarte de frente con la ambición de TJ, y te volvés totalmente sentimiento cuando chocás con las mezquindades ajenas.

—Él llegó como tú, Marc, conduciendo un camión de mudanzas, pero estaba de paso porque nadie llega y nadie se va de mi pueblo. Se quedó a pasar la noche y nos conocimos en la taberna. No te rías de mí, pero de inmediato supe que con TJ podría ser feliz, y a la mañana siguiente partí con él. Ni siquiera recogí mi ropa ni le dije adiós a nadie. ¿No es eso amor? Pierdo mi tiempo, ustedes los hombres no entienden.

—¿Y el regreso? ¿Te están esperando en tu casa?

Cruzó las piernas, encendió el siguiente cigarrillo. Por las ventanillas del camión no entraba más que aire caliente, espeso.

—No sé, voy de vuelta porque ahí están los míos, pero ni siquiera estoy segura de que vayan a recibirme. Hace mucho tiempo que ellos no saben de mí. Solamente les he enviado un par de cartas: la primera con una disculpa, la última aclarándoles que jamás iba a regresar.

Volvió a interesarme esa mujer dispuesta a irse con un extraño como último gesto hacia su amante, aunque supiera que este se había dedicado a mentirle una y otra vez. Aquí iba ella conmigo, rumbo a Morgan City, donde quedaría finalmente sola, abandonada, y tendría que arreglárselas como pudiera. TJ estaba ganando tiempo al poner una distancia que podía volverse insalvable, pues para regresar a Hattiesburg, Ornette Paciera tendría que tomar innumerables autobuses, dar rodeos por varias ciudades hasta encontrar finalmente la ruta correcta. ¿Estaba Ornette consciente de todo ello? En apariencia se dejaba llevar, aunque a veces leyera en voz alta los rótulos de la carretera, esos que indicaban cómo nos íbamos alejando de Mississippi en dirección a Louisiana. Pero ella seguía hablando del regreso, de lo bien que pensaba pasarlo con su familia y amigos, aunque ya nadie la estaba esperando, de lo sorprendido que estaría TJ cuando la viera, algún día, entrar a su oficina convertida en una gran dama. De repente me preguntó mi historia. Yo le mentí que había cruzado por tierra desde Costa Rica hasta Los Ángeles y le pareció fascinante.

—¿Mucha distancia, querido?

—Quizás como ir de la Costa Este a la Costa Oeste.

Encendió el siguiente cigarrillo. —¿Y peligros? Cuéntame de los peligros.

—Nuestro coyote era un tipo simpático aunque escurridizo. Yo lo vigilaba, pues ya había oído que mucha gente en ese negocio se hacía humo al menor peligro. De hecho, parte de nuestro trato era que si inmigración nos detenía, él dejaba de ser coyote para convertirse en otro ilegal, y todos debíamos repetir la misma historia del grupo de personas abandonadas a mitad de camino. Yo no le perdía ojo, siempre despierto cuando los demás dormían, tal vez ansioso porque avanzábamos y avanzábamos sin llegar a ninguna parte. Llegábamos a los alrededores de lugares con nombres desconocidos, jamás algo identificable con la geografía que había memorizado antes de salir de Costa Rica. Y el coyote repitiendo: "Ya vamos a llegar, ya vamos a llegar". Creo que él mismo estaba perdido, o sus contactos nunca aparecieron, o en una de las tantas emergencias habíamos huido por la vereda incorrecta. Un día lo encaré, le exigí la verdad. "Estoy harto de tus necedades", me dijo mostrándome un cuchillo enorme. "Ni al baño puedo ir sin que estés allí". Entonces yo le dije: "No quiero que nos dejés botados, porque si lo hacés tendré que buscarte para pegarte un tiro". El coyote se rio. "¡No mames! Tú ni siquiera sabes usar una pistola". Me di unos segundos para pensar mi respuesta: "Si vos intentás desaparecerte aún te puedo matar con mis propias manos". Lo dejé hablando solo, insultando a mi madre y a mi descendencia. Pero después de esa ocasión nunca más se metió conmigo hasta que llegamos, maltrechos, al punto donde concluía el viaje.

—Ustedes los inmigrantes van a acabar con nosotros. Son nuestro fin —reflexionó Ornette—. Y me doy cuenta de algo más: Sabes muy bien marcharte, pero no estoy segura que sepas volver.

∽ ∽ ∽

Habíamos recorrido varios pueblos en una rutina extraña y a la vez sospechosa. Las direcciones siempre nos conducían a un despacho comercial, nunca a una casa. Bajábamos unas cuantas cajas, subíamos otras, nada del otro mundo aunque me preocupaba que TJ hubiera incluido en el recorrido alguna tarea imposible, como echarse al hombro objetos demasiado pesados y subir tres o cuatro pisos por una escalera estrecha. Pero el camión estaba lleno solamente de cajas, tan parecidas entre sí que podían ser la misma, repetida una y otra vez incluso en el peso. Yo empujaba una carretilla llena de cajas, Ornette cogía una sola y se iba rezongando muerta del calor hasta donde debíamos depositarlas. El pelo se le empapaba, y por unos minutos parecía tener un color uniforme, no esa mezcla de tintes y descuido que se le venía a la cara constantemente. En algunas oficinas nos indicaban recoger un cargamento muy similar al que acabábamos de entregar. En otras nos pedían volver a cargar lo que apenas habíamos puesto en el suelo. Ornette no decía nada. Se secaba el sudor del bozo con la punta de la lengua y volvía a la tarea.

Un día nos detuvimos en un motel cuya única majestuosidad residía en el nombre: Majestic. El hombre de recepción empezó a llenar una ficha larga de color verdoso.

—¿Una habitación, una cama? —dijo sin mirarnos.

—Dos habitaciones —le contesté.

—No, una con una cama —tomó la iniciativa Ornette, pero al cabo de unos segundos corrigió—: Dos camas.

Luego me tomó del brazo como cerrando la negociación. Como en una especie de vértigo tuve la necesidad de ser más honesto, más leal con esa desconocida, hablarle de mí, confesarle lo poco que sabía del asunto con TJ, aunque me estuviera metiendo entre las sábanas de dos amantes, y como bien se sabe aquello que se acuerda en la cama ni Dios puede deshacerlo. Pero a la vez presentía que Ornette no estaba interesada en saber. Se iba alejando de su amante sin plantear mayores preguntas, mientras fantaseaba un regreso maravilloso, capaz de sanar todos los quebrantos. ¿Había nobleza en ese acto? ¿Existía un arte del regreso? A estas alturas yo mismo podría predecir el futuro de Ornette Paciera: llegar al pueblo con el cansancio de muchas horas en autobús, quizás sin dinero, sin argumento alguno para probar que había vencido. Irse a buscar quién le diera un aventón a casa, y luego probar suerte con quienes había dejado atrás, esos familiares a quienes había procurado olvidar andanza tras andanza. ¿Le abrirían la puerta como en las películas, sin importar el tiempo, el silencio, las dudas? ¿Sería realmente un regreso, o apenas una parada antes de continuar vagando?

En lugar de decirle algo a Ornette, me fui a llamar a mi madre. Le solté de entrada el nombre de los lugares adonde habíamos parado en nuestro recorrido, haciendo énfasis en detalles que sonaran pintorescos, inofensivos. Ella escuchó con paciencia, como dándome tiempo para descargar esa euforia inusual en mí.

—Su papá se ha quedado ciego —me interrumpió finalmente—. ¿Cómo lo supe? Porque tiene un mapa mental de la casa.

Entonces fue su turno de hablar. El viejo ya no salía a la calle, supuestamente por miedo a caerse, y se pasaba el día deambulado por las habitaciones, por el patio, por un pequeño jardín poblado de macetas de barro.

—Usted probablemente no se ha fijado, m'hijo, pero las personas empiezan a seguir ciertas rutas incluso por las casas. A tal hora están siempre en tal lugar, saben de memoria dónde se encuentra el azúcar o la harina, y el resto, lo que no se puede predecir, sencillamente no existe.

Pero el verdadero problema, me explicó a su modo mi madre, ocurría cuando esa geografía íntima se alteraba. Algo tan sencillo como correr los muebles, quitar ciertos adornos, agregar un elemento nuevo a los senderos invisibles que hay en las casas. Ella lo había hecho sin decirle nada a mi padre: un cambio aquí, otro allá, después la observación atenta de cómo él se desorientaba, se tropezaba, destruía objetos como por descuido cuando en verdad estaba reabriendo las trochas ya conocidas.

—Su papá no dice nada. La vida le funciona bien así, supongo.

Yo me callé por unos larguísimos segundos. —¿Entonces Colombia fue una pérdida de tiempo y de dinero?

Ella aguardó con paciencia. —Sirvió en su momento, Marcos, pero nadie habló de un milagro, nadie nunca nos prometió una solución eterna. Valió la pena, como toda esperanza.

∾ ∾ ∾

Habíamos llegado a una Bogotá gris, con unos cielos cargados que le quitaban a la ciudad su brillo. Nos recogió en el aeropuerto un tipo con bigote a lo Pérez Prado, que conducía un enorme auto americano, demasiado viejo para ser cómodo. El hombre conocía bien su rol, así que se encargó del equipaje, puso especial cuidado en acomodar a mi padre de modo que estuviera lo más reclinado posible y luego condujo a paso de funeral, hablando sin parar como si aquello fuera un viaje turístico. Se refería a las bellezas de Bogotá, a la seguridad, al barrio donde estaríamos, pero sin precisar nada realmente.

—¿Saben ustedes que a esa pensión llegan muchos centroamericanos? Ticos como ustedes sobre todo. La gente le dice *El gallo pinto*, por esa comida de Costa Rica.

Personalmente no tenía mayores expectativas. Apenas podía soportar ese viaje sin dinero, sin información, sin otro motivo que hacerme cargo de mi padre. En cuestión de horas había descubierto que había una especie de cofradía formada por personas con graves problemas de la vista. A falta de dinero sabían moverse entre la burocracia de la Seguridad Social costarricense para conseguir ser enviados a Bogotá, todos a la misma clínica, todos con iguales necesidades. Ni mi madre ni yo los llamamos, sino más bien ellos nos buscaron apenas se dictaminó la gravedad de mi padre. Nos hablaron de la pensión de las solteronas como un refugio confiable, las dos hermanas tan acostumbradas a los costarricenses que se atrevían incluso a preparar algunos platillos tradicionales. Les ayudaba un viejo llamado Dámaso, que ponía a disposición su servicio de limosina para todos los pacientes de la pensión.

Y entonces ahí estábamos mi padre y yo, casi sin hablar, en una ciudad que nunca pensamos visitar juntos. Las señoras de la pensión me recordaron a unas gemelas que vivían a la vuelta de mi casa cuando era niño. Aunque no se vistieran igual, aunque tuvieran rasgos distintivos, algo en ellas las hacía parecer la misma persona. Se hicieron cargo de nosotros con prontitud, asignándonos un cuarto húmedo y frío al fondo de la casa, detrás de un jardín que ahora se usaba para acomodar comensales a la hora de la cena. Mi padre se quedó en el cuarto, temeroso de hacer algo incorrecto. Yo salí a saludar a los otros pacientes y sus familiares, gente de todas partes, casi todos a punto de perder la vista. Estaban reunidos en el salón principal frente a un televisor que permanecía encendido hasta la medianoche. De vez en cuando alguien se levantaba para mirar por el ventanal detrás del televisor. Yo mismo lo hice buscando respuesta a mis dudas de qué era Bogotá. Sin embargo la calle solamente mostraba un paisaje de barrio popular. Un día alguien dijo: "¿No les parece increíble? Uno se asoma y es como estar en San José. Tantas horas de vuelvo para encontrarse las mismas fachadas, la misma luz, hasta los carros parecen los de allá". Aunque no se lo había dicho a nadie yo también pensaba eso, pero en vez de maravillarme me aterrorizaba. Aún me producía más angustia el hecho de que muchos en la casa no podían mirar o no se atrevían a hacerlo. Fuera por creencias, por recomendación de sus médicos, casi no se movían, e incluso el televisor encendido por horas y horas no pasaba de ser una excusa para reunirse y aliviar el tedio de la espera con algún contacto humano. Las dueñas de casa nos habían advertido del peligro de salir solos, y para asegurarse de mantenernos bajo control nos repetían la historia de un paciente a quien trataron de secuestrar cuando esperaba a que le abrieran la puerta. Por eso Dámaso tocaba siempre el claxon para anunciarse, una de las sirvientas abría la entrada principal y quien viajara en el carro tenía instrucciones de correr al interior de la casa sin demora alguna.

Demasiados miedos dormían en esa pensión, desde perder la vista hasta desaparecer sin esperanza en una ciudad desconocida. Yo tenía los míos propios, pero no se los dejaba saber a nadie. ¿Iba a decirles que ese barrio me hacía pensar en la Costa Rica del futuro? ¿Iba a admitir la angustia de compartir cuarto con el desconocido de mi padre, mientras todos asumían la más tierna de las relaciones? ¿A quién iba a contarle que estábamos contra el tiempo, pues yo tenía fecha para dejarlo todo, para traicionarlos a todos, incluso a mí mismo?

Llevé a mi papá a la clínica, aguardé adormilado en un sillón las noticias de la cirugía. Le di agua cuanto tuvo sed, lo ayudé a asearse, lo alimenté cuando fue necesario. Me fui con los bolsillos vacíos a recorrer Bogotá. Busqué refugio en los cafetines, en el anonimato de las calles. Esperaba la mejoría del viejo con impaciencia, no por amor filial como en algún momento comentó Dámaso, sino porque los plazos se estaban venciendo. Mi padre se pasaba el día tirado cabeza abajo, tan delicada y lenta era su recuperación. No recuerdo si los médicos hicieron alguna promesa. Si así fue yo no la oí, tan necesitado estaba de escapar.

A mi madre le empecé a mentir de un trabajo que aguardaba por mí en San José: —Mi tata debe curarse cuanto antes. No puedo pasarme la vida aquí en Bogotá, encerrado en una casa de ciegos. ¿Me entiende?

Sin duda me comprendía, pero tampoco podía hacer nada. —Venga, quédese usted con él.

Pero mi mamá nunca había tomado un avión sola, ni conocía los trámites migratorios, ni se imaginaba a ella misma en un país extranjero.

—Yo le arreglo todo desde aquí. Usted nada más pídales el dinero a sus hermanos. Yo se los voy pagando en cuanto pueda. A pesar de sus propios miedos mi madre aceptó, y anunció su llegada para un lunes. Por mi parte hice los arreglos pertinentes. Pensaba encontrarla en el aeropuerto, yo de salida, ella de entrada. Le prometí a mi padre que no se quedaría solo más de lo usual, ahora que yo me desaparecía para andar las calles. Al final no fue así. Mi avión salió a puntual, el de mi madre llegó muy retrasado. Dámaso me aseguró que todo estaría bien y me auguró muchísimos éxitos en el nuevo trabajo. Yo le agradecí su discreción.

Unas horas después estaba en casa de los padres. Sin ellos, sin las puertas y las ventanas abiertas, todo parecía más oscuro y frío. Sin embargo, aún guardaba los olores de sus habitantes: el dormitorio a remedios caseros, la cocina a las comidas de mi madre y ciertas hierbas. Me fui desplazando por la casa en silencio, sin darme oportunidades para la nostalgia. Luego cerré todos los candados, me fui a mi apartamento y recogí mis últimas cosas. A la mañana siguiente, antes de cualquier duda o sentimiento de culpa, salí de Costa Rica pensando que era para siempre.

∽ ∽ ∽

La habitación del motel olía a jabón de baño barato. Ornette Paciera, sentada en un sillón manchado de humedad, se cepillaba el pelo. Yo entré furioso, con ese disgusto que te dejan en la boca las discusiones sin sentido. Poco antes, aún al teléfono, yo había empezado a maldecir mi suerte, luego a mi padre, a todo el mundo afectado de ceguera. Mi madre me dijo que no había razón para condenar a nadie, ni al papá ni a nosotros mismos, pues todos habíamos hecho lo posible por lograr una cura, pero la vida, o Dios quizás, era así: simplemente seguía su curso. A algunos les tocaba crecer; a otros, marchitarse. Era la única ley permanente, imposible de cambiar. Pero yo no entendía razones. ¿Cómo hacerlo cuando uno no puede escapar de las cegueras?

—De todas maneras —concluyó mi madre—, a quien le toca arrastrar la cruz es a mí. Usted piense que no hablamos de este asunto, y continúe su vida como si nada.

Eso era imposible. No podía dejar de imaginarme a mi mamá abriendo senderos por la casa de acuerdo al mapa mental de mi padre. Me daba rabia que al final de cuentas nos pareciéramos tanto él y yo, que sin decírselo a nadie construyéramos nuestros mundos interiores y nos abalanzáramos a ellos sin medir las consecuencias, sin pensar en los demás, aunque las rutas imaginadas no llevaran a ninguna parte. Entonces entendí que la rabia también era contra mí y mi maldita ceguera, que era su culpa y la mía.

—¿Is everything okay, babe?

Ornette tenía puesta una camiseta ajustada y unos shorts. Se terminó de peinar, y luego sacó de su maleta una cajita llena de esmaltes para uñas, limas y ungüentos.

—Ven acá, dime: ¿Te gustan mis pies? A muchos hombres los han enloquecido . . .hasta al puerco de TJ. Vamos, arrodíllate, consiénteme . . .

Me lanzó uno de sus ungüentos. Era de hierbabuena y dejaba en la piel una sensación de frescor intensa.

—¿Soy una porquería yo también?

Ornette se encogió de hombros: —Como todos los hombres. Pero no te sientas herido. Es algo inevitable porque está en la naturaleza de cada uno de ustedes. Ven, dame un masaje.

Me tiré a sus pies e hice como me lo indicó. El lugar seguía siendo un cuartucho de motel, el sillón aún conservaba manchas de humedad, la alfombra era una superficie áspera y sospechosa, pero ahí estábamos los dos haciendo algo el uno por el otro. Hablamos poco. Ornette hizo algunos recuerdos divertidos de TJ, a quien le gustaba ir de cacería aunque nunca lograba buenas piezas. Hubo un silencio, luego yo le conté otra vez de los inmigrantes extraviados en el desierto, caminando días y días sin saber a dónde se dirigían.

—No conozco un desierto —admitió ella en voz baja, con los ojos cerrados—. Tendrás que ayudarme a imaginarlo.

Y mientras le pintaba las uñas de distintos colores le fui retratando fragmentos de mi propia historia. La mezclé con la vida de otros para hacerla más interesante o quizás simplemente para diluir cualquier emoción que me traicionara. Al terminar los pies de Ornette eran los de una niña, tan tersos, con las uñas perfectas, decoradas con banderitas y minúsculas flores.

—En un par de días estaremos en Morgan City —dije para empezar mi confesión, pero Ornette se había quedado dormida.

ᨀ ᨀ ᨀ

Alguna vez se fabricaron en Morgan City piezas para barcos, pues había comunidades dedicadas a la pesca de mariscos, con astilleros y canales por donde circulaban las embarcaciones con las redes extendidas como alas. Ahora, los habitantes de Morgan City vivían del recuerdo, de cultivar verduras y hortalizas, y del negocio que generaban los pocos viajeros que se detenían a comprar gasolina o a comer. En las afueras del pueblo, como una señal del paso inexorable del tiempo, se pudría a poquitos el esqueleto de un camaronero. Además de todo estaba el calor. ¿Cómo describir la desolación que emana del asfalto cuando la temperatura es altísima y no hay siquiera esperanza de un aguacero que venga a aliviar la soledad y la rutina?

Finalmente me había enterado del interés de Ornette por Morgan City. Llegar a este pueblo no era casualidad, sino parte de una negociación. Yo debía dejarla un poquito más al sur, allá donde los canales dan al patio trasero de las casas y las embarcaciones descansan aseguradas en pequeños muelles. Después del tercer puente metálico, a la izquierda, iba a encontrar un jardín donde estaban las esculturas de un loco. Ornette no estaba segura del nombre, podría ser algo así como Johnny o Joshua Valencia. Ella había escuchado del jardín cuando el tal Valencia paró en Hattiesburg en ruta al norte, desesperado por el fracaso de sus empeños, deseoso de encontrar otra oportunidad quizás en el medio oeste, en el campo primigenio que pintara Hart Crane.

—Es la caída y la redención —le había explicado—. Ahora creo estar otra vez en lo más bajo, y para expresar este dolor no hay arte suficiente, no encuentro posibilidad.

TJ se había sentido muy celoso de Johnny o Joshua, pues había algo en su voz y su historia capaz de causarle fascinación a Ornette, quien no dejaba de hablar de él y le pedía una y otra vez a TJ que la llevara a las ciénagas de Louisiana a ver la portentosa obra que había creado en uno de esos patios traseros. Cuando ya se hartó de ella, TJ inventó la ruta de entregas hasta Morgan City como un medio de complacerla.

—Pero tú no vienes conmigo. ¿Te estás deshaciendo de mí? —me contó Ornette que le había preguntado.

Él le juró que estaba completamente equivocada, las cosas no eran así.

—¿Me vas a enviar con uno de tus hombres? ¿Y si me gusta? ¿Y si al final termino durmiendo con él?

TJ había meditado cuidadosamente su respuesta. Tal vez no le importaba lo que pudiera pasar entre Ornette y su chofer, pero no se lo dijo. Nada más sonrió: —¿Marc? Marc es marica, pero no te lo va a decir.

Parecía que Ornette sabía demasiado sobre mí, pero muy poco sobre su propio destino, o tal vez lo callaba porque era mejor así: cada uno en su papel, simulando no enterarse del abismo a los pies del otro. Nos unía, quizás, el hecho de haber sido traicionados, pero nada más. Ella creía en la existencia de un lugar donde reposar y rehacerse; yo, no. Me imaginaba en control del camino, al menos de las próximas millas; ella, más sabia, se dejaba ir a sabiendas de que otros nos habían dictado la ruta. Yo me había dejado arrastrar por la vida, Ornette aún tenía cierta capacidad para los sueños, y se veía a sí misma libre de cadenas, aunque para liberarse tuviera que regresar adonde todo empezó.

Conduje más rápido. Salté un par de pueblos a sabiendas de que nos esperaba la rutina de bajar y volver a subir al camión la misma carga. En Morgan City no me detuve ni ante el esqueleto del barco. Siguiendo las indicaciones de Ornette tomé la carretera hacia los viejos puentes mecánicos, aún en funcionamiento cuando alguna embarcación de cierto tamaño debía abrirse paso por los canales. Conté el primero, el segundo, di vuelta en el tercero y crucé para regresar por la otra orilla, donde pereceaban casas con jardines y plantíos de maíz.

—Aquí es —me indicó Ornette.

Apenas empezaba a oscurecer, y el sol creaba sombras largas desde el maizal hasta el camino. Entre las plantas se podía ver una especie de torre hecha de fierros viejos. En lo alto la escultura de un hombre flaco parecía descender a tierra. Primero su paso era firme y confiado, aunque más abajo parecía tropezar y finalmente caía. El resto de la historia había que leerla a lo largo y ancho del maizal y del jardín adyacente.

Un viejo salió a saludar, sorprendido por tener visitas a esa hora. Se presentó como el guardián de las esculturas y guio a Ornette hasta el principio del recorrido.

Después volvió a buscarme: —Los esperaban en dos oficinas más antes de llegar aquí. TJ está muy molesto. ¿Hubo algún problema?

No le di explicaciones más allá de admitir que necesitaba terminar con todo aquello.

—Tampoco usted se enamoró de Ornette, ¿verdad? —el viejo se puso a reír con maldad—.No hubiera sido posible según me explicaron.

Antes de que me atreviera a responder me ordenó que dejara la maleta de Ornette con él y fuera a entregar el camión.

Hice como me pidieron. Fui hasta la oficina, le dejé las llaves al encargado y conté el dinero antes de firmar el recibo. Afuera me esperaba un jovencito en un Oldsmobile.

—¿Adónde vamos?

Encendió el radio en una estación de música ruidosa. A punto estaba de pedirle que me llevara de vuelta al maizal.

—A una ciudad con aeropuerto.

∽ ∽ ∽

El vuelo para San José no salía hasta las nueve de la mañana, pero había llegado a las salas de abordaje desde muy temprano, luego de luchar en vano contra el insomnio y de prepararme mentalmente para cualquier eventualidad. Sin embargo nada extraordinario pasó. Quienes revisaron mi pasaporte no dijeron nada, ni supe si tomaron algún tipo de nota de mi identidad y destino.

La sala de abordaje tenía amplísimos ventanales, tiendas y restaurantes. En la parte central, dispuesta en altos paneles, se podía visitar una exposición de fotografías. En el lado izquierdo de cada panel estaba impresa una reproducción de alguna pintura famosa; en el derecho, la foto de un paisaje. Un texto más largo, colocado en un atril, explicaba que pintores de todos los tiempos se habían inspirado en lugares reales para crear sus obras. Lo que ahora se le presentaba al espectador como una foto del paisaje original, era realmente una composición hecha en computadora a partir de cada una de las pinturas famosas.

—¿No le parece maravilloso? —escuché una voz a mis espaldas—. Uno ve esos lagos, esos cielos reflejados en el agua, los bosques. Todo tan perfecto, tan real, pero es simple producto de ingenio y buen uso de software.

Me volví a mirar a ese hombre, quien de inmediato sonrió. —A mí me da miedo —admití—, ver fotografías de lugares que no existen.

Él me habló de las posibilidades sin límites de la imaginación humana. Yo me asusté más y más pensando en destinos imposibles, aunque en apariencia totalmente armoniosos.

—El artista ha logrado componer un espacio a partir de montañas, ríos y bosques dispersos a lo largo y ancho del mundo. ¡Increíble! Nada es lo que vemos sino lo que intuimos —siguió el desconocido antes de cambiar de tema, preguntar mi nombre y alegrarse porque ambos volábamos a Costa Rica.

—Me llamo Max . . . Max y Marc . . . M&M, como los chocolates.

Se rio de su ocurrencia y probablemente le correspondí. Después quiso saber mi número de asiento y muy pronto me estaba arrastrando hacia el mostrador para tratar de viajar juntos. De ahí en adelante apenas nos separamos al momento de subir al avión, pues los empleados de la aerolínea revisaron detenidamente mi pasaporte, aunque al final igualmente me lo devolvieron sin hacer comentarios.

—Estaré de vuelta en poco tiempo —les dije—. Volveré.

Ellos le hicieron una indicación al siguiente pasajero de la fila.

Max esperaba por mí en la manga de abordaje. Luego me hizo las preguntas de rigor, fascinado por el oficio de chofer de camiones. Para él, manejar por las carreteras norteamericanas equivalía a los viejos recorridos en barco.

—El río se ha vuelto asfalto, los puertos se han multiplicado, asimismo las aventuras . . .

Me hicieron gracia sus ocurrencias. Le conté entonces de las tormentas de granizo en Indiana, de los ciervos muertos en las autopistas de Maryland, de cómo hui de un tornado en Illinois, de las delgadas capas de hielo sobre la carretera que uno debía remontar vacilante como en otro tiempo se hacía con las corrientes salvajes.

—Sí, del hielo yo sé bien —dijo Max—. Vivo en Fargo, donde el invierno es severo y dura hasta vencer a los más optimistas.

Pero a él jamás lo doblegaba el frío, ni la nieve, ni la oscuridad. Tenía una academia de danza latinoamericana. La gente acudía todo el año, pero especialmente en los meses más duros, cuando no era posible andar por las calles ni juntarse con los amigos en el campo abierto.

—Trabajo hasta dieciocho horas al día, pero tengo una clientela fiel y he logrado ahorrar para comprarle a mi familia todo lo que necesita. Muchas mujeres me buscan . . . digamos que me alquilo para bailar con ellas, nada más.

Luego vino la conversación más personal, estimulada por algunos cocteles que Max ordenó. Él había conocido a una gringa, se casó con ella y juntos montaron la academia de baile.

—¿Y usted? —preguntó.

—Yo había sido reclamado por mi padre —le dije—, un militar que tuvo una aventura con una tica residente en la zona del Canal de Panamá. La relación con mi padre nunca fue buena, así que al cabo de mucho tiempo de vivir con él en un suburbio de New Jersey, tomé mis cosas y me fui a recorrer el país de costa a costa.

Max se me quedó mirando con un aire de duda, pero tal vez intuía que su historia tampoco era creíble. Entonces cambió de tema. Ahora eran los motivos para visitar Costa Rica en esa época del año.

—Mis propiedades —dijo—, estoy tratando de adquirir unos terrenos para construir apartamentos. \\

Los míos eran menos glamorosos, yo simplemente tomaba un respiro para visitar a mi madre.

—¿Te está esperando con tu comida favorita como todas las mamás?

No, de ningún modo. Esta era una sorpresa. Nadie me aguardaba ni en el aeropuerto ni en casa.

—A mí tampoco —susurró Max en tono confesional—. Primero me doy una vuelta por las playas, después aviso en casa y cuando llego mis platillos favoritos ya están servidos.

Le dije que era un embustero.

Riéndose a carcajadas proclamó que todos lo éramos, que nadie se escapaba de la mentira.

Una vez en el aeropuerto, Max siguió detrás de mí. Yo intuía las razones, pero como buen mentiroso mantuve la boca cerrada, esperando que picara el pez. Casi en la puerta de salida finalmente se atrevió a invitarme a viajar con él.

—Es poco tiempo, unos cuatro días, pero a veces es necesario recargar las baterías antes de enfrentarse a la familia.

Sin hacerme rogar accedí. Me gustaba el humor de Max, y la voz interna me aseguraba que podíamos divertirnos juntos.

Alquilamos un carro, salimos hacia la costa, hablamos. Hubo algo de jugueteo en el camino y así se nos hizo tarde, por lo que decidimos pasar la noche en ruta a las playas. En un hotelito repleto de loros, ciervos y monos tomamos un cuarto con una cama. Afuera había música, ruido de pólvora y la insistencia de quienes invitaban con altavoces a presenciar la feria comunal con los más fabulosos actos de encantamiento: la mujer gorila, el laberinto de espejos, la casa del terror . . . Fuimos a echar un vistazo. Recorrimos los puestos de comida, la plaza de toros, los juegos mecánicos y al final entramos a una cantina improvisada bajo un palenque. Unos marimberos tocaban canciones que me parecían familiares y a la vez remotas, extrañas. Max ordenó cerveza y gallos de carne, luego nos sentamos junto a la pista de baile. Un hombre muy joven, con chonete y la camisa abierta casi hasta la cintura, se puso a bailar solo en el centro de la pista. Llevaba en la mano una caja de madera, llena de cepillos y latas de betún. La gente empezó a silbarle al muchacho, a gritarle *rico*, *papi*. Nosotros mirábamos absortos la danza, el desafío del limpiabotas, y cómo los comentarios y los chistes de la concurrencia se volvían más agresivos y tensos.

—Esto es una vergüenza —se quejó una voz. Era otro muchacho de la zona, mucho más fuerte y varonil que el solitario danzante—. Vienen personas de afuera como ustedes y tienen que soportar este espectáculo.

Max volteó para responderle al quejoso, pero se contuvo y más bien lo invitó a sentarse con nosotros. Luego guiñó un ojo.

—No puedo creerlo, esa gente hace el ridículo y nos pone en mal con los turistas.

Le ofrecimos comida y bebida, pero solamente aceptó una cerveza. Mientras tomaba se puso a hablar de cómo habían cambiado los tiempos, pues desvergonzados como el limpiabotas se encontraban por todas partes.

—Nosotros vinimos a pasarla bien —lo interrumpió Max—, no a criticar a la gente de la región. Más bien la admiramos mucho, usted sabe, el tipo de hombre de por aquí.

El desconocido se disculpó, le hizo una señal al camarero para pedir otra ronda de cervezas, y preguntó cuáles eran nuestros planes.

—Ya le digo, disfrutar este poblado y a su gente —le respondí.

El joven miró alrededor y dijo, medio en broma, que con mucho gusto él nos brindaba toda la hospitalidad que quisiéramos.

Entonces Max señaló el hotelito y propuso que nos divirtiéramos los tres juntos. Seguidamente le dio nuestro número de habitación al muchacho. El desconocido pretendió escuchar la música, dio otro vistazo a la concurrencia e hizo un gesto de desagrado dirigido al limpiabotas.

—Caray, esa gente es una vergüenza. Voy con ustedes, pero no pueden vernos juntos.

—No hay ningún problema. Primero entro yo al cuarto, luego usted, por último mi amigo Marc.

Sin dar mayores oportunidades a la duda, Max se levantó y se fue. Yo pedí la cuenta, el muchacho se bebió la cerveza en un par de sorbos.

—Vamos a entretenernos —dijo complacido. Se levantó y sin mirar atrás empezó a caminar rumbo a nuestra habitación.

Yo le di un minuto y me fui lentamente, bordeando la pista donde el limpiabotas seguía bailando a pesar de las burlas. El otro muchacho iba adelante, y pude apreciar la inmensidad de su espalda y la firmeza de su trasero. Como salido de la nada, el deseo pronto estuvo allí, pulsando mi cuerpo con inusitada fuerza. Nuestro nuevo amigo tocó la puerta de la habitación y entró. Apuré el paso, no quería desperdiciar un solo minuto. Alrededor de mí, como envolviéndome, continuaba el alboroto de las fiestas, la música de marimba y las convocatorias para asistir a los espectáculos más asombrosos. Entonces me invadió una plácida certeza, una voz dulce y amable. Me decía que quizás, por primera vez en mucho tiempo, estaba regresando a casa.

Baltimore, 2008

ESCUCHANDO AL MAESTRO

La conferencia de Borges en Tulane University quedó fijada para las cuatro de la tarde de un viernes de octubre, el único mes fresco en New Orleans. Sería a principios del otoño, la estación que tanto le gustaba a Borges porque podía oler en las hojas oxidadas cierta plenitud más poderosa incluso que la muerte. Borges llegaba a Tulane gloriosamente vencido. Apenas un año antes el premio Nobel se le había escapado definitivamente de las manos, pero para su consuelo los jugosos territorios de la Academia Norteamericana eran suyos. Cada una de sus apariciones públicas representaba un nuevo homenaje, otro campus rendido ante su genio y más dólares en su cuenta bancaria. Borges había entrado al exclusivo círculo de los escritores idolatrados en las universidades, lo que le garantizaba el sustento y el aplauso de un público selecto, sensible e influyente. También le permitía asomarse a la inmortalidad, conocerse y descubrirse a sí mismo a través de numerosos artículos sobre su obra y su persona. Nosotros, quienes veníamos del patio feo del mundo, nos robábamos para consuelo personal parte del aura de Borges aunque no lo admitiéramos ni en público ni en privado. Él era de los nuestros a pesar de identificarse como argentino. Nos pertenecía porque su país estaba tan jodido como Chile, El Salvador o Nicaragua, con una dictadura en lenta agonía y una guerra absurda demasiado fresca en la memoria. Lo supiera o no, Borges representaba a los que se habían quedado y a los que huíamos, quizás más a los segundos que a los primeros, porque desde

71

muy joven él también había empezado a deambular por regiones y culturas lejanas, tan metido en su biblioteca y tan fuera de todo que ninguno de nosotros podía siquiera comprender a cabalidad los extremos de su viaje. Por eso Borges nos provocaba un sentimiento amargo, entre la admiración por su inteligencia y el desprecio por su traición. Y ese viernes de principios del otoño el viejo comparecería ante todos. Algunos —pensaba yo— irían con las acusaciones bajo el brazo, otros por el simple deslumbramiento que producía su nombre. Estaríamos ahí por amor u odio, apenas unos cuantos por razones intelectuales, las más aburridas e intrascendentes en aquella época.

Borges charlaría sobre alguna de sus pasiones: la cábala, si mal no me acuerdo, pues la invitación a Tulane corría a cargo del Centro de Estudios Judaicos. Hablaría en inglés como fina atención a su audiencia mayoritaria. Contestaría preguntas por un máximo de quince minutos porque a su edad el cansancio no le permitía más. Cualquier dardo o reclamo, cualquier pregunta que lo pusiera en un apuro —si acaso fuera posible poner a Borges en apuros— tendría que hacerse apenas él terminara su esotérica disquisición. Y estaríamos todos listos: sus defensores, sus fiscales, los que se negaban a escucharlo y juraban que llevarían tapones para los oídos, los que acarreaban su pasión en los puños porque había tanta lucha pendiente desde México hasta el extremo sur del continente. Estarían también aquellos que se encogían de hombros y nos decían que los latinoamericanos éramos imposibles de comprender, una partida de pendejos ansiosos porque un escritor, nada más que un escritor, daría una charla sobre un tema típico de escritores.

Veríamos a Borges en Dixon Hall, el más respetable y añejo teatro del campus. Un edificio de madera ligeramente oloroso a moho, con una acústica igualmente antigua que sin duda iba a perpetuar en un eco solemne cada palabra de Borges, él tan dado a conversar en susurros, como si su conocimiento se disipara en el acto de enunciarlo a grandes voces. Dixon Hall no era tanto un teatro como un santuario. Ahí cometían excesos los personajes de Shakespeare durante la temporada teatral de verano. Ahí se presentaban los intelectuales de mayor altura y costo, a cuyas charlas asistíamos para abrir nuestra mente a nuevas ideas y también para comer, pues usualmente esas actividades terminaban con una generosa recepción en un saloncito al lado. Nosotros padecíamos el hambre intelectual y física de casi todos los estudiantes latinoamericanos. Gracias al cielo, para saciar ambas existía Dixon Hall. Pero más allá de satisfacer prosaicas necesidades, ese teatro era mi refugio particular. Cada viernes huía a escuchar música y a mirar gente. Llegaban muchas personas —la mayoría de cierta edad, vestidas con elegancia— a disfrutar conciertos con ese fervor reverente de los iniciados. Era un público incapaz de estropear la ejecución de un cuarteto de cuerdas o de un aria de ópera con una risa inoportuna. Era una audiencia entrenada para toser solamente en los intermedios y aun así hacerlo con discreción, como si cada cual hubiera aceptado una serie de reglas por el mero hecho de haber ingresado a la sala de conciertos. Yo miraba a esos hombres y a esas mujeres, pero no sentía ninguna empatía a pesar de nuestra mutua pasión por la música. Me daba vergüenza hablar con ellos, a veces los odiaba sin saber por qué. Cada noche de concierto me iba con mis jeans desteñidos, mis camisas de niño bueno y una boina rematada en una estrella, la cual me quitaba al entrar como lo hacían los creyentes frente a las puertas de sus templos. En mi caso, al menos, no me movía la fe. Usualmente me sentaba solo, aislado de todos en un rincón del teatro. Tosía, como los demás, en los descansos. Me aferraba a los brazos de la butaca para sentir la música a plenitud, pues hacía vibrar la estructura del edificio y penetraba en la madera intensamente hasta desaparecer en su profundidad. Yo, que creía haber llorado por todo y por todos, que me pensaba incapaz de conmoverme después de tantas bombas, de guerras sin fin, de exilios. Yo y mi solidaridad costarricense, tan segura, tan aséptica. Yo, que había disfrazado la desazón con cinismo, que no haría lo suficiente para evitar que mi país fuera neutralmente vendido a perpetuidad. Yo, que no había huido más hacia el norte y el este por falta de oportunidades y de cojones. Yo, el furioso, el silencioso, el encerrado, lloraba de puro placer en Dixon Hall. Al final de los conciertos salía a paso veloz, mirando la hora como si alguien me esperara, secándome con disimulo cualquier posible lágrima.

Escuchando la música, me preguntaba si yo mismo no era un traidor. Aunque me había formado en ciertos grupos progresistas de entonces, muy dentro de mí sospechaba que había dejado de cumplir mis deberes. Nicaragua se había liberado sin mi participación y ahora se estaba reconstruyendo gracias al trabajo abnegado de cientos de voluntarios internacionalistas. Yo solo había visto el proceso desde el otro lado de la frontera, mezclado con un grupo de drogos pacifistas que demandaban el cese de toda intervención imperialista. Había escuchado horrores sobre la guerra en El Salvador, pero no contribuía a las colectas para comprar armas ni me gustaban las pupusas. Guatemala estaba demasiado lejos . . . . Para peores, había prestado oídos a los rumores de un cisma en nuestra agrupación que provocaría rupturas y cacerías de brujas. Con los pies sobre esa línea que divide la prudencia y el miedo, había atendido los consejos de un compañero profesor, quien primero me recomendó que dejara de frecuentar a ciertas personas, y finalmente me habló de sus contactos en el país enemigo y de la posibilidad de conseguir una beca para un estudiante tan dotado como yo, tan preocupado por el curso de los eventos en América Latina. Jamás pensé que mi camarada tuviera conocidos en el último país del mundo donde hubiera querido estudiar. Tampoco que yo diría *sí* y que saldría como los ladrones, oculto de los demás y de mí mismo, sin pensar que a nadie le importaba, ocupados todos en luchas de poder y rencillas personales.

Ese viernes de octubre no habría concierto porque Borges hablaría en mi territorio secreto. Una vez en mis predios yo le reclamaría su ausencia de los eventos que desgarraban a nuestros pueblos. Él era La Voz, y yo no podía admitir que viniera a Tulane a charlar sobre la cábala, a ser cómplice de esa audiencia acomodada en su bienestar. Quizás al mismo tiempo, yo podría expiar parte de esa culpa que no comprendía ni aun cuando escuchaba la música más sublime. Borges y yo tendríamos unos segundos frente a frente, él como si me mirara, yo como si pudiera ser visto por sus ojos muertos: "Pronúnciese, maestro", planeaba decirle, "llénese las manos de mierda, usted que no la ha comido como nosotros".

Convoqué a mis camaradas, gente de seis o siete países unida por el hecho de estar fuera, y les propuse dar el golpe durante la sesión de preguntas y respuestas. Tendríamos a Borges como pretexto para dejar constancia de nuestra inconformidad y rebeldía, tan necesaria en esa época de nuevas invasiones y olvido. Le diríamos al viejo que aún lo estábamos esperando. Demandaríamos de él simplemente unas palabras para que su figura creciera ante nuestros ojos y de paso nos salvara, al menos a mí. Yo gozaba de algún prestigio como agitador político. Quizás era demasiado vehemente en mis intervenciones, o estaba muy solo y por eso hablaba hasta por los codos. La cosa es que mis camaradas me prestaban atención y hasta habían salido a la calle con pancartas demandando cambios que los transeúntes no entendían ni les importaban. Así las cosas, hubo aplausos porque Borges era quien era y su conferencia reuniría en Dixon Hall a las autoridades de más alto rango, el corazón mismo del *statu quo* que debía ser puesto en crisis.

Le dimos forma a nuestro plan en el mismo bar del French Quarter donde dicen que se tramó el complot para asesinar a John F. Kennedy. En voz alta leí fragmentos de la obra borgeana. Hubo consenso en llamarla impenetrable, evasiva, cómplice, pequeño-burguesa, alejada de las urgencias del pueblo. Sin embargo alguien se atrevió a sugerir que mi lectura demostraba un gozo por esos poemas y esos cuentos. Rápidamente me encargué de reprimir las posibles disidencias con un discurso denigrativo, fundado no tanto en mi conocimiento de la teoría marxista como en ciertas frases que había escuchado en situaciones similares. Hubo que callarme para poder pasar al siguiente tema. Evacué dudas respecto a qué le pasó a Borges durante la época de Perón, o dónde estaba cuando los milicos hicieron caer a Isabelita. Les recordé que Borges había aceptado un homenaje de Pinochet en 1976. Luego minimicé cualquier temor de estar embarcando a todos en una aventura que pusiera en peligro nuestra permanencia en la universidad. Para lograrlo, invoqué el espíritu de lucha, nuestra pasión latinoamericanista, lo justo de nuestras demandas, el derecho a expresarnos libremente. "Esta oportunidad merece asumir riesgos", dije sin mirar los rostros de mis camaradas, "de

todas formas yo seré el primero en hablar, yo estaré ahí al frente".
Creo que todos asintieron, aunque no pude ver sus ojos por temor a
que leyeran en mí alguna otra intención.

Sorteamos una absurda lista de tareas utilizando papelitos dobla-
dos. ¿Quién recogerá los boletos? ¿Quiénes nos guardarán lugar en la
fila? ¿Quién hará algunas fotos para documentar la llegada de Borges
y nuestra intervención? ¿Cómo nos vamos a distribuir por el teatro?
¿Nos apoyará la concurrencia? ¿Cuántas preguntas se harán? ¿Quiénes, además de mí, van a acercarse al micrófono, enfrentarse al público y soltar las preguntas? ¿Cómo vamos a escapar si algo malo
ocurre? Todos conocíamos la disciplina y la obligación de dejar a un
lado nuestras pequeñas ambiciones individualistas por el proyecto
común. Por eso cada uno tomó un papelito, leyó sus deberes, asintió
y, aún sin admitirlo explícitamente, me dejó mandar.

Los días previos a la conferencia casi no nos vimos. Yo recibía
llamadas para tener noticias de cómo se iban cumpliendo cada una
de las etapas del plan. Si alguien mostraba flaqueza, le recomendaba
reflexionar sobre su actitud, recordándole quiénes verdaderamente estaban asumiendo riesgos, y quiénes no. Obtuvimos las entradas con
suficiente anticipación, una idea del sector donde nos sentaríamos, el
contenido de las intervenciones.

Lo que nadie supo fue la secreta reverencia con que repasé algunas páginas de Borges, y cómo lamenté que el viejo ya no diera au-
tógrafos. Nadie se enteró tampoco de que el jueves víspera de la
conferencia vi a Borges en pleno French Quarter. Dos hombres lo
ayudaron a bajar de un carro negro frente al Preservation Hall, y casi
en vilo lo llevaron dentro. Sin dudar un instante pagué mi entrada, y
entré dispuesto a fingir un encuentro casual con Borges. Él estaba en
primera fila, con su esposa María K sentada a su lado, los dos ase-
diados por personas que no cesaban de hablar. Les presentaron a los
músicos, algunos casi tan viejos como Borges, todos negros, vesti-
dos con trajes un poco raídos que contrastaban con la formalidad del
impecable escritor. Ninguno de los músicos parecía entender quiénes
eran esas personas, así que cumplieron el rito de estrecharles la mano
más por cortesía que por otra cosa. Yo me quedé atrás, apoyado en

una columna, un poco a la sombra. El Preservation Hall siempre me producía ansiedad, con ese airecillo de habitación a punto de venirse abajo. Como muchos otros establecimientos en New Orleans, el espacio era mínimo y la ventilación muy poca. Hacía calor aunque para andar en la calle uno necesitaba una chaqueta gruesa. Las luces ambarinas, los instrumentos manchados por el tiempo y el uso, el piso sucio, las paredes descascaradas . . . todo me hacía sentir que estaba en una foto en sepia. ¿Qué podría percibir Borges con sus ojos inútiles? ¿Acaso eran los susurros de María K el medio por el que la realidad del entorno se metía en su imaginación?

Borges se quedó casi inmóvil durante toda la presentación. A veces María K le arreglaba el pelo con un peinecillo que el escritor traía en su saco. Cuando movía la cabeza me daba la impresión de que estaba sonriendo. Entonces recordé que jamás había conversado con un ciego, por lo cual me asaltaron dudas absurdas: ¿Para dónde mira uno cuando habla con un ciego? ¿Cómo referirse a las cosas, si en el diario vivir uno da por sentado que la otra persona entiende de colores y formas? Estaba sumido en mis cavilaciones cuando el concierto terminó. Borges y su grupo salieron sin que nadie los molestara. Yo no pude acercarme. Me dio miedo, creo.

Ese viernes de octubre amaneció con un cielo deprimente que no aclaró hasta después de las tres y cuarto de la tarde. Recuerdo que la gente en el campus andaba cabizbaja para evitar el embate de las ráfagas de lluvia. Mis camaradas y yo hicimos un rápido balance de la situación, repasamos nuestra distribución en la platea y el balcón, las preguntas y el orden en que serían formuladas. Tal vez jugando a los espías, decidimos entrar y salir cada cual por su lado, sin conversar más de lo necesario. Nos separamos casi sin nerviosismo, pero nadie se deseó suerte.

Fue relativamente sencillo perderles la pista a mis compañeros porque había muchísimas personas en la entrada de Dixon Hall. Una vez que estuve solo, me acerqué con disimulo a la puerta de artistas por donde Borges estaba supuesto a entrar. Llevaba en mi chaqueta una camarita fotográfica lo suficientemente discreta como para que nadie la advirtiera. Según supe, mucha de la gente congregada junto al acceso de artistas no había conseguido entrada y quería al menos ver pasar al maestro. "¿Usted tampoco tiene su tiquete?", me preguntó alguien, "porque si no se apura no va a poder entrar". "No me interesa ver a Borges", contesté mirando la acera que conducía a la entrada principal, cada minuto más concurrida y agitada. "¿Entonces qué hace aquí?", replicó molesta la persona. "Vengo a verlos a ustedes". Pasaban grupos en traje de concierto y de ópera, corrían estudiantes a encontrarse con sus amigos para ingresar juntos al teatro. Ya para las tres y treinta y seis, el bullicio de Dixon Hall salía a la calle. Yo estaba muy ansioso porque la gente no cesaba de entrar y porque era ya muy numeroso el grupo congregado cerca de la puerta de artistas. Empecé a tomar fotos con la intención de permanecer ocupado y capturar el ambiente. Aquello parecía el recibimiento a un cantante de rock y nadie me iba a creer la historia si no mostraba la multitud apretujada entre los charcos, lista para abalanzarse sobre el viejo escritor. Hacia las tres y cuarenta oí que Borges no utilizaría esa entrada sino una al lado opuesto del edificio, que daba al depósito de utilería del teatro. Muchos empezaron a correr. Yo dudé e hice más fotos. Un minuto más tarde alguien dijo que Borges estaba llegando, así que me lancé con la turba. Llegué cuando el automóvil de la noche anterior se retiraba por una calle lateral. El viejo ya había descendido y otra vez lo llevaban en vilo. En vano intenté acercarme, así que levanté mis brazos y seguí tomando fotos sin concierto ni objetivo hasta que supuse que Borges había entrado al depósito de utilería. Entonces corrí a la puerta principal del teatro a empujar de nuevo a la gente, a agitar mi entrada delante de todos. Finalmente fui arrastrado hasta la zona de butacas. Contra toda norma de conducta, había gente sentada en el pasillo central y en las escaleras que conducían al balcón. Traté de hallar a mis compañeros, pero ni aun con la mejor voluntad esa tarea era posible y el tumulto me llevó hacia la escalera del balcón central. Subí pisando a la gente, necesitaba un punto para anclarme y al menos sobrevivir a esa catástrofe de fanáticos ansiosos de ver y oír a Borges reflexionar sobre la cábala. Curiosamente las personas a mi alrededor parecían estar felices, gozar el caos, el apretujamiento y los pisotones. Un hombre a quien no pude reconocer se acercó a un podio colocado a la derecha del escenario. Pidió orden, rogó salir a quienes no tuvieran su boleto. La muchedumbre le respondió con una silbatina. El hombre prefirió dejar de insistir y desapareció. Yo terminé arrojado en una butaca, de la cual no me moví a pesar de los reclamos de una chica que guardaba el asiento para alguien. A la distancia en el escenario se veía una mesa con cinco sillas, iluminada con un potente foco blanco. Detrás, una gasa de color neutro creaba la ilusión de un espacio mayor. Desde mi asiento y con mi cámara, tomar fotos de Borges era absurdo. Al menos, no muy lejos estaba uno de los micrófonos destinados a las preguntas de los asistentes. Yo guardaba la mía y la iba a hacer aunque para ello tuviera que saltar por encima de toda la gente que no acababa de acomodarse.

Pocos minutos después de las cuatro, las lámparas de la sala fueron del amarillo al ámbar y luego se apagaron por completo. El haz blanco hizo resaltar la mesa principal y las conversaciones se esfumaron lentamente, como ocurría en los conciertos. Yo tosí casi por instinto y empecé a repasar mentalmente mi pregunta: "Señor Borges, teniendo en cuenta la situación actual de América Latina . . ." Un aplauso me interrumpió. De uno de los foros salieron una mujer muy alta, algunos tipos con cara de autoridad universitaria y Borges, conducido por María K. Fue una lenta procesión hacia los asientos que tenían asignados que sirvió para que la gente aplaudiera hasta sentir dolor en las manos. Yo hice un último intento de lograr una foto, pero apenas veía unos puntos difusos cruzar de un lado al otro en el diminuto horizonte del visor.

La mujer alta, iluminada por un seguidor, se dirigió al podio. Hizo las presentaciones, dio los agradecimientos y cuando iniciaba una apología de Borges su voz empezó a quebrarse. No lloraba la mujer, no dudaba, simplemente había trozos de su exposición que se perdían por fallas en el equipo de sonido del teatro. Su discurso nos llegaba en fragmentos cada vez más breves y discontinuos. Si al principio oíamos frases enteras, pronto solamente pudimos comprender palabras aisladas, poco más tarde no escuchamos sino ruidos como truenos. La reacción del auditorio, curiosamente, fue guardar más silencio y parpadear al ritmo de las interrupciones. Muy profesional en su papel

79

de anfitriona, la mujer no mostró consternación ni alarma. Siguió leyendo hasta el final, mostrando una especial dignidad ante la amenaza del ridículo. Las otras autoridades, desde la mesa, guardaban igualmente la compostura. Nosotros supimos que la señora había acabado su intervención porque hizo un gesto hacia Borges, invitándolo a dirigirse a su público. Una nueva avalancha de aplausos correspondió al gesto. Creo que Borges sonrió. Con la ayuda de María K verificó la posición del micrófono en la solapa de su traje y pronunció sus primeras palabras en un susurro ininteligible. Dijo algo más, sin embargo nada se oyó en el teatro. Muchos en la audiencia dieron un respingo, como si los asientos fueran ese día más incómodos que de costumbre. Luego sobrevino otro silencio, el más rotundo. Nadie se oía respirar ni hacía nada que pudiera de alguna manera alterar esa quietud total. Aun así las palabras de Borges tampoco llegaban. El viejo debía saberlo, pero seguía hablando como si todo marchara sobre ruedas. Sus acompañantes de la mesa miraban al frente, seguramente escuchaban al viejo, aunque pudiera ser también que el silencio los mantenía aterrorizados e inmóviles.

Al poco rato, un hombre vestido de mono verde apareció al otro lado de la gasa, al fondo del escenario. Se ayudó con una linterna a encontrar la tapa de un panel. Sin prisa fue quitando uno a uno los tornillos, luego se dedicó a hurgar entre un laberinto de cables. Ni una sola vez volteó a mirar a Borges, ni pareció preocuparle esa multitud paralizada por el silencio. Creo que casi todos seguimos por un rato los movimientos del hombre, pero pasaba el tiempo y el sonido no regresaba. Con un nudo en la garganta, lo dejamos hacer como si fuera un inocuo espectro de los que, se decía, frecuentaban Dixon Hall.

Tal vez Borges extrañaba la complicidad del público. De cuando en cuando enfatizaba su discurso con las manos, pero ningún sonido se mecía en el aire de Dixon Hall, ni buscaba las paredes y las butacas para coquetear con la madera, hacerla vibrar, penetrar en ella. Si algo le respondía era el silencio, ese mismo que se escapaba en algún momento entre la música más amada. Borges decía algo y nos quedaba el otro lado de su voz, lo que completa el espacio una vez que el ser humano ha dicho su verdad. De repente sentí unas lágrimas rodar por mis mejillas, una humedad igualmente callada y reverente. Como todo instante robado a la eternidad, la intervención de Borges duró demasiado poco. Nos dimos cuenta de que había terminado porque el viejo se recostó en su silla y sus acompañantes en la mesa empezaron a aplaudir. El hombre tras la gasa no se inmutó, parecía sordo a los eventos que ocurrían a su espalda. Un murmullo de alivio se fue extiendo por el teatro. Apenas el estupor nos permitió reaccionar, aplaudimos y algunos se levantaron a gritar "¡Bravo! ¡Bravo!" La mujer importante pidió calma con las manos y a gritos abrió la sesión de preguntas. Nadie se atrevió a levantar la mano, ni siquiera yo que a esas alturas había olvidado otra razón para estar allí que no fuera Borges mismo, su conferencia imposible de relatar. No alcé la vista en busca del micrófono, no pensé si mis camaradas aguardaban esa primera pregunta, nuestro grito de batalla, la señal para echar a andar la aventura. Yo aún seguía conmovido por el silencio.

A los pocos minutos el viejo escritor se levantó y salió de escena. La gente se quedó de pie hasta que el seguidor perdió a Borges entre los telones. Luego regresaron las luces de la sala, haciendo desaparecer la figura del hombre tras la gasa. El teatro fue desalojado poco a poco, entre comentarios en voz baja y las primeras risas. Yo me limpié con las manos cualquier rastro de lágrimas y corrí a un café a encontrarme con mis compañeros. Ellos admitieron que ni siquiera en las filas más cercanas al escenario se podía escuchar una sola palabra. "Fue un fraude", se quejó uno de ellos. Yo no le respondí, aunque estaba dolido porque evidentemente mi camarada no había entendido nada. Luego me preguntaron mi opinión y salí del apuro con el argumento más sensato: no podía opinar de lo que no había oído. Ninguno preguntó por nuestro plan ni me hizo reclamo alguno. Quedamos de vernos otro día y cada cual se retiró a su casa con cierto alivio.

Mis fotos del evento quedaron bastante extrañas. Casi todas eran confusas, difíciles de ver. Eran retratos de un tumulto en un sitio imposible de identificar. Las he ido perdiendo con los años, pero todavía guardo al menos una de ellas. Para el individuo poco observador, en esa foto solo hay muchas cabezas, manos levantadas y desorden. Pero quien se fije bien, verá entre un círculo que yo he trazado con marcador la rala cabellera blanca de un anciano. Del círculo sale una flecha hacia una leyenda, o una ayuda de memoria para cuando yo no esté. "Ese de ahí", dice la leyenda, "ese es Borges".

New Orleans, octubre–noviembre 2001

RETRATO HABLADO

No lo vi sino en el momento en que tomó por asalto la única mesa vacía del café. Yo acababa de sentarme también, aunque mi lugar era bastante malo: en medio del pasillo, a espaldas de la puerta. Cada vez que alguien la abría entraba a golpearme una corriente de aire, y yo me aferraba a mi capuchino mientras maldecía en voz baja. Afuera, New York seguía sucia tras las últimas nevadas. Por todos lados reposaban grandes trozos de frío sin derretir. Agua dura, pisoteada y ennegrecida resistía inútilmente la prisa incesante. Durante toda la tarde había querido escribir un poema sobre esta ciudad que siempre me horrorizaba y me obligaba a volver. Había caminado en busca de un lugar mágico, uno de esos espacios desconocidos que de pronto se quedan con vos para siempre. Al cabo de las horas tenía los labios resecos, la nariz insensible y una carga de ropa que mi cuerpo no terminaba de soportar. Soñaba en latinoamericano que un buen café curaría todos mis males y me permitiría abrir un paréntesis en el frenesí de ese cúmulo de materiales y almas, que no podía quedarse quieto ni aun cuando las temperaturas se habían desplomado y otra tormenta se anunciaba en los noticiarios vespertinos.

Yo había entrado al café siguiendo una corriente de personas. Casi todos se acercaban al mostrador, ordenaban sus bebidas para llevar y desaparecían. Cuando fue mi turno, aún no me había decidido y en cierto modo me delaté: solamente un forastero podía darse el lujo de hacerles perder el tiempo a los empleados, probablemente estudiantes de ciencias sociales, filosofía o cine, grandes nombres del mañana que debían tener paciencia porque el extraño requería unos segundos para pensar, aunque detrás la fila de clientes creciera y perdiera también los estribos. Creo haber dicho que finalmente me senté en mal lugar. Más que una mesita, era un tablero de ajedrez de forma circular, sostenido por un pie central. Alguien se había llevado una de las sillas. Sin ella el tablero se veía enorme, desolado, como si nunca pudiera tener ante mí a un contendiente. Las personas iban y venían, abrían la puerta, yo me helaba. Di un vistazo al área frente a mí, un paraíso inaccesible, formado por mesitas cuadradas, con sillas comunes y corrientes. Una mujer leía el periódico, dos hombres se reían quedamente y miraban con distancia el movimiento alrededor. Un grupo de hispanos procuraba acomodarse entre bolsas de grandes almacenes. Sentí otra vez el impulso de escribir un poema. Garabateé algunas líneas, pero finalmente hice un bodoque con lo escrito y me dediqué al ocio, otra de mis culpas más placenteras. Segundos o siglos después, los hispanos empezaron el rito de marcharse. Las instrucciones que se daban unos a otros demoraban aún más la de por sí lenta preparación para salir al frío. Primero había que ponerse la chaqueta acolchada, cerrar innumerables botones, subir los zippers. Venía después la bufanda, ajustada al cuello pero sin apretarlo. Para lograr que la bufanda quedara bien puesta era necesario desabrocharse el abrigo y empezar de nuevo. Seguían las orejeras, la gorra de lana y el sombrero. Por último, los guantes. Ya listos para marcharse, verificado que todo estuviera a punto, recogieron las bolsas y empezaron a caminar entre las mesas como astronautas sobre la superficie lunar. "Excuse me", decían con acento inconfundible, "excuse me", repetían y la gente les abría paso sin mirarlos a los ojos ni abandonar su soledad.

En ese momento un rostro feroz cruzó ante mí. Le dijo algo al último de los hispanos, pero quizás este no le comprendió. El muchacho volvió a hablar, esta vez señalando la mesa poblada aún por restos de merienda. El latino rezagado trató de pedir ayuda a sus compañeros, pero la mirada del muchacho de rostro feroz no le dio oportunidad alguna. Alegó en español y en inglés titubeante, puso sus bolsas a un lado y se dispuso a recoger los vasitos de cartón y a limpiar la mesa con una servilleta. Inmediatamente, el muchacho fue tomando posesión del lugar. Dejó su mochila en una silla; su abrigo, guantes y bufanda, en otra; hizo una limpieza final y se sentó. Era alto, de ojos claros y cabello salvaje. Tenía el rostro afilado y unas manos largas, que empezaron a sacar útiles de la mochila: un bloque de hojas, lápices y plumas, una revista o más bien un catálogo de ropa. Con gran delicadeza fue disponiendo cada cosa dentro de los límites de su territorio, luego se olvidó del mundo, o al menos eso creí. Supuse que estudiaba diseño. Con la mano izquierda mantenía el catálogo abierto; con la derecha, daba trazos largos, se detenía en detalles, creaba formas que yo no podía mirar. Decidí que estaba matriculado en Pratts y que era asiduo del MoMA. Cinco tardes por semana servía copas en un bar, iba al gimnasio casi a diario y leía novelas de terror, tan populares desde setiembre del 2001. Viviría en Brooklyn, a la vuelta del instituto, o mejor en el Lower East Side, que está cerca de Soho y el Village, que no era tan *artsy* pero la renta resultaba más razonable. Su apartamento estaría en un edificio construido en el siglo diecinueve. Minúsculo, atestado de cosas, con afiches hasta el cielo raso, tendría algún detalle chic. Dormiría solo cuando no hubiera más remedio, en una cama eternamente desordenada. Comería a deshoras, usualmente más vegetales que carne y más pasta que vegetales. Tomaría café para vencer el sueño y vino para recuperarlo. Se sentiría el dueño del mundo. Lo demás no era sino aguardar fortuna.

De cuando en vez levantaba la cabeza, miraba sin ver, no se percataba siquiera de mi impertinencia, aunque yo seguía cada movimiento suyo con descaro. Podía meterme en apuros, ¿pero cuántas veces te encontrás un maravilloso rostro feroz? Ni siquiera abundan en una ciudad de posibilidades ilimitadas como New York. El muchacho estudió con satisfacción el dibujo, retocó algún detalle, luego arrancó la hoja e hizo un bodoque perfecto, que puso en la esquina derecha de la mesa. Preparó una nueva hoja acariciándola con su mano, y ahora sí oteó el ambiente. Por un segundo pareció fijar sus ojos en mí, aunque más bien prestaba atención a algo situado un poco más lejos, por encima de mi hombro. Me volví como para observar el frío que iba y venía sin consideración alguna, que me golpeaba la espalda y me recordaba que en New York yo era un solitario más. Entonces descubrí a la muchacha que intentaba abrigarse con un leve traje de invierno. Tenía el rostro ajado, como si hubiera dormido poco. A sus pies, una valija no muy grande develaba un viaje. La chica se fue quitando sus trapos, sacó un teléfono celular de su cartera e hizo algunas llamadas.

—Hey, Mike —dijo la primera vez—, te esperé una hora en el aeropuerto, y desde entonces no he dejado de buscarte. He llegado al café de Union Square, pero tampoco estás aquí . . . me prometiste que vendrías a recogerme, Mike, ¿se te olvidó? Hazme saber cuando oigas este mensaje y ven para acá . . . y trae el abrigo negro, ¿sí? Te quiero, te quiero más.

Aguardó unos minutos, quizás con la esperanza de que Mike estuviera en casa y simplemente no hubiera podido alcanzar el teléfono a tiempo. Pero Mike no llamó, ni hubo mesa disponible en el café sino hasta rato después. Entonces la muchacha se dedicó a buscar amigos. A todos les preguntó por Mike, si lo habían visto, si estaría bien . . . Sí, un viaje muy largo —explicó— pero ya estaba de vuelta . . . No, ningún problema con el aterrizaje. ¿Sabes de Mike? No quería ni siquiera pensar que le hubiera fallado de nuevo. Esta vez era peor porque no tenía llave del apartamento. Había salido abruptamente a casa de Kelan en DC. Siempre huía hacia los mismos brazos . . . Mi vida privada no es tema de discusión, lo siento, he cometido un error al hacer comentarios de Mike, por favor perdona la molestia.

El dibujante de fiero rostro había regresado a trabajar. Inspirado en la recién llegada, supuse, deslizaba el lápiz frenéticamente por el papel. Los movimientos parecían automáticos, como siguiendo un dictado. Ya no lanzaba líneas delicadas, más bien dibujaba con ansiedad, acaso para no perder la esencia de la escena. Hoja tras hoja el catálogo de ropa se fue cerrando, y podría jurar que se movió hacia la esquina donde yacía olvidado el bodoque con el primer boceto.

La muchacha dejó tres recados más para Mike. Después conversó con un tal Rob. Parecía insegura, incómoda, aunque Rob no le pidió explicaciones. Brevemente, ella le dijo que no podía entrar a su apartamento y que quizás necesitaría un lugar donde dormir. Le agradeció mucho a Rob: "Eres un verdadero amigo", dijo disimulando la angustia. Después le dio las señas del café y quedaron de verse en diez minutos.

Casi de inmediato quedó una mesa desocupada frente al muchacho de rostro indómito. La chica tomó el lugar, fue por una bebida y al rato llegó quien debía ser Rob. Estaba un poco agitado por la prisa y traía una bolsa de papel. Se dieron un beso en la mejilla y conversaron. Ella parecía a punto de llorar. Entonces Rob tomó su mano y la sostuvo de modo significativo hasta que la muchacha se liberó con una sacudida rápida pero poco firme. En algún momento la chica sacó su teléfono. Rob le permitió que verificara los mensajes, pero no aprobó que hiciera nuevas llamadas. De todas maneras, las llamadas fueron cortas y más bien deprimieron a la muchacha. En ese momento Rob sacó una caja de la bolsa y la puso frente a la chica. Ella dudó, dijo muchas cosas, pero Rob no le aceptó las excusas. Empujó la caja hacia ella, pidiéndole que deshiciera el lazo y mirara el contenido. Había una orquídea adentro. La muchacha, en un gesto muy típico, la miró con desconfianza, la sostuvo ante sus ojos, estuvo a punto de llevársela al corazón. Como ella, yo también hubiera hablado mucho ante tal regalo. Me hubiera gustado que inventaran una historia para mí, pues lo peor sería saber que Rob guardaba la orquídea en la nevera y que malévolamente la había aprovechado para vencer la resistencia de la muchacha. No, Rob, decime más bien que colgaste el teléfono, te hiciste de un abrigo sin cuidado alguno y corriste a la calle, pues solamente tenías unos minutos para encontrar algo bello y llegar al café a tiempo, sin levantar sospechas. Mentí que te dio frío, que resbalaste y no te diste cuenta ni de los agresivos autos ni de la gente. En una esquina había un puesto de flores, atrás una tiendita en la que atronaban canciones norteñas. Le preguntaste a la dependienta y ella fue hasta el fondo a buscar la flor más cara, una orquídea no muy grande, de un delicado color lavanda. La mujer trajo la flor entre sus dos manos, igual que una ofrenda. Vos no entendías nada, Rob, pero te imaginaste que la música norteña era ideal para acompañar el desfile de tan hermoso objeto. La canción te recordó vagamente unas tonadillas germánicas que un viejo amor solía poner a todo dar en tu estéreo, por eso le preguntaste a la dependienta el significado de la letra. "Habla sobre la pisca de la fresa en el Sur", explicó, "sobre esa gente que deambula como gitanos por el Cinturón Bíblico, y no sabe leer ni escribir, ni en español ni en inglés". La realidad no tenía ningún derecho a echarte a perder la velada, Rob. Reaccionaste dando una disculpa, pero la mujer siguió impasible, escudriñando en tus ojos el motivo para comprar una flor tan particular en esa noche de invierno. "¿Usted está enamorado?", te preguntó. Vos saliste al frío sin contestar, con la orquídea oculta en una bolsa de papel, sacudiéndote de la cabeza el error de hablar demasiado con *Hispanics*. Lo importante era la flor, esa misma que ahora la chica acariciaba con detenimiento.

Cuando la muchacha y Rob se levantaron, apenas podían disimular las sonrisas. Se ayudaron mutuamente con los abrigos y salieron muy juntos, aunque en ningún momento se rozaron siquiera las manos. Al pasar junto a mí, ella describía algo que había visto en un museo de Washington y Rob se hacía cargo de la maleta. Había transcurrido una eternidad y yo ni siquiera me había percatado. Para entonces mi capuchino estaba helado. Otros clientes se habían ido del café, así que alrededor del muchacho de rostro indómito quedaban algunas mesas vacías. Lo vi dar los últimos trazos frenéticos, después derrumbarse sobre su proyecto. Dejó el lápiz disciplinadamente a la derecha del bloque de hojas, deshizo el bodoque que estaba en la esquina, lo miró, puso algo de color aquí y allá, hizo de nuevo una pelotita de papel. Parecía satisfecho . . . no: exultante. Estaba tan seguro de sí mismo y de su buena estrella que dejó la mesa como al descuido y fue al baño sin voltear siquiera una vez. Claro, yo estaba allí, vigilando, pero él no tenía por qué saberlo. Tampoco debía enterarse de la oportunidad que me estaba tendiendo. El muchacho de rostro feroz regresaría en un par de minutos, suficientes para ir hasta su mesa y hojear el bloque de dibujos.

Al acercarme, hallé el boceto de un cómic en el que una chica dejaba New York, pero antes de marcharse se reunía con su amante en un cafecito de la ciudad. En su conversación no había reclamos, pero sí torrentes de lágrimas a lo Lichtenstein. En algún momento, el amante le regalaba una orquídea que había robado. Gracias a la revelación del personaje —y por anotaciones al margen— me enteré que unos *Hispanics* lo andaban buscando para cobrar la deuda con una paliza. El conflicto empezaba a girar en torno a la flor, al miedo de la muchacha y su urgencia por tomar un tren. Cuadro a cuadro, los dibujos iban perdiendo precisión hasta convertirse en meros esbozos. A la vez eran más y más las frases sueltas, los diálogos apenas sugeridos, las preguntas sobre los acontecimientos por venir. Entonces sentí una urgencia, una certeza que ardió a la altura de mi pecho: el muchacho y yo podríamos recorrer esa ciudad toda la noche, hasta convertir la otra ciudad —aquella que aguardaba la próxima tormenta invernal— en un maravilloso mundo de grafito y papel. Lo supe a tal punto que olvidé a Rob y a la muchacha para seguir por esas calles de cómic a la pareja de novios desesperados por la separación, la amenaza y sus propios prejuicios. Yo estaba tan cercano e inmerso en sus vidas que dejé correr libremente el tiempo. En vez de escuchar el regreso del muchacho, busqué hasta el final más pistas sobre el destino de los novios. Acabé el bloque de hojas, miré velozmente el catálogo de ropa. Luego advertí el bodoque olvidado en la esquina derecha. Sin dudar un instante, lo deshice y encontré una historia anterior a la de la pareja que huía en la noche. Cuando distaban apenas un par de pasos entre el muchacho y yo, del papel arrugado surgió el dibujo de un hombre sentado ante una mesita circular estrecha y parecida a un tablero de ajedrez. El modelo enfrentaba con tal descaro al espectador, que a mí mismo me provocó un cosquilleo en el cuerpo. A su alrededor había frases sueltas, ideas secretas. Y estando así, con la mirada fija en mí mismo, oí un susurro sobre mi hombro, una voz dulce y fiera que me preguntó si podía ayudarle a encontrar el final de esta historia.

New York, diciembre 2002–New Orleans, julio 2003

LEJOS, TAN LEJOS

Me senté en la barra aunque quería hacerlo en una mesa. Nunca me han gustado las barras, son el espacio público, el terreno de todos, es allí donde convergen las conversaciones y los extraños se conocen. Aunque la soledad tienda a quemarme prefiero protegerla, guardar su privacidad y la mía, aislarla y aislarme. Por otra parte los bancos de la barra no tienen respaldar, por lo que al rato me duelen los músculos de la espalda. A eso debo agregar que en más de una ocasión he fallado estruendosamente intentando subir o bajar de ellos, pues sufro de lo que un amigo llama irónicamente "vértigo de poca altura", una especie de mareo o más bien de inseguridad. Pero lo peor, insisto, es que cuando vos andás solo es casi seguro que alguien indeseable se sienta a tu lado y te mete en una conversación que no te interesa. Pero reglas son reglas, incluso en lugares como un restaurante, dedicados supuestamente al placer y la atención de personas.

Era sábado, todas las mesas parecían ocupadas y algunos clientes aguardaban en la puerta. Desde que me acerqué a echar un vistazo al menú puesto como por casualidad en un atril de madera más bien bajo, comprendí que la única manera de comer barato y rápido era accediendo a ocupar sitio en la barra, pues no iban a perder una mesa dedicándola a solo un comensal.

Me senté como pude, pedí una birra y alguna fritura. Quise pan, pero no estaba incluido en el platillo y solo pensar en el cargo extra más los impuestos y la propina me hizo desistir. "De todas formas el pan engorda", me dije sin mucho convencimiento. Tomé a sorbitos, no fuera a acabar mi bebida antes de que llegara el plato principal y único. Otras veces me había pasado, pues la cerveza me gusta mucho, sobre todo con tanto calor. Si las ventas del mes habían estado buenas y me alcanzaba, pedía otra botella y otra y otra. Sin embargo, esa noche las cosas eran diferentes. Debía guardar birra para el momento de cenar, de otra forma acabaría con sed, me atragantaría de repente, o me vería en la penosa faena de pedir agua, que es gratis y humillante para el bebedor, y además nunca te la ofrecen.

A mi izquierda, a un asiento de distancia, una pareja conversaba comiendo hamburguesas. A mi derecha, una pandilla de amigos se reía. Seguro también andaban cortos de dinero porque todos habían pedido el especial de la noche: un daiquiri de frambuesa de precio ridículo. Vi al barman prepararlo: mucho hielo raspado en vasos cortos de vidrio, un líquido rojo como sirope, rodajas de limón para darle identidad de coctel. Los muchachos apenas probaban el mejunje, evidentemente el daiquiri era solo un truco para quedarse con permiso en el restaurante, protegerse del calor y contemplar a quienes sí podían pagarse una comida fuera de casa a mitad de mes.

Yo podía presumir de que mi caso era distinto: estaba de paso por la ciudad, había dormido casi una semana en un cuartito de alquiler invadido por cucarachas, pulgas y gusanos peludos parecidos a bigotes, y añoraba una cena caliente. Estaba harto de entrar a los supermercados y sentarme luego en un poyo del parque a armar sánguches de jamón, mortadela, queso, atún, tomate. Ya no quería saber nada de galletas, principalmente me tenían cansado las de soda, porque se desmoronaban encima de mí excitando a las hormigas y a los bichos nocturnos que habitaban mi cuarto. Tantos bichos me hacían sentir que yo era el indeseable invasor de un espacio ajeno. Llevaba días tomando refrescos incapaces de soportar el clima, pues se calentaban rápidamente en la mesita de noche y me raspaban por dentro como si en vez de algo para la sed hubiera tomado por error de la botellita de jarabe para la tos. En fin, me sentía fatigado, harto y nada podía hacer excepto esperar. Se me acababa rápidamente el dinero y no quedaba otra opción que ser paciente y visitar una y otra vez la oficina donde debían pagarme unas facturas atrasadas.

—Pero no llega la orden, mi amigo —me explicaba siempre un tipo de corbatín—, y no podemos girar su cheque sin un papel firmado o sin la autorización directa del jefe.

Hacía tanto calor en esa ciudad que desde temprano me iba del cuartito a andar calles. Es curioso: mientras el frío te hace recoger velas y buscar cobijo, el calor te expone, te engaña, te ordena permanecer bajo su azote. A mí me dolían los pies, tenía la piel deshecha, de mi boca quedaba un estropajo, pero seguía caminando por parques ya recorridos, me asomaba a las tiendas reconociendo en los empleados caras familiares, aunque ellos me veían cubierto por la invisibilidad de los extraños.

—Estamos haciendo todo lo posible para efectuar el pago cuanto antes, pero quienes deben autorizar la emisión del cheque están fuera de las oficinas centrales. Ahora, si usted quisiera ir directamente allá . . .

Pero no era posible ni razonable dejar esta ciudad para ir a otra a probar suerte. Además, no me daba la gana. Quería el dinero completo, no el dinero menos los costos de un viaje que no me garantizaba nada. Debía ahorrar, mi mujer ya me había advertido que por favor dejara las llamadas a cobrar, que de seguir así hasta el último centavo se iría en cuentas telefónicas, que no insistiera a menos que fuera importante, una emergencia por ejemplo. Asentí, guardé silencio, y desde entonces lo he seguido guardando casi por completo. Tanta gente en esa ciudad, miles de personas riendo y comprando, pero nadie tenía nada que contarme ni estaba interesado en mi historia de la factura pendiente de pago.

Para celebrarme a mí mismo vine a este restaurante. Había pasado frente a él varias veces sin atreverme a entrar y darme un premio, un cariño, una compensación. Esa noche, una vez estudiado con detenimiento el menú, decidido el platillo, agregado el costo de la cerveza, los impuestos y el cargo de servicio, entré y fui directo a la horrible barra, que como todas tenía un enorme espejo al fondo. Dudé unos minutos, pero cuando sentí al barman interrogándome con la mirada di la orden fatal casi sin respirar. Tal acción irresponsable cortaría de golpe las últimas luces de mis ahorros y separaría definitivamente el hoy y el mañana. Por eso cada sorbito de birra debía ser perfecto y saber a gloria, a la cerveza que Dios saborea en su trono, porque una eternidad sin cerveza es prácticamente infierno, y el infierno es un lugar donde los agobios no pueden aliviarse con una fría en las manos.

Bebía y aguardaba. A un lado un asiento vacío, luego la pareja de novios ocupada en sus hamburguesas. Al otro lado, los chicos y las chicas coqueteando dentro de un círculo donde no faltaba nadie. El barman estaba muy ocupado. Corría de aquí para allá, su tema de plática era una noticia deportiva que yo ignoraba. Traté de indagar sobre el asunto pero no tuve éxito: parecía cuento largo como para repetirlo a alguien que consumía muy poco.

Mejor me aparté de la conversación y bebí más, imaginando dentro de la botella de cerveza astillas de hielo, sólidas lágrimas de frescura. Llegó el plato de frituras y lo ataqué ceremoniosamente. Masticaba tratando de hallar sabor debajo de la gruesa capa de harina, huevo y aceite. En alguna parte había pescado y ese era mi objetivo final. Comiendo recordé lo que más me había impresionado de la ciudad: unos escaparates. Luego de tantos años en el negocio he aprendido a ver las vitrinas con distancia crítica, pero hubo unas en particular que me produjeron algo así como una herida. Pasé media hora anonadado frente a ellas, después corrí a llamar a casa. Traté de explicar la complejidad de mi descubrimiento, pero me interrumpieron desde el otro lado de la línea diciendo que la llamada era muy cara, que no perdiera tiempo en tonteras y que hablara de mí. Entonces pregunté por papá, mamá, los suegros y los chiquillos, indagué si seguía lloviendo inmisericordemente. "Como toda la vida", dijeron. Entonces me despedí dando excusas por desperdiciar el dinero y corté.

Yo quería contar de los escaparates. Estaban en una de esas tiendas a las que vos nunca entrás, donde lo que ofrecen no forma parte ni de las posibilidades de tu bolsillo ni de las pretensiones de tus sueños. La tienda ocupaba casi una cuadra y tenía un tipo uniformado con saco a los tobillos, sombrero y guantes. Sudaba como un condenado mientras les abría la puerta a los clientes, luego se colocaba en posición de firmes y seguía derritiéndose. Habían dedicado las vitrinas a la colección J. Iglesias de cerámica fina. ¿Quién carajos era J. Iglesias para merecer una exposición en la tienda más elegante de la ciudad? En cada uno de los aparadores, suficientemente grandes como para exhibir juegos de sala, había un solo artículo de J. Iglesias. ¿Me explico? Vos veías un espacio enorme al otro lado del vidrio, limitado por paredes cubiertas de terciopelo, desnudo excepto por un pedestal muy estilizado. Sobre él reinaba un plato de cerámica, ilustrado con sandías, papayas, loritos, aguacates, en fin, lo típico del lugar común tropical. En el siguiente escaparate encontrabas otro pedestal, pero esta vez coronado con un pichel igualmente iluminado con desperdicios de patio latinoamericano. Un fondo con cortinas de seda, luces indirectas, cada objeto irradiando algo incomprensible sobre el vacío, y todo de la colección J. Iglesias. Yo estaba impactado. ¿Cuánto costaría una pieza cualquiera si todas eran tan arrogantes que tomaban el espacio que un buen juego de comedor merecía? Tal vez no fueran verdaderos platos ni ensaladeras, sino obras de arte destinadas a museos, fundaciones o coleccionistas. Quizás hasta eran invaluables, tal vez porque J. Iglesias había muerto muy joven, y se llevó para el Gran Bar Celestial el secreto de cómo hacer piezas que a simple vista parecían los trastos de mi abuela. Tal vez había traído barro de una isla secreta y por eso una taza cualquiera subía de categoría hasta convertirse en *la taza* y merecer el asombro de los comunes mortales.

Pero la cerámica de J. Iglesias me dio miedo. Nunca antes les había temido a objetos cotidianos como un plato o un pichel, ni la representación de frutas y animalitos domésticos me había parecido tan extraña y amenazadora. Puras tonteras mías hablar de ello, ¿cierto? ¿Pero de qué otra manera abandona uno el temor si no es contando su absurdo a un oyente sensible? Yo tenía un dolor pegado en el esófago desde la hora maldita en que pasé frente a los escaparates. La cerveza no lo calmó, tampoco lo hizo el plato de frituras que entre más frías eran más difíciles de comer, ni el ambiente del restaurante con tantas personas riéndose y dejando pasar la noche con suavidad.

Fue entonces cuando se formó un barullo a mis espaldas. El barman dejó sin recoger unos vasos sucios para seguir con la mirada a alguien que había entrado y se dirigía al área de mesas. Llamó a la persona con un ¡hey!, y le hizo señas para que se acercara. A mi lado se posó una figura desordenada, con cabello de sobra y muchos kilos apretados por una camiseta sin mangas y un blue jean desteñido. Se movía con dificultad, tratando de mantener bajo el control de sus manos una silla plegable, muchas bolsas y una gran caja de cartón. Me encogí un poquito escandalizado, ni yo mismo hubiera dejado que alguien así se dejara ver en un negocio de mi propiedad. El barman le explicó la regla de oro:

—No hay mesas disponibles para solo un comensal. Si desea tomar algo, quédese en este asiento libre aquí en la barra.

La figura trepó con dificultad en el banco a mi izquierda, intentando mantener sujetos los paquetes. Después dejó resbalar la silla plegable, la caja y algunas bolsas por sus piernas para que cayeran al piso sin golpearse. Puso en la barra una carterita transparente, adornada con estrellas y muñequitas. De ella sacó pedacitos de papel, lápices de colores y unos cuantos billetes y monedas. El barman le preguntó si deseaba beber algo, y la figura dijo:

—Dame tiempo, cariño.

Con las manos en alto y la mirada en el área de mesas, el barman chasqueó los dedos. Vi por el espejo a un tipo fornido prestar atención, dejar su puesto en una esquina del comedor, acercarse a la barra a conversar en voz baja con el barman, asentir y echar un vistazo a la figura, mientras esta pedía casi a gritos un daiquiri de frambuesa. El barman asintió de mala manera, tomó un vaso desechable y puso hielo, sirope y limón. Sin aguardar ninguna orden adicional de la figura, regresó donde el hombre fornido y ambos siguieron susurrando. Finalmente el tipo se retiró de la barra, pero no muy lejos, apenas lo justo para no perder de vista a esa masa de carne y pelo rizado sentada a mi izquierda.

Los novios que comían hamburguesas seguramente sintieron invadido su espacio, pues cesaron su plática y trataron de entender la situación mirando el espejo. La figura tomaba su daiquiri un poco encorvada, como si quisiera estar a espaldas de todos. El grupo de amigos seguía en lo suyo, aunque algunos chicos señalaban al tipo fornido, al barman, a la figura, me imagino que incluso a mí; inmediatamente otros muchachos hacían un comentario y todos reían. El barman siguió atendiendo pedidos, y cada vez que hacía un movimiento muchos ojos lo seguían, luego se posaban en la figura, luego volvían a él. Constantemente le preguntaba a la figura si quería algo más, si pensaba comer, y las respuestas se reducían a un desafiante "no, querido".

—No vuelva a decirme así —regañó el barman.

—¿Cómo, querido?

—Pues "querido".

—¿No te gusta? ¡Tan lindo que lo quieran a uno!

—Provóqueme y va para la calle.

—Échame y te armo un escándalo del que te acordarás toda la vida.

Los dos buscaron entre la multitud al tipo fornido, el cual giró la cabeza como convocado por las miradas: desde un lado de la barra el barman parecía suplicarle ayuda; desde el otro, desbordándose por cada lado del taburete, la figura lo desafiaba. Pero además estábamos los curiosos atentos al espejo. Sin ninguna discreción esperábamos algún suceso, la anécdota para contar después entre risas: "vieras que fui a cenar y de pronto . . ." Pero el hombre fornido quizás se confundió, o tuvo pena, y en vez de acercarse a la barra dejó que sus ojos resbalaran de aquí para allá hasta que finalmente se desviaron por completo, como buscando el origen de otros desórdenes más importantes. Me pareció que la multitud reunida en el comedor se lo fue tragando, tal vez él mismo decidió empequeñecerse, procurar que el ruido y el movimiento lo volvieran invisible.

La figura se acomodó de nuevo en el banco. Triunfante, empezó a soplar por la pajilla, produciendo burbujas en la superficie del daiquiri rosa.

—No me vuelva a llamar así —rogó el barman.

—¿Cómo?

—No lo intente de nuevo.

La figura miró su coctel. Las burbujas se apiñaban antes de reventar con un sonido modesto, casi imposible de oír. El barman se fue a atender a otros clientes, su rostro había perdido la sonrisa profesional y sus gestos solo señalaban cierta mecánica eficacia. Mientras tanto yo me atragantaba con la fritura, sediento aunque la cerveza casi se acababa. Cortaba pedacitos de comida fáciles de masticar, bebía sorbitos de líquido caliente, hacía esfuerzos por tragar de manera natural. De paso miraba a la figura jugar con su bebida. Me recordó a mis hijos cuando se aburrían en los almuerzos e inventaban mundos para meterse en ellos y sacarle provecho al tiempo. La figura sabía que no era bienvenida en el restaurante, si la toleraban era porque aún consumía y porque ni el hombre fornido ni el barman tenían ganas de montar una escena inconveniente, que alertara a los buenos comensales y les hiciera pensar: "¡Carajo!, la clase de gente que dejan entrar aquí".

La figura sacó un peine de la carterita adornada con estrellas y empezó a deslizarlo por esa masa salvaje que le caía sobre los hombros. Seguí sin disimulo el movimiento del peine hasta que los ojos de la figura sorprendieron a los míos. Me quedé inmóvil, aturdido al darme cuenta que había pasado de mirar a ser mirado. La figura transmitía tanta seguridad, como si estuviera acostumbrada a llenar escenarios y provocar curiosidad, admiración y reverencias. Coquetamente agitó la cabeza para acomodar el cabello alrededor de la cara y bebió daiquiri, saboreando el mejunje rojizo con la misma expresión de quien ha encontrado uno de los mayores placeres del mundo.

—Usted no me conoce, ¿verdad? —dijo volteándose hacia mí.

Quizás por instinto empujé el plato de frituras hacia la figura, como si pudiera protegerme colocando obstáculos entre los dos.

—No, nunca he oído de usted.

—No sea pesado. Vamos, inténtelo. Usted ve televisión, lee revistas, al menos al periódico le da una hojeada.

Traté de buscar ayuda. El barman conversaba con un cliente al otro extremo de la barra, y yo tuve la certeza de que no se acercaría a nosotros. La pareja de novios simuló comer, el grupo de amigos cerró su círculo, desde una esquina el hombre fornido vigiló a alguien que se desplazaba por el comedor. Otros comensales interrumpieron su cena para vernos con interés y señalarnos con disimulo. Yo sentí la necesidad terrible de otra birra. La figura gozaba con su daiquiri y, con mucha delicadeza, dejaba ir sus ojos ambiciosos sobre el plato de frituras.

—No sea tímido, contésteme. ¿Lee?

—Algunas cosas. Viajo mucho y mato el tiempo leyendo.

—Entonces debe saber de mí. ¿Le gustan las publicaciones de la vida social?

—No, yo compro deportes y relatos de viajes. Sinceramente no recuerdo su cara. Tampoco conozco su nombre.

—Trate de adivinar, verá qué fácil —insistió mientras me empujaba por el hombro. La gente alrededor seguía pendiente.

—Usted es J. Iglesias —dije para terminar esa espera sin sentido.

—¡Oh, no! ¡Cómo va a ser! —la figura se rio estruendosamente y tomó con sus dedos de uñas grandes y nacaradas un pedazo de fritura—. J. Iglesias y yo somos amigos, casi confidentes. Seguro usted supo de mí por los reportajes de los banquetes de J. en La Riviera.

Descaradamente siguió robando bocados de mi plato. Me describió una casa de playa fabulosa con veintitrés habitaciones, varias terrazas, piscinas, salones de juego, obras de arte valiosísimas, muelle y yate, una mansión frecuentada solamente por personas muy escogidas de la alta sociedad. La figura siempre hablaba de "nosotros" cuando se refería a los visitantes, quienes asistían a eventos fastuosos, animados por los cantantes y humoristas de moda, y a reuniones en las cuales gozar la vida consistía en conversar sobre finanzas, alta costura y farándula. Yo no podía retener tanto detalle: lámparas de dinastías árabes, jarrones hindúes, alfombras de alpaca, cerámica pompeyana, Gloria Estefan, vinos guardados en caja fuerte, los Rockefeller, Celine Dion, Mercedes-Benz blindados, un zoológico con tigres, serpientes, monos amaestrados y cocodrilos, una sala de cine donde "nosotros" veían las películas antes de su estreno mundial . . . Aguardé, pero al darme cuenta que aquello era una ráfaga inacabable, decidí interrumpir.

—Me refiero a J. Iglesias, el de la colección de platos.

La figura se detuvo estupefacta.

—¿Platos?

Yo sospeché que para la figura lo mismo daban platos, gobelinos o bacinillas; siempre tendría una respuesta. Sin embargo, yo no quería provocar otro torrente de explicaciones sobre cómo vive la gente de dinero.

—El que exhibe platos.

—A un alfarero se refiere usted, ¿no? —dijo la figura con cara un poco grave, tratando de esconder el desconcierto y sin dejar de comerse mi cena.

Yo no supe en qué momento empecé a hablar, aún no sé exactamente cuánto tiempo hablé. Tal vez solo dije frases inconexas relacionadas con mi experiencia de vendedor, el uso de escaparates, el valor de un simple tazón decorado con periquitos y soles mañaneros, esas caminatas por la ciudad que te dejan los pies rotos, el juego de buscar cómo agotarse, a toda costa agotarse y llegar de vuelta a tu cuartucho cuando hasta los sentimientos más insistentes están cansados, dormir pensando en espacios aterciopelados, en atriles de cristal, en llamadas telefónicas imposibles, en echar de menos, morirse aguardando, comer frituras que no te gustan y te indigestan, aguardar que alguien agradable se siente a tu lado para robar pedacitos de conversación, seguir caminando, entrar en las tiendas, preguntar por artículos, probárselos, devolverlos a la dependienta con cualquier excusa, sentir las piedras que no te dejan vivir el momento, los momentos que no se acaban aunque rogués, la incomprensión de Dios, la soledad de Dios, la sed de Dios, la cerveza, la incapacidad de estar en un lugar, simplemente estar, algunas sombras que no se proyectan, sino se arrastran y pesan, la ciudad con vos siempre, no importa dónde estés, el consuelo de unas frituras, las últimas monedas en tu bolsillo, el ataque de los insectos, seguir caminando, la gratitud por una sonrisa, la sospecha ante una sonrisa, el vértigo, el deseo de tener una puta mesa esa noche para sentarse y aguardar el sueño . . .

Me detuve sintiéndome muy mareado, sudando intensamente, con una especie de amargura en los ojos. Supe de la mirada de todos y me dio vergüenza. Me pareció que el barman dio un puñetazo en la barra, tal vez quejándose de su suerte e incluyéndome en su disgusto. El hombre fornido, sin moverse de su esquina, arrugó el entrecejo. Los amigos intentaron aislarse hablando más bajo y más cerca. Quizás sorprendidos por la hora, los novios decidieron pagar la cuenta y marcharse a toda prisa. La figura, alta desde su pedestal de madera, prestaba una atención casi reverente mientras mordisqueaba restos de polvo de pan y huevo, quemados y brillantes de aceite. Con el dedo índice apartó mechones de su cabello, como para oír y ver con claridad. Dio un vistazo al fondo del vaso desechable, y de un sorbo acabó el residuo de agua teñida de rosa. Luego dijo:

—Te comprendo perfectamente, cariño, yo sí te comprendo.

Entonces le di rienda suelta al dolor acumulado en mis ojos. Sin capacidad de pensar me dejé ir sobre el brazo enorme y suave de la figura, buscando dónde apoyar mi frente y ayudar a mis lágrimas renuentes. Casi libre lloré, casi vacío de angustia seguí llorando, mi piel contra esa otra piel caliente y gentil. Lloré con los ojos apretados para ver bien lo negro de las lágrimas. Seguí con mi llanto hasta crear un torrente que arrastrara todo el sentimiento fuera de mí y quedar devastado en lodo y piedras, en ruinas, en minúsculos pedacitos.

Abrí los ojos y me pareció despertar a un instante nuevo. El restaurante era el mismo lugar de antes, lleno de voces más que de personas. Sin embargo, me pareció que el barman abría dos cervezas cubiertas de escarcha y nos las traía sobre una bandeja adornada con aves de color tropical. Vi al hombre fornido sonreír y acercarse, listo para contar una historia divertida. Los novios se decidieron por otra bebida solamente para brindar con nosotros. El grupo de muchachos se volteó para invitarnos a vivir esa noche con ellos. Los demás comensales levantaron sus daiquiris rosas proponiendo otro brindis. Vi a todos acercarse lentamente con los brazos abiertos, deseosos de estrecharme y decirme "nosotros también te entendemos". Volví a cerrar los ojos agradecido y abrumado por el exceso de afecto. Hasta cierto punto sentí pena por la gente en el restaurante, pues en ese pedazo del mundo formado por dos taburetes y una barra solamente cabíamos la figura y yo. Para cualquier otro ya era tarde. Aunque alguien intentara levantar un puente o tirar lazos de reconocimiento, nosotros —la figura y yo— nos habíamos convertido ya en un deseo inalcanzable, como esa libertad que la rutina nos ha negado por años. Por más que los otros intentaran llegar hasta nuestro secreto, yo estaba seguro que no podrían nunca. Con los ojos cerrados y la frente contra el brazo de la figura sentí compasión por el barman, el hombre fornido, los novios y los amigos. Me dieron pena los otros comensales, la gente que pasaba por la calle, la que se moría de tedio frente a la televisión, mi familia. Me dio lástima la humanidad entera, pues aunque el ser más desesperado quisiera acercarse a nosotros en ese momento, no podría romper las amarras de sus islas y no le quedaría más remedio que continuar mirándonos desde lejos, desde tan lejos.

New Orleans, agosto de 1999

DIOS HA SIDO GENEROSO CON NOSOTROS

May the road rise up to meet you.
May the wind always be at your back.
May the sun shine warm upon your face,
and rains fall soft upon your fields.
And until we meet again,
May God hold you in the palm of His hand.
Irish Blessing

Nadie se había fijado ni en la mochila ni en los muchos estuches que cargabas, o si acaso alguien te vio con tanto equipaje no fue capaz de entender tus propósitos. La gente te miró como otro extraño más, con cansancio, sin asomo de sospecha porque a esos pueblos perdidos en la montaña nadie iba a hacer el mal. A vos mismo te ofendió no sentirte bienvenido, habías fabulado este momento por días y días, y estar allí como si no hubieras llegado no dejaba de ser humillante. Seguramente tendrías que presentarte de nuevo, recordarles tu nombre, disculparlos porque después de tanto tiempo se les había olvidado tu rostro, y vos llegabas, otra vez, al principio, a dar un nuevo primer paso. Aquí daban con sus huesos quienes huían, quienes andaban en busca de alguna respuesta, y casi tres décadas atrás llegaste vos porque te habían dicho que ningún cantante de bluegrass que tomara su arte en serio podía evitar ese viaje hasta los pueblos de West Virginia donde a los trabajadores se les pudrían los pulmones en esas minas de carbón inagotables y a la vez insaciables de sangre y carne humanas.

Era, bien lo entendías, una de esas rutas míticas, como la cincuenta y cinco a Louisiana para los músicos de blues o la treinta y uno a Nashville para los de country. Ni siquiera la policía te prestó atención, aunque pensaste como buen citadino que era su obligación hacerte algunas preguntas: ¿Qué hace usted aquí? ¿Qué trae en esos estuches? ¿Y eso es un equipo portátil de grabación? ¿Busca a un músico pero ni siquiera sabe si está vivo? ¿No puede darme las señas de esa persona y sin embargo sí sabe orientarse y llegar a su casa? No, nadie te hizo pregunta alguna excepto cuando te acercaste a la barrera que había levantado la policía alrededor de un viejo tráiler escondido entre arbustos. Una viejecilla con las manos escondidas bajo un suéter raído estaba mirando el alboroto de oficiales y paramédicos. "Antes no era así", dijo sin mirarte, "uno se moría y el muerto era asunto de la familia. Lo enterraban donde se pudiera, a veces hasta en el patio de las casas. Con mi marido no tenía ni para el ataúd, entonces los vecinos me ayudaron a envolverlo en unas sábanas y lo dejamos descansando donde estaba la hortaliza. Desde entonces nada ha prosperado en ese terreno . . ."

La viejecilla giró un poco la cabeza para escupir el recuerdo del marido muerto o la pérdida de la hortaliza. Luego señaló el tráiler con el dedo: "Pero vea ahora. Se llevan el cadáver en uno de esos camiones, y si no bajan los dolientes a reclamarlo termina en la fosa común . . ." Escupió de nuevo, aunque no parecía estar mascando tabaco ni nada parecido. "La mujer que se mató ahí adentro lo hizo muy mal, parece que todas las paredes y hasta los muebles quedaron manchados de sangre. Es una desconsideración. Dígame usted: ¿quién va a querer vivir en una casa donde hubo un suicidio? ¿Y menos aún uno así de sucio?" "No faltará alguien", respondiste inseguro, "siempre hay alguien necesitado". "Además", siguió quejándose la vieja sin escuchar más que su propia voz, "¿quién va a limpiar tanta sangre? ¡Hasta empezó a chorrear por las escalerillas del tráiler! Así nos dimos cuenta de que algo malo pasaba. No fueron los tiros, sino la sangre. Aquí se oye mucho disparo, la gente se desespera y sale a tirarle a cualquier cosa, desde la luna hasta los gatos sin dueño. Pero un hilo rojo por debajo de una puerta es otra cosa, mala suerte, desgracia, además atrae a los perros, los hace aullar. Dicen que la mujer se abrió la cabeza con la primera bala y seguramente al caer volvió a apretar el gatillo y esta vez se le reventó una arteria. El tráiler echado a perder . . ." Finalmente te miró de arriba a abajo. "Otro músico", pareció lamentar la anciana, "siempre vienen músicos con grandes proyectos. Aprenden nuestras canciones, luego se van y todo aquí sigue igual: la misma mina, la misma miseria. ¿A quién busca?" Un poquito mosqueado le respondiste que a Justino Vaca, el del banyo. Entonces la mujer sacó un cigarrillo del suéter, escupió y se puso a fumar mirando otra vez la puerta del tráiler. "Echado a perder . . . nadie se atreverá a vivir ahí dentro . . ."

∽ ∽ ∽

Hallaste fácilmente el camino hasta el hogar de los Vaca, más por intuición que por otra cosa, pues estos pueblos aparentemente inmóviles van cambiando a su modo, guardando su propia historia en recovecos arrebatados al olvido. Te sorprendió encontrar la puerta principal abierta y a Justino Vaca dormitando en la sala, con las piernas cubiertas con un chal. Notaste muy pronto que había mucha gente en la casa, pero se había reunido en la cocina a hablar de algo que no podías entender. Pusiste tus cosas en el suelo y acercaste una silla a la mecedora de Justino Vaca. El viejo también parecía el mismo, tal vez con los rasgos un poco endurecidos por el tiempo. Abrió los ojos y se te quedó mirando sin sorpresa. Vos le dijiste tu nombre, pero Justino parecía más interesado en tus bultos. "¿Una guitarra?", preguntó señalando el estuche con el dedo. Vos corriste a sacar el instrumento y se lo pusiste en el regazo. Te dijo "Es la misma de siempre, golpeada nada más. Tantos caminos, ¿no? Una guitarra tan leal quién sabe cuánto mundo ha visto..." Tú no te atreviste a aclararle la verdad. Si algún día Justino saliera del pueblo, tomara el Greyhound hasta tu bungaló cerca de la costa de Delaware y entrara a tu estudio, se daría cuenta de los muchos instrumentos colgados de las paredes: guitarras, por supuesto, pero también banyos, violines, un tres, varios laúdes y hasta un cuatro. Pero Justino Vaca jamás saldría de ahí, y para él esa guitarra llena de raspones y golpes era la imagen de algún tiempo mejor. Se aferró de esa ilusión y pronunció despacio tu nombre. "Sí se acuerda", pensaste maravillado. El viejo no mencionó nada más de tu pasado, ni siquiera la escena de cuando estuviste por última vez en esa sala veinte y pico años antes. Te pidió que le alcanzaras su banyo, "Lo vas a encontrar en aquel rincón junto a la ventana", y empezó a tocar. Lo escuchaste, lo hiciste con tanta atención que no te diste cuenta de que las conversaciones cesaron en el fondo. Algunas personas se acercaron, pero no tanto como para violentar ese vínculo que vos creías estar recuperando con Justino Vaca. Moviéndote lentamente buscaste tu guitarra, y vos y Justino se dedicaron a repasar la vida sin mencionarla, cantando canción tras canción hasta que a los dos se les secó la garganta. "Tenemos sed", gritó Justino sin soltar el banyo, como si fuera a hundirse sin él. Una mujer que no se parecía a la hija del dinamitero acercó una mesita con una botella de Jack Daniel's y dos vasos de los que se consiguen en el Dollar Store. "¿Dolores?", le preguntaste, pero ella se fue sin mirarte y Justino te tomó del brazo como si vos necesitaras consuelo. "Es que Dios ha sido muy generoso con nosotros, muchacho", dijo, "tan bueno . . ."

No había trazo alguno de ironía ni de resentimiento. Vos asentiste en silencio mientras el Jack Daniel's ardía inmisericorde en tu estómago. No te gustaba ese licor, te habías prometido nunca más tomarlo, pero ahora frente a Justino Vaca te mojabas los labios, mezclabas pequeños sorbos del whisky con mucha saliva, pero igual descendía quemándote la garganta y el esófago hasta dar en tu sufrido estómago. Sin embargo, no ibas a ofender a Justino Vaca, eso no.

El viejo se recostó en su mecedora. Vos le serviste varios tragos más, y él con gran delicadeza puso el banyo en el piso antes de dejarse ir en una especie de adormecimiento. "¿Dónde vas a dormir esta noche?" A pesar de tener los ojos cerrados Justino Vaca parecía alerta. "Donde Dolores", le respondiste para hacerlo sonreír. De todas formas había sido él quien te había presentado a Dolores, su sobrina, la hija de su hermano el dinamitero. Sin embargo el rostro de Justino se contrajo, se fue llenando de arrugas hasta transformarse en otra cosa, algo mineral pero vivo a la vez, un depósito de angustia que acabó de golpe con el ardor del Jack Daniel's. Tal vez Dolores se había convertido en una innombrable y vos te estabas metiendo en terrenos peligrosos. En casi treinta años la vida de las personas se puede desarreglar hasta extremos inimaginables. "A esta hora no hay autobús que me saque de aquí", dijiste en tono de disculpa, "pero si me apuro, la policía me puede llevar al pueblo al pie de la montaña. Ahí hay por lo menos un par de hoteles".

No le dijiste que habías pensado quedarte con él. Dabas por sentado que tu regreso iba a alegrar a la familia Vaca. Eras el hijo perdido, el blanquito que se había mezclado con la chusma minera de las montañas de West Virginia, el que había encontrado su voz y su ruta en la vida entre esa gente siempre olvidada. Nunca te enamoraste realmente de Dolores Vaca, pero le seguiste el juego a Justino, a su hermano el dinamitero, a todos los del pueblo (ellos, de paso, los habían dejado solos de nuevo en la sala, pero ahora no se escuchaban conversaciones en la cocina, todo era silencio). Casi treinta años atrás te fue difícil marcharte, ¿te acordás? Quienes te queríamos de vuelta en la ciudad insistimos, tuvimos que amenazarte. Yo, por ejemplo, te dije por teléfono que iba a tomar un avión y alquilar un auto para ir a traerte. Eras demasiado importante para mí como para dejarte perdido en un pueblo de mierda solamente por la música, porque te sentías identificado con las historias de pobreza y explotación de los pobladores y por una muchacha a la que vos no querías, ni yo tampoco.

"Allá abajo no hay donde quedarse", dijo Justino. "Solo un viejo motel, *La luna*, donde se alquilan las habitaciones por hora. ¿Nunca fuiste?" No, le respondiste. Jamás hubieras podido ir porque se hubieran enterado de todo, aunque se supone que los moteles son templos de secretos. Y esa falta, tu falta y la mía, no la hubieran perdonado, porque hay cosas que ni las gentes más jodidas toleran. Eso lo hemos visto tantas veces en nuestros recorridos por el país. Nos preguntamos por qué las personas aceptan tanta desigualdad y a la vez se aferran a la tradición y al pensamiento que los oprime. ¿Desde cuándo lo que el corazón siente es más inmoral que la miseria? Para Justino, para el dinamitero, eras un muchacho tímido, más religioso de lo que querías admitir, pero no curtido en cosas de la vida, porque a tu edad ellos ya se habían casado y trabajaban de sol a sol. Dolores, sin embargo, lo entendió muy rápidamente. Las mujeres han sido siempre más perspicaces que nosotros los hombres, más listas. Leen mejor lo que los hombres en vano intentamos ocultar, por eso es más fácil volverse sus amigos y que ellas se conviertan en nuestras confidentes. Fue Dolores Vaca quien finalmente te hizo comprender que la vida en lo alto de la montaña no era para vos. "¿Nos estás usando como fuente de inspiración?", te dijo, y vos que no, que estabas aprendiendo de ellos, en ninguna otra parte ibas a estar tan cerca del espíritu humano como con los pobres de las montañas, los mineros, sus historias y sobre todo su manera de hacer música. Y ella: "No, hay cosas que solamente se entienden desde dentro, desde vivir la vida misma. Tú estás afuera, desde ahí nos ves y por tus propias razones te has inventado como parte de nosotros. Pero no lo eres, nunca lo serás . . ."

Me llamaste de madrugada, desconsolado. ¿Te acordás? Por horas habías estado escribiendo sin lograr darle forma a tus pensamientos ni a tu angustia. Querías saber si yo pensaba lo mismo, si te veía como un observador apostado tras la barrera de tu cultura, tu raza, tu clase social. Vos, que estabas dispuesto a arrancarte la piel blanca y ponerte una color pardo. "Yo he renunciado a todo por ustedes", me dijiste con la voz contenida, evitando que el llanto te traicionara. "Me he unido a sus luchas, he cuestionado a mi sociedad, a mi país, hasta mis raíces y viene Dolores a señalar un límite, a negarme la posibilidad de ir más lejos". Velozmente se me fueron acumulando razones, pero de la misma manera recordé mi propia vida, el sinnúmero de contradicciones que usualmente me hacían perder horas de sueño y el placer de vivir lo inmediato. "Esa montaña no es para vos", me atreví finalmente a replicar. "Volvé aquí conmigo, a nuestra vida y a nuestras batallas". Luego de un largo silencio empezaste a maldecirnos a todos los raros. Así nos llamaste, ¿no? A los inmigrantes recién llegados, a gente como los Vaca que no fueron extranjeros hasta que los despojaron de sus tierras, a quienes discriminábamos a la gran mayoría blanca y a la minoría progresista. "¿Cómo es posible que un aliado no sea considerado parte del grupo por el que combate? ¿Qué hace al aliado diferente? ¡Dímelo!" Pero yo no podía explicártelo, no me atrevía ni siquiera a intentarlo a las cuatro de la mañana, con ese frío altanero que intentaba colarse por las ventanas. "Me hacés falta, ¿sabés? Aunque no me gusta el bluegrass porque no lo entiendo, ni creo que sea posible redimirse en las montañas de West Virginia. Te quiero a pesar de que el sol no te broncea, sino que te pone rojo, y te perdono que no entendás los chistes verdes en español porque vos igualmente me perdonás que yo no los entienda en inglés. ¿No es suficiente para vos?"

Me contestaste al cabo de otro silencio que te ibas a llevar a Dolores Vaca contigo. No merecía ella perder la vida en un pueblo miserable cuidando a su padre el dinamitero, y al tío Justino, dos tontos que no supieron nunca sacar sus vidas del hueco en el que nacieron. No, no lo ibas a permitir. Colgaste después de despedirte rápidamente. No dijiste nada de mí, ni de lo que te ofrecía. "Llegará su momento", pensé para consolar esa resequedad que me había quedado en el pecho. Sin embargo no pude dormirme hasta casi la hora de levantarse.

∽ ∽ ∽

"Dios ha sido tan grande con nosotros", repitió Justino Vaca con los ojos cerrados, la respiración apacible, las manos puestas sobre el pecho como si necesitara aprisionar el corazón en su sitio, "tan generoso . . ."

Vos te levantaste a buscar unas mantas. Aunque esa casa la conocías a la perfección, decidiste ir a la cocina primero y pedirle ayuda a quien estuviera ahí. Treinta años, incluso menos tiempo, traen consigo la pérdida de casi todos los privilegios. Uno de ellos, no lo dudabas, era el de deambular por los espacios privados de la gente que te quiso. Antes a vos te pertenecían esos espacios, ahora no. Aunque no te sintieras un extraño debías negociar de nuevo los límites. Encontraste la cocina súbitamente vacía. Aquellas personas que habías escuchado hablar, las que luego hicieron un pequeño corro cuando vos y Justino tocaron su música, esa gente había desaparecido igual que fantasmas y solamente quedaba una viejecilla hecha un ovillo en un rincón. Le alumbraba una luz muy débil proveniente de un radio de mesa, desde donde salía la arenga de un pastor evangélico demandando arrepentimiento. Le preguntaste al minúsculo espectro —sus pies no tocaban el suelo— por los demás. Ella, sin embargo, se limitó a sonreír y te dijo que la música le había traído muchos recuerdos. "¿La conozco a usted? ¿Se acuerda de mí? Estuve viviendo hace años aquí con Justino y también donde el dinamitero". Ella insistió en lo lindo de la música y luego te preguntó si ibas a hacerte cargo de Justino, al menos esa noche. "Yo me puedo quedar aquí, de todas maneras duermo muy poco", dijo la viejecilla, "pero me gustaría irme un rato a mi casa. Nadie me espera, pero sería bonito. Cosas de una". Y sin saber exactamente la razón le pediste permiso para subir a buscar unas mantas. Todavía no hacía tanto frío, pero de seguro sería mejor cubrir bien a Justino Vaca. "Me da vergüenza, no quiero ser irrespetuoso". La anciana se te quedó mirando, luego apagó la radio y mientras saltaba de la silla dijo que de todas maneras ya nada importaba.

Al subir encontraste dos mundos. Hacia el frente de la casa, el cuarto de Justino Vaca era todo desorden, como si hubiera intentando irse a último minuto y no hubiera sido capaz de decidir qué necesitaba y qué no. El que había sido tu dormitorio también estaba hecho un desastre, pero de una manera distinta. Esta vez era el caos que impone el abandono. Cajas con ropa vieja se acumulaban en un rincón, un árbol navideño plástico se asfixiaba bajo una bicicleta estacionaria oxidada. Te imaginaste que tu cuarto se había transformado en un purgatorio de objetos cotidianos, un lugar de paso donde se decidía el futuro de una lámpara o un adorno, una herramienta o un par de zapatos. Los objetos podían salir del cuarto y volver a ser utilizados por las personas, también podían terminar en una caja a la espera de mejores tiempos, o ser finalmente sentenciados al basurero local, otro de los símbolos de la lenta degradación de esos pueblos. Ahí encontraste las mantas, un poco sucias, con olor a memoria cerrada, pero era lo mejor dadas las circunstancias.

Saliste al pasillo en dirección a la puerta de Dolores Vaca. Sabías que era inútil llamar, pero de todas maneras lo hiciste. ¡Si alguien te hubiera visto, así plantado como un doliente a la espera de un milagro! Entraste de puntillas y por un rato, sin saber exactamente la razón, te sentaste al borde de la cama con las manos entre las piernas, la actitud de un niño castigado que no entiende todavía ni sus propias culpas ni la furia que le rodea. Conforme te acostumbrabas a la oscuridad, las cosas en el cuarto fueron emergiendo contaminadas a la vez por la realidad y la fantasía. Así son los fantasmas, pensaste, esto es un fantasma, yo lo soy. Te pareció que el cuarto estaba a medio hacer, faltaban cosas esenciales como la mesita de noche y la lámpara con florecillas rojas que iluminó tus veladas con Dolores Vaca. A ella no le gustaba recibirte en su cuarto a oscuras, tampoco con las luces encendidas por completo. Era en ese espacio intermedio, en la penumbra, en el que ella se sentía cómoda. Por eso quizás su cuerpo siempre fue para vos un juego de claroscuros, mientras para mí fue el sitio de la trampa, ese punto específico entre árboles o en un callejón solitario donde las fieras se abalanzan para atrapar a sus víctimas. La tal Dolores Vaca, la puta esa. ¿Cuántos años tenía cuando la conociste? ¿Dieciocho? ¿Y ya su padre el dinamitero y Justino la creían solterona? Y te eligieron a vos, ¿no? Eso me dijiste muchos años después, cuando ya la confusión de la juventud se te iba atrofiando en conformidad, como nos pasa a todos nosotros. Pero ya era tarde para justificarse y dar explicaciones, usualmente lo es cuando los seres humanos finalmente podemos hablar de nuestras cosas más secretas e importantes.

Te pusiste a pensar . . . ese es el problema de los cuartos abandonados, te obligan a pensar porque cada cosa alrededor tuyo empieza a reclamarte atención. El de Dolores Vaca te golpeaba por los objetos ausentes, aquellos ya envejecidos, algunos pocos que no conocías y que distorsionaban tu estado de ensoñación porque no tenían historia en ese dormitorio y eran un hueco que tu imaginación se sentía obligada a cerrar. Y ahí sentado pensaste en mí y, como después me contaste, en lo que te hubiera dicho en ese momento, como si yo todavía estuviera dolido y tantos años sin vernos no hubieran bastado para que yo dejara de llamar a Dolores Vaca la puta que por un tiempo te enderezó las tuercas y te hizo hombre, ¿no?, de esos que le han besado el trasero a otro, que se han ofrecido desnudos, boca abajo, que se han deleitado lamiendo todo lo que un cuerpo de hombre tiene piel afuera y luego, al encontrarse a alguien como Dolores Vaca, se les olvida lo que son, reniegan de sus deseos y se cuelan en la cama de una mujer y todo es como debe ser según la norma. Te acordaste, ¿no es cierto? Que te fuiste a West Virginia "en busca de vos mismo", me dijiste luego de años de andar juntos y de tratar de entendernos, aunque la verdad ¿quién puede hablar de entender a los veintitantos? Y todo era por tu música, por el bluegrass, y las voces de los pobres y el deber de los poetas de salir a buscarlos, recoger sus historias, ponerles música, hacer arte. Me dijiste que en aquellas montañas, además, entre los mineros de carbón había una familia inusual, un dinamitero, su hermano y su hija, todos de apellido Vaca, es decir descendientes de familias fundadoras del Suroeste de los Estados Unidos, de los exploradores españoles que se asentaron en la parte alta y boscosa de Nuevo México luego de haber cruzado el desierto sin saber adónde iban ni dónde detenerse. Seguramente puse cara de chiquillo desconcertado y vos, con la paciencia de los soñadores me explicaste: muchos de los blancos más pobres de este país viven en esas montañas; nadie habla abiertamente de ellos, pero aparecen constantemente caricaturizados en la televisión, por ejemplo, o en el cine. Piensa en esos personajes rústicos que andan cargando un rifle y hablan con un acento fortísimo y apenas saben leer y escribir. Viven en el bosque en casas de madera muy fea, cazan su comida, no son amigables, luchan entre sí todo el tiempo y si un tipo de la ciudad tiene la mala suerte de caer en sus garras (así ocurre en películas de cazadores ingenuos, o de amantes de la naturaleza que se van a explorar un río) no va a salir indemne de la aventura: lo van a matar o al menos saldrá violado o psicológicamente perturbado. Pero esos son los mitos, la realidad es otra muy diferente. "¿Y entonces cuál es la realidad?" Te quedaste callado, quizás tratando de unir las piezas que te permitieran retratar en un solo golpe de vista a esas gentes de las que pocos hablaban. Me contaste de mineros que trabajaban en condiciones peligrosas, otra vez de la pobreza, que para vos quería decir falta de educación y de oportunidades, vida en comunidades de casas rodantes, y sobre todo olvido, pues es el olvido lo que distingue a quienes están jodidos: esa gente invisible, congelada en nuestra imaginación, carente de historia. "¿Y vas a irte a un lugar así? ¿No soy yo suficiente para tu felicidad?"

∿ ∿ ∿

Me dirías unos minutos más tarde que tantas cosas se te vinieron a la mente en la soledad del cuarto de Dolores Vaca, pero sobre todo te diste cuenta de que la ausencia de esa mujer ahora era más profunda y definitiva. Para vos, ella había empezado a irse desde la muerte del dinamitero. Se había aferrado a vos en busca de explicaciones, olvidándose de tus propias dudas, de tu necesidad de respuestas. ¿Cómo fue a ocurrir algo así? ¿Nunca te dijo nada? ¿Te mostró alguna vez alguna señal de su sufrimiento, de su locura, algo que anunciara su muerte? Y vos abrazabas a Dolores Vaca sin más propósito que desearle paz. No sabías entonces del código de silencio que carcome a tantos hombres, no sabías siquiera del tuyo propio. Mejor no pensar en ciertas cosas, le repetías a Dolores Vaca, deja ir eso que tienes adentro, aquí estoy yo para consolarte. Pero la mujer se fue metiendo en ese espacio de lo no dicho. Dejó la casa de Justino y se acomodó en el tráiler del dinamitero muerto, de donde había huido siendo niña por temor a lo que su padre pudiera hacerle. Dejó de verte, ¿no? Y esa nueva ausencia provocó tu propia partida. Le dijiste a Justino Vaca que la desgracia del dinamitero había sido demasiado para vos, que no podías hacerte cargo de Dolores, la verdad ni siquiera de vos mismo y que estabas pensando volver a la ciudad. "Todos nos marchamos algún día", te respondió el viejo, "pero al menos aquí siempre vas a tener un lugar dónde quedarte". Y entonces así, sin condena, sin reclamo alguno por salir casi huyendo cuando la vida de los Vaca se iba sumiendo en una crisis, tomaste tus cosas y bajaste al pie de la montaña. Nunca te despediste de Dolores, nunca, hasta donde sé, le escribiste una carta, pero siempre aparecía en tu conversación. La usaste para explicar tu decisión de no vivir conmigo nunca más, de seguir andando en busca de alguna ausencia aún por definir. Y yo te dije que sí, está muy bien, al fin y al cabo no tengo forma de retenerte, después de todo el amor se reduce a respetar sin esperar, el corazón no es más que una rémora, andá, dejame solo, no será por mucho tiempo. . . .

∾ ∾ ∾

Esa noche, sin embargo, la ausencia de Dolores Vaca era distinta, más definitiva según lo presentiste. Bajaste la escalera a trancos largos, dispuesto a despertar a Justino Vaca para que te diera explicaciones. Te detuviste al ver al anciano apenas arropado, el banyo a sus pies, una luz leve que venía desde afuera a marcar su rostro de tonos amarillentos y sombras. Lo abrigaste bien con las mantas. Pasaste a la cocina, pero no había nadie, luego al porche trasero donde te recibió el frío denso de la madrugada. Alguien, en alguna parte, estaba mirando la televisión, y se oían risas entrecortadas. En ese mismo lugar estabas casi tres décadas atrás, cuando sin dar aviso alguno el dinamitero llenó su camioneta de explosivos y se fue al cruce del tren a esperar. Nunca se supo si su intención era volar el cargamento de la una de la mañana. De todas formas hubo atrasos y el largo convoy no pasó por el cruce sino hasta después de las dos y duró en pasar, según testigos, unos cuarenta minutos.

Casi treinta años antes estabas en ese porche fumando tu insomnio. Dolores y Justino dormían en la segunda planta, el dinamitero debía haber estado en su tráiler. A esa hora ya habían cerrado los bares, y a los solitarios no les quedaba otra cosa que beber en casa. ¿Cómo había sido esa noche? Pensaste que probablemente lo mismo que ésta, con ese frío que te carcomía en el porche. Entonces buscaste tu teléfono celular en la chaqueta y marcaste mi número.

—¿Te molesto? —dijiste a bocajarro.

—Es muy tarde en la noche y me estás llamando, fantasma. ¿No debería sorprenderme?

—¿Estás con alguien?

Yo no me había despertado por completo. Estiré el brazo para palpar el otro lado de la cama, luego contesté que sí, pero que no importaba. Vos te disculpaste, pero no ofreciste colgar ni volver a llamarme a horas más normales.

—Estoy otra vez en West Virginia, en las montañas.

—De ahí nunca te fuiste, querido. Has estado cantando por años con esa experiencia en la cabeza. ¿Para eso me estás buscando? ¿O vas a decirme cuánto me extrañás? No te lo creería de todas formas, hace ya mucho tiempo que vos no sabés de mí. Yo sí me entero por tu página de Internet, por Twitter, aunque supongo que vos no les escribís a tus fanáticos.

—Uriel, escúchame, no me des sermones. Volví acá sin anunciarme, no sé, pensando en el mito del hogar perdido pero siempre de puertas abiertas, a la espera de mi regreso. Algo ha pasado, por eso te llamo. Cuando hace treinta años el dinamitero hizo lo que hizo en el primero que pensé fue en ti, ¿te acuerdas? Busqué un teléfono, te pedí consejo, pero al final no lo seguí.

—Le hiciste caso al miedo y no te quedaste con quienes llamabas "tu gente", y más bien desapareciste en medio de la confusión que creó la muerte del dinamitero. Sí, me acuerdo. Decidiste perdernos a todos: A Justino Vaca, a la tal Dolores, a mí . . .

—Yo no decidí nada, las cosas pasaron por sí mismas. ¿Uno decide a los veintitantos? Hoy he regresado y lo primero que encuentro es un tráiler donde se ha cometido un suicidio. En la casa de Justino solo estamos él y yo, la gente del pueblo ha desaparecido.

—Sos un cabrón con suerte, querido. Los generosos dioses te están dando la oportunidad de cerrar un círculo, de reivindicarte. Vas a poder retomar lo que quedó incompleto hace treinta años, hacer lo debido, recuperar la paz. ¿No me hablaste una vez en un mensaje de esos deseos?

Creo que susurraste un "Sí, estoy de acuerdo", y colgaste antes de que yo pudiera preguntarte nada de tu vida o que me dieras permiso de hablar de mí. Seguías siendo un adorable hijueputa, pensé, ni siquiera me habías preguntado cómo estaba. Y aunque pretendí dormir no lo pude hacer. Y preferí aguantarme las ganas y no llamar para preguntarte qué hiciste al final. Supuse que fuiste a recoger tu mochila y tus muchos estuches, caminando de puntillas para que Justino Vaca no se diera cuenta de que te marchabas otra vez, ahora para siempre. Si te recuerdo bien, la ingenuidad probablemente te jugó una mala pasada y no escuchaste al viejo decir tu nombre y agradecerte el haber venido a visitarlo en circunstancias tan tristes.

En esos lugares vacíos de alegría, quien camine por las calles de madrugada producirá a la vez un gran ruido y un terrible silencio. El ruido lo oirán quienes están a la espera de algo: un regreso, un recuerdo, un temor . . . el silencio acunará a la resignación o al cansancio sin esperanza. Vas a irte, pero dando un rodeo, confiando que nada ha de pasarte durante el largo descenso hasta el pueblo al pie de la montaña, donde en cualquier momento pasará el autobús que te ha de liberar del presente, no así del pasado. Sin proponértelo, vas a llegar al cruce de trenes donde el dinamitero, hace casi treinta años, decidió que todo estaba hecho, pues Justino tenía sus canciones y Dolores te tenía a vos. Sobre todo le angustiaba la posibilidad de que su hija continuara atrapada en el círculo de los mineros, pero con vos ahí, el rebelde citadino, tarde o temprano emigraría a un lugar definitivamente mejor. Llegó al cruce y dejó pasar el convoy. ¿Cuántos vagones? El ojo común y corriente nunca lo sabe, cuenta la distancia en tiempo, y esa noche fueron casi cuarenta minutos. Luego acomodó la camioneta justo en medio de las vías e hizo explotar la dinamita.

En ese cruce de trenes no había vestigios de ninguna tragedia, pero sentiste que todo te reclamaba, desde la vieja barrera de aguja hasta los arbustos jóvenes y sus sombras. Dejaste pasar un convoy invisible, te detuviste en mitad de la vía y la noche te permitió imaginar al joven que desde el porche de los Vaca oyó una explosión mientras se preguntaba qué hacer con su vida. Lo viste con todas sus dudas, al borde de encontrar en la tragedia del dinamitero la oportunidad para marcharse en busca de sí mismo. Tu recuerdo lo dejó en el porche: dulce muchacho, ingenuo y egoísta.

Pocos minutos después, decidido a no pensar más, tomaste camino hacia la salida del pueblo. Inevitablemente había que cruzar frente al lote de tráileres. Le diste una rápida mirada al lugar donde la vieja se había quejado con vos de la desconsideración de los suicidas. La cinta amarilla colocada en la tarde por la policía estaba rota, como indicando que el camino estaba libre para quien quisiera tomar posesión de aquellos restos.

SALGO MAÑANA, LLEGO AYER

A gente preenchia. Menos eu; isto é
—eu resguardava meu talvez.
João Guimarães Rosa, *Grande Sertão: Veredas*

Si venís del Uptown en tranvía, te bajás en la última parada, justo
en Canal Street, cerca de donde hacen transbordo quienes han tomado
un autobús llamado Deseo y van para Cementerios o Campos Elíseos.
Pero mantenete alerta, pues esa zona está llena de rufianes y tiendas
de chucherías y fácilmente podés perderte. Mejor ir de una vez hacia
el otro extremo del Barrio Francés por Bourbon Street o Decatur, aunque te recomiendo Royal, la calle de las galerías, los apartamentitos
coquetos y las viejas casas selladas donde hacen escala los tours de
vampiros. Pasarás muy cerca de donde vivió William Faulkner, y de
seguro te vas a topar con algún muchacho que reposa descuidada-
mente en una esquina, simulando ser un artista del ocio. Te buscará
con los ojos, aunque no te conozca, a la espera de ese primer contacto
que define y aclara, que te hace entrar en conversación con facilidad,
como si ustedes dos hubieran estado separados solamente por un rato
en vez de toda la vida. Te atrae hacia su esquina con una mirada que
resume el reflejo de todas las aguas. A pesar de que a esta hora es imposible ver a la distancia el color de unos ojos, vos respondés a su
mandato, tratás de adivinar el origen de esa vibración que te va eri-
zando la piel hasta que encontrás a su dueño recostado en la baranda
del jardín catedralicio, donde un Jesús de mármol abre sus brazos

117

para recibir a todos, aunque nadie tenga acceso ni a él ni a las delicias del jardín. Hay algo frágil y falso en el muchacho, que no sale de sus pies apenas protegidos por sandalias, ni de su blanquísimo traje de lino indio bordado de figuritas rojas, ni de su pelo de bucles cuidadosamente desordenados. Pensás en él como en una aparición, un peligro inmaterial que habla casi en susurros. Por vos escupirá fuego, cantará sus composiciones originales, bailará con velos de seda, intentará leer tu mano para descubrir que él está en tu porvenir, desnudo junto a vos en un camastro de un *shotgun* localizado apenas a unas calles de donde tu palma empieza a temblar ante la posibilidad de gozar las próximas horas, hasta cuando el sol vuelva a levantarse sobre el Mississippi, y ambos tomen sus ropas y se alejen por caminos opuestos. Él acaricia tu línea de la vida, inventando tiempos difíciles a los que has sobrevivido por tu temple y persistencia, te augura viajes, pero no riquezas, suavemente afirma que tu parte racional es muy fuerte, tanto que entorpece la línea del amor y te hace dudar, te obliga a sufrir como lo hacen todos aquellos que temen entregarse en el simple acto de dejar la piel en lo desconocido.

Sin embargo, como tantas otras noches, cerrás tu mano a las experiencias novedosas, al vértigo de la incertidumbre. Sostenés el puño muy apretado, deformando las líneas de tu suerte. Intentás dejar al muchacho sin percatarte de que su mano ha seguido el movimiento de la tuya procurando envolverla, crear un nudo de dedos que se acerca a los labios y besa. Vos evitás mirarlo a la cara para no ser arrastrado por el torrente que te interroga y desarma. Preferís ver la confusión de dedos que no se puede deshacer, porque cada intento de separación provoca una nueva caricia, un tejido fresco entre las desesperadas líneas de tu vida y las del muchacho. Pero en algún momento te soltás, decís algo así como "I can't do this", y dejás al muchacho, quien da un par de pasos hacia vos, se detiene, te grita que no olvidés esa esquina donde siempre él simula reposar al descuido, aunque realmente se dedique a esperar que se consuma el acaso impreso en la piel de los desconocidos.

Caminás muy rápido, aturdido, mezclándote con la gente. Oís cuando alguien te dice "Hey, mista, listen!" Volteás por si el muchacho te sigue, pero quien te pide atención es un negro profundo, pintado de ángel de cementerio, una estatua de carne y hueso que ha sido testigo de la conversación entre vos y el lector de futuros. Ha abandonado su pedestal para seguirte, cargando instrumentos inverosímiles hechos con ollas viejas y baldes de helado, haciendo bullanga como si fuera a anunciar a la multitud lo que ha presenciado. "I can take you to a place where the most beautiful boys in town . . ."

"No quiero problemas", te repetís huyendo de la vida hacia el otro lado del Barrio Francés, asustado por la constante intromisión de las tentaciones en esa noche de adioses planificados y seguros. El ángel negro pintado de blanco te lanza una maldición y vuelve haciendo alboroto a su pedestal. En unos segundos se convierte en estatua para que los turistas posen con él y le dejen unos dólares en una caja a sus pies. Cuando regrese a tierra, deje de ser ángel y tenga hambre, entrará a comprar una cerveza y comentará con sus amigos las últimas nuevas, pero nunca sabremos si tu historia y vos permanecerán en su recuerdo más allá de este minuto. Mientras tanto, avanzás sintiendo a las personas en contracorriente. Tus pies desean desobedecer, irse en la misma dirección de los extraños, regresar a la esquina antes de que otro se lleve al muchacho. Te detenés en mitad de la acera, preguntándote cuál es el rumbo correcto, si debés hacerle caso al corazón o a la cabeza. Buscás en tus manos la respuesta. Las ves tan mudas, tan poco eficaces cuando de decisiones se trata. Grupos de transeúntes se siguen topando con vos, estatua humana sin maquillaje ni chiste, aferrada a ese punto de la tierra como si acabaras de echar raíces. La mayoría de quienes pasan te dedican una mirada de curiosidad, te rodean, siguen su camino. Alguien te murmura un consejo, "Go for it", pero no deseás entender. Aun así, girás la cabeza en busca de la esquina que se ha vuelto un paisaje borroso. El jardín de la catedral sigue desplegando su sombra sobre la calle, la baranda se reduce a un trazo de tinta china. El ángel negroblanco se destaca bajo la luz húmeda de un farol. ¿Dónde está el muchacho? ¿Por qué no tiene nombre?

Entonces seguís tu camino hacia Marigny. Vas tan agitado que no me ves, aunque yo te espero en el lugar convenido, justo bajo el rótulo *Pardieu Antiques*. Te secás las manos en la tela del short, apurás el paso como si fueras a llegar tarde, pienso con cariño "tratarás de estar a tiempo hasta en la muerte". Miro el reloj y me desentiendo: las once y treinta y cuatro de la noche. Vas con un retraso de apenas cuatro minutos. Yo me tomaré unos quince más merodeando por aquí, solamente para no dejarte esperando en el lugar donde Candide Pardieu nos recogerá para ir a su fiesta de despedida. Caminás tan aprisa que adivino cierta inquietud. Volteás hacia mí, pero no podés verme, buscás otra cosa, algo más allá de estas vitrinas, de la gente, del todo inmediato. Yo también me vuelvo tratando de encontrar eso que tus ojos buscan. No es una galería ni una tienda de antigüedades, lo puedo apostar. Tampoco hay nadie en actitudes sospechosas, aunque quizás unas calles más abajo algún pícaro ha intentado sacar provecho. Doy unos pasos entre el calor que se desplaza tan tranquilo, sin un soplo de aire. Hay una quietud casi visible a pesar de los turistas borrachos, falsamente desinhibidos. Intento ver ese misterioso objeto de tu interés, pero solo hallo una estatua humana y un poco más lejos un muchacho que coquetea con algunos paseantes solitarios, les regala una sonrisa blanquísima, camina un par de pasos con ellos, finalmente vuelve a su rincón.

Intento encontrarte de nuevo, pero ya te has perdido en dirección a Marigny. Debíamos juntarnos en *Antiques*, ir hasta cierto café y aguardar a Pardieu para acompañarlo en su última noche de libertad. Pero se me ocurre que preferís ninguna parte como destino, algo me dice que mejor te dejo deambular, mentir cuando pregunten por vos y no estés. Decir, por ejemplo: "Nunca llegó, estuve muy pendiente junto a la tienda de antigüedades y no lo vi". Has sido vos quien no me ha visto, aunque ciertamente yo te dejé pasar, fascinado porque me habías olvidado, y porque buscabas algo en lo que yo no estaba incluido. Pero mientras llega ese momento de las explicaciones, me detengo a contemplar las delicadas chucherías de la tienda de nuestro amigo Candide Pardieu. Ese loco tiene el gran mérito de tornar todo en azúcar, incluso ciertas tragedias y, por supuesto, sus muchos errores. Sin embargo me pregunto cómo se sentirá en la cárcel, donde estará obligado a vestir un mono naranja en vez de sus trajes de tela fresca, delicada confección y altísimo precio, sus zapatos neoyorquinos y sus panamá. Miro la vitrina cargada de muebles, adornos, lámparas, estatuas, tesoros que corren el riesgo de quedar al descuido si el compañero de Pardieu no sabe protegerlos. Vos ni te imaginás cuántas tardes pasé sentado en esas sillas de valor incalculable hablando pendejadas con Pardieu, quien fue millonario y dandy cuando más joven, pescador profesional de trucha en Montana, cazador amateur de cabra montés española y experto degustador de vinos franceses y de jóvenes árabes. Después, cuando los bienes de la familia empezaron a escasear y la necesidad de un trabajo convencional amenazó su horizonte, Pardieu se sentó con un lápiz y un papel a encontrar una salida. Escribió en una columna sus múltiples habilidades, en otra sus necesidades, en la tercera dónde debía residir para lograr la secuencia lógica: de habilidad a trabajo a ingreso a necesidades satisfechas. Como él mismo admitió, un dandy decadente no podía hallar dinero así como así. Tampoco era capaz de romper con las posesiones familiares, pues como buen aventurero siempre terminaba recurriendo a ellas, fuera para escribir memorias de viaje o más pragmáticamente para obtener auxilio económico y legal. Reconoció que era muy tarde para empezar a trabajar. Entonces pensó en el bullicio de las calles, en las marejadas de visitantes, y tuvo la idea de abrir una tienda de antigüedades en la calle más prestigiosa del Barrio Francés. Puso en exhibición algunos objetos personales que ya no le conmovían el recuerdo ni el corazón e hizo mucho dinero, sentado a la puerta de su negocio en un sillón de terciopelo parecido más bien a un trono.

Al cabo de unos pocos años, Candide había saqueado todas las mansiones de los Pardieu, sin que le quedaran al menos unos dólares de ahorro. Algún mecanismo interno encendió cierta obsesión por la seguridad financiera. A sus amigos nos hablaba solo de eso, y cuando charlábamos sobre él decíamos que la solución era muy fácil de enunciar pero difícil de ejecutar: Candide tendría que trabajar por primera vez en su vida. Y de alguna manera lo hizo porque se fue a los barrios populares en busca de mercancía, timando por igual a los antiguos dueños y a los clientes potenciales, pues Pardieu sabía de antigüedades y negociar con él era como tomar un café con alguno de los vampiros locales: te envolvía con su acento ligeramente afectado por el francés, te seducía paciente, laboriosamente, y ya cuando estabas a punto del orgasmo estético clavaba sus colmillos en tu billetera. ¡Ay, Candide! Buenos viajes te has dado por el mal camino. Te reís tanto del mundo, pero no pensás que algún día se vuelve al punto del cual has partido. Vos querías ser el Candide de siempre, generoso y extravagante, y me regañabas por mis regaños de abuelo malhumorado: "Abrís la tienda cuando se te antoja, le mentís a los clientes, debés dinero a tus proveedores, seguís gastando a manos llenas, Candide, pensá en la vejez". Lo hizo, pero a su modo. Pocas semanas después de mi último sermón empezaron a saquear los cementerios. Yo no relacioné nunca las nuevas ofertas de *Pardieu Antiques*, exhibidas discretamente en una habitación cerrada del fondo, con las breves notas policiacas que describían la profanación de mausoleos distinguidos, hasta una tarde que pasé por una bebida. Pardieu vestía especialmente elegante, con corbata de seda, traje café muy discreto y su sombrero de la buena suerte, como si fuera de viaje. Me serví una copa, me senté en una sillita de hierro y él confirmó que esperaba visitantes: "La policía", explicó sonriente. Antes de permitirme soltar una retahíla de preguntas, dijo: "Ahora, por ejemplo, estás sentado en una hermosa silla atribuida a Lafitte, quien fuera discípulo de Auguste Rodin y que vivió en New Orleans de 1885 a 1889. La silla estuvo depositada en la capilla de los Debernardi desde 1887, desde la muerte de Sandra, la gran matrona. Hace poco la rescaté del olvido y ahora está a la venta". No salté de la silla de inmediato, en verdad no entendía, y obligué a Pardieu a ser más concreto. "Eres muy *naïve*, mi amigo. Date cuenta que más de la mitad de mis piezas vienen de los cementerios".

El arresto fue bastante discreto. La policía, consciente de que debía proteger el prestigio de tan distinguida familia, recuperó de noche los objetos robados. La noticia apenas ocupó espacio en los periódicos y noticieros locales. A los pocos días de su encarcelamiento, un desconocido abrió la tienda. Apenas lo supe fui a visitarlo y me enteré que era alguno de los tantos amantes que Pardieu sostenía con la venta de antigüedades. "Debemos ser solidarios en la desgracia", me dijo con picardía. Yo le pregunté cómo iba a seguir el negocio, de dónde sacaría el capital, aquello era una locura. Entonces me explicó que nada se iba a vender. Pardieu quería conservar la tienda como la dejó cuando llegaron dos policías, lo saludaron, y con mucha pena le pidieron que los acompañara. "¡Los objetos están en venta!", protesté ciego como siempre. "Sí, pero nadie los va a comprar". Y en efecto así fue. Cada una de las piezas que sobrevivió al registro de la policía tenía ahora un precio varias veces mayor al original. Los clientes salían desconcertados, o exigían negociar directamente con Pardieu, pero él, señoras y señores, estaba por iniciar un largo viaje a varios continentes para surtir la tienda con maravillas nunca antes vistas, y en este momento, mientras vos te perdés en la multitud yo doy otra mirada a la vitrina y compruebo que el tiempo se ha detenido ahí adentro, como si aquella tarde Pardieu hubiera salido a tomarse una cerveza con los policías y estuviera a punto de regresar.

Sí, volvió, pues la justicia es cumplida pero lenta y tuvo, ha tenido, tiene, sus días de libertad. Quiso convertir su tienda en museo, dejarlo intacto para cuando cumpliera la inevitable condena. "Es lo único que me queda después de pagar abogados", nos dijo. Hace dos semanas le comunicaron que mañana, a las ocho en punto, debe reportarse en la prisión, a cumplir su pena de tres años en régimen de confianza. Esta noche nos reunimos sus amigos a celebrar en grande la partida de Candide. Que tome las últimas copas de champán, que fume sus cigarros habaneros y sus porros, que tenga a sus muchachos preferidos.

—Recuerda que mañana salgo de la vida pública —me ha confesado hace unas horas por el teléfono—, pero regresaré muy pronto a este dulce momento, al ayer.

—Sí, Candide —he contestado con un nudo en la garganta.

Pero en este momento estoy feliz. De seguro la limusina lo ha recogido, luego de esperar por una hora mientras Pardieu termina de pintarse la cara. Se ha puesto una base blanca, ha prolongado la línea de sus ojos para simular que los tiene rasgados, ha resaltado el rojo de los labios con su lápiz preferido. Con ayuda de alguno de sus amantes, se ha calzado las zapatillas y ha entrado al traje de mandarín.

Tiene el pelo recogido en una colita, y lo cubre con una suerte de sombrero que él afirma es una pieza original.

Calculo que ha de llegar al sitio de encuentro en unos cuantos minutos, para recogernos a vos y a mí, e irnos juntos al Country Club, esa vieja casa con salones discretos, billar y una enorme piscina donde los demás invitados deben estar tomando baños de luna. Hará su entrada triunfal poco después de medianoche para anunciar de nuevo: "Salgo hoy, regreso ayer", y provocar que todos piensen que el agua de la piscina ha sido sustituida por champaña.

Empiezo a caminar saludando a la gente. Te busco sin esperanza ni preocupación de hallarte, más bien vas adelante y te toca a vos aguardar por mí. Sin embargo, llego a la cafetería donde debemos encontrarnos y no estás. Adentro, un anciano hace danzar a su marioneta vestida de arlequín frente a una mesa repleta de turistas. La musiquilla llega hasta donde espero. Mientras los turistas hablan entre sí la marioneta hace piruetas, se inclina, mueve la cintura, sonríe sin parar. Creo que los turistas se burlan del viejo, pero él y su marioneta siguen dando espectáculo sin abandonar la sonrisa.

Cuando para la limusina de Pardieu, vos aún no has llegado. Me pregunto si debo esperarte, dar una disculpa a Pardieu, salir a buscarte, pero es absurdo meterse de nuevo al tumulto que deambula de bar en bar, de show en show y de flirteo a flirteo. El chofer abre la portezuela y me invita a pasar. El mandarín Pardieu me urge a entrar levantando una copa. Otros amigos hacen espacio. Doy entonces una última mirada a la calle, subo al automóvil y vos, unas calles más abajo, te olvidás de nuestra reunión, y rápidamente procurás alcanzar la esquina donde el muchacho debe estar esperando, aunque simplemente simule ver el río de gente que va y viene. Estás seguro de que el destino te arrastra, en tu fuero interno le agradecés la sorpresa, el capricho, el húmedo verano, la circunstancia de esta noche. Llegás al lugar donde no hace mucho simulaba haraganear el muchacho, pero tampoco está. Queda solamente la estatua humana de un ángel, el negro flaco pintado totalmente de blanco, tan hábil en su oficio que parece no respirar, ni darse cuenta de tu ansiedad. Vos intentás llamar su atención, traerlo de nuevo a este mundo, pero el ángel simula contemplar el más allá. Los turistas posan junto a él, se toman fotos, lanzan dinero a la caja a sus pies. Vos comprendés el truco, agitás un billete frente a los ojos del ángel y decís:

—Where did he go?

El ángel cambia la posición de sus brazos lentamente, como ha aprendido que lo haría un robot. Se inclina a punto de transmitir un mensaje divino. Ves entonces que tiene los ojos marcados por unas líneas rojizas que los hacen parecer muy oscuros. Ves que el maquillaje ha sido quebrado por gotas de sudor. Sentís respirar al ángel.

—The guy in white pants and shirt —insistís—, he was right there ten minutes ago.

—Vãikunta? —dice el ángel con voz terrenal.

Vos no tenés respuesta. No se te ocurre otra cosa mejor que echar los dólares en la caja al pie del ser alado.

—It means Heaven's gates —afirma con autoridad.

—Where is he now? —preguntás con un dejo de desesperación.

El ángel parece un muñeco articulado. Levanta la cabeza, sus brazos no se deciden a indicar una dirección, vos sacás otro billete. El espectáculo atrae la atención de la gente, que empieza a hacer un círculo alrededor de ustedes. Algunos se preguntan si el ángel lee el futuro como los cartománticos de Jackson Square. Él no lo predice, señala su rumbo nada más. Vos seguís la indicación de su dedo, pero solamente hallás un mar de personas en constante movimiento. Los curiosos intentan adivinar también cuál es el secreto que te ha revelado el ángel, como si fuera posible para el ojo profano ver el aura de la maravilla u oír el silencio que se desplaza entre tanto bullicio.

—Vãikunta —vas demandando entre la gente—. Vãikunta.

Buscás su nombre, aunque alrededor tuyo solamente hay una masa de cuerpos. Deambulan, se afantasman, se disuelven hasta la invisibilidad.

—Vãikunta —decís con la fe de quien repite la oración que le guía—. Vãikunta —exigís a sabiendas de que nadie puede responderte excepto él, el anónimo, el que debe regresar del secreto a la materialidad.

Pero no te puedo ver caminando a paso de loco por Saint Peter hacia Rampart. Estoy llegando al Country Club, donde unos tipos de levita nos abren la puerta. Pardieu camina adelante saludando, o más bien bendiciendo a las personas que conversan y beben en los salones secretos. Con sus manos parece decir: "Aquí voy el gran vidente y os heredo mis gracias".

Un rato antes me ha preguntado mi opinión sobre su traje de mandarín.

—Parecés astrólogo de televisión —le he contestado entre risas.

—Pues, como premio a tu sinceridad, te honraré con un título zodiacal: esta noche serás Cáncer: el agua, la paciencia, la familia.

Me he quedado callado, con Pardieu nunca se sabe, mejor aguardar el siguiente desatino.

Vamos hasta el fondo de la vieja mansión, cruzamos una puerta de altas ventanas y salimos a la piscina, que no está llena de champaña pero brilla sosegadamente bajo el cielo nocturno. Como debe ser en estas circunstancias hay música que nadie baila, mesas largas con comida y botellas, gente que conversa sin levantar casi la voz. Como debe ocurrir en el cielo, alrededor de la piscina toman la luna muchos jóvenes. Tirados en tumbonas se concentran en contemplarse, excluyendo de su mundo de gimnasio a la rústica realidad que los rodea.

—Míralos dejar pasar la juventud, Cáncer —me dice Pardieu leyendo mis pensamientos. —Lo bello es excesivo e inútil, pero sobre todo es presente, ningún otro tiempo tiene valor, ni siquiera existe. Si el presente se esfuma, ellos se lo inventan.

No puedo contestarle. Algunos amigos se han percatado de nuestra llegada y llaman la atención de todos para recibir con honores al mandarín que estará ingresando dentro de unas horas a una cárcel del estado. No fuiste perseguido por las leyes contra la sodomía aún vigentes en Louisiana, no defendiste causas nobles, no te opusiste a las invisibles manos del mal. Has sido condenado por vender antigüedades robadas, Pardieu, ¡qué prosaico! Y entonces das tu vuelta triunfal alrededor de la piscina, dedicándole miradas y comentarios picantes a los hermosos expuestos en las tumbonas. Empiezan los discursos, los brindis, las felicitaciones para que el viaje sea placentero y no muy largo.

—Apenas dos años si tengo buen comportamiento —bromea Pardieu—. Aprenderé horticultura para dedicarme al cultivo de macoña una vez que salga.

De repente Pardieu te recuerda, me pregunta por vos, yo me encojo de hombros. Cómo voy a saber que vas de un lado a otro por la calle, buscando una cara que has empezado a idealizar, que has entrado varias veces a los bares, a las cigarrerías, a cualquier sitio donde pudiera estar Vãikunta, el único, el que te arrastra como si tuviera un olor identificable, capaz de guiarte incluso hasta una tiendecita donde el muchacho ha entrado a comprar incienso. ¿Cómo voy a afirmar que el tiempo se ha detenido para permitirte hurgar en la multitud en busca de la aguja mítica, la que has hallado en contra de todas las probabilidades? Ves en la penumbra al joven de blanco escogiendo aromas. Te acercás despacio, llamándolo por su nombre. Él repara en vos como si supiera que ahí se iban a reunir, mientras afuera el tiempo ha vuelto a circular, y la noche procura de nuevo la mañana, y la gente sigue siendo el tumulto anónimo de antes. Se encuentran, le extendés la mano ordenándole suavemente que la lea, que te explique los sucesos de los últimos minutos, la forma como todas las coincidencias han confluido a ese instante.

—¿Quién me trajo? —preguntás.

—Un ángel —responde.

—¿Sigues estando en mi futuro? —rogás.

—Tu mano calla, no precisa revelar más.

No puedo explicarle a Pardieu que ustedes empiezan a charlar, caminando despacio hacia zonas más tranquilas del Barrio Francés. Ignoro que llegan a un *shotgun* pintado de rojo, de donde salen música y murmullos, la fiesta celebratoria de la luna llena en Oriente, como te explica Vãikunta. Para abrir la puerta solamente hace falta empujarla. Entran a una habitación más bien larga, iluminada por velas, con cortinas casi transparentes colgadas del techo y las paredes. Hacia el fondo hay un librero y una cama. Más acá un muchacho toca una especie de tambor, mientras cuatro mujeres lo rodean embelesadas. Vãikunta te pide dejar los zapatos en la alfombrita junto a la puerta, saluda con familiaridad a los demás visitantes y se dedica a perfumar la casa de incienso. Vos te sentás con las mujeres, les das un nombre falso, bebés vino con ellas. Las mujeres declaman poemas al sentir el ritmo del tambor, se levantan a bailar, le acarician el cabello al muchacho y a Vãikunta, toman de unas copas altas. Al cabo de un instante o una eternidad, después de oír experiencias místicas que no compartís ni creés, las mujeres le ruegan a Vãikunta que cante. El otro muchacho deja su tambor y va por guitarras. Los dos músicos inician una melodía en un idioma desconocido. Aunque es imposible entenderles, sus rostros transmiten un sentimiento que vos hacés propio, y presentís que te describe. Tu cuerpo empieza a seguir las inflexiones de la música, intentás repetir alguna palabra, te creés parte de esa verdad. Deseás preguntarle a Vãikunta dónde aprendió a interpretar de esa manera, querés oír alguna respuesta fabulosa: "En el cielo, a los pies de los dioses gigantes, junto a la pira purificadora, a mitad del río sagrado . . ." Él no contesta. Una de las mujeres te susurra al oído: "En New Jersey, donde creció". Mejor no saber más. De pronto puede romperse el encanto, y resultar que Vãikunta no es sino un tal James o un tal David, algún buen músico de suburbio dedicado a vender la ilusión de un idioma extraño a los ingenuos. No quiero saber, te repetís, no puedo saber, digo yo tomándome otra copa y haciendo un espacio entre charla y charla para pensar en vos. Pardieu se ha perdido en el interior de la casona con algunos de los tomadores de luna, y ha vuelto ahora a seguir brindando y diciendo adiós a sus acólitos. Me ha preguntado si no me gusta nadie, si no me he decido a dejar de tomar nota de la historia para vivirla, pues no es posible vivir y escribir a la vez: Lo primero precede y no se piensa, lo segundo se fabrica y no existe sino en los espacios cerrados de la imaginación.

—Sos tan buen testigo de tu vida, Cáncer —me ha dicho con desparpajo.

Ha bebido, aunque sé que para Pardieu jamás se sirven suficientes copas como para hacerle perder la lucidez, la elegancia, el recto andar.

—¿Cuándo vas a protagonizarla, eterno espectador? Yo acepto el reto con un brindis, y le respondo: —Algún día después de hoy, cuando no seamos más que historia.

Pardieu se ríe, me da un beso con sabor a champaña, y convoca a todos para otro discurso. Anuncia que saldrá de carnaval por el Barrio Francés, el último desfile antes de mañana y en preparación para preservar el ayer. El vidente mayor decide formar su corte con los signos del zodíaco. Unos jóvenes traen disfraces venecianos de doce colores diferentes. Pardieu me señala y avanzo con mi nombre, Cáncer, hacia el traje azul. Menciona a los otros once y cada uno es investido. Damos una nueva vuelta alrededor de la piscina antes de salir. Aguardan dos limusinas, con abundantes licores, collares y doblones de carnaval. Pardieu lleva consigo a los signos de agua, elige a alguna gente más, envía al resto del grupo al otro vehículo. "Salgo mañana, pero vuelvo ayer", susurra obsesivamente. Estoy a punto de hacer un comentario pero me detengo, después te contaré mis pensamientos, sea que los recuerde o los invente, a fin de cuentas es lo mismo.

Vos también me relatarás una historia inaccesible para mí, aunque algún día, en nuestros paseos de primavera, caminemos frente al *shotgun* y me señalés el lugar diciendo: aquí danzaron cuatro mujeres: la gitana, la espiritista, la que veía unicornios en los hombres, la zahorí. Evolucionaron alrededor de dos músicos descalzos, descorriendo cortinas de seda, envolviéndose en ellas, revelándose. Yo estaba sentado en una nube de incienso cuando empecé a subir y a subir, hasta flotar por encima de todo. La zahorí ordenó que la cama del fondo se llenara de pétalos de rosa, y así fue. Las otras mujeres me sostuvieron en lo alto con la punta de los dedos, pero yo no temí caer, no iba a caer ni aunque amaneciera y la luz del día cegara la llama de las velas. Flotaría mientras hubiera música, bajaría, bajé lentamente, siguiendo el canto llano y sin melancolías de Vãikunta. Toqué, toco el piso con todo mi cuerpo cuando la música se disuelve en el incienso. Las mujeres se dedican a adorar al muchacho del tambor y Vãikunta me da un beso que tiene la extensión de lo inaprehensible.

Las mujeres y el otro muchacho salen en silencio, dejando como recuerdo unos pétalos de rosa que flotan sin concierto y caen en cualquier rincón. Vãikunta descarga su peso sobre vos, y la mujer que ve unicornios se maravilla porque al fin se han materializado esos seres que describió por primera vez el griego Ctesias. Los deja besándose en el suelo de la casa, y cierra la puerta procurando hacer el menor ruido posible. Apura el paso para alcanzar a su grupo. La gitana va adelante con el muchacho del tambor, la espiritista y la zahorí caminan del brazo intercambiando secretos. Poco a poco la calle se va llenando de gente, hasta que llegan bajo un balcón donde varios disfraces venecianos lanzan collares de abalorios y monedas falsas a la concurrencia. Un hombre vestido de mandarín domina la escena. Su traje es el más brillante de todos, igualmente su palabra. Anima a los muchachos que pasan por la calle para que se bajen los pantalones y se muestren a la concurrencia. Quienes se atreven, reciben a cambio los collares más bellos y grandes ovaciones del público. Las mujeres levantan los brazos y piden a gritos un regalo. Las miro tras mi máscara, ellas parecen mirarme también. Se dirigen a mí con las manos abiertas, deseosas de un premio. Entonces yo les lanzo collares: verde para la zahorí, dorado para la espiritista, lavanda para la descubridora de unicornios, violeta para la gitana.

—Estás desperdiciando tus *beads* en mujeres, Cáncer —me reprende Pardieu.

—Sí, sí —respondo mientras arrojo uno multicolor al muchacho que las acompaña.

—Mucho mejor —comenta el mandarín sin dejar de atender al pueblo.

Yo pienso que más bien desperdicio mi vida en general, pero me quedo callado, no te confieso mi secreto ni a vos, que sé que no me podrás dibujar nunca con suficiencia la voz de Vãikunta, ni su cuerpo, ni el juego que te dejó algunas cicatrices deliciosas en el pecho y la espalda, ni el intenso placer que puso fin a mañana y se instaló en ayer, ese tiempo de la memoria al que volverás constantemente a través de la palabra.

A mí se me va acumulando un secreto en la garganta hasta que la gente de la calle se va cansada con sus collares. Varios signos del zodíaco han caído borrachos en el balcón, o en la salita del apartamento donde Pardieu sigue despidiéndose sin llanto alguno. Me ha pedido que lo acompañe a su casa, donde dejará de ser mandarín para ponerse un pantalón y una camisa sencillos. Después saldremos con el tiempo justo para llegar puntualmente a la entrada de la prisión.

—Creo que el color naranja de los presos me va muy bien —me ha dicho hace poco, y por primera vez siento que su voz se quiebra—. Pero salgo hoy y vuelvo ayer, Cáncer, te lo prometo.

Bajamos a la limusina. Por orden del mandarín gira por Royal Street hasta *Pardieu Antiques*. Salimos del auto y miramos en silencio la vitrina. Pardieu no puede resistir la tentación de recoger alguna basura que el viento ha arrastrado hasta la puerta.

—Salgo mañana, pero vuelvo ayer —repite sin descanso.

Me pide que lo deje solo un minuto. Lo espero junto a la puerta de la limusina tratando de no mirar. Desde aquí parece orar. Se dedica un poco más de tiempo. Si ha llorado, no me ha permitido atestiguarlo porque se ha ocultado tras unos anteojos oscuros. Cuando regresa me toma del brazo y entramos al auto. Se aferra a mí, me exige fortaleza.

—Soy fuerte —contesto en silencio—. Quien se va, muere, y mi vida está sembrada de cadáveres.

—Salgo mañana, vuelvo ayer —suplica, intenta convencerse—. ¿Vas a estar aquí, Cáncer?

El secreto se me viene a la garganta. Pugna por salir de mi boca, de mis oídos, de mis manos. Fijo la mirada en la superficie de los lentes oscuros que lleva Pardieu. Me reflejo deforme en ellos.

—No —contesto mientras salimos del Barrio Francés hacia Rampart por una calle donde muchos amantes se entrelazan—. No esperés de mí lo que no tengo, Pardieu. No me pidás que me quede en el ayer.

New Orleans, octubre 2000–marzo 2001

APUNTES PARA UN CUENTO POLICIACO

Creo que fue Elmore Leonard quien recomendó nunca empezar una historia policiaca con el estado del tiempo. La nota donde venía el consejo no aclaraba las razones, como si el hecho de que Leonard lo hubiera dicho fuera suficiente. Cosas de autoridad, ¿no? Pues, yo he decidido que mi cuento empiece con una descripción de esa noche, y como la acción transcurre en el Sur (así, con mayúscula) de los Estados Unidos es inevitable —más bien diría, obligatorio— decir algo sobre el clima que hacía esa madrugada cuando ocurrió el incidente. Veamos:

Eran apenas las tres de la mañana, pero el calor era tan intenso que mucha gente estaba desvelada, sobre todo quienes trataban de engañar el agobio con el perezoso girar de las aspas de un ventilador de techo. Inútil dejar las ventanas abiertas, o tomar agua constantemente: agosto en el Sur es inclemente, y sin una casa sólidamente construida y un buen aire acondicionado, dormir resulta casi imposible. No era solamente el problema de los mosquitos. Sufrir calor intenso y húmedo es lo más cercano a flotar en el espacio, algo físico y espiritual a la vez, infinito e inconmensurable. Muchos en la ciudad tomaban varias duchas para ayudarse a sobrevivir la noche. Otros tantos se dejaban llevar, como si hacer el menor movimiento fuera la única manera de resistir. Pero si eras joven, fuerte e invencible, el calor se solucionaba con cervezas muy frías, y con alguna droga que transformara los rigores del clima en una experiencia trascendental.

Una buena referencia donde el calor crea el ambiente propicio para cometer un crimen es una película de 1981 titulada "Body Heat", con el entonces primer actor William Hurt y la debutante Kathleen Turner. La película retomaba la tradición del cine y la novela noir de conectar el deseo erótico con el asesinato. Situada en Florida durante una ola de calor, la película jugaba con el voyerismo del espectador, al mostrar la tórrida relación de los protagonistas como causa de su caída ante la ley. Dudo que "Body Heat" de alguna manera subvirtiera el estricto código moral puritano de las obras en las que se inspiraba, pues en el fondo el escepticismo del noir es sobre todo una forma de distancia respecto a un mundo que se ve corrupto desde su base misma, y donde las pasiones —recordemos también "Double Indenmity" (1944) o "Chinatown" (1974) — no tienen buen fin.

El calor puede ser necesario para mi historia. Me ayudaría a explicar dos hechos que por el momento no guardan relación entre sí. Vamos a ver un auto patrulla estacionado en lo que fue una estación de gasolina, ahora reconvertida en un restaurante. No cualquier restaurante sino un *diner*. Sí, ese detalle puede ser importante. Los *diners* suelen estar abiertos hasta muy tarde, por lo que son un refugio para noctámbulos, insomnes y policías. Para nadie resulta extraño encontrar oficiales comiendo o simplemente charlando por horas, a la espera de que termine su ronda. La ciudad donde ocurren los hechos que me interesa narrar es particularmente violenta, y un gran porcentaje de los crímenes ocurre por la noche. Los oficiales, esos dos que vemos conversar conocen bien las reglas del juego, tanto las formales como las no escritas, esas de las que nadie habla a menos que se esté garantizada la privacidad. Una de las normas es hacer hasta lo imposible por salvar el pellejo. El heroísmo es cosa de Hollywood y de la retórica nacionalista americana, pero la vida real suele ser muy diferente. Nunca pasan hechos violentos en los *diners*. Se puede uno desconectar por un rato, tal vez hasta ignorar alguna llamada de urgencia.

Nuestros policías deben estar tomando algo. Conforme nos acercamos vemos que es café o Coca Cola, cualquiera de las dos bebidas funciona, pues el objetivo es echarle algo de cafeína al cuerpo. Que haga mucho calor tampoco importa: quien acostumbra tomar café lo hace aunque se encuentre a las puertas del infierno. Entonces dejemos que el lector decida: café negro cargado o cola. Lo que están comiendo puede ser más importante, pues los *diners* de esta ciudad del Sur tienden a ser un tanto atípicos, y en lugar de ofrecer solamente las tradicionales y grasosas hamburguesas, tienen otras variedades de comida como *muffulettas* o *poboys*; algunos ofrecen incluso desayunos veinticuatro horas al día: waffes con pollo frito, camarones con grits . . . Sea como sea, ese tipo de dieta no les ayuda a las personas, por lo que no resulta extraño que los oficiales de policía (incluyendo los dos que vemos sentados a una mesa protegida con un mantel plástico de clavelones amarillos con fondo rojo) estén fuera de forma o francamente obesos. Esos problemas de salud son otro motivo para tratar de mantenerse en la sombra, principalmente por la noche: no es nada fácil moverse rápido cuando la visión y la agilidad son muy limitadas, y en el negocio policiaco esas dos limitaciones tienen graves consecuencias porque, al fin y al cabo, estamos hablando de una cacería como cualquier otra, en la que los animales se acosan, se esconden, se defienden a cualquier costo y, si es posible, se matan entre sí.

Estos policías realmente no necesitan tener nombre, pero para darle a la historia una pincelada cultural he decidido bautizarlos. Sage McCollom estaría a la izquierda y sería el más pesado de los dos, quizás en sus cuarenta, ha perdido pelo y aunque la calvicie sea cosa de familia él lo atribuye a los muchos años de servicio en esa ciudad funesta. McCollom es de la derecha religiosa local; además de pasar las mañanas de domingo en la iglesia, asiste a discusiones de Biblia una vez por semana, y cree firmemente en su derecho a poseer armas. Eso queda claro si se visita su casa, donde tiene un exhibidor especial para su colección de rifles. Para McCollom, la ciudad sería más segura si cada quien durmiera con una pistola bajo la almohada. El otro policía se llama JC Piazza, y por alguna razón que no llego a explicarme, tiene bigote tupido y un acento Cajun que enferma. Mucho más joven que su compañero de patrulla, Piazza supo desde siempre que buscar suerte en la ciudad era tarea dura. Cuando trató de ir a una universidad, se dio cuenta de que apenas sabía leer y escribir, así que no le quedó más remedio que tomar clases en una escuela técnica y luego en el colegio universitario. De las opciones disponibles para obtener un diplomado, Piazza se decidió por criminalística. Al fin y al cabo, los criminales siempre iban a estar ahí, y el Cuerpo de Policía bien podría ser un primer escalón hacia mejores cosas. Piazza era ambicioso. Había adivinado muy pronto que la policía era también un ente burocrático. Quienes más alto estaban en la escala no solamente tenían mejor salario, sino que raramente se exponían a la violencia de las calles. Esos policías de rango —se llamaban a sí mismo el cuerpo de liderazgo— hacían trabajo de oficina, supervisaban a los detectives y vigilaban que personal de más bajo nivel como McCollom o Piazza no se metiera en problemas. También salían frecuentemente en televisión o recibían a la prensa escrita para hablar sobre la evolución de las investigaciones o describir la escena del crimen.

Poner a un McCollom en el relato les recordará a algunos que los irlandeses fueron por mucho tiempo "el otro" sureño, un marginal blanco, pobre, venido en barcos atestados desde una Europa sin futuro. Hacia finales del siglo XIX, los irlandeses eran los indeseados, y a ellos se les atribuían casi todos los males sociales de la ciudad, aunque si las calles estaban limpias era gracias a los irlandeses, y si había boxeo cada viernes por la noche también era gracias a los irlandeses. McCollom frecuentaba muchos de los garitos donde se podía boxear. Desde niño había oído historias sobre la vena boxística de la familia, pero por años no tuvo interés. Sin embargo, al morir su padre empezó a buscar gimnasios donde entrenaran a boxeadores y se organizaran peleas semanales. En aquella época tenía veintiún años y poca idea de qué hacer con su vida. Intentó sin éxito prepararse para competir en el deporte, de ahí pasó a espectador (nunca se lo había dicho a nadie, pero le fascinaba ver a esos hombres musculosos dándose golpes, había algo erótico en todo ello que no se podía explicar) y finalmente se dedicó a apostar pequeñas cantidades para "apoyar a los muchachos". Algunas veces se sorprendió a sí mismo arriesgando dinero no por el mejor sino por otro cualquiera, contrincantes desconocidos por los que nadie daba nada. Para McCollom la posibilidad de sorprender a los demás (y de paso ganarse un dinero extra) le excitaba, le hacía sentirse poderoso.

Ser de ascendencia italiana en esa ciudad era otra cosa, simplemente porque la migración desde Italia había empezado mucho antes que la irlandesa. Eso le había permitido a la comunidad estar ya asentada desde la década de 1880, principalmente gracias a pequeñas tiendas de ultramarinos y restaurantes. De hecho, la *muffuletta* tiene un inequívoco origen italoamericano, y aunque las fuentes se contradigan se sabe que circula desde principios del 1900. Hacer un aporte a la cultura culinaria local es importantísimo para validarse, y los italianos supieron hacerlo con gracia. Lo del acento de JC Piazza indica que en algún momento sus ancestros se fueron a vivir a la zona costera, tal vez a probar suerte con la pesca del camarón y los ostiones (en este momento me descubro como centroamericano, pues en ciertas regiones del Istmo se les llama así a moluscos similares a los *oysters*). Al contrario de su compañero de patrullaje, Piazza no es muy religioso. Sin embargo, le gustan los ritos. Cada año acompaña a sus padres en la preparación del festín para celebrar el día de San José, y desde la adolescencia va a la iglesia el 19 de marzo a servir generosas raciones de pasta y vino a quien se acerque a honrar al santo. Una vez encontró en una revista un test. Contestó las preguntas con la mayor sinceridad posible, y luego leyó con una mezcla de placer y sorpresa una descripción de cómo su cerebro funcionaba: "Es usted una persona metódica que sabe orientarse por la partes de un proceso, y trata siempre de darle sentido a esas piezas aparentemente inconexas. Prefiere evitar lo impredecible, por esa razón es un buen gestor de proyectos". A Piazza le satisfizo mucho el test. Para él, confirmaba los rasgos de un buen policía, de un buen ciudadano y de un miembro leal de la familia. En cierta manera, se sabía más inteligente que McCollom. Desafortunadamente, en nuestra historia Piazza es el novato y McCollom el veterano, el de los consejos. Es el irlandés quien sabe que a esas horas, casi las 3:00 a.m., cuando la cocina está a punto de cerrar, "Final call, boys", dice la camarera, se llega al punto crítico de la ronda nocturna.

—Nunca te metas en un lío grande después de que cierran los *diners* —le ha aconsejado ya varias veces a Piazza—. Si estás en la patrulla, nada más fíjate si lugares como este ya tienen las luces apagadas. En ese momento debes hacer lo posible para *apagar las tuyas también*

—McCollom hace un gesto como poniéndole comillas a la frase *apagar las tuyas también*.

Piazza baja la cabeza un poco, como agradeciendo el consejo, pero la verdad desde hace mucho ha decidido no hacerle caso a su mentor. La primera idea que le viene a la cabeza es: "Si quiero saber la hora miro el reloj, no tengo que andar chequeando si los *diners* han cerrado o no". Piazza no puede apreciar la belleza un poco torpe de la imagen: viejos lugares, limpios pero deteriorados, con las sillas que reposan sobre las mesas, la barra larga, usualmente cromada, los colores brillantes de los taburetes ahora opacados por la oscuridad. No comprende lo poético de la simple sabiduría de McCollom. Un *diner* de policías, una vez cerrado, es igual a la expulsión del paraíso, pues cada noche hay que pensar que puede no haber retorno.

McCollom no es, a pesar de las apariencias, un ingenuo romántico. Tiene mucha carrera en la policía y ha escapado por los pelos de situaciones realmente desagradables. Piazza sospecha que es un tipo mañoso, pues aunque al irlandés le encanta repetir sus anécdotas de peligro y valentía, lo que se dice en corrillos es tiene larga cola que pisarle. Pero de eso no se habla directamente, pues la corrupción toca más temprano que tarde a tu puerta. A Piazza se le ha presentado en pequeñas dosis y hasta ahora no ha caído. ¿Será que en el fondo tiene una honestidad a prueba de balas? No lo creo, pues nada realmente es *a prueba de balas* y hay un precio para comprarnos a cada uno de nosotros. Quizás simplemente nadie ha llegado al precio necesario para tentar a Piazza.

—¿Tú no usas reloj? —le había preguntado el irlandés esa misma noche.

A pesar de lo trivial de la pregunta, Piazza se puso tenso. Sabía bien por dónde andaba la cosa.

—No me gustan —le respondió—. Me ponen nervioso. Uso mi celular para ver la hora.

McCollom se limitó a hacer un chasquido. Iba a darle una suave reprimenda por la parquedad de sus respuestas, pero algo le dijo que era mejor no decir nada. Ya había escuchado un comentario negativo sobre su compañero de patrullaje: —No le gustan los Rolex, ten cuidado.

Su reacción fue responderle al soplón que el gusto por cierto tipo de reloj era algo muy personal, que por favor no se metiera en lo que no le importaba. El soplón dio un par de pasos atrás. Sin mirar a McCollom directamente a los ojos, dijo: —Hubo una vez un tipo que se fue a pescar. A rato de estar metido con el agua hasta la cintura algo picó. Era un pez enorme, con una perla en la boca. Se la echó al bolsillo, pero en lugar de dejar ir al pez, como lo haría cualquier persona agradecida, se lo comió crudo. De milagro no se clavó una espina en el esófago. ¿Cuál es para ti la moraleja de la historia?

McCollom, en un gesto que parecía paternal, le puso al soplón una mano en el hombro. Con la otra, lo tomó por la barbilla para obligarlo a mirarle a los ojos: —La moraleja es que no hay que confundir las perlas reales con las de plástico, ni lo que tiene espinas con lo que no tiene.

La ciudad donde pasa esta historia es una de las más corruptas del país. Ya se ha vuelto parte del diario vivir que algún político termine en la cárcel por malversación de fondos públicos, o por las mordidas. De hecho, dos alcaldes han sido condenados en las últimas décadas, un congresista ha sido encontrado con una fortuna en efectivo "congelada" en el refrigerador de su oficina, y un senador se ha visto involucrado en un escándalo de prostitución. Hasta cuando hay desastres de grandes magnitudes *algo ocurre*, y la ayuda no llega a quien la necesita, sino al bolsillo de algún intermediario. Esta ciudad, además, es una de las más segregadas en una nación fundamentalmente dividida por asuntos de raza y por las cicatrices de la era de la esclavitud. Si se analiza con detenimiento la información demográfica más reciente, se verá que hay una concentración de gente blanca y acaudalada cerca de las márgenes del río Mississippi —el cual rodea la ciudad dándole la forma de un abanico—, las mismas áreas que son más altas y por lo tanto más seguras cuando llueve mucho. Esos espacios tomados por los nuevos ricos y la rancia burguesía nobiliaria tienen también su historia: en las primeras épocas de la esclavitud, ahí se concentraron varias plantaciones de azúcar. Dichas plantaciones no eran tan grandes como las que se encontraban río arriba, pero tenían la ventaja de hallarse muy cerca del puerto, lo cual facilitaba el comercio de productos y, por supuesto, de seres humanos. Sin embargo, el mismo progreso económico motivó a los amos a reconsiderar dónde era mejor concentrar la producción azucarera, aprovechando el boom inmobiliario que claramente se estaba dando en la ciudad. Entonces decidieron construir sus casas de recreo en las partes altas de la ribera del Mississippi, grandes mansiones donde poder escaparse de los rigores del trabajo y recrearse con la oferta cultural y mundana de la ciudad.

Cuando los esclavos se vieron finalmente libres no tenían ya espacio en las proximidades del río —tampoco del enorme lago que limitaba los territorios hacia el norte—, y no les quedó otra alternativa que fundar sus asentamientos sobre los pantanos que aún no habían sido tomados por nadie. El asunto no fue simplemente económico: con la excepción del barrio creado donde estuvo la plantación de Claude Tremé, los antiguos esclavos no eran bienvenidos en las áreas donde estaban asentados los amos y quienes compartían su forma de pensar. Así las cosas, la paradoja fue que muchas comunidades negras terminaron levantándose entre las de los antiguos señores. Los límites entre los barrios *buenos* y *los malos* se volvieron imprecisos, y aunque algunos aprendieron a convivir, muchos siguieron viendo a los demás con recelo, pues las heridas históricas nunca se cierran por completo.

Si bien Piazza y McCollom ignoran los pormenores históricos de la demografía de la ciudad, sí saben que es mejor estar en barrio *bueno*, una de las razones para preferir ese *diner* en lugar de otros. McCollom cree que es más sencillo lidiar con blancos. Si por el contrario el arrestado es una persona de color, la situación puede complicarse hasta amargarle la vida al oficial de policía por semanas. Piazza, por su parte, piensa que ellos mismos, como policías, son parte del problema. Ha visto a sus colegas tratar distinto a un sospechoso blanco de uno negro, desde la manera en que le hablan hasta la misma fuerza física con la que manejan una detención. Por lo general, sin embargo, Piazza se queda callado ante esas diferencias en el trabajo policial. A él le gusta ser policía, a pesar de formar parte de una fuerza legendariamente conocida por su corrupción. Ese gusto por su trabajo no lo convierte ni en héroe ni en una persona honrada, eso solo pasa en las películas. La conciencia de las cosas, sin embargo, lo ha hecho una persona prudente.

Volvamos al *diner* donde McCollom y Piazza se toman un respiro esa noche. Son prácticamente las tres de la mañana, pronto deberán irse, y aún quedan cuatro horas antes de que termine su turno. Piazza sabe que su compañero se puede poner nervioso de un momento a otro. No se vaya a entender que McCollom sufre de alguna forma inusual de estrés o de personalidad bipolar. Es algo más simple y a la vez más oscuro: se trata de aceptar o no el destino del policía nocturno con resignación, casi con un sentido de fatalidad. En esas ocasiones, McCollom aguarda que algo *malo* ocurra, se lo anuncia a su compañero de patrullaje del mismo modo que lo haría una adivinadora. Piazza ha aprendido que lo importante de esos soliloquios —para ajustarnos a la estricta definición en español debemos aclarar que McCollom habla como si estuviera solo, cualquier interlocutor se vuelve invisible, o más bien desaparece de su vista— no es la predicción en sí del crimen, sino la manera que retrata una ciudad siempre en descomposición. Muchas veces se repite, pero aun cuando cuenta la misma historia hay detalles que la hacen distinta, más compleja. Y como si fueran las notas para un relato policial, el final es abierto, en construcción permanente, pues la vida no tiene cierre sino cuando se acaba, y terminar un relato es en sí un artificio.

—Este lugar es una mierda —dice McCollom sin la sonrisa que se pone casi todas las jornadas—. ¿Cómo no lo va a hacer cuando la gente se mata por un simple desacuerdo, o por deudas estúpidas de unos cuantos dólares? ¿Cómo es posible que los niños se disparen unos a otros cuando juegan? Claro, lo han visto por todas partes, desde pequeño uno sabe que cualquier conflicto se resuelve con un par de balazos. ¿Alguna vez has leído las estadísticas? ¿Sabes que yo también duermo con una pistola bajo la almohada? Cuando se murió mi madre me entró pánico de que alguien entrara por la noche a la casa a hacernos daño a mi padre y a mí. ¿Me entiendes? Habíamos perdido a nuestro ángel de la guardia, y la única manera de proteger lo que quedaba de nuestra familia era dormir con un arma a mano. Yo pensaba que poco a poco desaparecería la necesidad de la pistola, pero no fue así. Me di cuenta de que cuando viajaba no podía dormir bien, y era sencillamente porque bajo las almohadas del hotel no estaba mi amuleto, la única manera de defenderme de cualquier mal.

Unos seis meses después de la muerte de mamá, nos llegó en el correo una notificación de que un *sex offender* se había mudado al barrio . . . justo a la casa frente a la mía. Era un viejecillo muy callado, con su esposa y un perro. De cuando en cuando salía a la calle en uno de esos triciclos para adultos con un pequeño niño en el regazo. ¿Te imaginas? No me mires así, un *sex offender* quiere decir muchas cosas, pero es muy difícil no ver el peligro. Ahí estaba, al otro lado de la calle, alguien que fue condenado y que salía con un niño. ¿Cómo saber si ese pervertido no andaba de nuevo en sus cosas? Y no me digas que no era mi asunto, que me estaba metiendo en lo que no me importaba. Lo que hice solamente tú lo sabes, si algún día tengo problemas, a ti te voy a buscar primero. Me compré un rifle con mira telescópica. Tú sabes que soy muy buen tirador, pero de todas maneras me asocié a un campo de tiro para practicar y acostumbrarme bien al rifle. Después instalé el arma en el segundo piso y me senté a vigilar. Desde afuera de mi casa no se veía nada, solamente la ventana apenas abierta, el mínimo espacio necesario para dejar asomarse la boca del cañón. Yo nunca le hablé al viejo pervertido, me daba asco. El trató de ser simpático, pero conmigo no pudo. No lo miraba a los ojos, de haberlo hecho seguramente lo hubiera escupido. Su voz apenas la recuerdo, aunque me saludó hasta cansarse y un día vino a mi casa. Es muy interesante, porque los perseguidos tarde o temprano se dan cuenta, aunque no sepan con seguridad quién los persigue o el porqué.

Tocó la puerta, y cuando le abrí simplemente me dijo: "Yo también tengo derecho a vivir tranquilo. Déjeme en paz". Pues no lo he dejado en paz. El rifle sigue ahí, en el segundo piso, esperando. Te aseguro, Piazza, que no se ve, pero definitivamente ha tenido un efecto: han puesto a la venta la casa al otro lado de la calle, y el niño nunca más ha vuelto a estar afuera con el viejo pervertido.

Pero en noches como esta puede ser que McCollom no acepte el mundo tal como es, sino que se deje ir por la realidad que conoce como si se lanzara de un tobogán gigante. Piazza presiente y teme esos impulsos. Para él, tarde o temprano las cosas se le van a ir de las manos a McCollom. Al contrario de cuando empieza con el rollo de "esta ciudad es una mierda", las chispas de locura del irlandés se caracterizan por un deseo intenso de actividad. Si eso ocurre, le va a decir a Piazza que es hora de salir a *cazar* al pillo de la noche, ese que les va a permitir ignorar un llamado de urgencia realmente grave. Usualmente el supuesto pillo no ha cometido ningún delito, pero para la policía de esta ciudad eso no importa. Basta con encontrarle un pito de marihuana, o unas pipas de vidrio, o presumir que ha bebido mucho. Si la fortuna sonríe, pueden encontrar a una pareja teniendo sexo en un parque, o a un tipo mamando verga en un baño público. Todo es cuestión de buscar.

Para su suerte, esta noche de calor quizás no sea necesario meterse a hurgar en los rincones de esta ciudad-basurero. Justo cuando acaban de avisar que la cocina está por cerrar, entra un chico al *diner*. McCollom le da un golpecito en el codo a Piazza para llamar su atención. El recién llegado viste unos jeans demasiado pegados al cuerpo, sostenidos como por milagro debajo de la cadera; lleva una camiseta muy holgada del equipo local de futbol, gorra sucia y el pelo recogido en una cola. Carga una caja de doce cervezas que seguramente pesa mucho, pues se la pasa de una mano a la otra.

El muchacho discute con la camarera —ella se dedica a contar las propinas de la noche y apenas le presta atención— y con el cocinero, quien tiene la última palabra a la hora de decidir si se toma una orden adicional o no. Su respuesta, tal como lo suponen los oficiales, es negativa. El joven sigue insistiendo. El cocinero no le discute, simplemente continúa recogiendo aquí y allá, deseoso de irse a casa cuanto antes.

Me gustaría ver esa escena como una fotografía en blanco y negro. Pienso en esos retratos de la soledad en las grandes urbes, en los que todo es cemento, acero, vidrio y luz artificial. Por un instante me imagino a esos seres humanos reunidos por un hecho fortuito en un espacio vacío que bajo ciertas circunstancias puede resultar incluso inhóspito. ¿No ocurre eso con los restaurantes a la hora de cerrar, cuando ya nadie es bienvenido, ni se escuchan conversaciones, ni el ruido de gente comiendo o el de la actividad en la cocina? En nuestro relato habría que agregar la presencia un tanto siniestra del auto patrulla, el único en el estacionamiento —los empleados usualmente no pueden tomar los espacios destinados a los clientes, así que sus carros estarán calle abajo—. Pues a esa hora, con ese calor, hay cinco personas nada más creando la soledad del *diner*.

Los dos oficiales, sin cruzar palabra, han elegido a su presa, o al menos McCollom así lo ha hecho. El cocinero y la camarera, conocedores de las reglas del juego, ignoran a la víctima, pero saben bien lo que puede ocurrir. El muchacho, como casi todo animal joven, ha cometido el error de adentrarse en los dominios de las fieras urbanas. Sale disgustado y se va cargando con dificultad las cervezas por una zona oscurecida por la falta de alumbrado público y por los muchos árboles a lo largo de la calzada. Su vida corre peligro, pero a esa edad todos nos creemos invencibles: ni la enfermedad ni el azar nos pueden hacer daño.

Los policías salen del *diner* y lo miran alejarse. A regañadientes, Piazza se hace del volante del auto patrulla mientras McCollom sigue al muchacho. El barrio en el que se adentra el chico se me confunde. Me imagino que puede ser Black Pearl, pues lo conozco bien. Es un área bonita. Hacia un extremo hay casas muy viejas, algunas grandes, incluso una con forma de pagoda, donde ha vivido gente de clase media por generaciones. No es extraño ver muchachos caminar a deshoras por Black Pearl porque al otro extremo el barrio colinda con varias universidades. Este detalle le da mucha vida, para bien y para mal. Hay restaurantes, bares, cafés, lugares para lavar la ropa. También es un sector ruidoso, sea por la música o por los escándalos que hacen los muchachos cuando se juntan y cuando beben. Black Pearl es también territorio de ladrones. Precisamente por el constante movimiento de muchachos en edad universitaria —y los descuidos propios de la edad de la invencibilidad— son muy comunes los asaltos a mano armada, el robo de autos y las golpizas.

Nuestro personaje (digamos que se llama Sebastian) ha sido víctima de esa violencia. Sus amigos saben (esos mismos que le pidieron ir a comprar cerveza a deshoras) que no hace mucho Sebastian fue emboscado por una pandilla de muchachos. Iba, como esta noche, caminando solo cerca de la pagoda cuando los otros chiquillos dieron la vuelta a la esquina. Se los encontró de frente y no supo qué hacer. Lo rodearon, y empezaron a comentar que tal vez el blanquito traía dinero para comprar cigarrillos o alcohol. Uno de los chicos del grupo le dio un empujón que lo hizo trastabillar hasta darse de bruces contra la tapa de un automóvil estacionado. Sebastian sintió mucho miedo: si caía era posible que le cayeran a patadas. Entonces tuvo un instante de inspiración, y dijo con el mismo acento con el que solía remedar a sus familiares de Honduras cuando hablaban inglés: *Haven' yo notice that ain't no White but Latino?* Los chiquillos detuvieron su acoso. Algo dijeron, pero el tono y la intención eran distintos. Nadie se disculpó, ni hubo un intento de ayudar a Sebastian a incorporarse. El grupo siguió su camino calle arriba como si nada hubiera sucedido. Sebastian se echó a correr con todas sus fuerzas. Cuando se sintió seguro, se volvió y le gritó a los de la pandilla con su mejor acento sureño: "Go back to P-Town, motherfuckers".

A pesar del peligro, Sebastian no pudo evitar externar sus prejuicios. Pigeon Town se asienta entre el río y Black Pearl, al otro lado de un hermoso bulevar que sirve como frontera. Mucha gente piensa que P-Town es solamente un barrio de malandros y negros pobres, aunque hay también familias que han vivido ahí por generaciones y algunos reductos de hippies viejos y de rebeldes anti-sistema, quienes han encontrado en los bajos precios de los terrenos y de los alquileres una oportunidad para montar gallineros, pocilgas y panales, o crear huertas comunitarias. No se sabe a ciencia cierta por qué el barrio se conoce como Pigeon Town. Pension Town aparece en documentos de la pos-guerra civil (circa 1866); también existe la posibilidad de que el nombre originario —en realidad un sobrenombre— fuera Pidgin Town, término despectivo que la *gente educada* solía usar para burlarse del acento y la pronunciación de los habitantes del barrio (veteranos de guerra, antiguos esclavos, personas desplazadas por el conflicto). Por otra parte, el nombre Black Pearl viene de dos hechos históricos. El primero es la enorme población negra que todavía habitaba la zona hasta bien entrados los años setenta, cuando aún se llamaba Niggertown. El segundo es una calle muy corta, Pearl. Sebastian, en su necesidad de revalidar su hombría y su derecho a *estar ahí*, trató a los muchachos de la pandilla como si fueran *otros* en su propia tierra. En cierto modo, esa modesta escena de violencia, me recuerda la historia de la humanidad.

Sebastian ha olvidado casi por completo aquel encuentro con la pandilla cuando los oficiales Piazza y McCollom salen del *diner* en su busca. Nuevamente toma por la calle de la pagoda, cambiando constantemente la caja de cervezas de una mano a la otra porque es pesada y le está cortando la piel. Probablemente sus amigos siguen tocando música y ni siquiera se acuerdan de él. Así es la rutina. Su compañero de apartamento se dedica a la batería —un ruido constante que Sebastian acepta porque cómo va a ser uno joven y criticar a los músicos a la misma vez—, por lo que constantemente desfilan cantantes, bajistas y otros más, fuera para ensayos o simplemente para un *jam*. Como otras noches, la gente entra y sale del apartamento. Las ventanas están abiertas para que no quede atrapado el olor a marihuana, y alguien ha dejado en la refrigeradora un zapato en señal de protesta por la ausencia total de comida.

McCollom le reporta por radio sus coordenadas a Piazza, y poco después el auto patrulla dobla la esquina con las luces apagadas. A Piazza realmente le molestan esas novelerías de su compañero, probablemente sacadas de alguna película donde los representantes de la ley —fuera cual fuera el significado de esa palabra— se desplazan en silencio y a oscuras para no ser identificados. *Solamente le faltó pedirme que empujara el auto para que nadie escuchara el ruido del motor*, pensó con fastidio una vez que McCollom lo regañó por no seguir al pie de la letra sus instrucciones: "El protocolo es como la Biblia", le dijo, "se cree y se obedece porque sí". Piazza baja el vidrio de la ventanilla. McCollom sube a la patrulla y susurra algo así como, "Buena presa, buena presa", pero su compañero no quiere entender. A partir de ese momento montarán guardia hasta que alguno de los muchachos en la casa cometa un error. Si ninguno hace alguna tontería, McCollom se las ingeniará para provocar que se metan en problemas. El modo más común es "equivocarse de lugar", es decir, hacer un allanamiento en la dirección incorrecta y encontrarse con una escena de drogas, alcohol y sexo.

Piazza empieza a sentirse mal. La música que viene del apartamento no es desagradable. Definitivamente hay buenos músicos, y se están divirtiendo con las improvisaciones y con los coros de los asistentes. A Piazza le hubiera gustado entrar, pedir una de las cerveza que Sebastian ha traído, quizás sumarse al *jam*. Él es un guitarrista aceptable, y tocar le produce un bienestar tan intenso como secreto, pues nadie en la comisaría se imagina que puede pasar horas con su guitarra tratando incluso de componer canciones. De repente se ve en el espacio seguro de su casa con su instrumento y su música, pero de repente siente también que está siendo vigilado. Aun peor: alguien allá afuera merodea listo para venírsele encima a la menor oportunidad. Entonces Piazza sufre una especie de espasmo, como si su cuerpo se rebelara ante la inminencia de lo que va a pasar. *Me doy asco a mí mismo*, piensa cuando vuelve al aquí y ahora de esta madrugada en la calle.

Al cabo de un rato, Sebastian sale de nuevo, pero en lugar de echarse a andar sube a uno de los autos frente a la casa y arranca el motor. Piazza espera a que Sebastian les adelante; luego lo sigue a corta distancia. Varios estudios afirman que un alto porcentaje de conductores entra en pánico por el simple hecho de tener un auto patrulla justo detrás. Otros estudios han identificado que entre más tiempo la patrulla siga a un individuo, más probabilidades hay de que este termine en un lío con la policía. Digamos que Sebastian no se da cuenta de inmediato, ¿pues quién iba a estar interesado en seguirlo?

Sus amigos le han pedido otro favor, esta vez que vaya donde cierto conocido en las inmediaciones de Hollygrove, quien le está esperando con un paquetito para continuar la fiesta. Sebastian toma en dirección al lago (aquí es muy difícil orientarse por los puntos cardinales; recordemos que la ciudad tiene forma de abanico, y el norte o el oeste no son referencias estables sino más bien cambiantes, por eso la gente da direcciones con el lago o el río como puntos de referencia) por un hermoso boulevard por donde corre el tranvía. Dobla a la izquierda a la altura de una escuela pública, y en ese momento sabe que algo no está bien. No se detiene al llegar a su destino, aunque las luces de la casa están encendidas y el conocido de sus amigos espera sentado en una mecedora mirando la calle desde su porche. El *dealer* no se asusta al ver pasar el carro seguido por la patrulla. No es la primera vez que eso pasa. El *dealer* piensa llamar a los amigos de Sebastian, pero la verdad no le conviene que la llamada quede registrada en su teléfono. Además, no es su problema. Le gustaría más bien apagar las luces e irse a dormir, pero sufre otra madrugada de insomnio. Si hay algo por resolver es la imposibilidad de conciliar el sueño.

Sebastian siente que su cuerpo se estremece de frío. Se pone alerta, sus músculos se tensan, pero no se le ocurre comunicarse con sus amigos. A pesar de que evidentemente lo están siguiendo, todavía desea pensar que es un error, un malentendido. Vuelve al hermoso boulevard, y toma rumbo a casa. Los del auto patrulla encienden las luces intermitentes y activan la sirena, pero solamente por unos segundos, como para confirmar la orden de detenerse. El muchacho para junto a un roble cuyas raíces han roto la acera, formando algo así como los tentáculos de un pulpo. Los policías dejan pasar varios minutos. Saben que entre más larga la espera peor los nervios de los posibles infractores. McCollom reporta por radio la placa del auto y explica que van a explorar un caso de posesión de drogas. Cuando se escriban los informes del caso, habrá un registro de la hora de esta última comunicación entre los patrulleros y la estación de policía: las 3:13 am.

—Déjamelo a mí —le dice McCollom a Piazza—.Este va a ser fácil y entretenido.

Piazza se cubre la cara brevemente con la mano. Tiene náuseas, pero no es el momento de admitirlo. Sebastian espera al policía con el registro del vehículo y su identificación. Si en algún momento estuvo *high*, esa dulce sensación ya ha desaparecido. En ese momento no puede bajar la guardia, y debe ser claro y coherente en todo. Abre la ventanilla y le da los documentos al oficial.

—Te saltaste la señal de alto —dice McCollom.

Sebastian, sorprendido, se voltea hacia la esquina por la que acaba de doblar.

—Pero yo paré. . . .

El oficial enciende una pequeña linterna para revisar la licencia y el registro.

—La ley dice, *el conductor debe esperar al menos tres segundos*. Hiciste un *ceda*, no un *alto*.

Sebastian trata de distinguir al policía en el auto patrulla. No puede ver sino una figura oscura, aparentemente inmóvil, rodeada de luces enceguecedoras. *Me estoy mareando*, piensa.

—¿Tres? ¿Cuántos segundos esperé antes de avanzar? —dice con la boca seca.

—Demasiado pocos. Sal y pon las manos sobre el techo del auto.

El muchacho se pone rígido, como si hubiera dejado incluso de respirar. —¿Por qué? —protesta con una voz que el mismo Sebastian encuentra extraña, como si no fuera suya.

—Porque pienso que estás bebido y drogado. Y porque yo lo digo, pendejo.

McCollom abre la puerta del auto y con su linterna verifica que no hay armas en el carro.

—Te dije que salieras, hijo de puta —le ordena con un tono más fuerte.

El muchacho sigue rígido, con los ojos puestos en el retrovisor. Como en otras ocasiones, McCollom se vuelve hacia el auto patrulla y le indica a Piazza que venga a ayudarle porque el sospechoso se está resistiendo. Sin embargo, esta vez Piazza no se mueve de su asiento. Mira la escena igual que un testigo distante, alguien a quien le interesa dejar que los acontecimientos se den sin su intervención. Mc-Collom lo llama otra vez. Ha tomado a Sebastian por el cuello y forcejea para obligarlo a salir. De repente uno de los reflectores de la patrulla le ilumina con tal fuerza que se siente enceguecido por tanta luz. ¿Qué carajos le ocurre a su compañero?

Como en un sueño, Sebastian siente que lo elevaban por los aires y lo dejan caer sobre el capó del carro. A pesar de ser demasiado frágil y de sentir que no tiene brazos ni piernas porque una fuerza mayor lo inmoviliza, su cuerpo se contorsiona para librarse. Oye un golpe contra la tapa del auto y algo le aprisiona el cuello. Poco después le falta el aire, en tanto el mundo a su alrededor se apaga igual que en esas películas en las que las personas se hunden en aguas profundas y el mar deja de ser tan azul para convertirse en una sombra que las envuelve. Al principio sufre un intenso dolor, luego flota libre en algo parecido a la paz. Muy lejos oye una voz llamando a un tal Piazza, pero ni esa palabra, ni ninguna otra cosa alrededor, tiene ningún sentido.

A McCollom no le importa que el chico se desplome. En muchos arrestos los sospechosos terminan desmayados o en condiciones peores. Al menos así no se iba a mover, y les será más fácil llevarlo a la estación de policía. El muchacho se va resbalando por la curvatura del capó hasta caer sobre el asfalto. Tiene los ojos bien abiertos y trataba en vano de llevar aire a sus pulmones.

—Haces algo que me moleste, comemierda, y te pego un tiro — le susurra a Sebastian.

Luego va directo a la patrulla y abre la puerta del conductor. Está a punto de tomar a Piazza por los hombros y sacudirlo, pero su compañero es más rápido y le da un golpe con su cachiporra. McCollom da unos pasos hasta enredarse en sus propios pies y caer. Mientras se recupera del golpe y del estupor, su compañero salta del auto.

—Te voy a hundir, hijo de puta —dice Piazza con frialdad—. Aunque los dos terminemos con la mierda al cuello.

McCollom ve a Piazza ir hasta donde el muchacho está tirado. Ve que le toca el hombro y le habla, pero no puede entender lo que le dice. La calle está desierta a pesar de ser un bulevar usualmente muy transitado, y ninguna de las casas alrededor tiene las luces encendidas. Eso puede ser un buen signo —nadie se está percatando de la escena— tanto como una jugarreta de la fatalidad —alguien los observa oculto en la profundidad de la noche—. Piazza se pone en cuclillas, le toca el cuello al chico, le sostiene la muñeca por unos segundos. Muy lentamente vuelve al auto patrulla.

—Está muerto. Algo le hiciste, y ahora está muerto.

Ambos policías permanecen inmóviles una eternidad. Cualquiera de los dos podría acceder fácilmente a su radio comunicador y a sus armas, pero quizás están pensando el próximo paso, o uno al otro se dan una última oportunidad para hacer *lo correcto*. Finalmente Mc-Collom desenfunda su pistola de reglamento y dispara. Piazza hace un movimiento, pero no es de defensa, pues no hay cómo protegerse de la agresión a tan corta distancia. Trata de activar su radio y avisar a la central que la noche se ha salido totalmente de control. Sin embargo, no tiene fuerza. Entonces McCollom se levanta, abre la puerta de la patrulla y empuja a su compañero al asiento trasero. Hay mucha sangre, y su olor se mezcla con el tufo a aromatizante que el policía aplica cada noche antes de salir a patrullar o después de un arresto. Piazza no habla, simplemente se cubre la parte baja del estómago como si quisiera sostener las entrañas en su sitio. *Mejor así*, piensa McCollom, *no hay tiempo para explicaciones ni disculpas.* Luego va hasta donde se encuentra Sebastian. Lo sube al auto, y tiene el cuidado suficiente para dejarlo en una posición que dé la impresión de que está durmiendo. Alguien, en algún momento lo encontrará, eso ya no importa. Siguiendo su instinto, McCollom revisa el área alrededor del asiento del conductor. Halla el teléfono celular del muchacho y ve que ha recibido varios mensajes de texto. Nada del otro mundo. Sus amigos los músicos lo urgen a "traer la mercancía". *Son unos cabrones egoístas*, se dice McCollom, *no les importa si le ha pasado algo. Lo que quieren es su droga.*

Ya para cuando está subiendo a la patrulla, McCollom ha tomado algunas decisiones. La primera, dejar que Piazza, o más bien su organismo, colapse por sí solo. No le parece éticamente correcto rematar a su compañero de patrullaje. Han estado juntos por bastante tiempo, y sería horrible tener que darle el tiro de gracia. Tal vez está sufriendo mucho dolor, pero bien sabe McCollom que llega un momento en que el herido pierde plena conciencia de lo que ocurre; entonces la inminencia de la muerte lo es todo, y el dolor pasa a segundo plano. Además, ya no puede perder el tiempo. *El mundo,* piensa, *por el descuido de un instante se ha salido de su cauce, y ahora no queda otra solución que poner todo de nuevo en su sitio.* ¿Cuándo ocurrió? ¿Al momento de aplicarle una llave al chiquillo para que dejara de resistirse? ¿O fue quizás cuando tomó la decisión de que ese chiquillo en particular sería la víctima fácil de la noche?

Lo primero por hacer es ir de vuelta a casa del *dealer.* Aunque esté armado, será muy fácil ajustar cuentas con él. Luego tendrá que decidir: una alternativa sería darse una vuelta por la fiesta, y acabar de una vez con el alcohol, la droga y —desafortunadamente— la música. *Una pena, tocan muy bien.* Pero él bien conoce esas reuniones, y sin duda habría exceso y las leyes de Dios y de los hombres no se estarían cumpliendo. La otra alternativa sería más sencilla, menos ruidosa, pero también significativa. Manejaría hasta su casa, subiría al segundo piso y tomaría el rifle que llevaba apuntando desde hace meses a la vivienda al otro lado de la calle. Cruzaría rápidamente y derribaría la puerta. En esa casa encontraría al sex *offender,* a su mujer y probablemente al niño. Tiene en mente ajusticiar solo al viejo sucio, pero a veces no queda otra alternativa que limpiar el camino de obstáculos. Después su misión ya estaría terminada y se iría al dique que sostiene el río en su cauce. Ahí quiere morir, viendo el agua que se desplaza hacia el mar, la mejor metáfora del deber y del fluir de la vida. En fin, debe decidir cómo hacer algo más de justicia. Para eso todavía le quedan unos minutos, es decir una eternidad.

ARRIBA, ABAJO, AL LADO

Veníamos huyendo de quienes querían salvarnos. Mi amigo y yo, casi en completo silencio, pues él era devoto cristiano y le resultaba difícil aceptar tal acoso en nombre de Dios. Como en otras persecuciones yo mascullaba algún reclamo: *fanáticos, intolerantes, hipócritas*. Claro, estaba siendo injusto porque nuestros perseguidores no me oían, solo mi amigo estaba atrapado entre mi furia y mis palabras, y sacudirme la rabia de la violencia de las religiones no hacía sino ofenderlo a él, señalarle una contradicción que tal vez era solo de los hombres, no de Dios, si acaso Dios existía. Pero mientras yo necesitaba a alguien que escuchara mis miedos, mi amigo parecía más bien hablarse a sí mismo, orar. En circunstancias como las de esa noche había que dejarlo hasta que saliera de ese estado de contemplación interior, pues llegaba un punto en el que ya no escuchaba otra cosa más que las voces de su conciencia. Entonces me callé la rabia, y seguimos por la semioscuridad de la calle en busca de refugio.

Atrás había quedado un numeroso grupo de creyentes rogando por nosotros, los perdidos. Uno de ellos se había atrevido incluso a asomarse al bar donde mi amigo y yo tomábamos una copa. Nos había gritado que la palabra de Dios era todopoderosa, que solamente si nos entregábamos a Él se aliviaría nuestro irremediable mal. Algunos clientes del bar empezaron a provocar al creyente con bromas e insinuaciones, lo que de seguro alentó su misión redentora, pues puso los ojos en blanco, hizo un gesto de súplica al cielo y oró más fuerte, más agresivamente, hasta terminar hablando en lenguas. El barman lo amenazó con llamar a la policía, pero el creyente ya estaba de rodillas como esperando suplicio ante el umbral del mismo infierno.

Atrás, formando un coro de rostros difusos, otros miembros del grupo de fieles cantaban un himno invocando la misericordia o el fuego, la luz y la ira de las alturas, pues eran nuestra culpa las desgraciadas terrenales, desde las hambrunas hasta las guerras.

El barman solicitó ayuda por teléfono. Había una estación de policía no muy lejos del bar, pero quien tomó la llamada hizo muchas preguntas y al final dijo que los fieles tenían todo el derecho de manifestarse, a fin de cuentas estaban en la calle y este país garantizaba la libertad de expresión. "En cuando nos sea posible enviamos a unos oficiales. Mientras tanto, mantengan la calma. ¿De acuerdo?"

Cuando llegaran, los oficiales probablemente se limitarían a poner a circular al grupo de creyentes. Poco más se podía esperar, sobre todo si se tomaba en cuenta que en las paredes del bar seguían incrustadas las balas que un agente vestido de civil había disparado pocos años atrás. El incidente fue tramitado como un caso aislado de locura, no como un crimen de odio, pues en esta democracia perfecta tales crímenes no podían suceder. Un atenuante fue que nadie salió herido, así que no hubo protesta que pudiera cambiar el veredicto de las autoridades. Por eso mismo la balas seguían en la pared, puntitos desparramados por una superficie blanca, desnuda de afiches y avisos de neón. Eran un aviso de que los tiempos seguían cambiando, retrocediendo.

Los otros creyentes le demandaron compasión a Dios, un milagro que nos permitiera abandonar nuestras tinieblas de inmoralidad y corrupción. "Perdónanos por ser quienes somos", pensé, "por las humillaciones que recibimos, por la violencia solapada . . ." Los piadosos reiteraron su ruego con más cánticos mientras giraban alrededor de una rústica cruz de madera que me pareció un símbolo del tormento al que estaban dispuestos a someternos. "Morir en una cruz está de gran moda entre las locas", dije apurando mi trago, pero mi amigo no quiso entender el chiste, pues le preocupaba que alguien rompiera ese hilo en el que hacía malabares la tolerancia y que fuera lanzada la primera piedra.

Uno de los clientes sugirió cerrar las puertas. Algunos nos reímos nerviosamente, pues como tantos otros locales en el French Quarter el bar estaba abierto veinticuatro horas al día y no tenía puertas. Solamente dejaba de servir bebidas entre la medianoche y las seis de la mañana de cada miércoles de ceniza. Poco antes del último minuto del martes de carnaval se tapiaban las entradas con láminas de madera que los noctámbulos decoraban con mensajes o dibujos, y que luego se guardaban por si algún huracán obligaba al toque de queda o la evacuación. No obstante, aún en esos casos extremos, quien necesitara esperar el paso de los vientos era bien recibido en el bar. La sabiduría popular aconsejaba celebrar siempre, incluso cuando todos los pronósticos apuntaran a la tragedia.

El barman anunció que la policía estaba por llegar "en cualquier momento, puede ser ahora mismo o en un par de horas". Yo me encogí de hombros, al fin y al cabo ya tenía experiencia con el miedo, el de los otros y el mío propio. Mi amigo me rogó que nos fuéramos. Estaba muy ansioso, y en su apuro por terminar la copa y ponerse en marcha desparramó por la barra enormes gotas de ron e historias de crímenes sin resolver: "Robert Kyong, defensor público, fue encontrado de rodillas en la sala de su apartamento con una bala en la frente. *Evidentemente un crimen pasional*, concluyeron las autoridades. . . . El Padre José Urrea, emboscado a la entrada de su casa, le partieron la cabeza con un bate de béisbol. *Crimen pasional*, aunque nadie lo conocía en el ambiente. Ningún arresto. . . . Roxxyana, coronada Miss Jena en 2001, apareció estrangulada en un motel de paso. Le llenaron la boca con sus propios genitales. La policía ni siquiera se molestó en buscar al culpable, al fin y al cabo era una vestida con antecedentes de prostituta . . ."

Ayudé a mi amigo a ponerse la chaqueta. Tomándolo del brazo fuimos a la entrada. Le dije "con permiso" al hablante en lenguas. Él se incorporó dejándonos apenas espacio para pasar, pero no se atrevió a tocarnos. Sin embargo, tan cerca estábamos uno del otro que pude sentir el aliento amargo de aquellos sonidos ininteligibles, escupidos en mi cara y en la de mi amigo. Cautelosamente, para evitar que el grupo religioso nos rodeara, nos pegamos a la pared hasta poner distancia, luego salimos calle abajo.

—Necesito otro trago —dije—. Fanáticos, intolerantes. . . .

Mientras apuraba el paso me atreví a hacerle un comentario a mi amigo: —Dicen que el movimiento pro libertades civiles de los afroamericanos surgió de las iglesias, en tanto el nuestro lo ha hecho de los bares. Ahora es la iglesia la que acosa al bar.

Mi amigo caminaba un poco atrasado, como si estuviera quedándose sin aliento. ¿Sería esa su estrategia para no responder a mis amarguras? Se detuvo ante una tienda de antigüedades. Con ambas manos se apoyó en una columna junto a la enorme vitrina. Sus ojos parecían recorrer con nostalgia la reproducción de un mundo acogedor e íntimo, de mullidos sillones, alfombras persas y lámparas colgantes abarrotadas de relucientes cristales.

—No te equivoqués —respondió finalmente—. La Iglesia no es una, sino muchas.

En ese justo momento un grupo de personas se detuvo a nuestras espaldas. Podíamos ver el reflejo de muchos cuerpos en el ventanal, pero no eran seres humanos sino más bien bultos deformes, sombras que se iban desplazando de una fuente de luz a la siguiente. Mi amigo palideció en tanto su respiración se fue volviendo más tortuosa. Yo decidí aguardar, mis puños fríos y tensos en los bolsillos de la chaqueta, el oído atento, la mirada fija en unos candelabros que daban a la tienda un aire de gloria acabada.

De repente se oyó una voz. Describía la tienda como la vieja mansión de un sultán venido de oriente, de un país cuyo nombre nadie en el grupo pudo reconocer. El gran salón de recibo estaba casi intacto, lo mismo los cortinajes de terciopelo que ahora enmarcaban las vitrinas. Por años se pensó que el sultán era otro extranjero estrafalario, esquivo, entregado a la soledad de quienes no entendían bien el habla local ni a su gente. Nadie sabía de sus esposas, todas encerradas en los pisos superiores, seis pequeños cuartos amoblados con el mayor lujo, pero respetando siempre las tradiciones de su país. La mayor de ellas no había cumplido los treinta cuando el sultán la mató. Se deshizo del cadáver con la ayuda de los truhanes del puerto y desde entonces, junto a otras cuatro esposas, mal descansaba en el fondo del río Mississippi. La sexta intuyó la desgracia por el silencio que fue tomando la mansión. Las mujeres no podían hablar entre ellas, ni dejarse ver siquiera por la servidumbre. Cuando los siervos limpiaban una habitación, la esposa debía aguardar en un saloncito de té ubicado en esa esquina del edificio donde aún brillaba una luz ambarina. A pesar de las prohibiciones, cada mujer del sultán logró informar a las otras de su presencia dejando papelitos en lugares secretos del saloncito. Quizás hasta contaron con la ayuda de alguna sirvienta, esos actos de solidaridad que las damas jamás confiesan.

Pues el sultán fue matando una a una a sus esposas. Todas lo supieron desde el principio, pues de pronto ya no había mensajes ocultos de alguna de ellas, tampoco se le oía cantar los versos que habían acordado como una forma de enterar a las demás de que se encontraba en buen estado de salud. Se dieron cuenta también que su Señor había decidido acabar primero con la más vieja, luego la que le seguía en edad, luego la otra. Todas se resignaron a su suerte, excepto la menor. Cuando presintió su hora, dejó como al descuido todos sus brillantes enredados en la ropa de cama. Junto a ellos, una nota: "Por favor, deje abierta la puerta de los balcones". La muchacha fue al saloncito de té. Le sonrió nerviosamente al sultán, quien no le correspondió. Bebió de su tacita de porcelana, segura de que un veneno acechaba tras ese sabor a hierbas. El sultán, como lo hiciera cinco veces antes, se excusó porque debía atender asuntos en su oficina. La joven al menos podía concederle que su crueldad no llegaba al extremo de quedarse en el saloncito gozando la lenta muerte de sus esposas. Cuando estuvo a solas, sintiéndose ya débil, regresó a su dormitorio, fue al balcón y saltó a la calle arrastrando consigo los enormes helechos colgantes y los maceteros abarrotados de geranios rojos, violeta, blancos y naranja. Quienes pasaban en ese momento la vieron caer en silencio, sin un solo grito de horror. Se dice incluso que cayó lentamente, como flotando en medio de una nube de pétalos minúsculos, de colores brillantes. A veces, concluyó la voz, temprano en la madrugada, se puede ver a las esposas tomar asiento en los sillones de esta tienda, pues han quedado sus almas condenadas a la inútil espera de un salvador.

Las sombras se fueron acercando a nosotros hasta convertirse en un grupo de turistas en camisa hawaiana y pantaloncillos cortos, con tarros de cerveza disimulados en bolsas de papel y sendas cámaras fotográficas. Nos rodearon sin mirarnos, buscando tras el ventanal algún vestigio de la tragedia del sultán y sus esposas. A mi derecha, la voz se transformó en un muchacho disfrazado de vampiro. Tenía el rostro oculto bajo una base blanca, decorada con ojeras azulosas, un falso bigote puntiagudo y unos labios negros, carnosos como yo no había visto en mucho tiempo. Llevaba guantes, un gabán ajado por el uso y un sombrero de copa demasiado grande, que apenas se mantenía en equilibrio sobre una peluca azabache. Si el propósito era asustar a su audiencia, el muchacho había fracasado rotundamente, pues más bien movía a la ternura o al recuerdo de personajes de Lewis Carroll o Charles Dickens.

—¿Sobrevivió la mujer que saltó por el balcón? —le pregunté—. ¿Atenuaron su caída las flores?

El muchacho me ofreció una sonrisa negra, pero no contestó. Luego uno de los turistas pidió la palabra: —¿Y qué va a pasar con los espectros cuando vendan esos muebles?

—Este salón no está en venta —dijo el muchacho con inapelable autoridad—. En el pasado algunos coleccionistas intentaron adquirirlo, pero cosas extrañas empezaron a ocurrirles. Finalmente nadie se atrevió a cerrar el trato, pues hubiera sido como llevar a casa maldición y muerte.

Unos minutos más tarde el grupo empezó a moverse hacia otros sitios de interés. Yo agradecí en silencio el haber coincidido con un tour de vampiros, pues siempre aprendías algo de sus rondas por los misterios del French Quarter, aunque fuera una mentira.

Ya para entonces mi amigo respiraba otra vez en calma. Esperamos unos segundos más, luego emprendimos de nuevo la marcha hacia uno de los establecimientos más antiguos en el barrio, el Café Lafitte in Exile. El bar tenía dos barras con forma de herradura y un balcón por donde se habían asomado extravagantes reinas, se habían fraguado amores y venganzas y donde, en carnaval, se aglomeraban hombres de todas partes del mundo dispuestos a vivir el momento. Pero sobre todo era un espacio propio, donde podíamos ser quienes éramos. La leyenda decía que el original Café Lafitte había estado en otra esquina unas cuantas cuadras hacia el oeste, pero misteriosas circunstancias obligaron a varios traslados, un peregrinaje que inspiró a los clientes a ver en la condición trashumante del bar una metáfora de nuestro propio exilio. Por eso el nombre en el rótulo provisional malamente colgado junto a la entrada. Mi amigo y yo subimos directamente al balcón, queríamos advertirle a quien quisiera oírnos de la proximidad de los creyentes, pero los clientes disfrutaban la velada en pequeños grupos, y no había ambiente para alertar a nadie de un peligro tan incierto. Me hice de un par de sillas en tanto mi amigo iba por unos martinis. Yo miraba de reojo a lo lejos, seguro de que los creyentes no tardarían en arribar. La calle, de por sí pobremente iluminada, engullía con su sombra a cada peatón. Cualquier salvador podría estar oculto en la noche, listo para abalanzarse sobre algún extraviado y agredirlo hasta conseguir que su alma se purificara y volviera a la *normalidad*.

Mi amigo regresó con las bebidas y creo que dijo algo. Pudo haber hablado por horas; sin embargo yo estaba absorto en mis pensamientos, mezclando en mi imaginación a los fieles que giraban alrededor de nuestra cruz con ese sultán sin rostro ni idioma que se paseaba por su mansión aterrorizando a sus esposas. A ratos sentía un miedo cortante, causado por la proximidad de los piadosos, ellos unidos por certezas sobre el bien y el mal, por su obligación de enderezar este mundo con súplicas y violencia. Le temía también al sultán, cuyos pasos en las mullidas alfombras podían ser imperceptibles y a la vez enormes, ruidos monstruosos para los oídos de las esposas, acostumbradas en su soledad a percibir la vastedad del poder incluso en los sonidos más sutiles.

Tan ido estaba en tales pensamientos que no sentí la llamada de atención de mi amigo. Tuvo que agitarme con fuerza. "Mira, mira", fue su orden. Después de innumerables visitas a ese bar, por primera vez reparaba en el edificio al otro lado de la calle. Era una construcción decrépita, con las paredes exteriores marcadas por rajaduras como cicatrices. En la primera planta, un *diner* de dragas servía las veinticuatro horas entre olor a grasa e improvisados espectáculos de fonomímica. Quizás alguna madrugada me había detenido a comer una hamburguesa o unos huevos, a oír las historias de los parroquianos y de los empleados del lugar, muchos de los cuales estaban seguros de que triunfarían en el mundo de la farándula, las pasarelas, el romance al estilo Hollywood o al menos en los próximos carnavales. Sobre el *diner* había un puñado de minúsculos apartamentos cuya entrada principal —una puertecilla de madera desvencijada, víctima de la humedad y el calor— conducía a un corredor lateral, el cual probablemente desembocaba en un jardincillo donde una insegura escalera ascendía al pasillo donde se apretujaban los apartamentos. Junto a esa entrada de la calle, también esperando algo o a alguien, estaba el muchacho vampiro. Se mecía como siguiendo el ritmo de una canción, mirando alternativamente a un lado y a otro de la calle. Traía el sombrero de copa en la mano. Adentro había puesto sus guantes, los panfletos del tour, unos mapas del barrio y algunos cupones promocionales. Solamente faltaba un pase mágico para transformar todo aquello en un conejillo, o en un ramo de flores para halagar a algún transeúnte desprevenido. Se había quitado la capa pero no la peluca, transformándose de vampiro en uno de esos seres extravagantes que a diario se exhibían en el French Quarter. Mi amigo me urgió a invitarlo a tomar con nosotros. Se apoyó en la barandilla a gritarle: "Usted, allá abajo, el sultán de las seis esposas . . . Aquí arriba . . . ¿Nos acompaña a una copa?"

El muchacho alzó la vista, brindándonos su sonrisa aún pintada de negro, e hizo un saludo con la mano libre. También tenía las uñas de color oscuro. Sin decir palabra dio media vuelta y desapareció por la puertecilla desvencijada. Mi amigo volvió a sentarse, me tomó del brazo y se quejó de lo irresponsables que eran la belleza y el deseo.

—Se vuelven tan fugaces —dijo—, y te acechan como lo harían los lobos. ¿Cuál es entonces la diferencia entre el mal y la belleza si ambos te exceden, si ambos te pueden hacer feliz y al final te pueden arrugar el alma como se hace con un pedacillo de papel?

Frente al amplio balcón del Café Lafitte había otro más pequeño, que precedía a una altísima ventana de dos hojas, abierta de par en par. Mientras mi amigo mascullaba sus especulaciones, yo seguía con la imaginación la posible ruta del vampiro por el desastroso jardincillo, las escaleras, el pasillo hasta la puerta que yo deseaba. Al otro lado de la calle se encendió una luz sobre un cortinaje rojizo, descubriendo la profundidad de la habitación.

—¿Y qué será de nosotros cuando de la belleza no queden sino ruinas? —se lamentó mi amigo.

No pude evitar darle otro vistazo a la calle, tal vez me hubiera equivocado, tal vez los piadosos no incluirían el Lafitte en su ronda de esta noche. Volteé hacia el balconcillo justo cuando la silueta de una persona con un sombrero de copa en la mano cruzaba de un lado al otro el espacio a la vista, una suerte de escenario diminuto marcado por los contrastes de las cortinas rojas. La silueta iba y venía, tomaba la forma del joven vampiro, se desfiguraba según los caprichos de la luz, volvía a ser el personaje que había relatado la historia del sultán. Simulaba estar solo, no darse cuenta de la enorme presencia del Café Lafitte, abarrotado de hombres sedientos. Con calculada lentitud se fue quitando su disfraz hasta convertirse en un cuerpo que deambulaba por la habitación como si estuviera preso, ahora sin camisa, ahora sin pantalones. "No está nada mal", dijo alguien a mi espalda. Ya un pequeño grupo se aglomeraba en torno a nosotros, en tanto se corría la voz por el bar y más clientes iban llegando. El muchacho dio media vuelta, se acercó unos pasos a su balconcito, apenas lo suficiente para recibir la luz de la calle. Tenía un torso delgado pero con posibilidades, la piel blanca, lechosa, fresca a la vez. Su mirada no nos incluía, o al menos ésa era la pretensión, pues en un movimiento inocente, íntimo, se quitó el calzoncillo y lo lanzó fuera de cuadro. Uno de los clientes silbó admirado, pero un siseo que vino de todas partes lo obligó a callarse. El muchacho, todo un profesional de la provocación y la ingenuidad, salió de escena dejando a los mirones al borde del abismo, a punto de saltar la baranda del Lafitte y aventurarnos por el vacío hasta el otro lado de la calle, cualquier cosa con tal de hacerse de ese cuerpo.

Pasaron los minutos sin novedad y algunos se cansaron de la espera. Mi amigo se aferró a mi brazo por si acaso se me ocurría renunciar a mí también. Al cabo de una eternidad, el muchacho volvió a aparecer. Traía una silla, un cuenco y un espejo que apoyó en algún mueble imposible de ver. Se deshizo de la peluca, y fue limpiándose morosamente la cara, los brazos, las piernas . . . Usó la silla para crear nuevas siluetas, aprovechando la luz callejera y la de su pieza. Después se volvió de espaldas ofreciéndonos su trasero prometedor, sabroso para ciertos juegos. Mientras tanto los clientes del bar fingíamos no estar allí, ser invisibles. Esa era nuestra mínima contribución al espectáculo.

Con la vista y el humor puestos en el muchacho, no nos percatamos de la llegada de los creyentes. En un abrir y cerrar de ojos se habían organizado a las puertas del Lafitte, con la cruz en el medio de la calle, las oraciones y los cánticos, esas invocaciones al perdón que más bien parecían un llamado al castigo. Arriba, el muchacho estaba ofreciendo una especie de danza exótica. Pretendía ser sensual, aunque a mi parecer más bien estaba rozando lo cómico. Fugazmente se acariciaba el cuerpo, procuraba excitarse, pero realmente no le ponía mucho empeño a la tarea. Pronto lo vimos tomar el teléfono, recostarse casi en el marco de la ventana y volver a tocarse, pero ahora con la mecanicidad y la ausencia del actor que ha perdido la concentración y la gracia. Algunos clientes del bar se pusieron a discutir si el nuevo giro aportaba calidad a la puesta en escena o si por el contrario la arruinaba, pues les era evidente cómo el muchacho recurría a cualquier truco para mantener la atención.

Quienes no lograban distraernos eran los creyentes, a pesar de sus plegarias a gritos. El hombre que un rato antes había hablado en lenguas permanecía sumido en el silencio. Quizás el esfuerzo de comunicar cosas incomprensibles lo había debilitado para el resto de la noche, y ahora parecía un inválido que se sostenía del brazo de una mujer. Más gente se había unido a ellos, incluso un tipo con un pequeño tambor que hacía sonar de cuando en cuando, mejorando la ejecución de los himnos. A la orden de quien debía ser el líder, los fieles se tomaron de la mano y empezaron otra vez a girar alrededor de la cruz. Arriba el muchacho tampoco parecía estar interesado en la conmoción que se iba formando en la calle. Hablaba por teléfono, asentía, se tocaba sin encanto. Al terminar la conversación su rostro se había quedado vacío. Ya no era el guía del tour de vampiros, ni las siluetas, ni la sed que poco antes nos había convocado. La gracia del seductor había abandonado el pequeño escenario de la cortina roja, dejando ante nosotros solamente una bolsa de huesos, piel y alguna carne, no más esa apetencia capaz de mantener en vilo a los lobos. Y tal renuncia se acentuaba por el rumor de la calle, tan abstracto, por esa mezcla de voces dispares, viento y el arrastrapiés de los piadosos en torno a la cruz. Arriba, a este lado de la calle, todo era expectación. Algunos clientes asumían en completo silencio la perplejidad de atestiguar cómo dos escenas tan opuestas podían coincidir en el mismo punto del cosmos. Por mi parte tenía la convicción de que no eran tan disímiles. En cada vértice de ese triángulo había una provocación, un ansia proclamada. Cada cual, a su manera, pretendía llevar al otro a su esquina sin ofrecer concesión alguna: los creyentes querían sobre nosotros un castigo que los justificara; ante esa posibilidad resistíamos, pues en el sacrificio de la resistencia también se hallaba una razón de ser; mi amigo sufría por esa distancia artificial entre la plegaria y la carne, quizás en su corazón lanzaba puentes entre ambas orillas; el vampiro provocaba desde la seguridad de saberse inalcanzable, prometía algo que no iba a honrar, era una abstracción casi como Dios, tan inocente y perverso, tan inmediato y a la vez tan distante. . . .

Cuando terminó la llamada, el muchacho pareció volver de un mundo mejor a este rodeado de paredes y mirones. Dejó de explorarse con las manos y se puso a buscar algo entre cajones. Volvió a vestirse y, sin saludar a su público, cerró parcialmente las puertas del balconcillo. Los clientes del bar se quejaron por el desenlace y regresaron a sus lugares. Mi amigo me propuso ir a otra parte, pero yo le pedí que esperáramos, como si supiera que no había llegado el final del show. Sin comprender muy bien mis palabras, buscó alrededor algún indicio. Yo me limité a señalar el apartamentito al otro lado de la calle, donde el muchacho nos daba su perfil mientras se miraba en el espejo.

—Se acabó, vamos adonde nos dejen en paz —insistió mi amigo.

Pero esta vez fui yo quien lo retuvo del brazo: —Un minuto más.

El muchacho dio un giro, como verificando el orden de su casa, luego apagó la luz.

—Se fue —dijo mi amigo.

—Poné atención, no seas terco —le respondí.

En mi mente fui reconstruyendo su ruta hacia el pasillo, las escaleras de madera, el jardín, luego el callejón lateral, finalmente la entrada. Salió a la calle, miró con detenimiento al grupo de piadosos hasta identificar a alguien. Esa persona, otro joven por cierto, lo saludó con la mano, salió del círculo y le dio un fuerte abrazo, en apariencia fraternal. Se pusieron a hablar, uno muy cerca del otro, para hacerse oír entre el ruido de los cánticos y las plegarias que nos demandaban a nosotros, los desviados, volver al Señor. De lejos parecía que se rozaban el lóbulo de la oreja con los labios, como lo harían dos amantes. A mitad de la conversación, ambos sacaron sus teléfonos celulares, verificando alguna información en sus pantallas. Parecían novios recordándose uno al otro el último mensaje, la más reciente llamada de amor, la presencia constante. Al terminar, el creyente tomó al vampiro de la mano y lo condujo al círculo. Los otros creyentes le abrieron espacio entre sonrisas y saludos. El joven cantó con ellos, bajó la vista al momento de la oración final, los siguió cuando lentamente reemprendieron su marcha hacia el siguiente antro. En el último segundo, antes de desaparecer de nuevo entre las sombras, volteó a mirar arriba, al balcón donde mi amigo y yo presenciábamos su partida. Por primera vez su expresión parecía incluir a esos otros que seguíamos presentes en ese instante, en ese lugar. Cruzamos miradas. Yo hice un gesto de asentimiento y levanté mi copa ofreciéndole un nuevo brindis. Una sonrisa se esbozó en su rostro tan joven.

New Orleans, agosto 2005–Baltimore, enero 2007

CEMENTERIO DE CARRITOS

Me preguntó desde cuándo andaba metido en problemas.

—*I don't remember* —respondí inseguro—. *I mean*, nunca, *sorry, never . . . never before.*

¿Lo había hecho bien? ¿Satisfacía mi respuesta la duda de ese oficial que calzaba con precisión en el marco del estereotipo: anteojos donde nos reflejábamos yo, una pared y parte del mobiliario; bigote tupido que cubría sus labios; rostro neutro; quepis impecable sobre la rapada cabellera rubia?

—*Aha.*

Me pareció entender y tuve miedo. ¿Cuál era el significado de *ajá* en inglés? ¿Los gringos usaban esa expresión también? Seguro, porque la cara del policía continuaba inexpresiva y *ajá* yo lo había oído con jota y con hache y la hache es simplemente una jota en inglés.

—*Okay. Tell me again what you did tonight.*

Pero para explicar lo de esa noche yo debía dejar constancia de lo acaecido *allá* en los últimos meses.

—*Over there? Where is* there?

—Allá, señor, en el cementerio de carritos.

—*Where?* —insistió.

Vi que su frente se arrugaba por encima de los anteojos; y me vi a mí mismo reflejado en la superficie de cada lente, descubriendo que hasta los policías-estereotipo podían expresar desconcierto.

—*Well . . . over there . . .* donde usted me arrestó.

Su frente se relajó y quizás también su bigote, pues me pareció que caía a los lados de la boca a la manera que dicta Hollywood se debe hacer cuando algo no importa.

—*So you've been before in the place you were arrested tonight.* Lo admití con una sacudida de cabeza, aunque no tenía cerca a un abogado ni a mi *advisor* de la universidad. Sacudí la cabeza sin decir media palabra, y actué así para que ningún *yes* de mi parte quedara registrado en los ultrasensibles sistemas de escucha probablemente ocultos bajo la mesa. Además, hice un movimiento de afirmación velocísimo con el fin de que no me captara la infaltable cámara de video. Sin embargo, me asaltó una duda: ¿cómo esconder equipo tan sofisticado en este lugar? A simple vista nos encontrábamos en un cuartito desnudo, frío y hediondo a desinfectante, ubicado al fondo de un edificio que no me hacía recordar las comisarías de los clásicos filmes policiales, sino una de esas bodegas sombrías donde los criminales acostumbraban ocultarse y perpetrar ejecuciones. Habíamos cruzado salones solitarios, en donde todo el equipo de oficina reposaba bajo cobertores plásticos, cada papel parecía haber sido puesto en un orden obsesivo y ningún teléfono timbraba. Cruzamos corredores en penumbra, bajamos y subimos escaleras . . . en fin nos adentramos en el estómago de un universo muy diferente a mi idea de una comisaría. Sin embargo, estábamos en el suroeste de los Estados Unidos, en una de esas ciudades minúsculas colocadas como por azar en medio del desierto, donde el paisaje, la gente y la vida eran tan distintos, pues por todos lados acechaba un horizonte ilimitado, desnudo de montañas y de verde, mientras el cielo era tan ardiente que hasta de noche deshacía las nubes y se volvía profundo, profundo. A causa del calor las ciudades estaban condenadas a dormir eternamente, la vegetación se había vuelto de piel dura y las flores solo reproducían el color del fuego. La gente tenía adherido el paisaje a la piel y a la vista: las casas eran de techo plano, los jardines de piedra rojiza, la lluvia solo una alucinación. En estas ciudades nada era como la televisión y los libros me habían enseñado, por lo que no debía extrañarme que hasta las comisarías tuvieran cierto aire fuera de lo *normal*.

Al llegar al cuartito el oficial me quitó las esposas, e hizo una indicación para que me sentara a un lado de una mesa metálica. Luego fue al pasillo a echar una mirada, cerró la puerta con llave y se sentó frente a mí con una libretita y un lápiz en la mano.

—*Did you say, yes?* ——dijo el policía poniéndome entre la espada y la pared.

—Sí —respondí después de buscar en vano una salida—.He estado antes en ese lugar.

El rostro del policía volvió a su expresión original, *I mean*, volvió a la inexpresividad. Yo aguardé el siguiente paso con la boca reseca, sin atreverme a romper la espera pidiendo agua. Sufría de horror y sed, pero consideré que era mejor guardar todo en mi garganta.

—*I'm gonna give you another chance* —dijo el oficial—. *Tell me your version of tonight's events and try to be clear.*

Suspiré, así deben hacer el personaje y las personas cuando los malos aflojan la tensión y llega un respiro. Un espejito minúsculo, colgado en la pared detrás de mí, se reflejaba en la superficie verde de las gafas de sol del oficial. Supuse que un grupo de detectives me observaba desde el otro lado del cristal, así que me volví para enfrentarlos simulando mi mejor sangre fría. Sin embargo, el espejo era demasiado pequeño, por lo que los detectives —si los había— debían apiñarse para tener el gusto de analizar mi rostro de delincuente. Además, yo no era un delincuente.

—*I'm not a criminal, but a student* —dije para borrar cualquier duda.

Debía explicarle al oficial que si anduve cerca del cementerio de carritos fue por casualidad, o más bien por fatalidad, o mala suerte, la cosa es que tengo un auto muy viejo y el hijueputa falla siempre.

—*Who is a damned son of a bitch?* —preguntó el policía en medio de un bostezo.

—Mi carro, *you know, it's* descompuesto . . . *broken almost all the time, and I have no option but to walk to the university.*

Yo creí que el oficial tomaba nota de mi declaración, pero al rato pude ver sus apuntes y no había tales sino . . .

—*Why didn't you take the bus?* —me dijo sin mirarme, su atención concentrada en los supuestos apuntes.

¿Por qué no tomaba el bus en vez de caminar? Primero me pareció necia la pregunta, luego la consideré sospechosa. Quizás me estaba incitando a decir que el sistema de autobuses de la ciudad era una mierda y que solo los muy pobres, los estudiantes desesperados y los ancianitos lo utilizaban. Imaginé un futuro funesto, en el que yo estaba frente a un juez de migración jurando fidelidad a los Estados Unidos mientras el fiscal, con la libretita de apuntes, leía mis críticas al sistema de transporte público como evidencia de mi falta de lealtad a la nación, y pedía al juez mi expulsión inmediata y definitiva del gran país.

—Well, I don't know —respondí ingenuo—. In my country I used to walk . . .

El policía se encogió de hombros. —*But this is not your country, and now you're at odds with the law.*

También me encogí de hombros, restando solemnidad a los acontecimientos. Le repetí al policía que yo caminaba a la universidad siempre por la misma ruta, solo para no perderme, *¿okay?*

—¿A usted no le gusta andar por la ciudad? —agregué tímidamente—.¿No? La perspectiva cambia mucho, una persona en su carro no se entera de la realidad, pierde detalles, ignora lo más cruel y extraño. El carro limita, aísla, y uno no ve, por ejemplo, cómo mueren las calabazas después de Halloween: primero se va secando la cáscara alrededor de la carita, de tal modo que deja de ser fantasma y se vuelve una anciana desdentada; después se transforma en un monstruo que se consume a sí mismo, porque la boquita vacía se hunde y se cierran los ojitos huecos; finalmente, tras llevar sol y frío, el rostro se resquebraja completamente, la magia termina derrumbándose en pedazos color naranja sobre la madera del *front porch* de las casas. . . . Le aseguro que tampoco se ha fijado en la venta de tabaco frente al cementerio de carritos. La tienda se aprovecha de los huesos de lo que fue una estación de servicio, tiene una caseta y tres rampas donde alguna vez hubo bombas dispensadoras de gasolina. La tienda siempre se ve desolada, tan triste que para animar a la clientela repite en todas las columnas y vigas su invitación *Cigarettes for Less* . . . ¿Se ha dado cuenta que los perros de esta ciudad no ladran? Renuncian al gozo de asustar a los peatones, quizás ni siquiera saben qué es un peatón. Los perros se asoman por encima de los muritos a mirarnos con timidez y miedo, cuando en una situación normal somos nosotros, los peatones, quienes debemos apurar el paso asustados . . . ¿Y la arena? Eso es lo que más me confunde, me hace presentir la proximidad del mar y de la playa, pero solo soledad nos rodea. Esta ciudad está rodeada de arena, ha sido creada sobre la arena, se pierde en la arena . . . no sé, parece maldición bíblica."

—*What are you talking about?* —respondió el oficial con disgusto—. *We're living in the desert, aren't we? So, why the hell are you complaining?"*

Levanté mi dedo índice para dar énfasis a mi respuesta. —*Please, take note of my answer: I'm not complaining.* Mi intención *is* ponerlo a usted en situación, *nothing else. I don't have second intentions*, yo no me quejo.

Él aparentemente tomó nota y yo seguí diciendo que justo allí, frente a *Cigarettes for Less*, cerca de donde no ladra el perro, en un terreno abandonado excepto por esa arena que recuerda al mar, estaba el cementerio de carritos.

—*Such a place doesn't exist in this city*, —dijo el oficial sin mover un solo músculo de la cara, como un viejo muñeco de ventrílocuo.

—Se lo juro por mi madre, aunque la pobre nada tenga que ver en este asunto. Allí está, donde usted me atrapó con los ocho carritos del supermercado Jewell Osco. Ese es el cementerio, por lo tanto, yo no estaba cometiendo ningún crimen, hacía más bien un acto de caridad.

—*Come on, stop the bullshit. Admit you stole the carts.*

—*But, I didn't do it, sir. I found the carts on the street!* Yo nunca robé ningún carrito. Cuando usted me detuvo yo simplemente los llevaba a su cementerio.

Me acerqué por encima de la mesa y el oficial escondió la libretita de apuntes. Creyendo que estaba a punto de sacar una pistola, le pedí calma con un gesto y volví a mi asiento. De nuevo la sed se me vino encima, pero aún no era el momento adecuado para solicitar un vaso de agua u otros favores.

—Cúlpeme de pasar frente a ese terreno que no tiene más promesa que el color de la arena —continué—. Cúlpeme de conmoverme ante la injusticia. Soy culpable de no aceptar que alguien saque un cochecito del supermercado, le dé uso y luego lo olvide por ahí.

—*Uhmm* —dijo el policía y presentí que la sed y el miedo me quitarían muy pronto la voz y la fuerza.

—Yo no inventé el cementerio, apenas lo descubrí. Durante mis caminatas vi los carritos dejados a la buena de Dios en ese terreno frente a *Cigarettes for Less* —dije con genuino dramatismo—. Algunos aparecían alineados buscando un orden absurdo, los más enseñaban su abandono ladeados sobre la inestabilidad de alguna pequeñísima duna, o tirados sobre alguno de sus costados, o patas arriba, *I mean* ruedas arriba, totalmente expuestos y vulnerables. Todos parecían llamarme, rogar misericordia. Tenían razón, pues el olvido corroe dolorosamente, pero era necesario admitir también que al menos esos pobres tenían un sitio donde reposar. Entonces pensé en los otros carritos, aquellos abandonados en cualquier calle de la ciudad, lejos del calor de sus semejantes, los cientos de carritos que fielmente sirven día y noche, semana tras semana, para que todos compremos nuestra comida en el súper y la llevemos cómodamente hasta el auto.

Yo sentía los ojos aguados por la emoción. —*I wondered why people could be so cruel,* —dije conmovido.

—*You mean with the supermarket carts, don't you?* —preguntó el policía tomando los falsos apuntes.

Esta vez respondí con un enfático *yes.* —Cada carrito se entregaba de corazón a su deber con el cliente. Silencioso permitía que lo llenaran de artículos diversos (carne y verdura, pollo y latería, jabón, pasta de dientes, antojitos para consumir mientras uno mira la televisión), y se dejaba llevar fuera del supermercado, seguro de que su obligación terminaría frente a la joroba de un auto, donde se libraría de su carga antes de regresar al súper a servir a otro consumidor. Pero los clientes no podían tener un gesto mínimo de gratitud hacia ellos.

Abusando de la generosidad del supermercado, algunos dejaban el carrito tirado en el parqueo. Otros, simples peatones, salían de los terrenos del súper y se iban con él calle abajo, quién sabe hasta dónde. Cuando ya estaban seguros en casa, con todas las compras en su propia despensa, el carrito empezaba a estorbar y entonces lo echaban a la calle. Es cruel, ¿no le parece?

—*Uhmm* —dijo el policía dejando a un lado el lápiz para mirar su apunte, luego bostezó con ganas y se rascó las partes nobles con tanto placer que me puso incómodo—. *Go ahead* —ordenó.

—*Are you writing my statement?* —protesté pero con mucho respeto.

—I write down what I consider important —dijo sin dejar de rascarse.

—*Well*, todos mis pasos me llevaban al terreno frente a *Cigarettes for Less*. Pronto me dediqué a montar respetuosa guardia. Después encendí velas, probablemente hasta me entristecí y lloré.

—*Really? So, you were sad* . . .

El policía, para mi tranquilidad, volvió a tomar el lápiz, pero no hizo anotaciones, empezó a rascarse las orejas con la goma de borrar.

—*I did feel very bad*, señor oficial, pero también estaba convencido de que el cementerio era el mejor lugar para cumplir mi misión humanitaria. Tan seguro de ello estaba que me dediqué a trasladar cuanto carrito podía. Al principio simplemente dejaba actuar a la casualidad: encontraba uno, aguardaba prudentemente hasta estar seguro de que nadie lo reclamaría, después me lo llevaba. Pero al tiempo descubrí que salía a buscar carritos. Caminaba la ciudad bajo el sol, el frío, las tormentas de arena, eso no era importante. Estaba haciendo mi buena obra, tomando bajo mi responsabilidad a esas criaturas que no merecían suerte tan feroz. Me hacía dueño del carrito sin preguntar. Lo empujaba por calles perfectas, aceras armoniosas, magníficos pasos peatonales, maravillosos *bike paths*, en fin, por todos los caminos que conducen al cementerio, el cual adquirió esa atmósfera siniestra de todo lugar donde reposan huesos.

—*Uhmm* —dijo el policía sin cólera, dedicado otra vez a las notas que no lo eran sino unos dibujos—. *That's your excuse for trespassing with eight stolen carts from Jewell Osco supermarket.*

—¿Cómo? —pregunté sorprendido ante la nueva inculpación.

—*You understand very well.*

La ciudad aislada en el desierto, el sur, el señalamiento de robo, la distancia del idioma, la soledad, todos los espectros apretaron a la vez sus garras en mi cuello. Apenas pude continuar, sediento y desgarrado por dentro.

—Usted insiste en que entré a una propiedad privada a robar carritos del supermercado . . . *I mean*, usted es quien no entiende.

El oficial siguió tirando trazos en la libretita. Yo sentí que el futuro se desvanecía en una eternidad tras las rejas.

—No crea lo que sus ojos vieron pero que fueron incapaces de comprender, oficial. Es cierto: esta noche yo entré sin permiso al parqueo de un edificio de apartamentos y tomé todos los carritos que encontré. Fui descubierto por algunos inquilinos cuando salía con mi carga. Crucé miradas con ellos, aguardé una reacción, pero no hubo reclamos, ni gritos ni persecuciones. Quizás los inquilinos me confundieron con un empleado del supermercado Jewell Osco que había ido a recoger los carritos como un detalle más de atención al cliente.

—*One of the tenants called us* —dijo el policía y metió una mano debajo de la camisa, como acariciándose la tetilla, mientras con la otra seguía trabajando en la libreta de apuntes. Repentinamente fijó en mí sus ojos invisibles tras las gafas de sol—. *At least you've admitted that you trespassed.*

Así que un inquilino llamó a la policía. Alguien me dejó actuar y luego me denunció. Los espectros apretaron más mi cuello. El oficial no estaba entendiendo nada. Mi argumento no parecía ir más allá de comprobar sus sospechas: un loco corriendo por la ciudad con muchos carritos de supermercado para tirarlos en un lote baldío, un tonto con un botín absurdo haciendo perder el tiempo a las fuerzas policiales de la ciudad. Tal delito podía merecer una pena ejemplar.

—*Let's do something to solve this problem* —dijo finalmente el oficial poniendo el lápiz tras de su oreja, su mano aún bajo la camisa.

—¿Cree que podemos llegar a un acuerdo? —dije con la garganta deshecha de pura angustia.

El oficial parecía conciliador, solidario, un poco cómplice conmigo. Pensé por un instante que mi labor en el cementerio no había sido en vano. Tal vez el castigo sería reparar todos los carritos, reintegrarlos a sus antiguos dueños y con ello hacerlos revivir. Yo estaba dispuesto a hacer lo que fuera necesario, tanto para salir del atolladero como para reivindicar mi obra.

—*I'm gonna do whatever you want, sir* —sonreí.

—*Really?* —preguntó antes de soltar una carcajada de compromiso.

—De verdad, lo que usted quiera —afirmé riendo también.

Entonces empujó la libreta hacia mí. El cuadernillo dio varias vueltas y se detuvo justo en el borde de la mesa. Di un vistazo temeroso, pues no consideré normal que un policía quisiera enseñarme mi propia declaración. Pasé las hojas buscando apuntes, pero no los había, solamente unos dibujos de muñequitos cogiendo, uno de ellos con quepis y anteojos oscuros, el otro en posiciones obscenas metido en algo así como un carrito de supermercado. El policía-estereotipo me miraba imperturbable, con la excepción de un amago de sonrisa por debajo del bigote.

—*So?* —dijo mirando de pronto la puerta, como en busca del origen de ruidos inaudibles para mí. Yo no tenía respuestas, cualquier palabra solo me hacía avanzar más en la confusión.

—No entiendo, señor.

—*Of course you do* —repuso.

Agregó que simplemente trataba de resolver el asunto de un modo civilizado. Él me ayudaría a eliminar todo cargo de robo, reduciendo el incidente a una discusión con un oficial de policía. Eso significaría una llamada de atención y un periodo de libertad condicional. Si no me metía en más líos, todo iba a estar olvidado en un par de meses. Todo a cambio de un rato con él.

Asentí con la cabeza, pero cada movimiento me dolió de un modo nunca antes experimentado. Con los últimos restos de mí mismo articulé una pregunta: —¿Adónde vamos?

Entonces, tras los anteojos oscuros, el quepis impecable y el bigote, me dijo triunfante que no necesitábamos irnos del cuartito desnudo. La mesa, la sillas y el espejo eran suficientemente discretos. Nadie escucharía nuestros ruidos ni nuestras conversaciones. Incluso, si yo quería podríamos discutir otra vez, con más comodidad y confianza, el asunto de mi cementerio, de los carritos perdidos y de ese deseo tan tonto de salvar al mundo a cualquier costo.

Las Cruces, noviembre 1998–Flemington, enero 1999

LA MULTITUD

*Allí se me representaron de nuevo mis
fatigas y torné a llorar mis trabajos.*
Lazarillo de Tormes

¿Somos una persona o nos habita una multitud?
Martín Solares, Los minutos negros

El gato se llamaba *Baldobino*, pero Clara no pudo sucumbir a la
tentación de buscarle su verdadero nombre, pues *Baldobino*, aparte de
ser una fatigosa mezcla de vocales y consonantes, respondía a la otra
vida del animal, no a esta con Clara, Daniel y los niños. Así con el
tiempo pasó a ser simplemente *Nino*, y al gato parecía no molestarle.
Había aprendido también que las meriendas se convocaban con canciones, una para él, los otros gatos y el perro. Más o menos a la hora
en que empezaba el hambre, Daniel llamaba desde la cocina: "¿Luna,
quiere su tuna? ¿Benito, café tinto? ¿Nino, su tazón de vino?" Los
tres gatos respondían presurosos, lo mismo el perro, que comía pací-
ficamente a su lado como si fuera parte de la misma especie y la
misma manada.

Como todos en la familia, Nino venía de otra parte. Cuando se llamaba Baldobino pertenecía a una mujer de Texas, una artista ambu-
lante que había llegado a New Orleans en busca de inspiración y de
un amor esquivo, renuente a aceptar la intensidad de sus sentimientos y a poner casa con ella. La artista vendía tiliches en Jackson

Square, pero el dinero no le daba ni para cubrir el alquiler de un cuartucho en el Marigny ni para saciar sus necesidades de tabaco, marihuana y alcohol. Clara la conoció un viernes por la noche, cuando fue a darle de comer a los indigentes. Cada semana, ella y otros voluntarios preparaban una cena colectiva y la servían a quien quisiera en la penumbra de un estacionamiento rodeado por antiguas bodegas del puerto y por el muro del dique que contenía al Mississippi en su cause. Los voluntarios se colocaban en línea detrás de unas mesas plegables cubiertas con manteles blancos de papel, y ofrecían generosos lo que hubiera: arroz, pasta, frijoles, ensalada. Muchas veces los comensales no respondían a la imagen que Clara tenía de un indigente. No necesariamente eran personas sucias, despeinadas, de uñas como garras y expresión de súplica en la cara. Algunos parecían vendedores ambulantes, otros vecinos que simplemente iban pasando a esa hora por el lugar. Había en el grupo chiquillos con corte de pelo y vestimenta a la moda, drogadictos que finalmente podían darse el lujo de una cena caliente, viejos y viejas que extendían sus manos llenas de anillos. La artista texana había llegado ese viernes con Baldobino en una cesta. Le fue preguntando a cada uno de los voluntarios si quería adoptarlo. Las respuestas eran amables pero esquivas, aún así la mujer seguía insistiendo.

—Me debo ir de la ciudad y no puedo llevarlo conmigo —rogaba antes de volver a intentarlo con la siguiente persona—. Un buen gato de Austin, pero negro como es aleja el amor y yo debo seguir a mi hombre.

Clara mostró a la mujer una cuchara rebosante de frijoles rojos.

Ella accedió con un movimiento de cabeza e inmediatamente dijo:

—¿Usted quiere mi gato? Se llama Baldobino.

Clara sonrió anticipando la situación: —Ya tengo muchos animales.

—Pero este es distinto —insistió la mujer—. Es gato de artistas. Además, la voz interna me dice que usted es la persona indicada.

—Usted acaba de decir que un gato negro aleja el amor.

La artista le dedicó una mirada a Baldobino, que parecía incómodo en la canasta. Para calmarlo, le empezó a acariciar la cabeza.

—Es malo para el tipo de amor que siento, pero tal vez usted . . . ¿tiene hijos?

Le pidieron a la mujer que avanzara. Ella se movió dócilmente, sin protesta alguna. Fue hasta el extremo de la mesa donde entregaban botellas de agua, luego desapareció entre las otras personas. Por esas reglas no escritas, los voluntarios pocas veces conversaban con los indigentes. De hecho, siempre se referían a ellos como *los comensales*, aunque también se permitían llamarlos *las personas* o incluso *los clientes*. Era una forma de ser caritativo sin abrir demasiado espacio a la intimidad. A fin de cuentas aquellos que cada viernes asistían a comer eran *otros*, jamás alguien cercano con quien se pudiera compartir una inquietud o simplemente un sueño.

Una vez que terminó la última ronda de comensales, los voluntarios empezaron a recoger los utensilios de cocina, las bolsas llenas de basura, los restos de comida que nadie deseaba. Debían dejar el estacionamiento tan limpio e inhóspito como lo habían encontrado. Clara empacó sus cosas y salió a buscar un taxi. Muy pronto sintió detrás de ella los pasos de la mujer. Un poco asustada miró alrededor procurando calcular sus posibilidades de escape. Bien sabía que después de la cena todo gesto de empatía entre los voluntarios y los comensales quedaba en suspenso hasta el viernes siguiente. Las reglas eran tan claras que cuando clientes y voluntarios se encontraban en la calle no se cruzaban ni palabra ni mirada.

Volver al estacionamiento era imposible, pues no podría evitar a quien la perseguía. Adelante, pero a una distancia que parecía insalvable, estaba Elysian Fields, una avenida suficientemente iluminada, donde los turistas siempre deambulaban y donde no sería difícil encontrar un taxi.

—¿Corre porque me tiene miedo? —le gritó la mujer—. ¿Piensa que voy a quitarle algo?

Clara se detuvo después de unos cuantos pasos. La mujer se había sentado en el borde de la acera como agotada por el esfuerzo. Volcó la canasta, el gato cayó fuera dando un par de saltitos mientras su dueña le reclamaba: —Nadie nos quiere por viejos y sucios, Baldobino.

Entonces Clara se acercó aún un poco temerosa, le hizo mimos al animal y vio que se dejaba alzar sin reparos.

—Lo encontré husmeando en la basura en Austin, él y yo compitiendo por algo de comer —dijo la artista—. Lo quiero mucho pero no puedo quedármelo. La vida me ha enseñado a viajar liviana de equipajes y de afectos.

—Entonces ya no lo quiere —concluyó Clara mientras acariciaba la carilla fea del animal.

—Si no lo quisiera lo dejaría en la calle o lo ahogaría en el río . . . Las cosas son distintas, ¿sabe?, y lo más querido se pierde inevitablemente. Ahora me voy de esta ciudad de mierda y quiero empezar limpia de todo, amores incluidos. ¿Se lo va a llevar con usted?

Ni Daniel ni los niños protestaron por el recién llegado, tampoco hubo muestras de entusiasmo. Era uno más en una larga lista de animales que recogían en la calle y que casi siempre terminaban desapareciendo al cabo de meses o años. Daniel se hizo cargo de buscar un cuenco viejo para darle su comida, acuñó una tonadilla para la hora de la cena y lo dejó entrar a voluntad en su taller. Dejó solo a Nino con los otros gatos y el perro, pues entre ellos debían negociar el espacio de convivencia en la casa. Pronto se dieron cuenta de que Nino hacía unos ruidos particularmente extraños, como si refunfuñara en vez de maullar. Un amigo veterinario sugirió que le dolían las encías, o tal vez era algún padecimiento difícil de identificar, como un permanente dolor de cabeza. "Males de animal viejo," concluyó el amigo, "no hay nada que hacer".

El gato pasaba la noche en la cocina. Hacia las cuatro subía al segundo piso y desde la puerta de cada cuarto hacía ruido exigiendo atención, pero solamente Clara solía despertarse y atender al animal. A pesar de la hora su mente ya se hallaba en ese estado intermedio en el que hay conciencia de que se está soñando, aunque las imágenes y las sensaciones sigan su curso a voluntad, sin importarles que uno sea el espectador de sí mismo o de escenas incoherentes que se suceden aun a nuestro pesar. Hasta esa incierta bruma de la duermevela llegaba el insistente llamado del gato. El pobre Nino ya no era capaz de lidiar con su insomnio y por ello sufría. Necesitaba salir al jardín a tratar de

orientarse, no necesariamente a alternar con otros gatos, pues los fe-
linos del barrio ya no le hacían caso, seguramente por quejumbroso,
por pasarse contando historias de mejores tiempos, cuando era hermoso, no le faltaba pelo en el lomo, no le dolía nada y a su alrededor
flotaba un aroma a bohemia. Clara oía al gato deslizarse por la habitación, se despabilaba lentamente y como en un acto reflejo miraba al
suelo en su busca, después echaba un vistazo al otro lado de la cama
donde Daniel debía estar durmiendo. Una madrugada en particular,
viernes por más señas, Daniel no estaba, ni siquiera había desorden
de sábanas, como si no hubiera pasado ahí la noche.

Clara se incorporó y vio que del pasillo venía luz. Se puso la bata
y salió tras Nino. La casa estaba tan silenciosa que podía escucharse
la respiración acompasada de los niños en sus cuartos. "¿Daniel?",
dijo, pero no obtuvo respuesta. Abajo también estaban encendidas las
luces. Ella y Nino recorrieron la sala, el comedor, la cocina, todo iluminado y en silencio. "¿Daniel?", repitió sin recibir respuesta. Muy
cerca de la casa rugió un camión, su poderoso paso por esa ciudad
fundada en un pantano hizo que la tierra se estremeciera y que una
breve sacudida hiciera tintinear las lámparas del comedor. Clara se
asomó al jardín. Afuera, la humedad se asentaba en sólidos mantos de
neblina. Debía hacer frío, así que Clara volvió al dormitorio por un
suéter; después salió con el gato enredándosele entre las piernas.
Llamó a su marido otra vez. Fue al tallercito donde Daniel hacía su
arte, un pequeño cajón a la sombra de un magnolio. El cerrojo no estaba puesto, así que se decidió a entrar. "¿Daniel?" Encendió la luz y
vio un desorden que no era usual. Apoyado contra la pared reposaba
un gran espejo; extendiéndose por el piso había mucho papel, como
si su marido se hubiera dedicado a hacer trizas sus cuadernos de bocetos. En un rincón seguía esperando lo que sería la gran obra de Daniel, un enorme árbol de latón del que pendían hojas con palabras
grabadas en el haz. Puñados de esas hojas estaban dispuestos en un
aparente caos, pero según Daniel le correspondía al espectador dar-
les sentido a los textos. "Este es un árbol para leer", decía emocio-
nado, "todos los significados se encuentran en él, solamente se debe
crear la ruta correcta". Una ruta se abría con la palabra "mar", otra

con "Caribe", la tercera con "abrazos". Daniel pretendía que todas las rutas, como un laberinto, condujeran a una idea central, única para cada espectador. Cada hoja había sido hecha individualmente, luego había sido colocada en el árbol de acuerdo con un plano que no se hallaba descrito en ninguna parte, salvo en la cabeza de Daniel. De vez en cuando Clara iba a admirar los resultados. Asentía en silencio ante ciertos detalles y guardaba como un secreto inconfesable la convicción de que la obra nunca tendría final, pues Daniel se perdería en las palabras y sus significados como se extraviaba constantemente en el mundo real. A veces era difícil convivir con él, pues Daniel no era un hombre sino un péndulo que iba y venía entre la euforia por sus proyectos sin sentido y los amargos cismas de una realidad más parecida a una prisión. Pero a ella le gustaba así, con sus búsquedas interminables, con su fragilidad ante un mundo que no se sujetaba a sus sueños. "¿Daniel?", volvió a llamarlo como si él pudiera emerger del desorden. Nino refunfuñaba desde la puerta, quizás quejándose del maldito insomnio que alargaba injustamente sus noches.

Al pie del espejo Clara encontró una pila de cilindros de papel, borradores gastados, varios lápices y carboncillos. Deshizo el primero de los rollos. Lo que estaba dibujado le causó sorpresa, pero no mucha. Extendió el resto de los papeles, todos tenían lo mismo. Daniel, antes de desaparecer, se había dedicado a dibujar sus propios pies. En alguna ocasión había trabajado sobre los pies de Clara en esbozos de trazo limpio que apenas sugerían la forma, como si la intención fuera que el espectador tomara el rumbo señalado por el lápiz para inadvertidamente perderse en la amplitud del papel. Daniel tenía el propósito de crear una serie completa, por lo que había hecho los dibujos, a su entender, representaban situaciones disímiles. Había unos pies de Clara cuando leía, otros de cuando estaba durmiendo después de hacer el amor, otros de una supuesta Clara alegre o triste, todos suspendidos en el infinito. Ahora, quizás en las últimas jornadas u horas, Daniel se había dibujado a sí mismo, aunque la sensibilidad era otra. En primer plano estaban sus pies, más al fondo, en un ángulo un tanto forzado, se veían las piernas, las nalgas, el torso, un esbozo de la cabeza . . . Parecía el obsesivo retrato de un cadáver, un bulto tirado sin concierto alguno sobre el piso. Eran los pies de Daniel, pero también eran otros pies, llenos de surcos, con los dedos exageradamente deformes. No eran unos pies deseables sino sufrientes, dibujados desde una perspectiva que subrayaba la angustia de un cuerpo que no tenía paz ni siquiera en su más íntima desnudez.

"¿Daniel?", dijo Clara muy bajo, como si buscara a su compañero entre niños dormidos, "¡Daniel!" Se fue gateando por el estudio, buscando en los compartimentos de la mesa de trabajo, entre bocetos y piezas de arte sin terminar, entre palabras sueltas que tal vez algún día formarían parte de aquel árbol absurdo. Buscaba porque Daniel se perdía en el camino, se desconcertaba en ruta a sus propósitos y solamente con la ayuda de Clara de vez en cuando podía anclarse. Llegó hasta la puerta donde Nino la esperaba. Salieron hacia la calle por el costado de la casa. Los portones estaban cerrados, la vieja *van* seguía allí, cubierta de humedad. Clara tuvo una sospecha. Se asomó por las ventanillas después de limpiar los vidrios con la manga del suéter. También estaban empañados por dentro, pero ello no impidió que sintiera a Daniel tirado en el suelo del vehículo.

Quiso abrir, pero las portezuelas tenían el seguro puesto. En ese momento, tratando de pensar qué hacer, no prestó mucha atención a la persona que desde la calle le preguntaba si había extraviado las llaves.

—A mí me pasa a menudo que pierdo las cosas. Entonces le pido ayuda a San Antonio, un santo milagroso pero aprovechado, pues no hace el milagro si una no le promete retribuciones.

Clara puso las manos abiertas sobre los vidrios, como sosteniéndose, como transmitiéndoles fuerza para hacer saltar los seguros y liberar a Daniel. Lentamente se volvió hacia la voz que le recomendaba rogarle a San Antonio. Era la vecina del frente, Lyla, una mujer que al verla daba la sensación de que se había detenido en una tardía juventud. "Será por la mezcla de sangres", había comentado Daniel alguna vez mientras la espiaba tras visillos, "pero Lyla cumple a cabalidad con ese rasgo de los negros y los mulatos que mi madre mencionaba frecuentemente: sólo sabes que están viejos cuando los ves arrastrando los pies". Aún no había suficiente luz, pero Lyla, estaba siempre en pie desde temprano como si tuviera algo urgente por resolver. Se duchaba despacio, no leía el periódico sino hasta después de tomarse un café y de escuchar los primeros reportes del tráfico y el pronóstico del tiempo. Después se sentaba en una mecedora del porche de su casa a la espera de que algún incidente la sorprendiera.

—¿No pudo dormir bien, Clara? Yo tampoco, pero en mi caso es por vieja. Usted tiene razón para estar ansiosa, hoy empieza su nuevo trabajo en la oficina, ¿cierto? Debe ser muy emocionante . . .

Clara no dijo nada, desconectados sus pensamientos de la conversación que la vecina quería iniciar. Volvió a pegar la nariz al vidrio de la *van*: Daniel seguía inmóvil, ni siquiera era claro si estaba respirando.

—Lyla, voy a necesitar su ayuda —dijo finalmente—. No sé si mi esposo está vivo o muerto. Mientras lo averiguo, usted se va a hacer cargo de mis niños.

∽ ∽ ∽

Una vez abierta la puerta, salió de la *van* un pesado olor a fruta podrida. Daniel tenía el suéter manchado de baba, los pantalones puestos de cualquier manera, los pies rotos y sucios. No reaccionó cuando Clara le palmeó las mejillas ni cuando Lyla le dejó ir medio vaso de agua con hielo en plena cara.

—Extraño —dijo la vecina intentando secar al enfermo con una toalla—. En las películas siempre funciona.

Para entonces Clara había llamado un taxi, pues no quería que una ambulancia despertara a los niños. —Ya será suficientemente difícil explicarles la ausencia de sus padres —comentó con voz neutra–, pero al menos a usted la conocen.

Trataron de sacar el cuerpo del vehículo, pero apenas podían con su peso. De cuando en vez Daniel murmuraba algo ininteligible, primitivo, tal vez viajaba en el tiempo hacia otras vidas.

—¿Y el nuevo trabajo? —se preocupó Lyla—.¿No será mejor pedir libre el día?

Clara negó con la cabeza. De repente tenía ganas de un cigarrillo, pero hacía años que no fumaba ni bebía. Supuestamente Daniel también había renunciado a meterse cosas en el cuerpo.

—Tendría que dar demasiadas explicaciones. No estoy lista ni siquiera para comprender yo misma qué está pasando.

—Pero solamente debe decirles que hay una emergencia familiar, más no deben saber.

Clara volvió a hacer un gesto de negación. —La excusa más usual para faltar al trabajo. Precisamente cuando me ofrecieron el ascenso me advirtieron que las ausencias por problemas familiares sería la primera práctica a erradicar.

El taxi llegó. Entre tres fue más fácil cargar el cuerpo, aunque al intentar acomodarlo en el vehículo se fue de lado y quedó medio atorado entre los asientos. Clara le echó una mirada a esa masa de carne y ropa sucia. Por un instante se sintió vacía de emociones, pero al cabo de unos segundos pensó que quería estrangular a Daniel, arrastrarlo por la calle y dejarlo junto a unas bolsas llenas de hojas y ramas que se apilaban en la esquina. Se sentó junto al chofer. Con las manos apretó sus rodillas hasta sentir dolor.

—Al hospital. El día será largo.

∞ ∞ ∞

—Claro que sí, Nino, muy triste la vida, Nino, muchas aventuras, pero el tiempo pasa y una se va cansando, Nino, sí, sí . . .

Lyla se había hecho un café y estaba sentada en el comedor aguardando que lo niños despertaran. Al otro lado de la calle le esperaba su propio gato y el desayuno de cereales bajos en calorías. Pero a este lado estaban los niños, quienes debían prepararse para la escuela con alguien que hasta entonces no había sido más que la vecina, esa señora de piel un poquito oscura y ojos clarísimos que había vivido en la misma casa por más de sesenta años y que contaba con una sonrisa en los labios historias de negros buenos y de blancos que no se daban cuenta de su propia maldad. Los niños, por su parte, habían aprendido a concebir el mundo como una serie de lugares de paso. Se llegaba a ellos o se abandonaban por avatares de trabajo o porque siempre hacía falta algo, como si el espectro de la ansiedad acechara todo el tiempo, incluso cuando la vida regalaba una de esas alegrías simples y absolutas. Los niños habían escuchado muchas veces cierta conversación entre Daniel y Clara. Sin comprenderla por completo, podían adivinar fácilmente su rumbo y consecuencias: "¿Cómo se busca ese algo que no se puede nombrar? ¿Por qué el mundo inevitablemente pende entre la zozobra y el abismo? ¿Nos podremos salvar del absurdo?" Algunas mudanzas las provocaba una intuición, usualmente de Daniel. Le decía a su mujer y a sus hijos que quizás ahora sí, en tal o cual sitio, podrían encontrar su espacio, el algo tan soñado sin duda estaría ahí, en esa nueva ciudad o en aquel barrio donde no más llegar uno se sentía en casa. Al cabo del tiempo, sin embargo, algún signo que solamente podía ser descifrado en el mundo de los adultos, les indicaba que era hora de hacer las maletas de nuevo.

En todos esos años solamente una vez se había dado un amago de protesta. Clara había aceptado un trabajo en otra ciudad, y les aseguró a los niños que harían nuevos amigos, esta vez más leales y divertidos. "Pero estamos contentos con nuestros amigos", protestaron, "y uno los pierde cuando se va". Clara insistió que no era como ellos pensaban. Ya verían lo bueno de la nueva casa, el barrio, los lugares para entretenerse, la escuela . . . Los chiquillos no le creyeron, pero ya sabían que el mundo de los adultos estaba lleno de decisiones impuestas. Entonces se fueron a preparar sus cosas, pues desde pequeños también sabían dónde estaban guardadas las maletas y cómo decidir entre lo importante y lo necesario.

Siguiendo la ruta de los trabajos habían llegado a New Orleans, donde Lyla Alonzo había vivido siempre. Aferrados a una sutil red de amigos y necesidades, desde la escuela hasta un ingreso que permitiera salir adelante con las deudas, Clara y los suyos fueron dejando la peregrinación de una ciudad a otra pero no la inquietud. Iban de una casa de alquiler a la siguiente, de *shotgun houses* a apartamentos improvisados en los altos de mansiones decadentes. donde aún sobrevivían vestigios de mejores épocas. Finalmente se instalaron frente a Lyla. A la primera oportunidad cruzaron la calle, se presentaron y ella los invitó a tomar un café para escuchar su historia. Se sorprendió grandemente de conocer a unos trashumantes, pues ella encontraba inconcebible la idea de abandonar esas calles, desde las cuales había sido testigo del paso del siglo. Muy cerca de su casa, por ejemplo, seguía corriendo el tranvía con los mismos carros de color verde, sin aire acondicionado ni calefacción. "¿No se han dado cuenta?", les contó a los niños. "Cuando ustedes suben al tranvía pueden ver a lo largo del pasillo pares de huequitos. En los cincuentas, cuando yo tenía la edad de ustedes, en esos hoyos se aseguraban unas barreras para separar los asientos de los negros de los asientos de los blancos. Dependiendo de cuántos blancos viajaran, nosotros teníamos que irnos más y más atrás, como amontonándonos en la cola del tranvía. Y para que nadie tuviera duda, había un letrero, *No negroes beyond this point.* Cuando empezó el movimiento de derechos civiles yo fui una de las primeras en tirar una barrera por la ventana. Ha sido lo más valiente que he hecho en mi vida. Pero los hoyitos siguen allí, y no me molestan: Te ayudan a recordar lo importante".

Muy cerca de la casa de los Alonzo se podía comer también crema de maíz y mariscos en el restaurante donde la mafia solía celebrar banquetes décadas atrás. Como una forma de reconocimiento a la alcurnia de sus comensales, las paredes estaban llenas de retratos autografiados por personas de dudosa reputación, fotografías que en otra ciudad serían retiradas del ojo público por pura vergüenza. A primera vista esos rostros y esos nombres no decían nada, pero bastaba indagar un poco para enterarse de las atrocidades que habían hecho en su vida esos individuos y por las que eran recordados.

Pero lo que enorgullecía a Lyla Alonzo era para Clara prueba contundente de la fugacidad de lo humano y de sus empeños, de la Historia como una sombra leve pero obcecada. El pasado estaba hundiendo a New Orleans casi desde su misma fundación, desde ese instante perdido en la eternidad cuando sus fundadores cruzaron la línea definitiva entre la salvación y el abismo. Clara detestaba romantizar la violencia, la desigualdad, la exclusión . . . Otros como Lyla o el mismo Daniel amaban la música, la comida, el ocio, esa cultura del exceso que desbordaba su desfachatez por calles y parques, por esos barrios poblados de negros y latinos que igual festejaban en aparente hermandad o se mataban entre ellos, por esas fronteras jamás declaradas donde la pobreza más absoluta se codeaba sin rubor con las fortunas de las viejas familias, cuyos apellidos estaban unidos a la explotación de azúcar, algodón y seres humanos. Era una ciudad de personajes extravagantes, de alcohol y drogas a manos llenas. Quizás aquí sí se hallaba lo que habían estado buscando, aunque por los niños ya no había alcohol en casa —supuestamente droga tampoco.

Lyla se sirvió otro café sin prestarle atención a los ruidos que hacía Nino. Los otros animales parecían ausentes, aunque el perro debería despertar en cualquier momento para ir al baño. Tomó un largo sorbo y se fue a andar por los pasillos del primer piso, donde Clara acumulaba plantas de follaje intenso bajo las enormes pinturas de Daniel. ¿Tendrían algún valor? Personalmente no le gustaban. Algunas eran verdaderamente extrañas, como esa serie en la que había manchas en el fondo y unas esvásticas mal hechas en primer plano. ¿Qué carajo era eso? Después estaban esos otros cuadros de personas devoradas por la naturaleza: Un árbol que se comía al leñador, un grupo de hormigas a punto de abordar la mano de una mujer . . . Hasta donde Lyla sabía, Daniel jamás había hecho una exposición ni vendido un solo cuadro. Su arte se acumulaba en las paredes de la casa y en el tallercito del fondo, cuya puerta desde de la distancia se veía abierta.

Salió al fresco de la mañana, quizás lo mejor por hacer en ese momento era poner un poquito de orden, como devolverle al día algún rasgo de normalidad. Pocas veces había entrado en el tallercito, así que no pudo resistir la tentación. Observó con detenimiento el tiradero, vio los bocetos de cuerpos contorsionados y las hojas con palabras. Esta gente está chiflada, le dijo a Nino renunciando a su empeño, dejando ese mundillo oculto tras la puerta.

Lyla escuchó regresar a Clara. Iba a preguntarle por Daniel, pero ella se anticipó con un "Después, Lyla, después". En verdad no sabía qué más hacer, si esperar abajo o subir a los cuartos pretendiendo que todo seguía igual. Finalmente decidió quedarse con Nino, seguirlo a él, responderle cuando se quejara. Clara subió a arreglarse y a despertar a los niños. Ellos comprendieron muy pronto que había un silencio nuevo en la casa. "Papá tuvo que salir de viaje," dijo su madre, "lo llamaron de otra ciudad". Lyla vio a los chiquillos asomarse por la ventana. Insegura de si era lo correcto empezó a saludarlos. "Esta mañana Lyla los va a llevar a la escuela, ¿no les parece fabuloso? Un cambio . . ." Clara pretendía un tono casual, pero ellos no le correspondieron. Se asearon en silencio, bajaron a desayunar susurrándose quién sabe qué cosas. Al rato escaparon al tallercito de Daniel. Clara los dejó hacer. Llamaron a su padre, golpearon la puerta y las paredes del taller, husmearon alrededor de la vieja *van* como atraídos por un indicio. "No me creen", le dijo Clara a Lyla mientras se servía un café, "pero tampoco van a contradecirme. Los niños siempre saben cuando algo malo ocurre". Lyla no estaba muy de acuerdo, prefería pensar que los chiquillos crecían en una burbuja, jamás con la sospecha de que los adultos les mienten, aunque sea para protegerles de los males que deambulan por el mundo. Clara miró a los hijos buscar insistentemente y comprendió que el miedo de un niño nunca resulta fácil de explicar. Es un miedo que carece de suficientes palabras para ser expresado, un miedo no autorizado por la obligación del niño de ser feliz. Lyla, de pie junto a la ventana, veía a esos chicos andar como uno solo por el jardín, repitiendo un nombre no en demanda sino en interrogación. "¿Ven? Yo les dije," llamó Clara. "Otra ciudad, se encuentra en otra ciudad. Vengan adentro, nosotros también tenemos mucho por hacer".

∽ ∽ ∽

En la oficina la esperaban para una actividad de grupo. Usualmente se realizaban uno o dos ejercicios por año para cumplir con las más recientes teorías de eficiencia empresarial. "Como nueva encargada de sección", le habían dicho sus superiores, "tus responsabilidades ahora son mayores, y por lo tanto el entrenamiento va a ser más intensivo". Clara aceptaba los ritos de oficina con resignación, recordando más bien el comentario de la cubana que había conocido en uno de esos cocteles con clientes a los que no se podía faltar. Era una cuarentona rolliza, de pelo claro, casi blanco y sonrisa imposible de ignorar. Habían pasado juntas unas jornadas de motivación y de prácticas de liderazgo, que incluyó como punto culminante una dinámica en la que los asistentes fueron separados en grupos. Cada participante debía subirse a una plataforma a cierta altura del suelo y lanzarse al vacío, mientras el resto de sus compañeros esperaban abajo, con las manos entrelazadas como formando una red, organizados para asegurar que nadie se rompiera el cuello. Fue muy difícil para Clara. La inseguridad y el miedo la paralizaron varios segundos, mientras al pie de la plataforma sus compañeros la animaban, pues querían ganar la prueba. Al final del día, cada grupo recibía un diploma —un cartoncito con sellos y firmas—de distinto color según el número de competencias ganadas. Clara se dejó ir más por un desvanecimiento que por convicción. Aunque era delgada, apenas pudieron sostenerla en el último segundo, cuando Clara se veía de bruces sobre el suelo. Al final, su equipo no quedó en una buena posición porque la cubana se negó rotundamente a lanzarse desde la plataforma. Eso sirvió para que los expositores hablaran por largo rato sobre cómo una empresa no podía avanzar sin un efectivo trabajo de grupo, basado en la confianza mutua y en la certeza de que cada uno de sus miembros cumpliría a cabalidad sus tareas, claro, siempre y cuando estas hayan sido expresadas claramente y la persona haya sido provista del instrumental y las oportunidades para ejercer tales funciones plenamente. Otra reflexión que se derivaba del fracaso con la cubana era que la empresa no se atrevía a asumir riesgos: el lanzarse de la plataforma podía considerarse también una metáfora de las relaciones con el mercado. Desde esa perspectiva, el miedo a fallar no podía admitirse, principalmente si se contaba con un equipo humano confiable. La cubana se tragó sus comentarios tanto como pudo, mientras algunos miembros de su equipo asentían a cada afirmación del expositor. Finalmente se levantó furiosa de su asiento: "Estoy harta de ese lenguaje autoritario de los negocios, recubierto siempre con eufemismos como consenso y acuerdo. ¡Mentira! Esto es como estar de vuelta en Cuba. Donde decía *partido* ahora debes decir *organización*. Si allá se hablaba de patria, aquí se habla de empresa. Si allá era el futuro, aquí es el crecimiento, la solidaridad pasa a ser eficiencia . . . pero al final de cuentas tenemos las mismas asambleas, hacemos los mismos actos de repudio y los mandos bajos y medios nos organizamos hasta que los mandos superiores nos detienen. En seminarios como este terminamos haciendo autocrítica y manifestando que siempre hay algo por encima de nosotros que nos da sentido y nos supera: la empresa, la empresa. La diferencia entre uno y otro sistema es cuánta comida hay al final del día. Yo ya no quiero oír más peroratas sobre trabajo en grupo. Como individuo nunca me voy a lanzar al vacío para complacerlos a ustedes, los gurús de la teoría empresarial".

Esa mañana de viernes, después de enviar a los niños a la escuela, Clara tomó el tranvía al centro del ciudad y en el camino volvió a recordar la anécdota de la prueba de confianza. Estaba exhausta y apenas iban a ser las nueve. Al menos los niños habían aceptado irse a la escuela con Lyla. Miraron fijamente a su madre desde la puerta de un taxi, luego subieron sin despedirse. Daniel, por su parte, había quedado en buenas manos. En la sala de emergencias del hospital aún estaba de guardia Ted, un amigo enfermero. Juntos los tres se habían fumado quién sabe cuántos kilos de marihuana y habían tomado toneles de vino a lo largo de una tortuosa amistad. Pero cuando Clara y Daniel decidieron que ya era suficiente, mejor no seguir abusando del cuerpo, la relación se enfrió. Ted se había alejado sin reclamos, procurando encontrar en otros la misma agudeza mental, la misma fisga, pero al final se había encontrado solo, sumido en su mundo, sin lograr que los deliciosos vicios supieran igual, pues faltaba el placer de despeñarse en grupo cuesta abajo, en complicidad, en alegre rebeldía contra la otra ciudad, la de las normas, la de aquellos que voluntariamente se sujetaban al deber ser. Clara y Daniel habían escuchado historias sobre Ted, todas negativas, cada una señalando la triste condición de los bebedores solitarios, de los viciosos anónimos, esos a quienes las buenas conciencias sorprenden comprando licor tarde en la noche, o entrando sin temor a ser vistos en salas de masaje y saunas. Y después de tanto tiempo, de algunos desencuentros, ahí estaban los tres nuevamente, aunque Clara se sentía incómoda y prefería guardar silencio, aunque Daniel olía a todos los humores del cuerpo y de cuando en cuando emitía un gruñido o soltaba entre dientes una frase incoherente.

Ted le tomó los signos y le dijo a Clara con una sonrisa de complicidad que bien se acordaba de aquellos tiempos mejores cuando no paraban hasta dejar el cuerpo exhausto, como abandonado.

—No te preocupes —agregó—. Vamos a sacarle toda la mierda que tiene dentro y en un santiamén estará otra vez en pie.

Clara le agradeció, dijo que estaría pendiente, pues no podía quedarse, era su primer día en un nuevo puesto de trabajo.

—Pues te felicito . . . Tendremos que celebrarlo como corresponde.

Entonces había vuelto a correr: Del hospital al taxi, a la casa, al tranvía, donde el cansancio la sorprendió pensando en la cubana y sus acusaciones. Y cuando bajó en la parada cerca del edificio donde iba a empezar de nuevo, con más responsabilidades, un código de presentación personal más estricto y unos cuantos empleados a su cargo, se preguntó si realmente se merecía la oportunidad, si no era todo una cadena de malentendidos destinados a hacer colisión ese viernes.

Un poco más tarde, mientras intentaba corresponder amablemente a las congratulaciones de sus compañeros de oficina, volvió a su cabeza insistentemente el comentario de la cubana rolliza y la extraña certeza de que otra vez se encontraba ante un abismo, del cual solamente se podía escapar cortando todo de raíz, marchándose a otra ciudad. Entró a su primera junta de jefes de sección, donde fue presentada por uno de los directores de área como una líder innata, la persona ideal para llevar adelante ciertos proyectos de modernización empresarial, una trabajadora probada una y otra vez en difíciles desafíos. Clara sonrió con la imagen de la cubana aún en la mente, con el vértigo de estar subida en la plataforma pegado al estómago, y pensó en las paradojas de la vida: aquello que ahora se llamaba valentía para ella no había sido más que miedo, y lo que se declaraba como confianza no había pasado de ser la reacción instintiva de alguien sin salida. Quizás eso era el significado de la valentía: el vacío como única opción.

El director subrayó los atributos que todo buen administrador debía tener y la señaló otra vez a ella como ejemplo. Clara, sin embargo, no pudo recordar si alguna vez antes de esa reunión ellos habían intercambiado una sola palabra. Como si viniera del otro lado de un páramo, oyó la voz de ese hombre proclamando atributos que Clara no consideraba suyos. Luego se dio cuenta que todos aguardaban una réplica.

El director insistió: —A ver, Clara, díganos algo, cualquier cosa que nos permita conocerla mejor. Cuéntenos una anécdota.

—Vivíamos mi familia y yo en otra ciudad —respondió sin pensarlo, sin saber adónde iba— en una casa muy pequeña junto al estacionamiento de una iglesia bautista. No me gustaba ese parqueo porque era oscuro y muchas veces entraba gente a negociar droga o a hacer sus necesidades. Puntualmente a las cinco y media me despertaba una familia con su perrito faldero. Al animal lo acompañaban un niño con su papá o su mamá, según el día, vestido ya desde tan temprano. Y siempre el niño se ponía a hablarle al perro, a rogarle que hiciera sus cosas. Los padres no decían nada, como si estuvieran ausentes. Era algo muy personal entre el niño y el perro, aunque más bien era algo solo del niño, de su insistencia, su monotonía para que el perro lo complaciera de ese modo tan extraño. Una noche yo estaba sola con mis hijos, mi esposo visitaba a su madre en un hospital muy lejos. Aún estaba muy oscuro cuando oí unos gritos de mujer. Eran horribles, desesperados. Ella no decía nada, solamente hacía esos ruidos como si estuviera defendiéndose, aunque sin esperanza. Yo desperté, pero no por completo. No quería despertar y asomarme al callejón y hallar allí a la mujer muerta o mal herida o violada. Tuve miedo. Me envolví en las mantas con desesperación y caí en un sueño desasosegado, lo fue tanto que no oí el despertador y todos llegamos tarde a nuestras tareas. Solamente cuando salí con los niños me animé a asomarme al estacionamiento. En apariencia no había nada, y por unos segundos me dediqué a buscar alguna evidencia, como una mancha de sangre o un trozo de tela. . . . Unos meses más tarde —en esta ocasión mi esposo Daniel estaba durmiendo a mi lado— como si fuera la misma circunstancia de la otra vez, un hombre y una mujer entraron al estacionamiento. Discutían amargamente, él le gritaba mentirosa y cosas peores. Ella, quienquiera que fuera, le pedía al hombre que escuchara, pero él estaba fuera de sí, no le hacía caso. Desde mi cama escuché los reclamos. Mi esposo, por el contrario, ni siquiera sintió el ruido. Estuve a punto de mirar por la ventana, pero me detuve porque una idea rara se me ocurrió: lo que estaba escuchando en ese momento era en verdad el principio de lo que había ocurrido la primera noche, el preámbulo de aquella situación tan horrible que hizo a la mujer gritar como último recurso. Por alguna razón el tiempo se había invertido y primero me había hecho ser testigo del final de la historia. . . .

El director necesitó todavía unos segundos para reaccionar y dirigirse a la audiencia, que no soltaba ojo sobre Clara.

—Muy bien, pasemos al primer tema del día.

∾ ∾ ∾

A veces, quizás siempre, los días de gloria esconden una agobiante tristeza. Terrible y sutil a la vez, se te viene encima a la primera oportunidad, sea en ese respiro casi imperceptible que separa las adulaciones, en el silencio mezclado entre los aplausos, o en el final de todo, cuando vos creés que ya es hora del descanso, de poner los pies sobre la tierra y seguir adelante. Esa mañana de viernes, después de la junta de trabajo, Clara se encerró en su nueva oficina. Finalmente había dejado el salón repleto de cubículos y ruido. A cambio le habían asignado un cajón sin ventanales. Para iluminarlo, arriba en el cielo raso había una especie de tragaluz de acrílico sucio por la humedad, una manchas que le hacían imaginarse a Clara un monstruo deforme y vigilante. Al otro lado de esas paredes estaba el aire de la ciudad, probablemente una vista sobre el río, el puente hacia uno de los barrios de la otra orilla y hacia el primer asentamiento de New Orleans, ese que fue arrasado por el fuego mucho tiempo atrás y adonde ahora convivían horribles apartamentos para pobres con los galpones donde se construían las carrozas de carnaval. Por la oficina se acumulaban documentos por clasificar, recogidos a prisa cuando hizo la limpieza de su cubículo. Clara tenía en mente tres categorías: "indispensable", "útil" y "basura". De corazón ansiaba poner todo en la última.

En el mundo de la pequeña oficina colapsaban el principio y el fin de todo. Si algún extraño viera a Clara así, con la mirada perdida tras ese escritorio, seguramente se confundiría: ¿Quién era esa mujer tan abatida? ¿Acaso una recién llegada a quien ya le abrumaban las expectativas y las dudas? ¿O más bien se trataba de una de esas funcionarias curtidas a punto de dejarlo todo después de años batallando contra la rutina y las decepciones? Si se fuera en ese momento todo sería fácil, no más dejar el desorden tal cual estaba y olvidarse de su carrera, del salón con los cubículos, de la ansiedad de subir otro escalón más o del deseo de conseguir finalmente una oficina con vista al río, como a ella le gustaba. La oficina con ventanales podría significar el mismo cielo, no tanto por tener cada jornada ante sí al majestuoso Mississippi, sino porque la ambición muchas veces se agota en lo meramente simbólico. Hasta el momento nadie había entrado a felicitarla, menos aún a ofrecerle ayuda con el desorden. Así era el poder, ¿no?, una dosis de soledad por cada una de triunfo.

Y así sentada, en medio del caos, Clara sintió deseos de fumar, de tomarse una copa, de lanzarse a conquistar la siguiente ciudad, no aquella que le ofrecía esta empresa de cubículos y oficinas sin vista, sino la otra, abierta a los sueños, al disfrute de lo fugaz. Estaba sedienta de todo, pero a mano no tenía más que una pila de documentos y, de pronto, una sombra que se había colado sin llamar a la puerta. No recordaba que hubieran llamado, ni que ella hubiera dado permiso a nadie de entrar. Pero ahí estaba el director interrumpiendo su amago de rebeldía.

—¿Contenta con su nuevo espacio? —le dijo.

Iba a contestarle que no estaba satisfecha, para estarlo requería suficiente luz natural, plantas, la presencia del río. Para ser feliz necesitaba mucha libertad, a pesar de sus consecuencias. Entonces suspiró profundamente y respondió:

—Sí, todo está muy bien.

Sonriendo, el director hizo algunas reminiscencias de lo que esa oficina representaba para él, pues al principio de su carrera también le había correspondido trabajar ahí. Los recuerdos lo condujeron a su filosofía del éxito personal:

—Desde abajo, así es el comienzo, pero siempre se debe tener la vista puesta en lo más alto. ¿Y sabe una cosa, Clara? La mayoría de la gente no puede mirar más allá, a veces ni siquiera lo que hay al otro lado de su escritorio. Pero yo pienso que usted es diferente, tiene usted unos valores muy especiales, una capacidad para oír a los demás, ¿usted me entiende? Vendrán muchas horas de sacrificio, largas jornadas con mucho estrés porque la expansión de esta empresa es imparable, y una vez a bordo de este tren su propia fuerza y velocidad nos lleva a cada uno adelante, incluso contra la voluntad de algunos, ¿usted me entiende? Algunos se resisten, pero no se preocupe, Clara, aquí estamos para apoyarla.

Se quedaron una eternidad en silencio, Clara con los brazos apoyados en las rodillas como si se hubiera detenido en el momento de inclinarse a recoger algo, el director contra la puerta, bloqueándola.

Finalmente él dijo: —Respecto a la reunión de esa mañana . . .

Clara giró la cabeza buscando sus ojos.

—Quería ser honesto con usted . . . sean lo que sean sus problemas personales, por favor no los traiga a su trabajo. Déjelos, como quien dice, en esa otra ciudad de su historia.

∽ ∽ ∽

Aunque no estaba en sus planes, Clara decidió salir temprano de la oficina. En todo el día no había tocado ninguno de los documentos amontonados en una esquina de su escritorio. Tampoco había hecho nada para poner orden en el tiradero traído de su cubículo, ni para darle a la oficina el supuesto aire personal que para muchos era símbolo de posesión del espacio, ese primer acto del conquistador que planta bandera y reclama para sí el territorio que otros alguna vez ocuparon. Sí había tomado nota de algunos pendientes, en especial hacer un par de llamadas a funcionarios de otras dependencias, pues aparentemente se estaba gestando un conflicto y debía adelantarse a los acontecimientos. Regla número uno del éxito: cuidarse las espaldas.

Decidió hacer uso de sus nuevas prerrogativas. Dejó un recado en la contestadora de la secretaria —no podía llamarla así, pues en la normativa institucional se había eliminado el término "secretaria", y quienes alguna vez lo fueron habían pasado a llamarse "asistentes administrativas"—, tomó sus cosas y salió por el pasillo central rodeado de cubículos. No quería que nadie se enterara de su partida, pero todo parecía estar dispuesto para que ocurriera lo contrario. Clara sintió las miradas y los cuchicheos, y tuvo que armarse de valor para llegar a la escalera sin voltear, pretendiendo que la repentina tormenta de envidia realmente no existía. Se dijo a sí misma "No voy a regresar", y hubo de repetírselo otra vez cuando subió a un taxi y le dio al chofer la dirección de la escuela de los niños.

Al llegar vio a Lyla al otro lado de la calle, sentada en un banco del parque a la sombra de un roble. Se había vestido como de domingo, con un gran sombrero para protegerse del sol y un vestido rosa adornado con una magnolia de seda a la altura del pecho. Con un abanico repleto de encajes le hizo un gesto de bienvenida a Clara, luego sacó un pañuelito blanco para secarse el sudor de la cara.

Clara pensaba decirle que a partir de ese momento iba a hacerse cargo de los niños, pero Lyla no le permitió ni siquiera empezar. Le abrió espacio a su lado, la tomó del brazo y le contó algunas confidencias sobre las personas del barrio, incluyendo el chofer del taxi. A ese lo conocía muy bien, un descendiente de negros libres. Sus antepasados fueron emigrantes del Caribe, de Haití para ser precisa, hombres de negocios que se asentaron entre la ciudad y el lago, cuando hacia el norte de la avenida Esplanade vivían los hijos de españoles puerta a puerta con las familias de color llegadas de Las Antillas. Por otra parte, al sur de la avenida se encontraban los indeseables, los pobres, los otros recién llegados a quien muy pocos respetaban.

—¿Sabe usted quiénes eran esos descastados, Clara? Pues los irlandeses. ¿No le contó el taxista su historia? Muy raro, si ese hombre habla hasta por los codos.

Clara no hubiera podido ni siquiera describir el rostro del taxista. Había hecho el viaje en un estado de olvido de sí misma y de cuánto le rodeaba, como si la ciudad a su alrededor hubiera quedado suspendida, sin ese minuto inminente, sin la próxima esquina, sin otro evento que no fuera avanzar. Ante la pregunta de Lyla procuró recordar, pero todo se había vuelto difuso, como si los sucesos más recientes hubieran ocurrido años atrás o en la lejanía de otra ciudad.

—¿Ha sabido algo de Daniel? —Lyla parecía hablar con una voz igualmente dispersa en la distancia y el tiempo—. He estado pensando en él todo el día.

Y aunque sí había escuchado de su esposo, Clara no respondió. En algún momento de esa jornada sumida en una multitud Ted la había llamado con noticias: "Le hicimos un lavado rápido y le sacamos bastante del estómago, pero nada del otro mundo. Logramos que reaccionara y tiene los signos estables. Vas a poder verlo esta noche, si quieres, y en no más de dos días te lo podrás llevar como nuevo a casa". Luego se había dedicado a contarle su historia, por dónde se había extraviado en los años recientes, cuándo los extrañaba a Daniel y a ella, y las ganas que tenía de una cena juntos. Clara, como en sueños, le había agradecido sin prometerle nada, pues en ese momento, quizás en la oficina, o bajo el sol de los veranos eternos del Sur, o en el taxi del hombre imposible de recordar, se estaba alejando de sí misma, el corazón intentando responderse si era tiempo para hacer las maletas de nuevo y marcharse a otra ciudad. Daniel, a su modo, había hecho un intento tomando quién sabe qué substancias. Pero en esta etapa de su vida ella no podía, tal vez porque las otras ciudades ya no eran un destino, sino algo que se cernía sobre ella, sobre su cotidianeidad. Las ciudades iban perdiendo su certeza, su materialidad, se transformaban en algo inefable, inasible, pero absolutamente presente. Y todos los días, comprendió Clara, uno va pasando de ciudad en ciudad, va entrando a otros lugares aun sin darse cuenta, va dejando atrás paisajes aun contra su voluntad. Así, poco a poco, Clara pudo rehacer los recuerdos del taxi rumbo a la escuela. Había decidido que ya era bastante, que estaba harta. Si Daniel quería largarse, podía hacerlo, a fin de cuentas los seres humanos siempre pueden volver a ser libres. Había decidido esperar a que él recuperara la cordura para sentarse a hablar y ser muy franca. Le iba a decir que podía marcharse a otra ciudad cuando quisiera, aun si en su decisión permanecía en casa. No le iba a permitir, eso sí, que los arrastrara a ella y a los niños. Cualquier viaje tendría que hacerlo solo, como ella lo estaba haciendo con sus recorridos por los espacios de asfalto y concreto, madera e historia, gente, tantas gentes.

Lyla comentó algo sobre los robles del parque. Todos los años soltaban un polen grueso y pesado que se acumulaba en capas mullidas como alfombras. Eran los robles los que anunciaban el cambio de clima, el paso entre una estación y otra. Lyla sacó de su bolso un pequeño termo, dos tazas y una botellita de coñac. Sin preguntarle a Clara sirvió café y licor para ambas. Fue bebiendo de su taza lentamente, saboreando con un placer contagioso. Luego soltó una risita y se tapó la boca.

—Usted va a pensar que estoy loca, pero me acabo de acordar de una desgracia que me parece muy graciosa. Le pasó a mi amiga Zoila. Ella es de Honduras, negra retinta, casada con un tipo de por aquí, muy orgulloso de su herencia americana, aunque para pagar las cuentas y la comida sobrevivían con una pequeñísima tintorería allá por Maple Street. Pues el marido la tenía esclavizada en el negocio. Zoila hacía de todo y no podía salir si no era a escondidas, con mentiras. Yo le aconsejaba que se fuera, tenía que solucionar esa situación de forma radical. ¿Sabe lo que hizo? Esta mañana llegó a la tintorería a las seis, como siempre. Apenas el marido se fue, le echó pintura a toda la ropa, menos a un blazer que yo debía recoger como a las once. Luego desapareció. Yo llegué sin saber nada y el marido estaba absolutamente fuera de sí, con los ojos que se le salían de la furia, y colgadito junto a la caja registradora encontré mi blazer muy bien lavado y planchadito, perfecto.

Clara brindó por la hondureña. Había reído al escuchar el cuento de Lyla, y ahora se sentía relajada, agradecida de lo bien que se estaba sintiendo bajo los robles. Vio a los niños salir de la escuela, pero no los llamó. Quería dejarlos un rato solos, aprender de ellos. Quería también contarle alguna historia a Lyla, hablarle de las personas alrededor, de las vastas ciudades que había recorrido.

New Orleans, agosto 2005-Baltimore, febrero 2008

Uriel Quesada, un académico y escritor costarricense, es autor de varios libros de ficción, entre ellos *El atardecer de los niños* (1990), ganador del Premio Editorial de Costa Rica y el Premio Nacional de Literatura de Costa Rica; *Lejos, tan lejos* (2004), ganador del Premio Áncora en Literatura; *El gato de sí mismo* (2005) y *La invención y el olvido* (2018); ambos recibieron el Premio Nacional de Literatura de Costa Rica. Es co-editor con Letitia Gomez y Salvador Vidal-Ortiz de *Queer Brown Voices: Personal Narratives of Latina/o Activism* (University of Texas Press, 2015), premio Ruth Benedict. Recibió una maestría en literatura latinoamericana de New Mexico State University y un doctorado de Tulane University y es vicerrector académico de la Universidad de Loyola en Nueva Orleans.

Elaine S. Brooks es jefa y profesora de español en el Departamento de inglés e idiomas extranjeros de la Universidad de Nueva Orleans. Ha traducido obras de Fernando Contreras Castro, entre ellas *Única mirando al mar* (*Única Looking at the Sea*) y *Cierto azul* (*Blue Note*).

MISSING TERRITORIES

MISSING
TERRITORIES

URIEL QUESADA

TRANSLATED BY ELAINE S. BROOKS

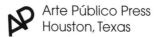

Arte Público Press
Houston, Texas

For Morbila Fernández, Martín Sancho
and Milton Machuca Fellow Travelers

Conozco el monstro,
(I know that monster,)
he vivido de sus entrañas.
(I have lived from inside its bowels)
Yo también soy monstro.
(I am also a monster.)

Gustavo Pérez Firmat

TABLE OF CONTENTS

TRANSLATOR'S NOTE

Translating literary texts is a mysterious process of fusions. As the translator delves deeply into the nuances of the original language, the processes of transference to another language are not just a shift in language, they are also a kind of integrated bonding that grows between the translator's consciousness and the author's revelatory text. And I use the term "revelatory" with specific reference to Uriel Quesada's narrative movements between his characters' voices and how their messages are received by the reader. Quesada's stream of consciousness seamlessly flows from one voice to another in many of the stories in this volume, especially in the two stories "God Has Been Generous with Us," and "I Leave Today, I'll Arrive Yesterday," in which the narrative points of view of "I" and "you" are masterfully intertwined. Uriel Quesada squeezes the space between meaning and language, making us question our understanding of the messages, in the same way that the protagonist reacts to Borges' whispers in the story, "Listening to the Master." The characters in all the stories of this volume find themselves on the other side of language, the spaces between words of praise, between applause, between the spaces of words that are unspoken because the characters do not know how to give a name to their feelings as they struggle in marginalized territories, fighting against *normality*, and sometimes dragged down by the norms of language and society until they finally break free.

My goal as a translator is to straddle the borders between languages by incorporating as much of the original syntax and linguistic structures as the English will allow while maintaining native-

English structures that do not sound translated. Achieving this goal was particularly challenging in the story, "Far Away, So Far Away," because the gender of "that person" in the story is never revealed. Verbs in English depend on personal pronouns to know who is doing an action in active voice, so I opted for gender neutral pronouns or none at all wherever it was possible.

In all of Uriel Quesada's stories there is a quest for something we can't name, or a collision of sights and sounds that are completely incongruent, only to later find the thread or threads that create connections. I hope I have succeeded in bringing both the incongruence and the connections to fruition in the English translation. I wish to thank Dr. Lisbeth Philip, who spent hours reading the Spanish texts while I read aloud the English translations of all the stories in this volume. Your insights were invaluable. I also wish to thank Arte Público Press and the Executive Director, Dr. Gabriela Baeza Ventura, for the opportunity to translate the stories in *Missing Territories*. And finally, I wish to thank Uriel Quesada for having created stories in which remarkable characters struggle to bring light to territories too long shrouded in darkness. You are the light, Uriel.

Elaine S. Brooks

MISSING TERRITORIES

Travel is a vanishing act.
Paul Theroux

Yesterday my mother told me on the phone that dad was going blind.

"He doesn't say anything, as usual, but I notice it now when I'm helping him with the groceries."

Her voice showed no emotion, not like someone who has bad news to tell, but more like someone who corroborates a fact already guessed. "When he gets close to the edge of the sidewalk, he hesitates. Until a short time ago I didn't understand and thought it was just more of the old man's foolishness. I watched him get his balance, then take a small jump to the pavement. I wanted to nag him about it but decided to wait. You know how your dad is. He stopped the subscription to the newspaper, I'm thinking it's because we couldn't afford it, as usual, but now I suspect he can't read it, even though he uses a magnifier that he hides and locks up . . . maybe he'll tell you about it when you speak to him . . . Not long ago I sent him out to buy a few sauces to marinate the meat, but he brought back the wrong ones. His excuse was that all the jars looked alike . . ."

She stopped for a moment to take in some air. I hadn't said anything up to that point, so she asked me if I was still there.

"Yes, mom, I'm here."

Then she began to talk about something else, about the aches and

213

pains of a lady I didn't remember. After that she let me know that dad, having just come home with the day's groceries, and even though he was also going deaf, could still hear whatever interested him.

"The other day I decided to ask him directly if he could no longer see," she continued after another pause, probably to make sure my dad was not close by. "As you could imagine he didn't answer me with a 'yes' or a 'no.' He became angry, told me to leave him in peace, to stop meddling. What do you think?"

I believe I responded with a strange mixture of resentment and weariness. Immediately afterwards, I offered my mother unconditional support, because if it were true that dad was going blind, the responsibility for the house and the relationship would fall one hundred percent on her. At that moment in my life, support primarily meant money, whatever I could scrape together from a rambling lifestyle, wandering from here to there through the cities and towns of the United States. My mother no longer had a clear idea exactly where I was residing, and she would tell her friends, instead, about the place where I had last spoken to her. She tried to explain away my behavior by her lack of education. She told people that she couldn't remember the name of the place where I was because she never learned geography well in school. "The United States is so big," she used to say in her own defense. "You can't even imagine how big."

My mother came from a little town that was so poor, the school didn't even have a good map of the Americas. The only one available to the students had several parts scratched out and the teacher would point with his dreaded metallic ruler to the empty spaces, asking the children to imagine what the missing territories were like, their riches, their people. However, the truth could be something else altogether: My mother had rarely left Cartago, a small city between mountains, where notions of distance were very peculiar. Outside of Cartago's city limits everything seemed terrifyingly distant. Just a few hundred kilometers away would lead inevitably to another country, that is to say to the other end of the world where everything was different and threatening. When I was a child, I too felt that sense of being isolated until I read some books, believed what I saw in the movies, and met people who had other experiences. Those people taught me to dream about places I could scarcely understand because the imagery, sounds and flavors escaped me. Then I grew up and I had enough. The beautiful mountain tops around my city began to suffocate me, so one day I sold my records, an old pickup I adored, some gold earrings that belonged to my grandmother, and I got on a plane without saying anything to anyone. No farewells, no good luck wishes. It was better that way.

Hours later I was in Los Angeles, so far from everything that the very idea of distance was rapidly unraveling in its own absurdity. I arrived, like the great majority of undocumented people, through the large door of an airport, with a visa that gave me some months of liberty to explore my dreams and to make decisions. I said to the immigration officer I barely understood . . . *"Yo. ¿Yo? ¡A los parques de diversiones! ¿Yo?* Mall. *¿Entiende?* Shopping . . ." A little while later I crossed over those doors that open as if by magic, that separate the aseptic and refrigerated world of the airport from the savagery on the streets. Out there something was sizzling, something terrible and beautiful like the nude body of a stranger. Was that Los Angeles? Was it that multitude of people congregated at the airport? All those voices crowded together, all those shapes and sizes, all those attitudes. There were anxious looks, sad, happy, indifferent, dark. You go out to the sounds, mom, because they receive you on the other side of the door before you feel the station's heat or cold. Some came right away, like the murmurs and shouts of the people, or the announcements on the loudspeakers, or the vehicles in their comings and goings. Other sounds arose from the background, from the night itself, like the roar of a hidden animal prowling in some corner impossible to pinpoint. The beast that is Los Angles never sleeps; it doesn't embrace you, expel you or promise you anything. It's just there.

Yes, all at once, *that* was Los Angeles. The city rose at dawn in gray tones, the veiled roar becoming more intense. And there I was with the address of the friend of a friend in my hand, with a strange feeling in my gut, more like vertigo than fear. I had slipped away from everything, vanished in the way of certain memories, and that possibility of being a phantom filled me with a delicious rushing sensation.

Now I only had two challenges: survive and explain my departure to my mother.

∽ ∽ ∽

The city, looking seemingly endless, at some point ran into the sea. I took several buses, not just any buses but those that would take me to the west. According to what I had been told, in that area I would find the parks where homeless people slept. These parks had wide swaths of land full of palm trees, with cement walkways lined with shrubs. The indigent men and women made it all look shabby; they destroyed the lawns, spoiled the water fountains and the public restrooms, where they also left walls filled with messages addressed to no one specifically: protests, invitations and announcements to whoever might want to read them; obscene doodles, scribblings without any apparent meaning—names, many, many names . . . Those beggar zones were lawless territories. The police would only come in when there were incidents, although at night there was always a patrol car that kept watch from a certain distance. Every once in a while, a bright beam of light would illuminate the bushes, the cardboard boxes folded like caskets over the benches, the hidden bulges between the plants. Either way, those men and women were invisible. Under the light of day, neither the officers, nor the people on their way to the beach, nor those strolling by or exercising on the boulevards were able to see them. They only existed for a few churches, whose volunteers arrived in the afternoons with food and messages of salvation. We homeless people also became a part of the mobile landscape for those who needed us as objects of study, primarily researchers from the universities. They came in groups with their students, going inside the park to find someone who might answer a few questions in exchange for money, or who would allow them to take samples of their blood or do a physical exam on them, the results of which we never knew. Objects of science or simply objects, that's all we were. There, in the park facing the sea, I was able to set up camp while I got my bearings in order to find the friend of my friend.

I had to compete with other panhandlers. There was a long pedestrian walkway where we went to work to ask for a handout. Some people played the guitar, some made small paper figures, while others made a plea for compassion like good actors. I plopped myself down on the ground with a clumsy sign, *No Talents*, virtually hanging off my hands. And perhaps because the message was so simple, or because I seemed more invisible than the rest, or I feigned sincerity better, people gave me a bit of money, enough to scrape by in the park and call my mother every Saturday at ten o'clock. "You are where?" she asked, incredulous. To her it was not far-fetched that I would have disappeared. I used to do it sometimes for a night or two; in other occasions I would not return for weeks, having taken off simply by impulse to explore my own possibilities, or to follow the trail of a man's scent. "Los Angeles? What do you mean?" Suddenly her voice sank into a loneliness without any possibility of relief, between bewilderment and anger, between abandonment and fear. I understood that my mother was slowly falling down into an emptiness, and that for many days she would do nothing more than continue to descend, dragged down by my absence. "And what will become of us without you?" I tried to calm her with all the clichés that came to mind, but we both knew there was no answer. Ultimately, we had lost each other, and from now on any gesture or word would mean something different, and the ties between us would have to be remade through disappointments and reconciliations.

That's how I was getting along in Los Angeles, the endless city. "Look for that dude," my friend had said to me. "Knowing someone in a strange land is like a window in an old, abandoned house: even though it may be awkward, it lets you in. Once you're inside, in all the dust and the solitude, instead of rooms you'll find a network. Follow it, get on it and let it take you somewhere."

A little while later, I found a house full of *ticos,* around thirty, living packed together, cooking on a gas hot plate, talking about Sunday's soccer matches and about politics as if they could still go to the stadium and experience what was occurring thousands of kilometers away. It was in a bad neighborhood with dirty streets and spray paint on the walls. However, it wasn't one of the worst areas. No, those were found deeper inside the city. You could identify them by the type of graffiti, those codes displayed far and wide on the walls and the sidewalks. The majority of us did not understand the meaning of those painted signs. It wasn't necessary; all you needed to know was that you were in a territory claimed by some gang, and if you could, it would be better to get out of there as quickly as possible. If you couldn't, there was no other alternative but to negotiate the terms of your surrender to violence.

Logic dictated that the *ticos'* house was short-term lodging, as evidenced by the new faces that appeared some mornings while those from yesterday disappeared. "Today you're here; tomorrow you're not," the friend of my friend had explained to me. "The only thing that's yours is the cot they rent you, nothing else. Leaving is your goal. You don't have to hurry, but you shouldn't rest on your laurels either." I grew tired of introducing myself to the newcomers and saying goodbye to those who were going away. I detested soccer, the jokes repeated over and over again with slight variations, the insistence that there is nothing better in the world than the worst part already being behind you. I didn't speak much. My silence was not welcomed, but at least it was respected.

I preferred to be on the streets, working a job, whatever it was: cleaning up gardens or buildings, construction, whatever. I stayed alert during the long bus rides, on the way to the corners known to be safe where we would gather to wait for the day work. That's how I moved around with people from many places; at times I recognized their faces, at times I thought I recognized their faces. Still, I was doing my own thing. I was very quiet, but at the same time I was aware of what was going on around me. The friend of my friend taught me to trust no one, because any one of those people who held "golden opportunities" might be an undercover agent, an officer ready to guide you toward a trap that would mean long weeks in those jails where there were no names, no light and no hope. Then they would pressure you and force you to sign papers in which you renounced your rights, or you had to attend lengthy appearances before judges. At the end of any one of those roads was deportation.

However, among those strangers there might be a person destiny occasionally favors you with. If that someone was eventually going to recognize me in the vastness of Los Angeles, I should be ready. Maybe I was wishing so much for that opportunity—I did not confess it to anyone except to my mother, with whom I spoke on public telephones using the little cards I bought at the gas stations—that I had to make it happen, even in spite of the risks. How else can you get to the end of the road? One afternoon I was returning from work toward the bus stop when I thought I heard someone calling out to me from a car. The driver honked the horn and addressed me with words I hardly understood. He stopped just ahead of me and I leaned into the car window, although my English and my knowledge of the city would not have allowed me to give directions to the driver in case he might be lost. But that's not what it was. The stranger invited me to get into the car and go with him. I was still dirty after a day of work, with a torn T-shirt and an old hard hat full of cracks and dents, but that's how the man wanted me. "*Yo gusto tú,*" he said several times in order to convince me. I mentioned an amount of money, and he accepted with a nod of his head. Then I got in and I signaled for him to move forward.

The man was talking without breathing, so he could mask his fears and at the same time make room for the excitement at having such a real, living object so close to him, which was me. As for me, in those circumstances, I prefer to savor what my body and my heart dictate. Yes, I was a little nervous, but I simply let myself go, accepting my fate. My heart was beating a little faster, and at the same time I felt I could hear everything with greater clarity, from the traffic to the scrape of a piece of paper against the asphalt. I responded to the man's chatter with my eyes. Our only game started when I tried to take off my hard hat, and the man, speaking even faster, signaled for me not to do it. He lifted his hand as if to return the helmet to its rightful place, but he didn't dare touch me, so immense was the solitude to which he had become accustomed in his life.

We arrived at one of those roadside motels like the ones you see in the movies. Probably built in the fifties, its days of glory were long gone decades before, and now it was boldly showing its decline. Even so it was much better than some of the transient places I knew in San José, especially around certain bus stations. Over there, those places had a sinister air about them, a promise of danger that perhaps the customary clients could not perceive, but for me were an indispensable part of the adventure. The motels over here had lost it all: their shine, their mystery, their rebellion against the rules. Maybe that was why there were so many murders in this type of place?

Now inside the cramped room, I let the man know that I wanted to see the money. He showed me some bills, but he put them back into his wallet while he was saying something and bringing his hand up to his heart. Then he began to take off his clothes. I took off mine too and I lay down on the bed. The man stacked pillows on top of a blanket he found in the closet in such a way that I was reclining. Already nude, the man appeared very fragile, too white, his body tailored to the demands of an office, with a little belly that contrasted with his bony shoulders. He asked for permission to kiss me. I let him, but not on the face. He was caressing me leisurely, searching for places where my body would react. His caresses brought back memories to me. My memories came alive not only in my skin, but also in the scents from other times, when I didn't think about the future because the future would always be there, with its doors open, waiting. So, having sex meant evolving, coming a little closer to that tomorrow full of sensations, of a well-being arising from nothingness, laid out at our feet. I would sleep with someone on the way to the future, while the present was only a passageway. That's why I was eager to learn, to accumulate one more body on my journey to other territories, to other bodies, to all bodies.

In the motel I was just as alone as the stranger I had aroused. Maybe that's why the past was fading into other sensations, or rather into the immediate moment, into what was happening right at that moment, between two men who had discovered each other on the street. Nothing else existed beyond our own breath, sounds and cries that arose so spontaneously. The outside world attempted to invade our room with its demands: footsteps on the other side of the door, a TV set blaring, somebody shouting, then a silence, then more shouting. Here in our small quarters, the pleasure that man was giving me was absent of memory, and it was good. Pleasure throbbed deep within my skin, reconciling me with the world, consuming uncertainties until there was nothing left of them but a few scattered ashes. And pleasure created a certain texture in our skin, a subtle perspiration that made it shine, a muscular tension that made us more beautiful. Finally, I came, and I think I must have squinted for an instant because when I realized again where I was—as if in that fraction of eternity I had lost contact with everything that wasn't pleasure—the man was staring at me, possibly saving the image for a future memory, hopefully a very beautiful one. His face had also been transformed. The coloring was more intense, there was an excitement distinct from the anxiety when we had first stumbled upon each other in the street. He was biting his lips, perhaps frustrated because something should be said in that moment but neither he nor I had the ability to express it or to make it understood. Or maybe he was trying to reconcile that kiss that I had still refused from him. Then he sat up on the bed and asked for permission to embrace me. I told him no.

His name was Billy. When he left me on the corner where he had picked me up hours before, he jotted down his name and a telephone number. He gave me the piece of paper while repeating like a plea: "Call me any time. Is that okay, babe? Do you understand? *Ya-ma-me . . . Entiendo?*"

I thanked him: "*Sí, te llamo pa' tras.*"

His handwriting was unsteady, awkward. When I was getting out of the car, he pulled me back by the arm to ask me a question.

"Marcos," I replied to him.

"Markus," he said. "Mark, you're Mark."

Billy began biting his lips again, then he let loose with an *hasta la vista* in a very strong accent, the way he had learned it after watching the *Terminator* movie many times.

Billy and I continued seeing each other during the length of a few months. I couldn't say whether we loved each other, I've never been able to say that about anyone. Besides, in my relationship with Billy, there was always a payment for a service between us, more and more to his liking and according to his needs, for which the word *love* didn't seem very suitable, at least not if you considered how it was perceived at home, in the churches, in the schools and even in the newspapers. I often thought about him affectionately, about the thoughtful gestures with which he tried to gratify me, about the things I was learning regarding his past, a life anchored in childhood stories about a town that had barely five hundred inhabitants—almost never about his daily life—or about the city of Los Angeles. I would have liked to have kept a photo of him, at least know where he was living, but those were not our topics of conversation. *Did* we love each other? Maybe, but it was also very clear to us that our relationship was a beneficial transaction for us both. That's why Billy was getting all the attention and, conversely, I almost never spoke about myself, nor did Billy seem to understand when I would mention Costa Rica and my own past. Our encounters consisted of a telephone call, a place where I should wait for him, an amount that Billy never directly delivered into my hands—instead it appeared discreetly in my pants pocket—sums of money that we no longer needed to discuss because the menu of services and the prices were already sufficiently understood.

But maybe Billy loved me above, and beyond what I was willing to admit. One night, while eating dinner at a diner—he was not very refined in his tastes, so we mainly went to burger joints, Chinese restaurants or street taquerias, places I didn't really trust—he began to play with a small envelope. With his index and middle fingers, he improvised a soccer player running haphazardly over the table between dirty napkins, breadcrumbs, droplets from our soft drinks, and every once in a while, he would push the envelope toward me. I sat with my arms folded, unsure of the correct attitude in these situations. When the envelope was within my hand's reach, Billy signaled to me to open it.

"A present," he said with a soft voice.

"*¿Estamos celebrando algo?* A celebration?"

Billy shrugged his shoulders.

The envelope contained a little blue card, with my name and a long number between two columns like church pillars. A type of beam crossed the upper part from side to side. On it were printed the words "Social Security."

Billy opened a little notebook. After clearing his throat with a sip from his soft drink he began to read. Undoubtedly, he had rehearsed the reading for hours, and even with all that you could hardly understand it:

"*Ahora tú es alguien en esta país. Con seguro* social number *poder pedir una conductor's licencia y ser libre . . .* Welcome to America, babe!"

I let the card fall on the dirty tablecloth. I couldn't hold it. I lifted my hands to see how they were trembling. They were someone else's hands, because mine never betrayed me, had never exposed my weaknesses. When I was on the verge of beginning to thank him, Billy made a sign demanding silence. He started eating calmly, like he had never done before. He cut off little pieces of bread as if for a child, drank his soda ceremoniously, looking at me from a distance that was new for me. He probably said something like, "Any show of appreciation is for later, in bed," or at least that's the way I tried to understand.

"Eat your dinner, Markus."

But how could I eat calmly? The trembling in my hands hadn't stopped and I didn't feel happiness, more like panic, maybe because the relationship between Billy and me was taking a very dramatic turn. I could never again say that all misunderstandings were settled once Billy would casually leave some bills in the pocket of my pants. Now I owed *him* something, the value of which was impossible to calculate. That little blue piece of paper was hiding a chain of secrets, from Billy's amount of influence to the possibility that he might be setting a trap for me. I had never asked him for anything, nor was I dreaming of a future with him. I had never lied to him either, in part because our conversations were so basic, dependent on phrases and loose words, on gestures, drawings and implicit understandings. Can you tell a lie when you are not able to express plainly what is inside of you? Whenever I thought about Billy it was because he was something present and concrete. Yes, in a certain way the little blue card gave me freedom, but at the same time it oppressed me in a way that up until then was unknown to me. Then I realized that my hands were trembling from anger, that my muscles were taunt because I couldn't go for Billy's neck, squeeze it and squeeze it until he could no longer breathe and his bones would splinter. He was buying me with that little card that I could not reject. What would come next? An apartment? Control over my calls, my whereabouts? I was finally able to eat, not much, but enough so as to gradually regain my composure. I drank my soda, paid attention when Billy spoke again, and his topics were about other encounters. Afterwards we went to the motel and made love like never before, with mutual gratification. Toward six o'clock in the morning he let me out at the usual corner. I took the bus, which was almost empty because it was Saturday and at that hour the passengers were mostly workers on the night shift. Many of them dozed against the windows, others were conversing about a certain baseball game on television. Some women were recommending homemade remedies to each other, for combating insomnia in children.

I got off two stops before mine. I circled around in case Billy was following me. Then I grabbed my things and left the house where I had lived up to that point. My *tico* countrymen were still sleeping. If by chance one of them heard me getting my backpack ready, he preferred to ignore me. In this way I was obeying the first rule of the house: people come and go but the community remains, because that empty bed will be occupied by another stranger, who someday, in the middle of a celebration or in silence, will also have to take his belongings and disappear.

∽ ∽ ∽

My father and I spoke very little. When he answered the phone, we would exchange a few words, like questions we already knew on neutral subjects: the cost of living, uncles and aunts, the weather, soccer. On occasion I would also ask him if he had received that month's remittance, and his answer was also the same: "Yes, more or less on the usual date, God bless you." I never found out from him about his problems or his illnesses. From my mom I knew, for example, that my father had been in the hospital for different ailments, that his heart wasn't functioning the same for him, that his sleep was altered and so he would awaken long before dawn and doze the rest of the day, either in a chair in front of the television set or on the old living room sofa, with a transistor radio at his ear or with the newspaper abruptly scattered at his feet. But in our conversations, all was right with the world, and he was the same old father, incapable of complaining.

It was also hard for me to share my life with him. I never told him anything about Billy, even less about all the tricks I used to make extra money. I had never spoken to him about the two or three jobs in construction work, in kitchen work, in clean-up or about those occasions in which I made the most out of my body and other people's fantasies to earn in a few hours what in any other way would have required days. Money was coming in, that was enough. It was flowing like part of a dream into my pockets, and from my pockets to Costa Rica. For my parents, on this side of the world their wildest fantasies might have materialized in an enormous car, a house in the suburbs, a garden, a little tractor for mowing the lawn, a family like those on television, with blond children and an impeccable wife. But in my reality, there would be no woman—that went without saying. No children either, or a house in the suburbs. Their money never stopped arriving, not even when I left Los Angeles, so my absence from that territory never went beyond a kind of abstract story, since it was all the same, here or there, as long as the transfers continued to arrive punctually.

I left even though it wasn't necessary: Los Angeles would let you disappear without any problem. However, at that time I didn't know that. Maybe I still imagined myself in Cartago, where on every corner you might meet someone you know. So, I took a bus, then another and another, always looking for the heart of every city, those downtown areas surrendered to the homeless, Blacks and immigrants, always on the brink of the abyss due to crime, lack of space and conflicts between those who were just messed up. The suburbs have always seemed bland to me, with their false sense of security, because violence not let loose in the streets will explode inside homes. I preferred neighborhoods with little corner stores where you can buy lottery tickets and send money to the country of your nostalgia; with those dirty drugstores in which they sell more trinkets than medicine and where the pharmacists and their assistants are old, slow and make a lot of mistakes. I preferred to live where liquor stores are secured by iron bars to protect themselves from robberies and at the same time remind the customers of their eventual fate if they drink uncontrollably. It didn't bother me to see patrol cars pass by slowly on the street, the police officers giving orders on their loudspeakers to disperse groups of Blacks or Latinos, or moving about in a squadron to chase down what the shadows were hiding: drug addicts about to fall into unconsciousness, indigents, suspicious passersby—some with their dogs—others waiting around, others just lurking about.

But with my father our conversations had limits. We talked about the weather, so different when you live in the north, so incomprehensible for those in the south. We spoke about the eternal economic crises in Costa Rica, how it was no longer worth the effort going out to vote: "Why, pop?" "Because all the politicians are cut from the same cloth." I couldn't expect more detailed explanations because my father had always kept the majority of his feelings, opinions, and ideas to himself. He only divulged a few isolated phrases, which were meaningless to anyone who did not understand complete loners.

"You know something?" he said on one occasion after a long silence, or a profound one. "I've been going to the public library."

We remained silent again. If I had responded with a comment about my life, he would have stopped telling me about his business.

"Really?" I said, encouraging him to continue, although I wanted to confess to him that I no longer made time for books like before, when I would finish one during a night of frenetic reading.

When I was a child my father would go to the bathroom early in the morning and scold me when he found me still awake, immersed in the discovery of worlds so extraordinary that when I would lift my head from my book, I would look around bewildered, unsure of where I was or who that scowling man was, who from the door ordered me to turn off the light and go to sleep.

"They have some nice books on famous people who became blind . . . I always find someone to read them to me."

I held my breath. Perhaps now he would reveal his secret to me, but I hoped he would not ask me for help.

At that time, I was working as a truck driver. I drifted through the country the majority of the time, stopping at cheap motels, eating in truck stops, listening to road stories without sharing mine.

"They're very interesting. The last one was about a Mr. Borges. He was a librarian, and when they gave him a very important position, he went totally blind. It seems he could distinguish certain colors, but nothing more."

Suddenly I wanted him to ask something about me, but I knew very well the uselessness of that hope. *Don't ask me for anything,* I prayed in silence, *please don't make me put an end to this wandering life, to lovers without names, to diner food, to that strange feeling of constantly arriving in places where nobody expects you, that habit of detachment that turns every town into just one town, and all the cities into one big, confusing city where you finally find the neighborhood, the store blocked by security bars and the police who watch us ready with their guns in their cars.* But did I want that? Or was I searching for an excuse to return to Costa Rica?

"I was going to ask you for a favor . . . Do you know any stories about other blind people?"

I knew then that I had fallen again into my own trap of blame and expectations, into my half-hearted narcissism. I was again expecting too much from the man, who was now going blind.

"Blind people, pop?"

I didn't know anything, neither about that topic nor any other. Since my departure from Los Angeles, I had become very disconnected from the world. The immediate present was alien to me. The rest of the planet seemed very far away, almost abstract, a murder in Idaho mattered as much as the last invasion by the gringo government. Everything real was on television, on those reality shows in which some fat people competed by losing weight and reflected on the process, or during features about great sports figures who got in trouble. Reality was sitcoms starring fabulous white people, who were triumphant even when they were losing.

"No, I don't know anything about blind people, but I promise to find out for you, pop."

I imagined him smiling on the other end of the line, expansive, relaxed, and I felt sick at heart for lying to him.

"Marcos, do you remember when we went to Colombia?"

No, I didn't remember. That was one of those memories I never revisited.

"Pop, I have to get off now. We'll continue the conversation later."

"I understand."

There wasn't any protest on his side, it was as if he had retreated back again into his cave.

I think we hung up without saying goodbye. Sunset was just ending on a red sky slowly advancing toward other lands. I put my telephone card in my pocket, dazed, and I left to search for a place to eat. During the night I would go out to a park that was famous because soldiers from a nearby barracks would go to the trails looking for men. No, I didn't have time to remember.

∾ ∾ ∾

Ten years back Costa Rica was the most contemptible country in the world, the most hypocritical. The nineties were a period of great transformation; wars were no longer going on to keep us distracted, and our neighbors in Nicaragua had carried the word "revolution" to absolute exhaustion. Central America was once again on the verge of being forgotten, but in Costa Rica it was even worse, because we didn't want to admit it. We were proud of having come out unscathed from so many setbacks and so much violence, without realizing what we had lost or noticing the internal insurrection, silent and grinning, that was threatening us everywhere.

Toward the month of July, a decade before my father would ask me about famous blind men, I was ready to leave Costa Rica. I had spent years being underemployed and feeling very sad, but I couldn't call the things I felt by their names because I didn't know how to name them. Before I knew it, I was left with nothing, and I wasn't the only one. I would often meet up with others who were equally screwed. We would have drinks and discuss how long the wait was for any opportunity. We talked about new jobs—who had them—not as good as the ones before, but something was always better than nothing. Some people talked about their own businesses they were planning to start as soon as possible. However, everyone avoided mentioning what had gone wrong. *When had everything gone to hell?* Nobody dared to ask that question, not even after several beers. Those of us who attended those gatherings overflowing with alcohol, jokes and bitterness would repeatedly refer back to the good times. Almost all of us had worked in the same government institutions and, whether high-ranking former-bureaucrats or low-ranking, in the end we saw ourselves as equals. By the middle of the decade, we had survived political changes and the ambitions of those who were in power, that brief maelstrom from those who believed they owned the world and the fate of others. But the bureaucracy, to the surprise of few, had the quality of certain wild grasses. At the end of the storm, of political delusions, of abundance or lack of money, of sheer arrogance, the bureaucracy would still be there; it might be mediocre and ugly, but it was alive and firmly rooted.

At the beginning of the nineties, I was working in an institution for social development. I was doing a modest job, but it was one that never stopped. In front of me were piled up mountains of paperwork with information I had to classify and file in gray boxes that I placed on bookshelves equally as gray. It was a mediocre job, certainly, but it allowed me to get by with all the essentials. Although I would speak to my colleagues about my big future plans, the Costa Rican dream of owning a comfortable little house with a relatively new car in the garage had all begun to crumble without our realizing it. But at least in my case I was renting a nice apartment in a neighborhood that had been prestigious during the seventies, and I was driving a shiny, pre-owned sedan imported from the United States. As a good second-class citizen, that was the kind of vehicle I deserved. The others, whom I considered to be screwups, they were living in miniscule houses of exposed cement blocks and drove beat-up pickups converted into four-passenger automobiles with fiberglass and metal add-ons. My life was not so bad. I would go to work from Monday to Friday, have lunch with my parents on Sundays and go out to bars to look for some-one to sleep with. I had even helped myself to a few guys in the of-fice. Going up the bureaucratic ladder was nothing more than having the discipline to wait: Be on the lookout for that position someone would vacate sooner or later and trust in the memory of those who were above you. Had you been loyal? Had you played according to the rules? Did people like you? A promotion depended on a categorical *yes* to all these questions. It was also not a bad idea to keep up your education, so from time to time I would take a bunch of classes at a university with those aspiring to be chief financial officers and mar-keting strategists, with future auditors and general managers. In those classes they talked about the new paradigms of service and efficiency, of a world ruled by entrepreneurial freedom. I didn't pay much atten-tion, being only interested in a degree that would help me to climb the career ladder, but I liked the word *paradigm* and, during one of the office conversations, I let it fly. "What the hell is that?" asked a col-league. "I'm not sure," I shrugged, "but I think it's the point of view of those in charge."

And as often happens with fundamental changes, ours came al-most without a sound. It was slipped into one of those memos you never read right away. It announced the arrival of a technical team, commissioned to examine public institutions and to give recommen-dations directed toward higher levels of efficiency and better service, more in line with a citizenry that was surprisingly demanding and preoccupied with topics like public spending and the paralysis of an economy crowded with bureaucrats. Simultaneously, a rumor about massive layoffs began to circulate. But that wasn't going to happen where I was working. Our numbers proved that an efficient and supportive project could be launched, and with optimum results. In the memo the upper administration alerted us that the team of experts was going to be set up in the wing of the building where I was, so there was a deadline to vacate our office and squeeze ourselves in wherever we could. Later I learned that the space assigned to those people had been reserved with certain characteristics they had demanded from the upper administration: privacy, few possibilities of contact with the institution's personnel and access to a side exit that would allow the experts to come and go without being noticed. Despite the preparations, on the day of their arrival we met each other in the hallway, I with my box full of papers, they with their executive briefcases. One of the managerial assistants was guiding the group to their new office. The assistant was ahead of them, followed by a woman dressed in black, then two men, then two other women and a third man at the end, who when crossing paths with me did not return my greeting, but instead stared straight into my eyes. Then each of us took a couple of steps; I was looking for the exit, he, the depths of the hallway, but almost simultaneously we turned around, not to acknowledge one another, but rather to check out how we looked from the back. We half smiled at each other, the beginning of a secret. For me, I understood that with a little bit of luck I would very soon have an informant in the group of experts.

I was assigned the task of searching for documents in the archives, to classify them and to prepare a kind of receipt in case something got lost and then take it all to the room where the evaluators were doing their work. In my imagination, I expected to find total disarray; after all, we assumed that the visitors were dissecting the institution down to its bones, but that wasn't true. These people worked meticulously, just a notepad next to the official publications in which the organization was described, its functions, its objectives, all that linguistic structure that administrations create in order to justify themselves. They had five-year plans together with the reports that showed *ad nauseam* the achievements that had been attained. They had a detailed explanation about the failures, the reasons why such projects never crystalized and the plans for attempting them again so as to correct the errors. I, who was only producing data for others to analyze, barely a minor piece in those gearwheels of purpose, numbers and explanations, was surprised by our capacity to take a step and think it through, to control ourselves and keep going, as long as the upper administration gave us room, a path where everything would be planned, measured and prepared for a new evaluation. To the experts who were judging us, I was bringing them proof that our institutional future was in progress. It was clearly described in a document and influenced our daily work.

That tomorrow, that couldn't exist at the time of naming it, was our present. At least we believed that almost as a matter of faith. And it was up to me to gather evidence, organize it in yellow cardboard folders, on computer disks and on tape. Then I would put everything onto a small coffee cart adorned with little brass roses that squeaked when it rolled. It was embarrassing to me, but maybe for the experts the squeaking sound helped to alert them. I definitely could not approach without being heard, nor was I able to surprise them during revealing conversations.

I left materials and picked them up and I would ask if something else was needed. Sometimes my future informant would lower his eyes to his notepad, as if he hadn't noticed my entrance into the room. On other occasions, just like his colleagues, he would make some general comment. However, he was the first one to ask me my name.

"I mean, so I don't have to call you '*usted*' all the time," he tried to explain.

"I understand, I even rather appreciate it," I responded. "Everyone in this world should have a name . . . sometimes even two or three . . ."

No one appeared to understand the joke, so I continued. "Call me Marcos."

Each one of the experts began introducing themselves. I responded, "Nice to meet you," trying to match the name with the face and with some particular attitude.

"I'm Vinicio," said my future traitor while he stretched out his hand to me. "A pleasure . . ."

I left the room, pushing the small cart adorned with roses, certain I had achieved an important triumph. Yes, his name was Vinicio, but also those strangers who were observing us, gauging and calculating, perhaps they had seen in me a person they could trust. Among all the employees from the mid-range and lower levels, at least I had a name, I was somebody. And even though Vinicio pretended not to notice, he always felt my presence in the room. For the moment, all was going well. I would care about finding out what my real advantages were later.

Almost everyone in the organization wanted to learn what was happening inside there, because they didn't believe it when I told them that the conversations broke off as soon as I came in, and if one played the paranoid card, you could also think that they were hiding their notes. However, I didn't tell anyone that a very subtle shiver ran up and down my body when I would enter the bunker where they were deciding our fate. Anyway, I never spoke to anyone, not even to the other queens in the office. Neither did I conspire against them or laugh at their fag jokes. I was all silence, and people confused my silence with loyalty. And for that same reason Vinicio gradually started coming closer, running into me more and more often in the hallways until once, from those coincidences we people deliberately plan bit by bit, we met in the bathroom, urinating next to each other. He spoke just to say something.

I interrupted him while I was shaking off: "You know something? I like what I see, and I think I'm going to like even more what I can't see right now."

Vinicio fixed his attention on my dick for an instant. "I like what I see too," he said, "and I would like to try it out."

We agreed to cause another chance encounter. That day we were both going to work until late and then meet later in the building's parking lot. We would have to improvise if someone saw us, but that possibility of something beyond our control also characterized a central element of our adventure. However, it happened just like in a story I might have read when I was young, because everyone should have left the office early, and they did; nobody should be in the hallways or in the elevator, and I did not find anyone along the hallways or in the elevator; Vinicio should be waiting in his car, and that's what happened. And even though the parking lot was not empty, it had the feeling of being totally abandoned, as if everyone were conspiring to facilitate our meeting.

Now in my exile, whether on a street or in a parking lot, I have seen couples kissing each other in cars. Unavoidably I remember Vinicio, without any pain whatsoever, and I imagine the two of us like a pair of shadows misshapen by the drizzling rain. I don't recall from that night anything but shapes like splotches stretched across my body's memory. How must we have looked from a distance? Because here, in these other cities, not even love has time for itself, and it's not the moment to be who you are again, you are simply one more number about to swell the catalog of bodies you've gone through.

How did we look? Perhaps like apparitions whose mystery was scarcely revealed by the light of the buildings, or by the lamps that hummed on top of the posts? Could a passerby imagine the kisses, the scents of fluid and disobedience, the groans? Now I see people kissing in their cars and my imagination gets confused with my memory.

A short time ago, trying to kill time in one of those towns where nothing happens, I started out to the street to curb my insomnia. It had rained all afternoon, so the asphalt was damp, and it was reflecting the lights as if the sky were not cloudy and the stars were very close to our miseries. I was searching the store windows for something, anything, a justification for walking outside at that hour when we people of color are suspected even more of unspeakable crimes, and the gullible and white gringos prefer to cross to the other sidewalk so as not to bump into us, the very incarnation of their fear.

I continued in pursuit of sleep when it began to rain again, not in an annoying way, but more like a weak warning that was insistent at the same time. The asphalt, the sidewalks, it all shone even more. Water was falling in bursts, soaking me from head to toe, then it would go away. Then, as if melted into the rain, I heard a whispering with music in the background that was somewhat melancholy. By all appearances there was no one near me. On one side the stores were dark, on the other cars were parked in a row. Step by step, I slowly approached the voice until I realized that it wasn't just one, but several. A woman was reflecting with a certain authority on how distances sustained affection. A second woman interrupted her with a faltering voice to praise the virtues of a man who wasn't there. Then she requested that they indulge her with a song dedicated to that man. The voices and the music were coming from a very old car, squeezed between two of the latest-model minivans. The windows had fogged up, but one of the back windows was half-open to let the air in and to let the music out. From the sidewalk you couldn't make out if those who were inside the car were a man and a woman, two men or two women. Listening to advice and romantic dedications did not give any clues either, because even the most cynical of my trucker buddies had confessed to me that they liked listening to those programs on the road. The night's diffused lighting allowed me to discern two bodies embracing in the front seat. The rain, the night, the cold clinging to the windows, it all became their refuge. The music flowed from the radio to create the memory of those kisses, of those caresses. The dialogue between the radio host and her listener underscored the urgency of those minutes of love, because misfortune was always lurking. And I, at a prudent distance from the old car, with my soul and my bones soaked, I was another loneliness, summoned so that in that moment, in that precise point of the universe, the opposite sides of the human heart might converge.

Vinicio and I spent the night in my apartment. He had dark skin, a sinewy body and long legs that wrapped around me and imprisoned me. Each time a climax would come his face became slightly flushed, his lips partially opened and his eyes took on a very peculiar shine, as if they were suspended in another time and another place, as if Vinicio had transcended from the physical realm to the spiritual one. And the bastard was so much fun. He liked to play, trying out new things, filling our sex with fantasies. That first night was very brief, even though we were together hours, and so into each other that we even began to let slip little secrets here and there. I told him I detested my folks; he was still living with his. I said I practically had to leave the university from a lack of money; he hoped to finish a Master's in business administration and get a job that would allow him to travel a lot. I said, "You're so hot, Vinicio. From the first moment I saw you I got a terrible thirst for that ass of yours, my God." He said he knew that from my lips, ". . . so very fleshy, so great for sucking."

The following morning, with the pleasure still fresh, I entered the room where the group of evaluators were. I was pushing my little rose-clad cart, jammed with documents, some already yellowed or stained by humidity. I didn't know if Vinicio had responded to my greeting because he seemed to be very busy making notes on some accounting sheets. I do remember that he didn't lift his eyes when I asked him if he required something. "Yes, please," he responded as if he were speaking to the wall, "take this list of memoranda and try to locate them. I am especially interested in the statistical annexes." I left to do my job, although every so often a kind of bitterness crept up into my throat. But that's how things were, right? Regardless, so as not to give up—or at least not act like a hopeful *quinceañera*—together with the memoranda, I delivered my telephone number.

Vinicio called that very night. He was euphoric, really wanting to see me.

"Come spend the night with me," I replied. "Let's see if your bite is worse than your bark."

My challenge seemed to amuse him, but nevertheless, he begged off. "I can't. It's because of my parents, you know?" There was a pause. "We'll talk about this tomorrow, at the office. Now I should hang up."

His tone of voice had changed abruptly. I wanted to ask him if there was someone else in the room, but I stopped myself.

"Aren't you forgetting something, Vinicio? Your telephone number."

A new pause, then a number, then a request: "But don't call after nine at night. My parents are asleep at that hour."

Then came very demanding days, and consequently I couldn't think much about the conversation with Vinicio, or about the insomnia that made the following nights very long, or about the fatigue that I tried to combat with coffee, or about Vinicio's attitude when he was with his colleagues: a man without any expressions, almost without words; at first glance, an arrogant man. I was coming and going with the little cart of roses and papers. My colleagues, as usual, approached to ask me if I had heard something. No, no way, but I had taken in these or those documents. Personnel from all over the institution were coming to consult with me because gossip was traveling fast. For their part, the newspapers gave a version that was full of optimism: *All the institutions undergoing a study*, it read, *will in a short time make progress streamlining the use of their financial and human resources, achieving optimum levels of performance. The study seeks, among other things, to reduce the costs of a cumbersome payroll system and redirect the state's role of the old interventionist model to a modern one with minimum control, permitting other economic stakeholders to engage more freely for the benefit of all.* The official version spoke about changes that depended on the philosophical framework and the strategic planning of each institution, a rhetorical game that had consumed efforts during the last three years: What is your mission? What is your vision? Sum up in three words your relationship with your clients . . . Incidentally, who are your clients? You should restate the global objectives because they can't resemble the specific objectives. On the contrary, as the word indicates, you should encompass them. Make a list of all your daily activities. What mechanical or electronic equipment do you need? Materials? Are you associated with any members of staff? Do you know the difference between effectiveness and efficiency? Do you know what your clients think of you? Do you know the difference between a satisfied client and a happy one?

The same questions were repeated over and over. After three years of providing answers, the evaluating team was posing them again, now in private meetings with high-level staff. The newspapers talked about a large mobilization of public employees toward the private sector, for which there would be sufficient money from the North American development agencies. Gossip revolved around the fear of not surviving the changes. According to the rumors, there was a standard for the whole public sector: payroll costs should be reduced by sixty per cent. It was also said that the evaluating groups were full of people with many degrees but with little practical experience, ignorant of what was happening in the places to which they were assigned. Their mission was, according to the wagging tongues, to justify a decision already taken at the highest spheres of power. "They're a mediocre bunch of jerks," my office mates would comment. "How do they treat you, Marcos?" I would respond with: "Well. Coldly, but well." "Those people who step foot outside of their little theoretical world for the first time from a university so they can come tell us how we should do our jobs. Don't you think it's the height of imbecility, Marcos?" I didn't know what to say, so I didn't say anything. "In addition, they mix together people of all sorts. For example, that dude Vinicio, they say he's a big fag. Hasn't he made a beeline for you? Watch your ass, Marcos; he may deflower you without your realizing it."

I promised my colleagues to be discrete, to observe the intruders in silence. I also made a commitment to inform them of any finding, even though I didn't know anything, and I even believed, like a few people, that nothing was going to happen, that like in so many other evaluations and administrative diagnostics, in the end we were going to hold in our hands a report filled with recommendations that would never be put into practice. That's the way it had been for years. What would be the difference now?

At some point I found in the little cart an envelope with a message inside. It was Vinicio. He very formally summoned me to a private meeting with the evaluating group, at four o'clock in the afternoon, in a smaller adjacent meeting room, which the institution's employees called *the confessional*. It was a room without windows, truly isolated, where the evaluating group had begun to hold interviews.

At four o'clock sharp, I went through the almost deserted hallways on my way to the small room. The evaluators' large office was dark and locked. Nobody appeared to be nearby, no sounds were heard, but the confessional was open.

I had barely pushed open the door when Vinicio said: "Lock the door, just as a precaution."

238

I was seated at the other end of a long table, with a book at my side, maybe to while away time during the wait. "Don't stay there," he ordered. "Come over to this side. I want you here."

Moments later we were making love against the wall, on the table, between the chairs. If I was still thinking about complaining to him, by that time I had already forgotten.

"I've missed you a lot," I told him.

"Miss you too, Marcos. I feel you with me all the time."

"Also, in my case, I hear a lot about you. People talk, you know?"

He seemed interested. "Oh, really? Do they say something specifically about me?"

I started nibbling his torso. "You and your colleagues are figureheads."

"Figureheads?"

I continued exploring, licking. Vinicio attempted to return to our conversation, but our urgent needs made him lose his train of thought.

"More specifically: you're a front man and a crazy, raving queen." I felt I was in total control of the situation, and of his body.

"What's a front man?"

I was slowly kissing him where he liked it, yearning to hear obscenities instead of so many questions.

"A big fucking faggot, and I'm a bitch, crawling and bowing down to fuck the front man, so he'll fuck me."

∽ ∽ ∽

Vinicio and I went out to eat at one of those Chinese restaurants that a lot of people found disgusting, although for me they were better than taco stands, roasted chicken stands or hamburger joints. On Dionysus' initiative, we were hanging out in those kinds of places, as if his taste for seedy locales would not allow for any exceptions. I would have preferred a popular club where everyone might see us, but Vinicio was never up for that. We weren't even going together to the gay clubs. He reasoned that his position as an auditor of our institution prohibited him from having relationships with the people he was evaluating. "That's why no one should see us together. Understand?" There was a certain logic to that, but only in part. Vinicio was keeping secrets that at this stage were beginning to annoy me. For example, I still did not know his house address. Yes, of course, it was in that barrio, very near where there used to be a famous cantina where it's said Marga Montoya sang a bolero once, by that time a drunk in her decline. However, groups of evangelicals in the area had succeeded in closing that cantina (it was rumored that the owner was now a born-again Christian made wealthy with the money from his speaking tours in which he gave testimony to his conversion). The place had been converted later into storage for grain, but a police raid proved it was a drying room for marijuana. Almost immediately there was a fire. According to the gossip, it was started in order to erase evidence that linked the drying room to a network of drug traffic and influences at the highest political level. Possibly with the money from such business dealings, they eventually built a horrible two-story building in which they combined empty store fronts and little shops with no future. Despite knowing all those details of the story, I didn't even know how to get to the building. Asking people about the cantina where Marga Montoya once sang would have made more sense, although those kinds of coordinates always get confused with the passage of time, and mythical places end up simultaneously located in various points within the city, and no one, except the old people, have a correct answer.

Little by little I was beginning to understand that Vinicio avoided talking about himself, unless I asked him direct questions. "I don't answer the telephone because I'm almost never at my parents' house, either because of work or my studies. My parents are already up in age, so they forget to give me messages, that's why I don't return your calls. My mom, she's not rude, just distrustful and jealous. Besides, she doesn't like to talk on the phone, Marcos. That's why she always answers you with *He isn't here*, or *I couldn't tell you when he'll be here*. No, they don't know that I like men. Furthermore, I don't really like men, I like you."

By contrast, I would tell him everything. "I had my first experience with a man in a movie theater crowded with people. They were showing that alien movie *Close Encounters of the Third Kind*. The title couldn't have been more perfect. The other people? Well, if they noticed anything, they played dumb. In the office they're still thinking bad about all of you. According to what's being said, the interviews, the surveys, especially those dumbass descriptions of our daily activities . . . anyway, they say that you people don't even bother to read all that because you've had your report prepared for a while with the same recommendations you've made at other institutions. In many people's opinion, all of you spend the workday doing your own business, studying as in your case, or scratching your balls to kill the boredom. If you're ever feeling bored, please let me know, I'll go and entertain you. My colleagues? They're angry, and fearful. Working here is what we know how to do. The country doesn't offer options either, and any kind of economic compensation we may receive will go principally to cover debts. Many of us barely survive on our pay every two weeks. Don't tell me that, Vinicio! Stick your economic theories you-know-where!" "Marcos, Marcos!" he would reply with some reluctance. "We auditors have learned to be very discrete; we make it a regular practice not to pre-empt the results. But I can give you some information in advance: You are going to be fine."

I believed him because I was stupid, or maybe because I was in love, frequently the two conditions are the same.

One night, at the disgusting Chinese restaurant, I really felt like telling Vinicio to go fuck himself. I found the food to be greasy, foul tasting. On the inside, running through me, was that anger of knowing we were hiding out, and in the most cowardly and humiliating way. We claimed we were showing our relationship to everyone, when in reality we were concealing ourselves in public places where for sure nobody was going to see us. There are many ways of becoming invisible, but the worst ways are the ones carried out in front of everybody, because instead of going unnoticed, we give ammunition to those who pretend not to see. They discover us in our invisibility, they make up shameful and guilty acts about us, and that's how they justify their hate. I believe I was looking at Vinicio as I had never done before, without the haze of desire, free for an instant from the ponderousness of love. I was finally getting to know the other Vinicio, the one who goes to nasty restaurants, the one who would ask me for descriptions about the daily activities of each colleague in the office, taking down notes in each one's respective report. He wasn't the same Vinicio whose back I would lose myself in, nor the one who explored me with his tongue, nor the one who filled up infinity with his naked body.

"Don't keep looking at me like that. People are going to get nervous."

Instead of lowering my eyes, I continued to observe his face closely. Something wasn't the same. Without warning I took him by the chin and made him turn his head. He dropped his silverware, his body tightened from tension, he clenched his fists.

"Stop it . . . Let me go, mister, I'm telling you nicely."

"Get over yourself. There's no ulterior motive, Vinicio. You get that? It's curiosity, just curiosity . . . you have something . . . in your right eye, toward the side . . . like a bluish varicose vein . . ."

He closed his hand around mine, squeezing and squeezing to force me to let go of his face. I didn't ease up, even when I felt a crack and the beginning of an intense pain.

"Now we must really look like fags, Vinicio. If anybody else were in this rotten restaurant, they would think we were caressing each other."

He finally managed to drag my hand down to the table. Hundreds of stabbing pains were going up through my arm to my shoulder. Vinicio was dripping with sweat, panting. I simply wanted him to leave.

"It's a tumor," he said when he had composed himself a little. "It's a tumor, asshole."

I should have kept my mouth shut, but I couldn't help asking him as many questions as came to my mind. Since when do people suffer from tumors in their eyes? And isn't an eye like an egg, with only liquid inside? And when they do surgery on you, won't it explode, or are they going to roll your eye down your cheek as if it were a tear? Why didn't you tell me about it before? Can that illness be given to anyone, or only to queens?

When he finally left, without throwing plates or making any kind of scene, for me the most important question still remained: Vinicio, what is the difference between silence and lies?

~ ~ ~

The evaluating group was ending their work, so each day my help was required less. I also discovered that my relationships were changing. The rest of the group still greeted me, but now with a strained politeness, colder. Vinicio, on the other hand, didn't even try to pretend. Now he was wearing sunglasses and I didn't know if he was watching my movements around the room or if he was focusing his eyes elsewhere. He wasn't responding to me directly and I never met him again in the hallways. Meanwhile I was carrying documents back to their places in the archives, including old memoranda and outlines for reorganization, expert opinions from outside consultants and reports with vague titles like *How to Foster a Culture of Change* or *Strategy as Challenge and the Challenge of Strategy*. I had also opened space on the shelves for new documents that behind the scenes were called *Exonerating Evidence*. They were all the official communications related to the evaluation process, hundreds of pages filled with the same questions, whose answers were extensively and endlessly detailed. Especially the mid- and lower-ranking leadership who had put a lot of effort into arguing the reason for their existence and their importance in making decisions and in the day-to-day operations of the institution. There were also documents of a private nature, primarily transcriptions from the interviews. Those were the papers of shame, mutual accusations about real or imaginary problems, hints from some so that other heads might be cut off, phrases that were repeated over and over: "It's nothing personal," "objectively speaking," "for all of the above the decision is clear," "evidently they are duplicating our duties," "our department's professional development in comparison to others is obviously superior . . ." I was turning into the guardian of some stinking corpses; they entrusted me to lock away copies of those documents that the evaluating group would use to demonstrate that it was the staff themselves who executed their colleagues and dug their graves. I wasn't saying anything because that's how they had instructed me, sometimes even with subtle threats.

Now I was spending long hours sitting at my desk, listening to everyone's desperation. They were trying to be normal, telling each other gossip, talking about their families or about their next vacation, but even the familiar phrases now sounded different. You weren't allowed to be a pessimist, because we bureaucrats always survived the worst storms, because public service was like entering a monastery or a convent from which you did not come out unless it was of your own accord or from death. Nevertheless, fear was gradually halting that so perfect machinery, the one that had given me shelter since my younger days, when I only had a high school diploma and empty pockets. Going into the machinery had allowed me to rent my little apartment where I could be free from the burdens of family, from that permanently open eye that would give me instructions on how to love, whom to desire, in whom to believe. Eventually it allowed me to enter the university, where I had become a floater, a mediocre student in search of a better job, a veteran always at mid-career. The machinery never asked me when I was planning to complete my studies. It never cared if I was taking a course for a third or fourth time, if I kept my scholarships, if I had at least the books to fulfill the minimum requirements of each subject. Very soon I understood that my years would be dedicated to archiving the history of the institution, taking out from the pit of the past what the present might require and later returning it to its place.

But now fear was cracking the machinery. I was feeling secure, but for the others, their certainties were slowly vanishing little by little. Who was going to find work when thousands of public employees might be on the streets? Who would pay for the mortgage, the kids' private school, the installment plan on the used American car? They didn't have Vinicio, I did. And he had promised me security. He had said it seriously, stretched out next to me on the bed, naked and gorgeous. How is someone going to lie when there's no longer anything left to hide? Vinicio had sworn to me that I would be alright. He said it as part of our games of submission, when I was inside and he wanted more of what he liked. He had tried to seduce me with the promise of leaving me stranded in that institution, as if I were going to refuse when he might want to possess me.

I wondered how Vinicio was. I hadn't stopped thinking about him, I couldn't. After we fought in that Chinese restaurant, I was left with nothing more than a heavy absence. The chance meetings we caused were over, but not my hunger for that body. He no longer spoke to me, but I constantly thought I heard him, outside among the crowds or in the most clarifying silences.

I called his parents' house and left implausible messages, false names, almost begging them to put him on the phone. The same bitter voice always answered, with similar excuses, until she asked me not to bother them ever again. I wondered if the tumor thing was real. One doesn't lie about that either. And what if I had behaved callously and even deserved his silence? Whom could I ask when even his own colleagues from work were barely seen around the institution? Rumors were flying that we employees were betraying each other. A union couldn't be formed in time mostly because those organizations were from another era; now the norm was solidarity, trust and open communication between the upper administration and the ones below it. We had savings, marvelous lines of credit and maybe even a voice, although a weak one, to question what was happening, to demand full staff participation in the evaluation process and in any institutional change. It didn't go past a show of good intentions. Something below the surface had begun to grow in that small room where the evaluating team was working and, little by little, it had gradually spread through all the offices until it arrived at our desks. That's how we went from believing ourselves to be immune to anticipated defeat, from who gives a fuck to anguish, from complacency to its opposite.

By the time I stopped seeing Vinicio, all kinds of accusations were circulating. It was known who had arranged private appointments with the evaluators to make it clear how necessary their job was, what other responsibilities the person was ready to assume and whom they should fire instead. Names were given of staff who were untouchable, maybe because of politics or just power. Some threw in each other's face secrets poorly buried, their dirty laundry aired shamelessly. Others of us got together to drink and to speculate on who was clearly screwed and who would still be able to hold his or her head above water.

∾ ∾ ∾

I wondered if Vinicio was in pain. Was he in the hospital? I went to the neighborhood where the cantina where Marga Montoya had sung boleros once stood. I wandered around lost, no one able to give me the exact address. I asked about Vinicio's family, gave people as much information as I had: the mom, a jealous woman, she's called *doña* Ruth; the father is retired, he was a railcar checker for the trains going to the Pacific. Time lost, miserably wasted. Why wasn't he looking for me? Did the operation have complications? I stopped caring about other things that were happening. For example, it was said that the final report from the evaluators was about to be turned over to the institution's board of directors. In order to analyze it a two-day retreat was being organized in a luxurious hotel in the mountains. Nobody had read it, but each one of the employees had a version of the document in his or her own head. I walked around looking for Vinicio inside the abominable restaurants he used to take me to, and to the places he had mentioned or could have mentioned. My memory was working feverishly inventing a past, creating relationships and spaces that might help me find him. I dedicated hours to reviewing the archives, not looking for some key to understanding the future of our institution, but rather a clue to find Vinicio from a past report. I asked upper management how to locate the evaluating group. Of course, they denied me that information. Many others before me had attempted to get it. I paid attention to the rumors, trying to half-glean an address, a telephone number. Some people thought that my intention was to look for the evaluators so they would tell me the truth to my face. Finally, I went to the university, looking through offices until I could find one of the female evaluators, who once had said casually that she was employed as a teacher. I abruptly entered her office without greeting her or asking for permission to sit down. I slid into a seat in front of her desk, the exhaustion and the obsession bending my shoulders.

"Do you remember me? All of you left the department without saying goodbye."

"Marcos, you are doing something very wrong. We already turned in our report and any decision made is entirely the responsibility of the authorities."

"I need to find Vinicio," I implored her.

She stared at me. "He is incapacitated from a surgery."

"A tumor in an eye, I already know that. Is Vinicio okay? I have called his house for weeks and his mother tells me that she is not authorized to give me information. I don't even know how to get to his parents' house."

I thought that I must look ridiculous, as if I were about to collapse next to a desk covered in papers, in front of a staff member whose hands held my fate, not the one that anyone might think of but rather that other one, the one with the furtive words, the one of desires that for many cannot be seen by the light of day.

The woman hesitated a few seconds more. Maybe she was doing her own retracing of recent events, perhaps tying the ends together and deciding which loyalty to honor. Finally, she scribbled a telephone number and an address on a piece of paper.

"Don't mention my name to anyone," she warned me while pointing to the door with a gesture. "And another thing, Marcos. Vinicio doesn't live with his parents; he lives with his girlfriend. Understand that if you still wish to go see him."

∾ ∾ ∾

I decided to postpone the visit a few days. Almost like a robot, I went to the bus station to take the express bus to my parents' house. My mother was baking bread. She was surprised to see me at that hour of the afternoon, but she didn't ask anything. She made strong coffee, the way I liked it, and asked almost out of habit if I wanted milk or sugar.

"No, Mom," I responded the same as always, "I take it black and bitter, like my conscience."

I asked about the health of everyone in the family. My mother sat down at the table and gave a summary of the real and imagined illnesses of each one of them.

"And you, how are you?" she said afterwards.

I shrugged my shoulders without the possibility of giving her an answer.

"Do you want to spend the night here tonight?"

I didn't know; for the moment it was enough just to be there, with a hot cup of coffee in my hand, in that kitchen space where the outside world would not come in.

"I'm really dumb, you know that mom?"

She had a strange habit when she was thinking. She would spread little bits of breadcrumbs over the tablecloth and then slowly crush them with her fingernails until they turned to dust.

"Dumb? No. Complicated. But it's a family ailment, look at me."

We remained silent for a while, she with her little crumbs, I with my eyes fixed on the coffee cup, waiting for it to stop letting off whisps of steam.

"Stay here tonight. Your father and I haven't had company for a while."

I searched for my mother's voice from the depths in which I found myself. In spite of her age, she still maintained certain girlish features, especially around the eyes and the mouth.

"Don't ask me for anything today, alright?"

Then she returned to her silence, to her own reflections. "Yes, honey, everyone is very well here."

I returned home when it had already grown dark. There was a message on the answering machine inviting me to a table for drinks at a bar frequented by white-collar workers. Although I wasn't sure if I really wanted to be with other people, in the end the silence confined within my apartment convinced me. I arrived at the bar when everyone was mostly drunk. They were laughing at everything, although with a hint of bitterness. The latest news indicated that the institutional authorities had returned from their retreat in the mountains. At that hour, late in the evening, a small group in our institution was working frenetically with the aim to make the board of directors' resolutions official, and to begin the changes as soon as possible. That was the pessimists' table, from those sunken by their fear. Perhaps tomorrow, when the world might begin to crumble, they would remember that late evening as a triumph, a gesture of defiance in the face of adversity. Maybe the intention was to feel blunted from now on, in such a way that any bad news couldn't have as fierce an impact as when one is fully conscious. I couldn't drink or laugh. I was looking at everyone from a distance, not presuming to be superior but rather from the perspective of someone who knows that the dams are down and there's nothing to do but wait, lucid and sad, for the next downpour.

Slowly, the new day arrived shimmering between low clouds, stirring awake with the early joggers, with people in a hurry to get to their jobs or to school. I roused myself from sleep with a cup of very black coffee. Even though I left late, I got to the office among the first arrivals. Maybe for that simple fact they called me right away to an office where some of my bosses began to speak. I was listening to them without understanding a word, as if they had mixed up the language until it became something else. At the end of some very lengthy speeches they asked me if I had any questions or if I needed to request something. I asked for the rest of the day off and they agreed. When I returned to my desk, I found a group of colleagues milling around. I evaded their questions, telling them that I was not taken by surprise and that each one would take his or her turn in front of those who should inform us of our fate.

Before leaving, I lifted the telephone's receiver and slowly began dialing each one of the digits I had memorized during the night. A woman answered on the other end of the line.

"May I speak to Vinicio, please?"

"Who's speaking? He's not here."

"It's Marcos. Tell him I'm on my way to see him."

"But he's not here . . ."

"Don't worry, he'll be there when I arrive."

I hailed a taxi just outside the entrance to my work. The taxi driver asked me if I knew how to get to that house and I couldn't think of anything other than to tell him to look for the building where there used to be a cantina where Marga Montoya once sang.

"With those directions don't ask me for miracles," he said.

After getting lost for a while in streets crowded with houses with similar façades, almost exact copies one after the other, we finally arrived at what might be the desired address. The taxi driver waited until a young blond woman with a round face peered out the door.

"I'm Marcos," I said without a greeting.

She came out with a bunch of keys to open multiple gates that were protecting the house: one at the front door, another between the little garden and the garage, and yet another for going out to the street. At the topmost of the exterior railing, rolls of barbed wire were entwined, the kind that when we were little, we first saw in movies about prisoner camps. A concrete wall separated the house from the neighboring building. The wall was covered in shards of glass.

I couldn't help asking the young woman a question: "Have you ever cut yourself?"

At first, she didn't understand. Then, without looking at me, she said, "It's good protection, but not enough. Just a short time ago there was a shootout near here and a stray bullet went through to the bedroom."

Vinicio was sitting on the living room sofa. He was wearing shorts and a T-shirt that I had given him. Barefoot, just how I used to like him; he seemed to have gotten ready in order to offer me the best spectacle of himself. A patch was covering half of his face.

"You've lost weight, Vinicio."

He nodded. "You too, sir."

The girlfriend took a seat next to him, I was in an armchair near the door.

"I've tried to take care of him," the young woman intervened, giving him a kiss on the chin, clinging hard to his arm, "but he won't allow it. He doesn't eat much."

"No, he's never been a big eater."

"Are you colleagues from work?"

"No," I responded.

I wanted to ask the girlfriend to leave us alone, but I decided to wait so that Vinicio might take the initiative. I was staring at him and, to my surprise, I realized that his body no longer meant anything to me; I found Vinicio to be weak and ugly. Both he and the girlfriend were waiting expectantly, maybe they were even afraid of me.

"How do you two know each other?"

I paid no attention to the girl, not even when she offered me a cup of coffee. Vinicio was crossing and uncrossing his legs, placing his hands—a short time ago, beautiful—flat on his knees. They were trembling almost imperceptively. I came closer until I placed my hands over his. Immediately his trembling stopped.

"I lost my job, Vinicio."

I let him go and then dropped down against the back of the armchair.

"Yes," he said at the end of a few seconds. "I knew that from the beginning."

"The beginning of what?" intervened the girlfriend.

I got up and left, crossing one by one the gates that were protecting the house. Almost shouting, the girl was insisting on knowing what Vinicio meant by all that stuff about *the beginning*.

I walked for blocks in search of a taxi, but in that neighborhood everything seemed difficult. Finally, an old, broken-down car stopped, one of those "unofficial" services that competed with the officially established taxi drivers.

"Going downtown?" shouted the driver. "I'm taking another rider here around the sides of Parque Central. Get in."

I sat down next to the other passenger, a man getting on in years who was holding a faded envelope full of documents in his lap. He was the spitting image of those poor pensioners you hear about, in need of someone who might listen to their stories. As soon as I got in the passenger stretched out his hand to me and told me his name.

Without giving me time to respond, he pointed to the building where they had picked me up. I turned to look out of politeness.

"Over there, where those little junk shops are?" said the elderly man. "There was a very famous place where Marga Montoya improvised the lyrics to *Crepúsculo*, one of her best remembered boleros."

I smiled at him, but the one who responded was the driver: "Really, grandpa? Well, look, that's great."

Immediately he turned the radio up to full volume, most likely to drown out any further conversation about idyllic pasts.

∾ ∾ ∾

My mother and I would speak frequently on the phone. It was a relationship based on love and blame, on missing each other, as well as recognizing that the best intermediary point between the two of us was at the same time the most distant point. I would describe towns and cities to her believing that we thought about the places in the same way, but one day I realized that maybe that wasn't the case. I had become stranded in Hattiesburg, a place northeast of Mississippi, spread out between stylized trees with bare tops and a vicious heat. Many years before the town had been famous for its timber industry, but nothing was left of those glorious days except an abandoned sawmill, enormous stretches of tree trunks scattered about like scars and mansions of yesteryear still resisting the onslaught of pests and humidity. A few families had made the basis of their wealth from the forests, and from incest came the root of their demise.

The ones who remembered them—Blacks who had been very poor when they were young, and now in old age were still on the edge of poverty—would refer to their masters with reverence, as if they were still in awe of watching them go by on Main Street in their convertibles on the way to church. Some boasted that they were related to the distinguished surnames of Hattiesburg, as if belonging to those illustrious bloodlines would help them overcome drudgery and exclusion with more dignity. But there was no lack of those who were willing to poison those people's illusions, humiliating them with the fact that a last name might simply perpetuate the memory of some vile deed, of fathers who never provided for their bastard children, of masters for whom giving their name to their servants was a way of perpetuating their patrimonial rights.

Little by little the timber was depleted, and the families scattered. Some members changed their last names, because the same blood did not mean the same social status. Others became ordinary citizens, without nostalgia whatsoever for what they might have been. The most recalcitrant joined the Ku Klux Klan until their world completely fell apart and they had no other option than to flee to the center of the country in search of a refuge, waiting for the opportune moment to gather their armies and reclaim what belonged to them by birthright.

That Sunday, overcome by so much absence, I called my mother from the telephone of a small diner. Outside, a brilliant afternoon was lazily unfolding in yellowish hues. Every once in a while, I heard a car approaching. I would follow it while it crossed my field of vision from one end to the other. Without realizing it, more loneliness was beginning to settle in.

"But then, honey, isn't there anything in that place?"

I could imagine my mother sitting on the edge of the bed. Her back would be very straight and her skirt perfectly ironed, as if she were receiving a visitor who required her to be impeccable.

"Not even a place where you can eat a hamburger or a pizza?"

She was attempting to understand my complaint that Hattiesburg was a graveyard for the living, and that only with difficulty would I be able to hold tight until the spare parts arrived for the truck I was driving, so I could get far away and hopefully never return.

"But don't they have those big department stores where you can find everything? Can't you eat some ice cream? Isn't there a movie theater?"

And hearing each one of my answers, all affirmative, she seemed more and more confused.

"That place doesn't seem bad to me," she said once she finished her questioning. "It has more *nice* stores than Cartago."

But it wasn't the same. Something was missing here, and that so mysterious thing was in abundance in that city where I had grown up.

Trying to explain those ghosts to my mother plunged me into too many contradictions, because the movie theatres of my childhood had succumbed from an absence of audiences, parking lots or buildings that were utilitarian and ugly had taken the place of stately homes, the streets had turned dangerous and people finally let themselves be conquered by a culture of fear. But it was in that same city, in those now intangible spaces, where I met my first transvestites, or where I had the sexual revelation of revealing my identity, or where I could take the liberty of walking on and on in the middle of the night without any kind of fear. Everyone in Cartago knew about those supposedly nonexistent parts, from the cockfighting pits that officially were not there to the sinister Asian casino where men lost fortunes. Once I too got entangled with other young men on those famous outings to ranches, those orgies organized by dirty old men or those men from good stock and repressed desires. That's why places like Hattiesburg made me suffer; they were so reluctant to tell me anything, so indifferent, so unattractive. And while my mother marveled at seeing certain signs of modernity being erected bit by bit—department stores, pizzerias, the mall—I missed the scars hidden in that palimpsest.

How do I explain it to my mother? How do I understand it myself? It would be better to give up, keep the absent things inside my empty heart, harden myself and put more and more distance between that world and me.

That's why the next few days I made a point of telling my mother what I thought might please her. For example, I spoke to her about the discounts in a store that I called The Vulture, where odds and ends were found from businesses that had gone bankrupt or had suffered disasters like fires or floods. One would go in to look for anything in good condition among the jumble of furniture, clothes and foodstuffs, and buy at their own risk. Sometimes items had a crust of mud that was impossible to get off completely, or burned labels. A few others carried with them a story that the employees memorized to stimulate sales. So, I bought a suit that came from a boutique in upper Manhattan. The owner had died intestate, and the fierce battle for the inheritance had resulted in a liquidation sale of all assets at ridiculous prices. I also picked up a shirt salvaged from the ruins of a tornado in Oklahoma. I had even eaten caviar that came from a confiscation near the Canadian border.

But I didn't speak to my mother about the disasters, just about the great shirt, the suit, the tin cans full of little black or greenish pellets that Russians would eat. I did not tell her anything about my nights in certain bars, only about those Hattiesburg-hot mid-afternoons in which I was killing time by eating fried green tomatoes at Mitchell's. Neither did I tell her about Ornette Paciera, with whom I finally left Hattiesburg to go deeper still into the Deep South and later depart toward the other South.

Ornette came from Alabama but was well acquainted with the areas of Mississippi and Louisiana. Her most recurring anecdote referred to some cousins whom she did not remember, because she was very small when they died, victims of Hurricane Betsy. Regardless, she kept among other mysteries in a leather bag that was too old, the photograph of some adolescents holding a baby which provoked in Ornette a confusion of memories more or less coherent, although the story was never exactly the same, as it was either glossed up or gloomier with each retelling, according to her moods.

"You know, Mark, my cousins grew up to work in the strawberry and blueberry fields, country boys, good to me, just like the other people around here. They weren't afraid of the wind, a lot of faith in God, you know? And that's why the Lord called them so soon, in '65, the time of Betsy. They refused to flee, to leave behind their property, because people were afraid of the Blacks, who thought they were equal to us. Just a few years before they couldn't go to the university, in grade school they didn't even sit in the same classroom with the Whites. And suddenly there they were, demanding equality, taking what had never belonged to them. Then came Hurricane Betsy, a punishment from God. The boys sent their parents to my house in Alabama, and they stayed on to take care of the plantation, well-armed in case someone tried to steal something, even if it were a shovel. When the wind became too furious, they asked a neighbor to tie them to an old oak tree. My cousins forgot about the water. The land, already so wet, couldn't absorb another drop. The river rose to the point of sweeping alligators to my cousins' house, those boys in the photograph. But no animal killed them, just the wrath of God because of that business about the Blacks. My poor cousins tied to that tree while the water was slowly covering them; they were trying to untie themselves while the drops were falling, accumulating like in those sand hourglasses, counting time. The knots were within their hands' reach, but nobody thought about the dampness, about how wet esparto would get tighter and tighter on them. My cousins saw death rising little by little. They cut into their skin on their chest, arms and legs trying to get free. Nothing. Ultimately it ended up that the wind wasn't so terrible. Their fear, that for sure was stronger. Don't you think that God can be strange sometimes? The Lord is so wise and also so cruel."

Poor Ornette Paciera. She was mentioning those family members, almost strangers, with her eyes watering. Then she was waiting for a story from me, wishing to believe that it was true.

"I gave all my savings to a *coyote* so he would help me to get to the United States. We left from San José, Costa Rica, on a bus to Guatemala. After that we crossed part of Mexico onboard the so-called 'Death Train' with twelve others, but the majority of them began disappearing along the way. I don't know . . . one of the rules was never to look back because there was neither time nor any opportunities. If someone would fall from the train, or not wake up when it was time to depart, or if someone suddenly developed doubts or fear, that person was abandoned . . ."

Ornette was lighting a cigarette, crossing her legs with a surprising agility, even succeeding in sitting in the lotus position within the truck's narrow space.

"I can't imagine a situation like that."

Puffing smoke in my face, she no longer saw me in our present, lost in her mind as she was in order to concoct a description of a past for which she had not a single reference. "Only those documentaries on Africa come to mind, with elephants or buffalos, right? The herd is walking along, and when it realizes there's danger, lion for example, it starts to run, and no animal waits for the one that was left behind."

She liked hearing my story piecemeal, so as not to get too saturated by so much misfortune. Afterwards she would open the truck's window and let the breeze draw out the smoke from her cigarettes.

"Are you going to tell someone how we met?" Ornette asked more than once on our trip. "And will you change the details for someone here and there so that it always sounds familiar, and at the same time may never be the same story?"

Then I reminded her about the golden rule: there are no promises; don't offer them, don't ask for them.

"There isn't any commitment binding us," I would repeat, even though it might bring pain to Ornette Paciera.

However, other times I would bite back my words until they turned into a lump I'd be forced to slowly swallow. When that was happening, Ornette would smoke without speaking, reflecting on who knows what. Then her silence and mine commingled and became the answer.

∾ ∾ ∾

She appeared like the final Hattiesburg curse, when it appeared things couldn't get any worse. I was in charge of a moving company's truck, a god-awful heap that seemed to be dying in bits and pieces, with almost bald tires and all the registration papers in order, having been processed in some scratch-ass town in Louisiana where the authorities were easy to bribe. The company was always in trouble, because those of us who had to pick up or deliver the household furnishings were almost never well-received by the clients. It was up to us to listen to complaints and insults, and nobody ever paid us extra for it. So, very quickly my helpers and I assumed a "who gives a fuck" strategy. We paid no heed to the complaints, and we would repeat like a mantra: "Contact the office, we just put things on the truck and take things off the truck." We knew very well that calling the office meant going into a labyrinth of holds and transfers without any hope of finding a way out, because the company was in chaos, without apparent people in charge, without permanent leadership and without an honest person in tow—it was full of crooks. It became a headache for us, too, but at least we had the old trucks under our control. If our salary was not paid on time, we would bring the vehicles to a stop wherever. Some fellows were even doing their own "justice for workers" protests by appropriating objects that seemed valuable or interesting to them. That was the good part about working for a cheap moving company: property was always picked up at the houses, but it was never known for certain if it would be delivered to its final destination. Those who did not know that detail handed their things over to us with relief, because from then on, they could devote themselves to matters of greater importance. Those who had some information couldn't hide their distress, and they attempted, in vain, to take down as much information as possible about the employees or the trucks, in order to begin preparations for future battles.

I would introduce myself using any name, and with experience I learned to do it often. My helpers and I would arrive at homes in a rented vehicle without any identification. I never responded to questions about when the household items would be on their way, since the majority of the time we took everything to storage units. In this way the belongings and their owners would begin to languish. In the company's complicated logistics, it was hoped that some truck en route toward anywhere might pass near the cities or the towns where the property should be delivered. The wait could be weeks or months, and in the meantime, undoubtedly something was going to get lost. On certain occasions a box or a piece of furniture would end up at the wrong address. On other occasions, the truth might be less innocent; objects would turn up in our apartments or in the crowded passageways at the flea markets.

When I became stranded in Hattiesburg, I had been out doing runs for weeks. I picked up the truck in Kansas City, stopped in a questionable city named Carthage, then moved on to a sugarcane plantation in Alabama. I went back up toward Nashville and Memphis, where a furious client came out to receive me with a shotgun in his hands. From there I drove to Jackson, and finally to Hattiesburg.

A helper was traveling with me, although it was never the same one. They were usually very poor youths, dropouts from the school systems, ready to work like pack mules up to where their strength and patience made it possible. We'd both already understand that their trips would end at any moment, sometimes even before receiving pay for their services. The kids would not necessarily disappear when they arrived in a big city—it could happen even in some of those spots where there was seemingly one store surrounded by desolation. Each one of them carried a secret past inside. The hard work on the truck allowed them, with any luck, escape from their boredom. However, the majority were searching for a way to get lost from the here and now, and they found in me that rare captive to whom they could tell their troubles in every detail. And many times the retelling of their misadventures led to tender feelings, and from there to sex in a wide range of places, from the truck's cabin to dark corners in public parking lots, from the beauty of the back roads to the discomfort of a public bathroom.

But what was I going to do with Ornette Paciera? Before meeting her, the only notion I had of that name came from a jazz musician I had listened to on the radio. Maybe that's the reason why, when some company employees told me amidst laughter, "Ornette Paciera will be your helper on this trip," I didn't imagine anything else. With luck it would be a kid not searching for anything, or one who was at a turning point, one open to seduction, hopefully with long legs and firm muscles—and that silky smooth skin we all have when we're young.

When I arrived in Hattiesburg the truck was on the verge of falling into pieces, and they ordered me to wait for it to get fixed. After weeks without news, the name Ornette came up again, and the situation changed: suddenly the spare parts arrived. I found out I would make a run through some Deep South towns until Morgan City, where I should deliver the truck. Overnight we loaded the shipment—boxes without much description regarding their contents. The recipients were not the usual ones, instead they were offices or subsidiaries of the company, as if it fell to us to cover an additional stage on the long haul with the mysterious boxes, carried out by short hops through the immense American territory. When they finally told me the date of departure I decided to speak to the administrator about the strange trip. He was a fat guy with a beard from the Bible and very little sense of humor called TJ. He listened to me impatiently, twirling a pencil between the fingers on his right hand. Then he started with a long lecture about our work ethic, about the fact that we all received orders, and it wasn't until he pointed to the door of his office with the tip of his pencil that he told me something meaningful: "You will leave the truck and Ornette in Morgan City. A car will be waiting for you, after that you disappear. Don't even think about following Ornette."

It was better not to ask anything else. If there was something between TJ and that Ornette, it should stay between them. I prepared myself for one of those trips that should be made in silence so as not to get mixed up in other people's shit. I went out to eat fried green tomatoes for the last time, then to an area of abandoned buildings, a kind of cemetery of the good times, from when there was money from the sawmills and upper-class families needed space to store their excess belongings. Now it was a handful of dark streets, made even more shadowy by the tall walls of exposed brick. Around there, men moved about alone, the majority in their cars, others on foot, all looking for the same thing.

Hours later, still in the early morning, I left to pick up the truck. I was leaving Hattiesburg behind with no love lost. In the office, an old man worn out from lack of sleep handed me the keys and several copies of the itinerary. "Everything in order? Everything ready?" he asked before settling into a vinyl armchair in order to try to take advantage of the rest of the night. I went down a couple of streets searching for the corner where I should pick up Ornette. The person waiting was a woman in ragged jeans and jacket. Her blond hair fell to her shoulders in different shades. Real white trash. I parked the vehicle, a little frustrated because I didn't like to wait, especially on helpers. However, I couldn't leave without this Ornette. The woman finally advanced toward the truck, opened the passenger-side door and jumped inside with considerable agility. She put a suitcase too small for the journey behind the seat and looked at me defiantly.

"He didn't tell you anything, right honey?" That TJ mother-fucker—he didn't even have the courage to warn me.

∾ ∾ ∾

"They put me in charge of getting rid of a cat."

I couldn't tell her more. I didn't know how; I couldn't find the words. Then my mother changed the subject, she told me that dad was even more blind although he would not admit it. He had cancelled all his appointments with the ophthalmologist without giving explanations, like he always did when he was carrying a secret. Mom was thinking about money issues, but by coincidence—maybe not, maybe she started checking drawers, boxes and envelopes hidden among their clothes—she found a medical report on the subject: the operation in Colombia had failed, as had the later treatments, and now dad's visual capacity was close to nil.

"I inquired," added my mother in her more detached and inform-ative tone. "I made a copy and took it to a specialist. There were many questions, then explanations afterward about how problematic it was to give an opinion without directly examining the patient. But finally, he told me: 'The deterioration can continue, or it can stay at the level where it is now, however it's better to prepare yourself.' So, I pressed him, I said to him: 'I'm not interested in speculations, explain to me the situation exactly how you understand it.' 'It's almost certain there are many things he no longer distinguishes,' he told me, 'maybe he can't read or watch TV . . . or even walk safely on the street.'"

I looked at Ornette from afar, sitting at the table of a diner, one of many where we stopped to have breakfast; the same scrambled eggs, the same toast, thick or watery oatmeal, pancakes. . . . Ornette had taken the small bottle of Jack Daniel's out of her purse that she would use, according to her, to give her coffee a little more body, al-though for me liquor made it more bitter, and it would leave a burn-ing sensation in the pit of my stomach. Ornette, the cat I had to get rid of, was the more immediate problem, although the problem of my dad's decline seemed capable of permeating everything, present *in absentia* even in the smallness of the diner.

"Are you listening to me, honey?"

I lied with a yes, betting that it wouldn't be difficult to pick up the thread of the conversation.

Ornette lit her next cigarette while she was thinking. Or maybe those people don't think, they only feel, feel and get carried away by those inexplicable internal forces, like what happened to the cousins during Hurricane Betsy. Here was this woman, traveling with a stranger who was me, maybe because she believed TJ even up to the last second, although he had deceived her as much as he had me. And I, in my passivity, had accepted the situation, and now, while my mother was speaking, the only sound that persisted in my mind was her voice saying: "Colombia." I was beginning to wonder how to abandon Ornette and flee cleanly, how to comply with TJ, to whom I owed nothing, without betraying that very skinny woman with such messy hair and early morning whiskey and cigarettes. A woman with whom I would keep no other ties apart from some stories and the silence we had gradually negotiated between Hattiesburg and each one of the diners where we had stopped.

"Yes, mom," I repeated, shaking off the swarm of ideas.

Suddenly the possibility occurred to me that Ornette might not be traveling deceived, but with total awareness that she had been expelled from TJ's side, and that she was beginning a trip of no return with a stranger in whom she must confide, even though it meant risking it all. And that fantasizing of mine was getting all tangled up with the word "Bogotá," the ghostly city where I took my father to save his sight. It happened just before leaving for the United States, a Thursday at night. I arrived at my folks' house, my mother waiting for me in the living room with her legs close together, her perfect skirt, as if she were ready to go out.

"Your dad, Marquitos, your dad. He's going to go blind if we don't do something."

Something had occurred that afternoon, a bad bump or a sneeze that was too intense or another one of those falls that my parents kept a secret out of embarrassment. Something had detached from the interior of his eye and the doctor had decided to send him immediately to Bogotá.

"It's not possible to search for second opinions, Marquitos, saving his sight depends on doing the operation right away."

The whole thing was senseless, but the ophthalmologist had succeeded in getting Social Security to come up with the majority of the money, and my mother too had made some savings appear that I never knew existed, and the rest . . . the rest depended on me.

My mother's expectations also made no sense, because she didn't know it, but I was about to take that plane to Los Angeles to begin the journey that was going to bring me to that moment, the one in which I stood with the telephone in my hand hearing that my father was finally going blind, and Ornette waiting, entertaining herself with coffee, alcohol and cigarettes.

That Thursday ten years before, I let frustration and surprise plummet inside me. I let them fall with all their vengeance, with the bitter dust they raise when they rain down full-bore, but I managed to keep my face a perfect façade, scarcely a restrained gesture of annoyance, scarcely a sign that such a ridiculous demand could affect me.

"I go where, mom? Don't you remember that I haven't had a steady income since they fired me?"

She began to brush invisible crumbs from my shirt, possibly trying to caress me without seeming to. "There are sufferings in life that don't give us much opportunity."

She didn't look me in the eyes, she didn't seem to be in the same conversation from just a few minutes ago.

"Precisely because you don't have a permanent job, nobody will be expecting you tomorrow, or the following day or as long as your father's convalescence may last."

Her hand stopped over my left shoulder. She was slowly closing it until she pressed together a small bit of cloth. "And yes, maybe you don't have a penny in your pockets, but that doesn't mean anything except the freedom to do anything, beginning with the right thing to do. Don't you think?"

We had to take dad out almost entirely horizontal and let him travel in the taxi with the seat thrown back. And in that act of leaving, carrying him on the way to a destination that I did not understand, my departure from paradise was complete. One never knows when preparing for a trip when you will fully let go of things and people. Sometimes the trip is obvious and certain, but many other times it isn't. Even though at first glance it may seem like people are still there, a closer attention to detail may reveal estrangements already entrenched, or it may reveal the process for gradually accumulating what will ultimately fit into a few suitcases and the soul. I had been leaving for years, as if it were a natural impulse, as if sooner or later— each time sooner, I'm afraid to admit—an anxiety that not everyone was aware of might put me on the road. Moreover, it was something that came undone bit by bit, maybe in my childhood dreams, or in my Viewmaster's little three-dimensional laminate reels that allowed me to marvel at the world from a very young age. Of course, losing Vinicio and the job where I could have grown like a vegetable into retirement and drifting the following years around Cartago and San José trying to reconstruct my life, all that had pushed me into leaving— first in my fantasies, then in my secret plans and finally in my daily life. And now it was up to me to take responsibility for my father, who without knowing it was turning into my last obstacle.

A talkative taxi driver was taking us to the airport, driving very slowly to avoid, as he put it, "causing any additional harm to the sick man." He was changing radio stations, trying to find one to our liking, but my father would only click his tongue as if he were thirsty while I watched in anguish all the cars that were leaving us behind on the highway. From one moment to the next the world had begun to operate against all logic. On the one hand, the ophthalmologist had personally taken it upon himself to make contacts in Colombia, and so there was no excuse to delay the surgery. On the other hand, a multitude of relatives and acquaintances had come forward who had gone through similar circumstances; they were acquainted with Bogotá and had even saved information about the place where *ticos* with health problems found lodging, a boarding house run by a couple of spinsters. I was taking with me a handful of papers, the dollars my mother collected to cover our basic expenditures, a few changes of clothing and a head full of confusion. It wasn't going to be my first trip with that stranger, but I was afraid, as if I were on the verge of falling into emptiness, as if I also required an urgent intervention with the hope of saving a vital sense so as not to remain in darkness for the rest of my life.

∽ ∽ ∽

"A son-of-a-bitch despicable asshole, a coward…am I missing any other insult, Mark? There aren't enough to describe TJ, the horrendous fat ass. Why do we women fall in love with men like that? You've seen him, you've been up close to him. Just thinking about it makes me feel an emptiness *here*, you know? Okay, maybe you can't know anything about it because I'm asking you about love, but women . . . we can get hooked on *anything*, and we don't know it until it's too late, when we've given everything to the bastards and they've accepted it, even knowing they don't love us. Their conscience doesn't weigh on them afterwards, after giving us the boot in the ass when we're no longer useful to them. You don't understand me, right? After all you're a man, you have the same little worm between your legs and an equally cold heart."

It was barely noon and I was already drained from listening to her. In her story, the Paciera family had propagated like a weed through the territories of Alabama, Louisiana and Mississippi, all working in the fields; the most rebellious ones worked with berries, the more traditional ones with sugar cane.

"I've never felt like a white-gloved lady with a hat adorned with tule, I'm not a southern belle," she said. "Look at my hands, Mark. Do you see the scars? From working in the fields. Let me see yours . . . gentleman's hands, excuse the frankness."

A small farm in a town where nobody goes. The Paciera family were the founders, light skin in the midst of a Black community that had remained there from the inertia of tradition, even though the town offered nothing, as if they had been stranded on a bank.

"Sometimes I think TJ had his eye on my parents' house, or on the plantation. You men are like that. I only saw his gentleness, his white beard, his sense of humor."

Maybe she had seen other less agreeable things, but when people reconstruct their past, they do it their way, and nobody has the right to weigh in, much less to question it. But if in our reminiscences a place like Hattiesburg changes into a big city, it's because the smallness of our references stifles us and our desire spills over invisible and name-less barriers. Don't you think, Ornette Paciera? You live the myth of a pure heart, you take a roundabout way in order to avoid finding your-self face-to-face with TJ's ambition and you become totally sentimen-tal when you come up against other people's greediness.

"He arrived like you, Mark, driving a moving truck, but he was passing through because nobody arrives and nobody leaves my town. He stayed to spend the night and we met in the bar. Don't laugh at me, but I knew immediately that I could be happy with TJ, and the following morning I left with him. I didn't even get my clothes or say goodbye to anyone. Isn't that love? I'm wasting my time; you men don't understand."

"And going back? Are they waiting for you at your house?"

She crossed her legs, lighting another cigarette. Through the truck's windows nothing came in but hot, thick air.

"I don't know. I'm going back because my people are there, but I'm not even sure they're going to welcome me. It's been a long time since they've heard from me. I've only sent them a couple of letters: the first with an apology, the last one making it clear to them I was never going to return."

She interested me again, so ready to leave with a stranger as a last stand toward her lover, even though she might know that he had been lying to her time after time. Here she was, going with me on the way to Morgan City, where ultimately she would be alone, abandoned, and she would have to get along as well as she could. TJ was buying time by creating distance, a distance that could become insurmountable, because in order to return to Hattiesburg, Ornette Paciera would have to take innumerable buses and go around several cities until finally finding the correct route. Was Ornette aware of all that? Ostensibly she was just going with the flow, although at times she would read aloud the highway signs, those that would indicate how far we were getting away from Mississippi on the way to Louisiana. But she continued talking about her return, about the great times she thought she would have with her family and friends, although nobody was waiting for her any longer, how surprised TJ would be when he saw her, someday, come into his office fully changed into a grand lady. Suddenly she asked me about my past. I had lied to her in saying that I crossed by land from Costa Rica to Los Angeles, and she thought it was fascinating.

"A lot of distance, darling?"

"Something like going from the East Coast to the West Coast."

She lit the next cigarette. "And dangers? Tell me about the dangers."

"Our *coyote* was a nice guy, but slippery. I kept my eye on him because I heard that a lot of people in that business turn into a puff of smoke at the first sign of danger. In fact, part of our deal was that if immigration stopped us, he would stop being the *coyote* and turn into another illegal, and we would all repeat the same story about the group of people abandoned halfway. My eyes never strayed from him, I was always awake when the rest were sleeping, feeling anxious maybe, because we kept going on and on without getting anywhere. We would come to the outskirts of places with unknown names, never anything identifiable from the geography I had memorized before leaving Costa Rica. And the *coyote* was always repeating: 'We're almost there, we're almost there.' I think he was lost too, or his contacts never appeared, or during one of the many emergencies we had we fled down the wrong trail. One day I confronted him, and I demanded the truth from him. 'I'm sick of your nonsense,' he told me, showing me his enormous knife. 'I can't even go to the bathroom without you being there.' Then I said to him: 'I don't want you to just dump us, because if you do, I'll have to go looking for you to shoot you.' The *coyote* laughed. 'Fuck off! You don't even know how to use a gun.' I gave myself a few seconds to think about my answer: 'If you try to disappear, I can still kill you with my bare hands.' I left him talking to himself, insulting my mother and my descendants. But after that occasion he never messed with me again. Soon we arrived, a little worse for wear, to the end of the trip."

"You immigrants are going to be the end of us. You are our end," mused Ornette. "And I'm realizing something else: you really know how to leave, but I'm not sure you know how to return."

∾ ∾ ∾

We made runs through several towns doing a strange routine, and it seemed to me a suspicious one. The addresses always led us to a commercial office, never to a house. We would unload a few boxes, load others, nothing out of the ordinary except that I was worried TJ might have included some impossible task on the route, like shouldering objects that were too heavy or going up three or four floors on a narrow stairwell. But the truck was only ever full of boxes, looking so much alike they could be the same one, repeated over and over, even in the weight. I pushed a handcart full of boxes. Ornette would take only one and she'd do it moaning, "dying" from the heat until we got to where we were told to unload them. Her hair would be dripping wet, and for some minutes it looked like it had a uniform color, not that mixture of dyes and messiness that was constantly in her face. At some offices they told us to pick up a load very similar to the one we had just delivered. At other offices they asked us to load again what we had just placed on the ground. Ornette didn't say anything. She would dry the sweat from her upper lip with the tip of her tongue and return to the work.

One day we stopped at a motel whose only majesty lay in its name: Majestic Inn. The man at the front desk began to fill out a long, greenish-colored card.

"One room, one bed?" he asked without looking at us.

"Two rooms," I answered him.

"No, one with one bed." Ornette took the initiative, but after a few seconds she made a change: "Two beds."

Then she took me by the arm, closing the negotiation. In what felt like a kind of vertigo, I felt the need to be more honest, more loyal to this stranger, to talk to her about myself, confess to her the little that I knew about the situation with TJ, even though I might be getting into bed fully aware I was putting myself between them, and, as is well known, whatever is agreed upon in bed only God can undo. But at the same time, I sensed that Ornette wasn't interested in knowing. She was moving away from her lover without posing a lot of questions, fantasizing about a glorious return capable of healing everything broken. Was there nobility in that act? Did there exist an art of the return? At that point, I too could predict Ornette Paciera's future: She will arrive at the town tired from so many hours on the bus, maybe without money, without any argument to prove she had succeeded. She'll go looking for someone who might give her a lift home and then test her luck with those she left behind, those family members she had sought to forget adventure after adventure. Will they open the door to her like in the movies, without time, silence or doubts mattering? Would it truly be a return, or just a stopover between wanderings?

Instead of saying something to Ornette, I left to call my mother. I blurted out right away the names of the places where we had stopped on our circuit, emphasizing details that might sound picturesque and inoffensive. She listened patiently, giving me time to unload this unusual—well, unusual coming from me—euphoria.

"Your dad has gone blind," she finally interrupted me. "How did I find out? Because he has a mental map of the house."

Then it was her turn to speak. Dad no longer went outside, supposedly from fear of falling, and he was spending his days roaming through the rooms, through the patio, through a small garden crowded with clay pots.

"You probably haven't noticed, *m'ijo*, but people begin to follow certain paths, even through houses. At such-and-such time they are always in such-and-such place, they know from memory where to find the sugar or the flour, and the rest, which you can't predict, simply doesn't exist."

But the real problem, my mother explained to me in her own way, occurred when that intimate geography was altered. Something as simple as moving the furniture, taking away certain decorations, adding or subtracting an element to the invisible paths that exist in the houses. She had done it without saying anything to my father: a change here, another over there, afterwards attentively observing how he would become disoriented, trip, destroy objects as if by mistake when in reality he was reopening paths that were already familiar.

"Your dad doesn't say anything. Life works fine for him like that, I suppose."

I stayed quiet for some very long seconds. "So, Colombia was a waste of time and money?"

She waited patiently. "It served a purpose at the time, Marcos, but nobody spoke of a miracle, nobody ever promised us an eternal solution. It was worth the effort, like all hope."

∽ ∽ ∽

We had come to a gray Bogotá, with leaden skies that took away the city's shine. A guy sporting a mustache in the style of Pérez Prado picked us up at the airport, driving an enormous American car too old to be comfortable. The man knew his role well, so he took charge of the luggage and took special care in accommodating my father so that he might be as reclined as possible. Then he began driving at funeral pace, talking without stopping as if it were all a sight-seeing trip. He touched on all of Bogotá's beauties, the safety measures, the neighborhood where we would be, but without really being specific about anything.

"Do you know that a lot of Central Americans go to that boarding house? Mostly *ticos* like yourselves. People call it *El Gallo Pinto,* for the Costa Rican food."

Personally, I didn't have big expectations. I could barely tolerate the trip; without money, without information, without any other motive than to take responsibility for my father. In just a matter of hours I had discovered that there was a kind of association started by people with grave vision problems. Because they needed money, they fig-

ured out how to move inside the Costa Rican Social Security's bureaucracy in order to get themselves sent to Bogotá, everyone at the
same clinic, everyone with equal needs. Neither my mother nor I
called them, instead they came to us when the gravity of my father's
condition had barely been established. They spoke to us about the
spinster ladies' boarding house as a reliable refuge, the two sisters
being so familiar with Costa Ricans that they had even endeavored to
prepare some traditional dishes. An old man named Dámaso helped
them by making his limousine service available to all the patients at
the boarding house.

And so, there we were, my father and I, barely speaking in a city
we never thought to visit together. The ladies at the boarding house reminded me of some twins who used to live around the corner from my
house when I was a child. Although they did not dress the same, although they had distinctive physical traits, something about them
made them look like the same person. They took charge of us right
away, assigning us a cold and damp room at the back of the house, behind a garden that was now being used to accommodate guests at dinner time. My father stayed in the room, fearful of doing something
wrong. I left to greet the other patients and their family members,
people from everywhere, almost all of them about to lose their sight.
They were gathered in the main room in front of the television set
that stayed on until midnight. Once in a while someone would get up
to look out through the large window behind the television set. I did
it too, looking for an answer to my doubts about what Bogotá was.
However, the street only showed a working-class neighborhood's sur-
roundings. One day someone said: "Don't you all think it's incredible?
You look out there and it's like being in San José. So many hours flying to discover the same façades, the same light, even the cars look
like the same ones from over there." Although I hadn't said anything
to anyone, I was thinking that too, but instead of being amazed, it terrified me. What gave me more despair still was the fact that many in
the house couldn't look out or didn't dare. Perhaps from conviction or
from their doctors' recommendations, they hardly moved, and even
the television set turned on for hours and hours only served as an ex-

cuse to get together, to alleviate the boredom of waiting with some human contact. The owners of the house had warned us of the danger of going out alone, and to make sure they kept us under control, they often repeated a story of a patient who was almost kidnapped when he was waiting for someone to open the door for him. That's why Dámaso always honked his horn to announce his arrival—one of the servants would open the main entrance and the person traveling in the car had instructions to run inside the house without delay.

Too many fears were sleeping in that boarding house, from losing one's sight to disappearing without hope in an unknown city. I had my own, but I didn't give an inkling to anyone about them. Was I going to tell them that the neighborhood made me think about a Costa Rica of the future? Was I going to admit to feeling anxious sharing a room with a father who was like a stranger while everyone else assumed we had the tenderest of relationships? Whom was I going to tell that we were against the clock, since I had a date when I was going to leave everything behind, betraying everyone, and maybe even myself?

I took my father to the clinic and waited for news from the surgery, snoozing here and there in an armchair. I gave him water when he was thirsty, helped him wash up and fed him when it was necessary. I went out with empty pockets to run around Bogotá. I looked for refuge in little coffee shops and in the anonymity of the streets. I waited impatiently for my dad's improvement, not out of a son's love as Dámaso had commented at some point, but because my deadlines were expiring. My father spent his days lying with his head down, his recuperation was so slow and delicate. I don't remember if the doctors made any promises. If they had, I hadn't heard them I was so desperate to escape.

I started lying to my mother about a job that was waiting for me in San José: "Pop should heal faster than they expect. I can't spend my life here in Bogotá, trapped in a house full of blind people. Do you understand me?"

Without a doubt she understood, but there was nothing she could do about it. "Oh, come on, stay with him."

My mom had never taken a plane alone, nor did she know anything about going through customs, nor had she ever imagined herself in a foreign country.

"I can arrange everything from here. All you have to do is ask for the money from your brothers and sisters. I'll start paying them back as soon as I can."

In spite of her own fears, my mother accepted, and she announced she'd arrive on a Monday. I made the pertinent arrangements on my end. I planned to meet her at the airport, I on my way out, she on her way in. I promised my father he would not be alone any more than what was usual, now that I was disappearing to walk around the streets. But it didn't turn out that way; my plane left punctually, my mother's arrived very late. Dámaso assured me that everything would be alright, and he predicted great success for me in the new job. I thanked him for his discretion.

A few hours later I stood in my parents' home. Without them, without the doors and windows open, everything seemed darker and colder. Yet their scent still lingered: the bedroom with its musk of homemade remedies, the kitchen smelling like my mother's cooking and certain strong herbs. I moved about the house in silence, without giving myself any opportunities for nostalgia. Then I locked up, went to my apartment and packed a few last things. The following morning, before any doubts or feelings of guilt, I left Costa Rica thinking that it was forever.

∞ ∞ ∞

The motel room smelled like cheap bath soap. Ornette Paciera, sitting in an armchair stained from humidity, was brushing her hair. I came in furious, with the distaste that all nonsensical conversations left in my mouth. A little before, still on the phone, I had begun to curse my fate, then my father and everyone else affected by blindness. My mother told me there was no reason to condemn anyone, not my dad or us, because we had all done everything possible to achieve a cure, but life, or maybe God, was like that: it simply continued its course. For some it would grow, for others wither. It was the only permanent law, impossible to change. But I wasn't up for understanding the reasons. How can you do that when you can't escape from all the blindness?

"Anyway," concluded my mother, "the one who has to carry the cross is me. Just imagine we haven't spoken about this subject and continue your life as if nothing happened."

That was impossible. I couldn't stop imagining my mother opening paths throughout the house according to my father's mental map. It made me so angry that in the final analysis he and I were so much alike, constructing our interior worlds without telling anyone, rushing into them without weighing the consequences, without thinking about anyone else, even though our imagined routes might not go anywhere. I understood then that my anger was also about me and my own damned blindness, which was his fault and mine.

"Is everything okay, babe?"

Ornette had put on a snug-fitting T-shirt and some shorts. She finished brushing her hair and took a little box full of fingernail polish, files and ointments out of her suitcase.

"Come over here and tell me. Do you like my feet? They drive a lot of men crazy . . . even that filthy swine TJ. Come on, get on your knees, pamper me . . ."

She tossed me one of her lotions. It was peppermint, and it left a feeling of intense coolness on the skin.

"Am I a filthy man too?"

"Yup. Like all men." Ornette shrugged her shoulders. "But don't feel hurt. It's something unavoidable because it's in the nature of each one of you. Come on, give me a massage."

I threw myself at her feet and did what she showed me to do. The place was still a dingy motel room, the armchair still had stains from the humidity, the rug had a hard and suspicious surface, but we were there, too, doing something for each other. We spoke very little. Ornette came up with some funny memories about TJ, who liked to go hunting even though he never succeeded in bagging anything. A silence came to the room. It was then that I told her again about the immigrants lost in the desert, walking days and days without knowing where they were heading.

"I've never been to a desert," she admitted in a low voice, her eyes closed. "You'll have to help me to imagine it."

While I painted her nails with different colors, I described fragments of my own past. I mixed it in with the lives of others to make it more interesting or maybe simply to downplay any emotion that might betray me. When I finished, Ornette's feet looked like those of a little girl, so smooth, with perfect toenails decorated with little flags and miniscule flowers.

"In a couple of days we'll be in Morgan City," I said, beginning my confession. But Ornette had already fallen asleep.

∾ ∾ ∾

At one time parts for boats had been manufactured in Morgan City, because there used to be communities who worked dredging for shellfish, including shipyards and canals through which vessels flowed with their nets extended like wings. Now, Morgan City's residents made a living from souvenirs, from growing vegetables and from businesses that the few travelers generated by stopping to buy gasoline or food. On the outskirts of town, like a symbol of the inevitable passage of time, the skeleton of a shrimper boat was rotting away bit by bit. In addition to all that was the heat. How can one properly describe the desolation that emanates from the asphalt when the temperature is so very high and there isn't even the slightest hope for a rain shower that might come to alleviate the solitude and the daily grind?

I finally figured out Ornette's interest in Morgan City. Coming to this town was not by chance, but rather part of a negotiation. I should leave her a little bit more to the south, over where the canals face the back porches of the houses and the boats are moored to small piers. To the left, after the third metallic bridge, I was going to find a garden where a crazy man's sculptures were located. Ornette wasn't sure about his name; it might be something like Johnny or Joshua Valencia. She heard about the garden when that Valencia guy stopped in

Hattiesburg en route to the north, desperate after the failure of all his endeavors, hoping to find another opportunity, maybe in the Midwest, in the primeval landscape that Hart Crane had depicted.

"It's the fall and the redemption," he had explained to her. "Now I think I'm at my lowest again, and there isn't sufficient art to express this pain, and I have found no other prospects."

TJ had been very jealous of Johnny or Joshua, as there was something in his voice and his story which caused Ornette to be fascinated by him; she never stopped talking about him and asked TJ over and over again to take her to the Louisiana swamps to see the extraordinary artwork he had created on one of those back porches. When he finally got tired of her, TJ invented the delivery route to Morgan City as a way of humoring her.

"But aren't you coming with me? Are you getting rid of me?" Ornette, telling me what she had asked.

He swore to her that she was completely mistaken, things weren't like that.

"You're going to send me with one of your men? What if I like him? And what if I end up sleeping with him?"

TJ had carefully considered his answer. Maybe he didn't care about what might happen between Ornette and his driver, but he didn't tell *her* that. He only smiled: "Mark? Mark is a fag, but he won't tell you."

It seemed that Ornette knew too much about me, but very little about her own fate, or maybe she was silent about it because it was better that way: each one true to their own role, feigning to have no knowledge of the abyss under the other's feet. What might unite us was our having been betrayed, but nothing more. She believed in the existence of a place where she could take a break and reinvent herself; I didn't. I imagined myself in control of the road, at least the next few miles; she, wisely, let go, knowing that others had handed us the route. I had let myself be dragged about by life, Ornette still had some capacity for dreams; she saw herself free of chains, even though in order to become free she would have to return to where it all began.

I drove faster. I skipped a couple of towns knowing that the routine of unloading and loading the same cargo into the truck was waiting for us. I didn't stop in Morgan City or by the boat's skeleton. Following Ornette's instructions, I took the highway toward the old draw bridges, still in use for when some vessel of a certain size needed an open passage through the canals. I counted the first, the second and turned on the third one, crossing it to return to the other side of the embankment, where houses were strewn about with gardens and patches of corn.

"Here it is," Ornette pointed out to me.

It had scarcely begun to grow dark, but the sun was casting long shadows from the cornfield to the road. Among the plants you could see a kind of tower made from old scrap metal. At the top was a sculpture of a skinny man seemingly descending to the ground. Initially he had a firm and confident step, although further down he seemed to trip and finally fall. The rest of the story had to be read along the length and width of the cornfield and the adjacent garden.

An old man came out to say hello, surprised to have visitors at that hour. He introduced himself as the guardian of the sculptures and he guided Ornette over to the beginning of the tour.

Later he came back looking for me: "They were waiting for y'all in two other offices before you came here. TJ is very upset. Was there a problem?"

I didn't give him any explanations beyond admitting I needed to put an end to all that.

"You didn't fall in love with Ornette either, right?" The old man started laughing malevolently. "It wouldn't have been possible according to what they explained to me."

Before I ventured a response, he ordered me to leave Ornette's suitcase with him and to go turn in the truck.

I did as they requested. I went to the office, turned the keys over to the man in charge and counted the money before signing the receipt. Outside, a young guy was waiting for me in an Oldsmobile.

"Where are we going?"

He turned the radio to a station that had noisy music. I was about to ask him to take me back to the cornfield.

"To a city with an airport."

∾ ∾ ∾

The flight for San José wasn't leaving until nine in the morning, but I had arrived at the boarding gate very early after fighting in vain against insomnia and preparing myself mentally for any eventuality. However, nothing extraordinary happened. Those who checked my passport didn't say anything, nor did I find out if they took down any kind of notation about my identify or destination.

The boarding gate had large, wide windows, stores and restaurants. In the center part, arranged on tall panels, you could see an exhibition of photographs. On the left side of each panel was printed a reproduction of some famous painting, on the right, the photo of a landscape. A longer text, placed on a lectern, explained that painters across the ages had been inspired by real places in order to create their works. What was now presented to the spectator as a photo of the original landscape was really a composition made on a computer based on each one of the famous paintings.

"Don't you think it's marvelous?" I heard a voice behind me. "You can see those lakes, those skies reflected in the water, the forests. Everything's so perfect, so real, but it's simply a product of human ingenuity and good use of software."

I turned to look at the man, who immediately smiled. "It scares me," I admitted, "seeing photographs of places that don't exist."

He spoke to me about the limitless possibilities of the human imagination. I became more and more frightened thinking about impossible destinations, even though they had an entirely harmonious appearance.

"The artist has succeeded in composing a space drawing from mountains, rivers and forests scattered far and wide throughout the world. Incredible! Nothing is what we see but what we intuit," continued the stranger before changing the subject, asking my name and feeling delighted because we were both flying to Costa Rica.

"My name is Max . . . Max and Mark . . . M&M! Like the chocolates."

He laughed at his witty remark and I probably did too. Then he wanted to know my seat number. Very soon he was dragging me toward the counter so we could travel together. From there on out we were scarcely apart. The airline employees closely checked my passport, although in the end, like before, they returned it to me without making any comments.

"I'll be returning very soon," I said to them. "I'll be back."

They made a gesture to the next passenger in line.

Max was waiting for me on the jetway. Later he asked me the usual questions, fascinated by my job as a truck driver. For him, driving on North American highways was equivalent to the ship voyages of old.

"Rivers have turned into asphalt, ports have multiplied, likewise the adventures . . ."

His witticisms amused me. So I told him about the hailstorms in Indiana, about the dead deer on the Maryland freeways, how I fled from a tornado in Illinois, about the thin layers of ice on the highway that you had to go up unsteadily, like they used to do in another time on the wild river currents.

"Yes, I know a lot about the ice," Max said. "I live in Fargo, where the winters are fierce and harsh to the point of defeating even the biggest optimist."

But neither the cold, the snow or the darkness ever broke him. He had a Latin American dance academy. People went to it year-round, but especially during the hardest months, when it wasn't possible to walk easily along the streets or get together outdoors with friends.

"I work up to eighteen hours a day, but I have a faithful clientele and I have succeeded in saving enough to buy my family everything they need. Many women go after me . . . let's just say I rent myself out to dance with them, nothing more."

Then came the more personal conversation, prompted by some cocktails Max had ordered. He had met a *gringa*, married her and they started the dance academy together.

"And you?" he asked.

"I was brought back by my father," I told him. "He was a military man who had an adventure with a *tica* residing in the Panama Canal zone. The relationship with my father was never good, so after a long time living with him in a New Jersey suburb, I took my things and left to travel the country coast to coast."

Max stared at me doubtfully, but maybe he sensed that I knew his story wasn't that honest either. So, he changed the subject. Now it was about our reasons for visiting Costa Rica at that time of the year.

"My properties," he said. "I'm trying to acquire some parcels of land to build apartments."

Mine were less glamorous; I was simply taking a break to visit my mother.

"Is she waiting for you with your favorite food like all moms?"

No, not a chance. This was a surprise. Nobody was waiting for me at the airport or at home.

"Or for me," whispered Max in a confessional tone. "First off I'm going to swing by some beaches, then I'll let them know I'm back, and when I get home my favorite dishes will already be served."

I told him he was a liar.

Laughing uproariously, he proclaimed that we all were, no one escaped from lies.

Once we landed, Max followed behind me. I knew the reasons, but like a good liar I kept my mouth shut, waiting for the fish to bite. We were almost to the exit door when he finally worked himself up to inviting me to travel with him.

"Just a short time, around four days. Sometimes it's necessary to recharge the batteries before coming face-to-face with the family."

I agreed without putting up much of an argument. I liked Max's humor, and my internal voice assured me that we could have fun together.

We rented a car and sped toward the coast, talking. There was a bit of foreplay on the road, and that's why we were running late, and why we decided to spend the night en route to the beaches. In a little hotel teeming with parrots, deer and monkeys, we took a room with one bed. Outside there was music, the sound of fireworks and the insistent voices of those on loudspeakers inviting all to attend the community fair with the most fabulous spellbinding acts: the gorilla woman, the labyrinth of mirrors, the house of terror.... We went to take a look. We walked around the food booths, the bullfighting plaza, the amusement park rides and finally we entered an improvised cantina under a traditional rustic building. Some marimba musicians were playing songs that seemed familiar to me and at the same time were remote, strange. Max ordered beer and beef tacos, and then we sat down next to the dance floor. A very young man, with a typical beach hat and his shirt open to the waist, began to dance alone in the center of the floor. He was holding a wooden box, full of brushes and cans of shoe polish. People began whistling at the young man, jeering, "Sex-y! Hot stud!" We were absorbed in the dance, the shoeshine's defiance and how the crowd's comments and jokes were turning more aggressive and edgy.

"This is an embarrassment," complained a voice. It was another young man from the area, much stronger and more virile than the solitary dancer. "People like you come from out of town and we have to put up with this horseshit."

Max turned around to respond to the complainer, but he stopped himself and instead invited him to sit down with us. Then he winked.

"I can't believe it; those people make fools of themselves, and they make us look bad to the tourists."

We offered him food and drink, but he only accepted a beer. While he was drinking, he began to talk about how times had changed, because shameless people like the shoeshine guy were everywhere.

"We came to have a good time," Max said, interrupting him, "not to criticize people from this region. Really, we admire them a lot, you know, the type of man from around here."

The stranger apologized, signaled the waiter for another round of beers and asked what our plans were.

"Let me tell you, to enjoy this town and its people," I responded.

The young man looked around and said, half-jokingly, that he would gladly offer us all the hospitality we might want.

Then Max pointed to the little hotel and proposed that we three enjoy ourselves together. Immediately after he gave our room number to the young man. The stranger pretended he was listening to the music, threw another look at the crowd and made a gesture of disdain directed at the shoeshine.

"*Sheesh*, those people are so embarrassing. I'll go with you, but they can't see us together."

"That's no problem. I'll go into the room first, then you and then my friend Mark last."

So as not to provide further opportunities for any doubt, Max got up and left. I asked for the check, the young man drank his beer in a couple of gulps.

"Let's go entertain each other," he said, pleased. He got up and, without looking behind him, he began to walk toward our room.

I gave him a minute and slowly left, walking along the edge of the floor where the shoeshine guy continued to dance in spite of the mocking. The other young man was ahead of me, and I was able to appreciate the immensity of his back and the firmness of his rear. As if coming out of nowhere, my desire was suddenly there, my body throbbing with unusual strength. Our new friend knocked on the door to the room and entered. I stepped up my pace. I didn't want to waste a single moment. All around me, enveloping me, the uproar from the festival continued, the marimba music and the announcements inviting everyone to see the most amazing spectacles. Then a peaceful certainty invaded me, a sweet and friendly voice. It was telling me that maybe, for the first time in a long time, I was returning home.

Baltimore, 2008

LISTENING TO THE MASTER

Borges' conference at Tulane University was set for four o'clock in the afternoon on a Friday in October, the only pleasant month in New Orleans. It would be at the beginning of fall, the season that Borges liked so much because he could smell in the rust-colored leaves a certain plenitude more powerful even than death. Borges was arriving at Tulane gloriously defeated. Scarcely a year before the Nobel prize had decisively slipped through his hands, but in consolation the plum territories of the North American Academy were his. Each one of his public appearances represented a new tribute, another campus captivated by his genius and more dollars in his bank account. Borges had entered the exclusive circle of writers idolized at the universities, which guaranteed him support and applause from a select audience, and that was considerable and influential. It also gave him a glimpse into immortality, to learn about himself and discover himself through the numerous articles about his work and his person. We, who came from the world's ugly backyard, were stealing for our personal solace part of Borges's aura, although we would not admit it either in public or in private. He was one of ours in spite of identifying himself as Argentinian. He belonged to us because his country was as screwed up as Chile, El Salvador or Nicaragua, with a dictatorship in a slow, agonizing death and an absurd war still very fresh in our memories. Whether he knew it or not, Borges represented those who had stayed and those of us who had fled, perhaps more the latter group than the former, because from a young age he also had begun to wander into faraway regions and cultures, so tucked away in his library and so outside of common dreams that none of us could ever fully comprehend the range of his travels. That's why Borges provoked a bitter feeling in us, between admiration for his intelligence and contempt for his betrayal. And that Friday at the beginning of fall the old man appeared before us all. Some people—I was thinking—would come with their accusations under their arms, others from the call of pure amazement his name produced. We would be there out of love or hate, just a few people for intellectual reasons, the most boring and trivial reasons at that time.

Borges would talk about one of his passions: The Kabbalah, if I remember correctly, because the Center for Jewish Studies was responsible for his invitation to Tulane. He would speak in English as a special courtesy to the majority of his audience. He would answer questions for a maximum of fifteen minutes because at his age fatigue would not permit him more. Any loaded question or grievance, any question that might put him in an awkward situation—if it were possible to put Borges in an awkward situation—would have to be asked just as he finished his esoteric disquisition. And we would all be ready: his defenders, his prosecutors, the ones who refused to listen to him and swore they would wear ear plugs, the ones who carried their passion in their fists because there was so much fighting left to do from Mexico to the southern tip of the continent. There would also be those who would shrug their shoulders and tell us that we Latin Americans were impossible to comprehend, a bunch of idiots upset because a writer, nothing more than a writer, would give a talk on a topic typical of all writers.

We would see Borges in Dixon Hall, the oldest and most respectable theater on campus. A building made of wood smelling slightly of mildew, with acoustics equally as old that, without a doubt, were going to perpetuate in a solemn echo Borges's every word, since he was so given to conversing in whispers, as if his knowledge might vanish in the act of enunciating it any louder. Dixon Hall was not so much a theater as a sanctuary. There, Shakespeare's characters committed outrages during the summer theater season. In that place intellectuals of the highest standing and fees made their presentations, whose talks we attended in order to open our minds to new ideas and also to eat, because usually those events ended with a generous reception in a small adjoining room. We suffered over the intellectual and physical hunger of almost all the Latin American students. Thank goodness, Dixon Hall existed to satisfy both. But beyond satisfying such prosaic needs, that theater was my personal refuge. Every Friday I made my escape to listen to music and to observe people. Many people would come—the majority of a certain age, dressed elegantly—to enjoy concerts with that fervent reverence of long-time initiates. It was an audience incapable of ruining the performance of a string quartet or an aria in an opera with inappropriate laughter. It was an audience trained to cough only during the intermissions and, even then, they did it with discretion, as if each one had accepted a set of rules by the mere fact of having entered the concert hall. I would observe those men and those women, but I felt no bond with them in spite of our mutual passion for music. It embarrassed me to speak to them, at times I hated them without knowing why. Each concert night I went in my faded jeans, my good shirts and a beret complete with a star, which I would take off when I entered, just as believers would have done in front of their temple doors. In my case, at least, faith didn't motivate me. I usually sat alone, isolated from everyone in a corner of the theater. I coughed like everyone else during the breaks. I would grip the arms of the seat to feel the music to its fullest, because it would make the structure of the building vibrate, intensely penetrating the wood until it disappeared within its depths. I, believing I had cried for everything and for everyone, thinking myself incapable of being moved after so many bombs, unending wars and exiles. I and my Costa Rican solidarity, so secure, so aseptic. I, who had disguised my unease with cynicism, because I wouldn't do enough to prevent my country from being impartially sold out in perpetuity. I, who hadn't fled more towards the north and the east because of a lack of opportunities and balls. I, the furious man, the silent man, the imprisoned man, crying from pure pleasure in Dixon Hall. At the end of the concerts, I would leave walking quickly, looking at the time as if someone were waiting for me, quietly drying off any kind of possible tear.

Listening to the music, I wondered if I too were not a traitor. Even though I had been shaped by certain progressive groups from that time, deep down inside me I suspected that I had stopped fulfilling my duties. Nicaragua had been liberated without my participation and now was rebuilding itself thanks to the self-sacrificing work of hundreds of international volunteers. I had only seen the process from the other side of the border, when I was mixing with a group of pacifist druggies who were demanding an end to all imperialist interventions. I had heard horror stories about the war in El Salvador, but I didn't contribute to the collections to buy arms, nor did I like *pupusas*. Guatemala was too far away. . . . And to make matters worse, I heeded the rumors about a rift in our group that would provoke upheavals and witch hunts. With my feet over the line that divides prudence and fear, I had listened to the advice of a fellow teacher, who first advised me to stop hanging out with certain people, and lastly spoke to me about his contacts in the enemy country and about the possibility of getting a scholarship for a student as gifted as I, who was so concerned about the course of events in Latin America. I had never considered that my comrade would have acquaintances in the last country in the world where I would have wanted to study. Or that I would say *yes* and would depart like a thief, hidden from the rest and from myself, without thinking that it would matter to anyone, they were so involved in their fights for power and personal quarrels.

That Friday in October there would be no concert because Borges would speak in my secret territory. Once he was on my premises, I would call him out on his absence from the events that tore apart our people. He was The Voice, and I couldn't support his coming to Tulane to talk about the kabbalah, to be complicit with that audience accommodated for his benefit. Perhaps at the same time, I could atone for part of that guilt that I didn't understand, not even when I was listening to the most sublime music. Borges and I would have a few seconds face-to-face; he, as if looking at me and I, as if I could be seen by those dead eyes: "Take a stand, master," I was planning to say to him, "fill your hands with shit, you haven't eaten it like we have."

I called my comrades together, people from six or seven countries united by the fact they were abroad, and I proposed to them that we strike during the question-and-answer session. We would have Borges as a pretext to publicly state our discontent and rebellion, so necessary at that time when there were new invasions and obliviousness. We would tell the old man that we were still waiting on him. We would demand from him just some words, so that his stature would grow before our eyes and in the process might save us, at least me.

I enjoyed some prestige as a political agitator. Maybe I was too vehement in my statements, or I was very alone and that's why I would talk until I was blue in the face. The thing is, my comrades were paying attention to me and they had even gone out onto the streets with placards demanding change, which the passersby either didn't understand or didn't care about. So that's how it was, there was applause because Borges was who he was and his lecture would draw to Dixon Hall the highest-ranking authorities, the very heart of the status quo who should be thrown into a crisis.

We gave shape to our plan in the same French Quarter bar where they say the plot to assassinate John F. Kennedy was hatched. I read aloud excerpts from a Borgesian work. There was a consensus in calling it impenetrable, evasive, complicit, petty bourgeois, far-removed from the people's urgent needs. Nevertheless, somebody dared to suggest that my reading revealed an enjoyment for those poems and those stories. I rapidly took control suppressing any possible dissidence with a denigrating speech, based not so much on my knowledge of Marxist theory as on certain phrases I had heard in similar situations. I had to stop talking so we could move on to the next topic. I dispelled doubts with respect to what happened to Borges during the time of Perón, or where he was when the military made Isabelita fall from power. I reminded them that Borges had accepted a tribute from Pinochet in 1976. Then I minimized any fear about all of us embarking on an adventure that might get us kicked out of the university. To achieve this, I invoked their fighting spirit, our Latin American passion, the righteousness of our demands, the right to express ourselves freely. "This opportunity deserves assuming risks," I said without looking my comrades in the face. "Anyway, I will be the first one to speak, I will be there at the front." I believe they all nodded, although I couldn't look them in the eyes for fear they might read in me some other intention.

We drew lots on an absurd list of tasks using small pieces of folded paper. Who will pick up the tickets? Who will hold our places in line? Who will take some pictures documenting Borges's arrival and our statements? How will we spread throughout the theater? Will the public support us? How many questions will be asked? Who, besides myself, will approach the microphone, confront the audience and deliver the questions? How will we escape if something bad occurs? We all knew the discipline and the obligation of setting aside our small individualistic ambitions for the common good. That's why each one took a small piece of paper, read their jobs, agreed and, although not admitting to it explicitly, let me take command.

The days prior to the lecture we hardly saw each other. I was receiving phone calls to get news on how they were accomplishing each one of the plan's steps. If anyone started to show reluctance, I would recommend reflecting on their attitude, reminding them of who were truly assuming risks, and who were not. We got the tickets sufficiently ahead of time, with an idea of the section where we would be seated, and the content of our statements.

What nobody knew was the secret reverence with which I reviewed some of Borges's pages, and how I regretted that the old man no longer gave autographs. Nobody found out either that the Thursday before the lecture I saw Borges right in the middle of the French Quarter. Two men helped him to get out of a black car in front of Preservation Hall, and almost balanced between the two of them, they took him inside. Without hesitating a second I paid my admission fee and went in ready to fake a chance encounter with Borges. He was in the first row, with his wife María K seated at his side, both besieged by people who wouldn't stop talking. They introduced them to the musicians, some almost as old as Borges, all of them Black, dressed in suits a little threadbare, which contrasted with the formality of the impeccable writer. None of the musicians seemed to understand who those people were, so they fulfilled the ritual of shaking hands with them more out of courtesy than anything else. I stayed in the back, leaning against a column, somewhat in the shadows. Preservation Hall always made me anxious, the way the room looked like it was about to collapse. Like many other establishments in New Orleans, the space was minimal with very little ventilation. It was hot, even though if you were going outside you would need a thick jacket. The amber lights, the instruments stained by time and use, the dirty floor, the chipped walls . . . it all made me feel like I was in a sepia-toned photograph. What could Borges perceive with his useless eyes? Perhaps María K's whispers were the means through which the reality of that environment was entering his imagination?

Borges remained almost motionless during the entire performance. At times María K would fix his hair with a little comb the writer had in his jacket. When he would move his head, he gave me the impression that he was smiling. Then I remembered that I had never conversed with a blind man, and as a result I was struck by absurd doubts: Where does one look when talking to a blind man? How do you refer to things if in daily living one took for granted that the other person understands colors and shapes? I was deeply engrossed in my thoughts when the concert ended. Borges and his group left without anyone bothering them. I couldn't go near him. I was scared, I think.

That Friday in October dawned with a gloomy sky that didn't clear up until after a quarter past three in the afternoon. I remember that people on campus were walking with their heads down to avoid the onslaught of the rain bursts. My comrades and I made a quick assessment of the situation, we reviewed how we were spread out on the main floor and the balcony, the questions and the order in which they would be formulated. Maybe playing as if we were spies, we decided to enter and exit going our separate ways, without conversing more than what was necessary. We split up almost without any nervousness, but no one wished each other luck.

It was relatively easy to lose track of my companions because there were so many people at the entrance to Dixon Hall. Once I was alone, I quietly approached the "Artists Only" door where Borges was supposed to enter. I was carrying in my jacket a small digital camera, sufficiently inconspicuous so that nobody would notice it. According to what I found out, many of the people congregated next to the access door for artists had failed to get a ticket, and they wanted at least to see the master pass by. "You don't have a ticket either?" someone asked me. "Because if you don't hurry, you're not going to be able to get in."

"I'm not interested in seeing Borges," I answered, looking at the sidewalk that led to the main entrance, each minute more crowded and hectic.

"Then what are you doing here?" replied the person, annoyed.

"I've come to see you all."

Groups in outfits for concerts and operas were passing by and students were running to meet up with their friends to go into the theater together. By three thirty-six, the hustle and bustle around Dixon Hall was streaming into the street. I was getting anxious because people didn't stop going in and because the group congregated near the door for artists was already very numerous. I began to take pictures with the intention of staying busy and capturing the scene. It all looked like the welcome for a rock singer, and nobody was going to believe my story if I didn't show the crowd squeezed between the puddles, ready to pounce on the old writer. Toward three forty I heard that Borges would not be using that entrance but rather the one on the opposite side of the building that went into the theater's prop storage room. Many people began to run. I hesitated and took more pictures. A minute later someone said that Borges was arriving, so I dashed away with the mob. I arrived when the automobile from the night before was pulling away along a side street. The old man had already climbed down, and again they took him in suspended between two bodies. I attempted in vain to get closer, so I lifted my arms and continued taking pictures without any focus or objective until I supposed that Borges had entered the prop room. Then I ran to the theater's main door pushing at people again, making an agitated entrance in front of everyone. Eventually I was dragged along to the seating areas. Against all norms of conduct, there were people sitting in the center aisle and on the steps that were leading to the balcony. I tried to find my companions, but not even with the greatest determination was that feat possible, and the mayhem took me toward the steps of the center balcony. I went up, stepping on people, needing a moment to get my bearings and to survive that debacle of fans anxious to see and hear Borges reflect on the kabbalah. Curiously, the people around me seemed to be happy, enjoying the chaos, the crowding and getting stomped on. A man who I couldn't recognize approached the podium placed at the right of the stage. He asked for order, pleading with those who did not have their ticket to leave. The crowd responded to him with hissing and booing. The man decided to stop insisting and disappeared. I ended up thrown into a seat, from which I didn't move in spite of the complaints from a girl that she was saving the seat for someone. At a distance on the stage, you could see a table with five chairs, illuminated by a powerful white bulb. Behind it, a neutral-colored scrim created the illusion that the space was larger. From where my seat was and with my camera, taking pictures of Borges would be absurd. At least one of the microphones intended for the questions from those attending was not too far away. I was ready with mine, and I was going to ask it even if it meant I might have to jump over all the people who still hadn't been accommodated.

A few minutes after four o clock, the hall's lights went from yellow to amber, then they went out altogether. The white beam of light made the main table stand out and conversations slowly melted away, in the same way it happened during concerts. I coughed almost by instinct and I began to mentally go over my question: "Mr. Borges, taking into account the current situation in Latin America . . ." The applause interrupted me. Coming out from one of the backstage exits was a very tall woman, some men bearing the authority of the university and Borges, guided by María K. It was a slow procession toward the seats assigned to them, which meant that the people would applaud until they felt pain in their hands. I made a last attempt to get a picture, but I only saw some fuzzy dots crossing from one side to the other in the diminutive horizon of the viewer.

The tall woman, illuminated by a spotlight, went directly to the podium. She made the introductions, expressed her gratitude and appreciation and when she initiated an apologia for Borges, her voice began to break up. The woman wasn't crying, she wasn't hesitating, it was simply that snippets of her presentation were getting lost from the flaws in the theater's sound system. Her speech came to us in fragments, each time briefer and more discontinuous. If at the beginning we were hearing entire sentences, soon we could only understand isolated words, and soon after that we didn't hear anything but sounds like thunder. The reaction from the audience, curiously enough, was to remain quieter as they blinked to the rhythm of the interruptions. Very professional in her role as host, the woman demonstrated neither consternation nor alarm. She continued reading until the end, showing a special kind of dignity in view of the threat of looking ridiculous. The other authorities, from the table, were equally composed. We understood that the woman had finished her speech because she made a gesture toward Borges, inviting him to address his public. A new avalanche of applause arose with the gesture. I think Borges smiled. With María K's help, he verified the position of the microphone on the lapel of his suit and uttered his first words in an unintelligible whisper. He said something more, however, nothing was heard in the theater. Many people in the audience gave a sudden start, as if the seats that day were more uncomfortable than usual. Then another silence ensued, the most resounding. Nobody heard themselves breathing or did anything that could in some way alter that total stillness. Even so, Borges's words still did not reach us. The old man must have known it, but he continued speaking as if everything was running smoothly. His companions at the table were looking ahead, certainly they were listening to the old man, although it could also be that the silence had made them terrified and motionless.

A little while later, a man dressed in green overalls appeared on the other side of the scrim, at the back of the stage. He had the help of a flashlight to find the cover on a panel. Unhurriedly, he slowly took out the screws one by one, then he spent time digging between a labyrinth of cables. He did not turn around to look at Borges even once, nor did the crowd paralyzed by silence seem to concern him. I think almost all of us were following the man's movements for a while, but time was going by, and the sound was not returning. With a knot in our throats, we let him do his work as if he were a harmless ghost, like the ones they said haunted Dixon Hall.

Perhaps Borges was missing the public's complicity. From time to time, he would emphasize his discourse with his hands, but not a sound drifted in the air of Dixon Hall, nor did it search for the walls or the seats to flirt with the wood, making it vibrate, penetrating it. If something was responding it was the silence, that same one that would sometimes slip between the most beloved music. Borges was saying something, and we were on the other side of his voice, what completes the space once human beings have spoken their truth. Suddenly I felt some tears rolling down my cheeks, a moisture equally silent and reverent.

Like every instant robbed for eternity, Borges's speech ended too soon. We realized he had finished because the old man leaned back in his chair and his companions at the table began to applaud. The man behind the scrim did not move, he seemed deaf to the events that were occurring at his back. A murmur of relief slowly spread throughout the theater. Our stupor barely permitted us to react, until we applauded, and some people stood up shouting, "Bravo! Bravo!" The important woman asked for calm with her hands and opened the session for questions by shouting. Nobody dared to raise their hand, not even I, because at that stage I had forgotten the other reason for being there that wasn't for Borges himself, his lecture that was impossible to describe. I didn't lift my eyes searching for the microphone, I didn't wonder if my comrades were waiting for that first question, our battle cry, the signal to launch our adventure. I was still moved by the silence.

A few minutes later the old writer got up and left the scene. People stayed on their feet until the spotlight lost Borges between the curtains. Then the hall's lights came back on, making the figure of the man behind the scrim disappear. The theater was emptying out little by little, amidst comments in low voices and the first sounds of laughter. I swept away with my hands any trace of tears and I ran to a café to meet my companions. They admitted that not even in the rows closest to the stage could you hear a single word. "It was all a fraud," complained one of them. I didn't respond to him, although it caused me pain because evidently my comrade had not understood anything. Later they asked me for my opinion, and I got out of that predicament with the most sensible argument: I couldn't have an opinion about what I hadn't heard. None of them asked about the plan, nor did they give me any complaint. We agreed to see each other another day and each one of us took off for his or her home with a certain relief.

My pictures from the event came out pretty strange. Almost all of them were unclear, difficult to see. They showed depictions of a mob in a place impossible to identify. I have been losing them over the years, but I still keep at least one of them. For the individual who is a poor observer, in that picture there are only a lot of heads, raised hands and disorder. But the one who looks carefully will see the thinning white hair of an elderly man inside a circle I have traced with a marker. From the circle there is an arrow pointing to a caption, or a memory aid for when I am not here. "That one there," says the caption, "that one is Borges."

New Orleans, October–November 2001

SKETCH ARTIST

I did not see him except in the moment when he seized the last empty table in the café. I had just sat down too, although my seat was pretty bad: in the middle of the aisle, with my back to the door. Each time someone would open the door, I was hit by a current of air, and so I clung to my cappuccino while cursing in a low voice. Outside, New York City was still dirty after the last few snowfalls. Large icy patches were lying about everywhere without melting. Hard frost, stomped on and blackened, uselessly resisted the incessant rushing around. All during the afternoon I had wanted to write a poem about this city that always horrified me and compelled me to return. I had been walking, looking for a magical place, one of those unknown spaces that suddenly stay with you forever. At the end of a few hours my lips were chapped, my nose was numb and my body could no longer bear the load of clothing. I was dreaming in Latin American that a good cup of coffee would cure all my ailments and give me a breather from the frenzy of that pile of cloth and souls, unable to stay still even when the temperatures plummeted, and another storm was forecast during the afternoon newscasts.

I had entered the café following a stream of people. Almost all of them approached the counter, they ordered their drinks to go and they disappeared. When it was my turn, I still hadn't decided, and in a way, I gave myself away: only an out-of-towner could afford to make the employees lose time, probably social science students, philosophy or film, great names of tomorrow who should be patient with the oddball who required a few seconds to think, even though behind him the line of customers was growing longer and might go berserk. I think I already mentioned that I finally sat down in a bad place. More than a small table, it was a circular-shaped chess board supported by a central foot. Someone had taken away one of the chairs. Without it the board looked enormous, lonesome, as if I might never have a challenger in front of me.

People were coming and going, they were opening the door, and I was freezing. I glanced at the area ahead of me, an inaccessible paradise, made up of square tables with ordinary chairs. One woman was reading the newspaper, two men were laughing quietly and looking with aloofness at the movement around them. A group of Hispanics were trying to settle in between shopping bags from large department stores. I again felt the impulse to write a poem. I scribbled some lines, but eventually I rolled what was written into a ball and I devoted myself to doing nothing, another one of my most guilty pleasures. Seconds or centuries later, the Hispanics began the ritual for getting ready to leave. The instructions they were giving one another delayed even more as it was their slow preparations for going out into the cold. First, they had to put on padded jackets, close innumerable buttons and zip up the zippers. Then came the scarf, fitted around the neck but without making it too tight. To get the scarf on just right, it was necessary to unbutton the coat and begin again. The earmuffs followed, then wool caps and hats. And finally, the gloves. Now prepared to leave, having verified that everything was ready, they picked up their bags and began to walk between the tables like astronauts on the lunar surface. "Excuse me," they said with an unmistakable accent. "Excuse me," they repeated, and people let them pass by without looking at them in the eyes or abandoning their solitude.

In that moment a rugged face crossed in front of me. He said something to the last of the Hispanics, but it's possible he did not understand him. The young man spoke again, this time pointing to the table still loaded with leftovers from their afternoon snack. The Latino who had fallen behind tried to ask his companions for help, but the stare from the young man with the rugged face did not give him any opportunity. He pleaded in Spanish and in broken English, then he put his bags down to one side and started to pick up the little cardboard cups and to clean the table with a napkin. Immediately, the young man began taking possession of the area. He put down his backpack on a chair; his coat, gloves and scarf, on another; he made a final swipe over the table and sat down. He was tall, with pale eyes and wild hair. He had a sharp face and long hands that began to take out supplies from his backpack: a pad of paper, pencils and pens, a magazine—or rather a clothing catalog. With great care, he began placing each thing within the confines of his territory, then he forgot about the world, or at least that's what I thought.

I presumed he was studying design. With his left hand he kept the catalog open, with his right hand he made long strokes, paid attention to details, created shapes that I couldn't make out. I decided he must be enrolled in Pratts and a regular at MoMA. Five afternoons a week he served drinks at a bar, he went to the gym almost daily and read horror novels, a popular pastime since September 2001. He must live in Brooklyn, just around the corner from the institute, or even better the Lower East Side, near Soho and The Village, which isn't so artsy, but the rent came out to be more reasonable. His apartment would be in a building constructed in the nineteenth century; minuscule, overstuffed with things, with posters going up to the ceiling, and it would be sort of trendy. He must sleep alone when there was no other option, in a bed that was forever untidy. He probably ate at odd hours, usually more vegetables than meat and more pasta than vegetables. He drank coffee to conquer sleep and wine to bring it back. He probably felt like he was king of the world. The rest was nothing more than to await his fortune.

Every once in a while he lifted his head, looking without seeing. He didn't even sense my impertinence, though I was brazenly following each of his movements. I could get in trouble, but how many times do you encounter a truly marvelous rugged face? They're not even in abundance *here*, in a city of limitless possibilities like New York City. The young man studied his drawing with satisfaction, retouched some detail, then tore off the sheet and made a perfect ball that he put on the right corner of the table. He prepared a new sheet, caressing it with his hand, and this time he did scan the environment. For a second he seemed to fix his eyes on me, however his attention was focused on something situated slightly further back, over my shoulder. I turned around as if to observe the cold air that was coming in and going out without any consideration, hitting me in the back and reminding me that in New York I was just one more solitary man. Then I discovered the young woman who was trying to keep herself warm in a lightweight winter outfit. Her face was haggard, as if she had slept very little. At her feet was a smallish suitcase, revealing a trip. The girl slowly took off her outer garments, then she pulled a cellular phone from her purse and made some calls.

"Hey, Mike," she said the first time, "I waited an hour for you at the airport, and I haven't stopped looking for you since. I'm at the Union Square café, but you're not here either . . . you promised me you would come pick me up, Mike. Did you forget? Let me know when you get this message and head straight over . . . and bring the black coat, okay? I love you, and I love you more."

She waited a few minutes, possibly with the hope that Mike might be home and simply hadn't been able to reach the phone in time. But Mike didn't call. To make things worse, there wasn't an available table at the café until a while later. So, the young woman focused on getting info from friends. She asked all of them about Mike, if they had seen him, if he was alright. . . . Yes, a very long trip—she explained—but she was already back. "No, not a single problem with the landing. Do you know anything about Mike?" She didn't even want to consider that he might have failed her again. This time was worse, though, because she didn't have the key to the apartment. She had left abruptly for Kelan's house in D.C. But it seemed she always fled back to the same arms. "My private life is not a topic for discussion, I'm sorry . . . I made a mistake making those comments about Mike, sorry for the inconvenience."

The rugged sketcher went to work again. Inspired by the girl who had just arrived, I supposed, he slid the pencil frenetically over the paper. His movements seemed automatic, as if he were following a directive. He was no longer producing delicate lines, it was more like drawing with anxiety, perhaps so as not to lose the thrust of the scene. Page by page the clothes catalog was gradually closing, and I could swear that he moved toward the corner where the paper ball with the first sketch lay forgotten.

The young woman left three more messages for Mike. Then she spoke with some guy named Rob. She seemed insecure, uncomfortable, even though it didn't sound like Rob asked her for any explanations. Briefly, she told him that she couldn't get into her apartment and she might need a place to sleep. "You're a real friend," she said, hiding her anguish. Then she gave him the café's address and they arranged to see each other in ten minutes.

Almost immediately, a table opened up in front of the young man with the untamed look. The girl took the spot, went for a drink and a little while later someone arrived who must have been Rob. He was a bit agitated with all the rushing and he carried a paper bag. They gave each other a kiss on the cheek. They talked. She seemed on the verge of tears. Then Rob took her hand and held it in a meaningful way until the girl quickly shook free, but not very firmly. At some point she took out her phone. Rob let her check her messages, but he didn't approve of her making new phone calls. Anyway, the calls were short, and they rather depressed the young woman. In that moment Rob took out a box from the bag and put it in front of the girl. She hesitated, said many things, but Rob wouldn't accept any excuses from her. He pushed the box toward her, asking her to undo the bow and to look at what it contained. There was an orchid inside. The young woman looked at it with distrust, she held it in front of her eyes, and was about to bring it to her heart. Like her, I also would have said a lot faced with such a gift. I would have liked for them to invent a story for me, because the worst thing would be to find out that Rob had been keeping the orchid in the refrigerator and that he had malevolently taken advantage of her by wearing down the young woman's resistance. No, Rob, tell me instead that you hung up the phone, you roughly grabbed the nearest coat and ran out into the street because you only had a few minutes to find something beautiful and to get to the café on time, without raising suspicions. I invented that you were cold, you slipped, and you didn't pay any attention to the aggressive cars or to the people. On a corner there was a flower stand, and behind it a little store in which *norteña* songs were blaring. You asked the saleslady, and she went to the back to look for the most expensive flower, an orchid that was not very large, with a delicate shade of lavender. The woman brought out the flower between her two hands, like an offering. You did not understand any of it, Rob, but you imagined that *norteña* music was ideal for accompanying the spectacle of such a lovely object. The song vaguely reminded you of some Germanic tunes that a former love used to blast on her stereo, that's why you asked the saleslady for the meaning of the lyrics: "It's talking about the strawberry harvest in the South," she explained, "about those people who wander like gypsies through the Bible Belt, and they don't know how to read or write, neither in English nor in Spanish." Reality had no right to spoil your night out, Rob. You reacted by giving an apology, but the woman continued unaffected, searching in your eyes the motive for buying such a peculiar flower on that winter night. "Are you in love?" she asked you. You went out into the cold without answering, with the orchid hidden in a paper bag, shaking your head over the error of speaking too much with Hispanics. The important thing was the flower, that same one the girl was now caressing carefully.

When the young woman and Rob got up, they could barely conceal their smiles. They helped each other with their coats and left very much together, although at no time did their hands even brush against each other. When they passed near me, she was describing something she had seen in a Washington museum, and Rob took charge of the suitcase. An eternity had transpired, and I hadn't even noticed. By then my cappuccino was ice-cold. Other customers had left the café, so there were some empty tables around the young man with the untamed look. I saw him make some last frenetic strokes, then he collapsed over his draft. He left his pencil in a disciplined fashion to the right of the pad of paper, undid the paper ball from the corner, looked at it, put some color on it here and there, then made a small ball out of it again.

He seemed satisfied—no, exultant. He was so sure of himself and of his lucky star that he left the table unguarded and went to the bathroom without turning around even once. Of course I was there, watching, but he didn't have any reason to know it. Neither should he understand the opportunity he was handing me. The young man with the rugged face would return in a couple of minutes, time enough to go up to his table and glance through his drawing notebook.

When I approached, I found the sketch of a cartoon in which a girl was leaving New York, but before taking off she met with her lover in a little coffee house in the city. In their conversation there were no recriminations, but there was a torrent of tears in a Lichtenstein style. At some point the lover gave her an orchid he had stolen. Thanks to the character's revelation—and to the annotations in the margin—I found out that some Hispanics were on the lookout for him to recover the debt by giving him a beating. The conflict was beginning to revolve around the flower, the young woman's fear and her urgency to take a train. Scene by scene, the drawings were gradually losing their precision until they turned into mere outlines. At the same time there were more and more loose phrases, the dialogues were barely suggested, with questions about the scenes still to come. Then I felt a sense of urgency, a certainty that burned at my chest: the young man and I could run around the city all night, even turning it into the other city—that one that was waiting for the next winter storm—into a marvelous world of graphite and paper. I knew it to such an extent that I forgot about Rob and the young woman in order to follow the pair of lovers along those cartoon streets, who were desperate because of their parting, the threat and their own prejudices. I was so close and immersed in their lives that I let time fly by. Instead of listening for the young man's return, I searched until the end for more hints about the couple's fate. I finished the pad of paper, and I looked quickly at the clothing catalog. Then I noticed the ball of paper forgotten in the right corner. Without hesitating an instant, I undid it, and I found a story previous to the one about the couple fleeing into the night. When there were no more than a couple of steps between the young man and me, from the wrinkled paper arose the drawing of a man seated before a little circular table closely resembling a chess board. The model faced the spectator with such boldness that it provoked a shiver through my body. All around him there were loose phrases, secret ideas. And standing there, with my eyes fixed on myself, I heard a whisper over my shoulder, a sweet and husky voice that asked me if I could help him to find the ending to this story.

New York, December 2002–New Orleans, July 2003

FAR AWAY, SO FAR AWAY

I sat down at the bar even though I wanted to sit at a table. I have never liked bar counters—they're a public space, everybody's property, and it's there where conversations converge and strangers meet each other. Even though loneliness tends to sting me, I prefer to protect it, to guard its privacy and mine, isolate it and isolate me. In addition, the stools at the bar don't have any backrests, so in no time at all the muscles in my back start to ache. To all that I should add that on more than one occasion I've made a racket when I have failed in my attempt to get up and down off the stools, because I suffer from what a friend ironically calls "vertigo from low altitude," a kind of dizziness, or rather insecurity. But the worst part, I must insist, is that when you go somewhere alone, it's almost certain that some undesirable person will sit down at your side and try to pull you into a conversation that doesn't interest you. But rules are rules, even in places like a restaurant, supposedly committed to providing enjoyment and giving people service.

It was Saturday. All the tables looked occupied, some customers were waiting at the door. From the moment I came to take a closer look at the menu somewhat casually placed on a rather low wooden podium, I realized that the only way I was going to eat cheaply and rapidly was to acquiesce and take a spot at the bar, since they weren't about to waste a table by giving it up to only one diner.

I sat down as best I could, ordered a beer and some fried food. I wanted bread, but it wasn't included in the meal and just thinking

303

about the extra charge, plus the taxes and the tip, made me reconsider. "Anyway, bread is fattening," I said to myself, not very convincingly. I took a few sips; I wasn't going to finish my drink before the food arrived. Other times that had happened to me because I really like beer, especially when it's so hot. If the month's sales had been good, and I could have afforded it, I'd have ordered another bottle and another and another. However, that night everything was different. I needed to save my beer for the moment when I began eating my dinner, otherwise I would finish thirsty or I could suddenly choke or see myself in an embarrassing problem of asking for water, which is free but galling for the drinker to ask for, and besides, they never offer it to you.

To my left, one seat away, a man and his girlfriend were talking over hamburgers. To my right, a gang of friends were laughing. They were surely also short on funds because they had all ordered the night's special: a ridiculously priced raspberry daiquiri. I saw the bartender prepare it: a lot of ice scraped into short glass tumblers, a red liquid like syrup, lemon slices to give it that cocktail look. The young people scarcely tasted the concoction, evidently the daiquiri was only a gimmick to get permission to stay in the restaurant, to shelter themselves from the heat and to observe those people who could pay for a meal away from home in the middle of the month.

I could claim that my case was different: I was passing through the city, I had slept almost a week in a small rented room infested with cockroaches, fleas and hairy worms that looked like mustaches and I was pining for a warm meal. I was sick and tired of going into supermarkets and then sitting on a park bench to put together sandwiches made with ham, mortadella, cheese, tuna, tomatoes. I didn't even *want* to think about crackers—I was primarily tired of soda crackers because they would crumble all over me, exciting the ants and the nocturnal pests that inhabited my room. There were so many bugs it was making me feel like I was the undesirable invader of someone else's space. I had been drinking sodas for days which were unable to withstand the climate because they would warm up quickly on the nightstand and feel rough going down, as if instead of something for my thirst, I had drunk by mistake from a little bottle of cough syrup. And so, I was feeling fatigued—fed up—and there was nothing to do except wait. My money was rapidly running out and I had no other option than to be patient and visit over and over again the office where they should pay me for some late invoices.

"But the order hasn't come in, my friend," a guy with a bowtie would explain to me, "and we can't issue a check without a signed paper or without direct authorization from the boss."

It was so hot in the city that I had to leave my little room by early morning and hit the streets. It's curious: while the cold encourages you gather up candles and look for blankets, the heat exposes you, deceives you, it commands you to remain under its lash. My feet were hurting me, my skin was sore, my mouth was like a scouring pad, but I continued walking through parks I had already walked through, peeking into shops and recognizing the familiar faces of the employees, though they only saw me cloaked in the invisibility of a stranger.

"We are doing everything possible to complete the payment as soon as possible, but the ones who must authorize the check's release are outside of our central offices. Now, if you wanted to go directly over there . . ."

But it wasn't possible or reasonable to leave this city in order to go to another to try my luck. Besides, I just didn't feel like it. I wanted the full amount of money, not the money minus the costs of a trip that wouldn't guarantee me anything. I needed to save. My wife had already cautioned me to please stop with the collect calls, that if I kept this up our last penny would go to telephone bills, and I shouldn't insist on calling unless it was important, an emergency, for example. I agreed, and I remained silent, and from that time on I have remained almost completely silent. So many people in that city, thousands of people laughing and buying, but nobody had anything to tell me, nor was anyone interested in my story about the pending invoice payment.

To give myself a little celebration, I came to this restaurant. I had passed in front of it several times without venturing to go in to give myself a reward, a pat on the back, a compensation. That night, once I had carefully studied the menu, decided on the main dish, added the cost of the beer, the taxes and the service charge, I entered and went directly to the horrible bar counter, which like all of them had an enormous mirror at the back. I hesitated a few minutes, but when I felt the bartender interrogating me with his eyes, I gave the fatal order almost without breathing. That irresponsible action in one stroke extinguished the last lights of my savings and definitely set apart today and tomorrow. That's why each small sip of beer should be perfect and taste like heaven, like the beer God savors on his throne, because an eternity without beer is practically hell, and hell is a place where tribulations cannot find relief with a cold one in your hands.

I was drinking and waiting. At one side an empty seat, then the couple busy with their hamburgers. On the other side, young guys and gals flirting within a circle, making it a real party. The bartender was very busy. He was running from here to there; his topic of conversation was some sports news I knew nothing about. I tried to find out more about it, but I didn't succeed: it seemed it was too long a story to repeat to someone who was consuming so little.

It was better to draw away from the conversation and so I drank more, imagining ice chips inside the bottle of beer, solid tears of freshness. The plate of fried food arrived, and I fittingly attacked it. I was chewing in earnest, trying to find flavor underneath the thick coat of flour, egg and oil. There was fish in there somewhere, and that was my ultimate objective. While eating, I remembered what had impressed me the most in the city: some display windows. After so many years in the business, I have learned to look at display windows with a critical eye, but there were some in particular that triggered a feeling in me just like a wound. I spent half an hour flabbergasted in front of them, then I ran to call home. I tried to explain the complexities of my discovery, but they interrupted me on the other end of the line saying that the call was very expensive, to not waste time on nonsense and to talk about me. Then I asked about dad, mom, the in-laws and the kids, I inquired if it was still raining unmercifully. "Like it always does," they said. Then I said goodbye, giving excuses about wasting money, and I hung up.

I wanted to describe the display windows. They were in one of those stores you never go in, where what they offer neither belongs to the possibilities of your pocketbook nor to the aspirations of your dreams. The store took up almost an entire block and had a uniformed man with coattails down to his ankles, including hat and gloves. He was sweating like a man in hell while he opened the door for customers, then he would go back to stand at attention and continue melting away. They had dedicated the window displays to the J. Iglesias collection of fine ceramics. Who in the hell was J. Iglesias to deserve an exhibition in the most elegant store in the city? In each one of the store windows, sufficiently large enough to exhibit living room sets, there was just one object by J. Iglesias. Does that make sense? You see an enormous space on the other side of the glass, bounded by walls covered in velvet, bare except for a very stylized pedestal. On top of it there reigned a ceramic plate, illustrated with watermelons, papayas, parrots, avocados—in short, typical things from any tropical place. In the next display window, you found another pedestal, but this time crowned with a pitcher equally illustrated with junk from Latin American gardens. A background with silk curtains, indirect lighting, each object emanating something incomprehensible in the emptiness, and all from the J. Iglesias collection. I was stunned. How much would any one of those pieces cost if they were all so lofty that they took up the space that a nice dining room set deserved? Maybe they weren't real plates or salad bowls, but instead were works of art destined for museums, foundations or collectors. Perhaps they were even priceless, maybe because J. Iglesias had died very young and took with him to the Great Celestial Bar the secret of how to make masterpieces that to the naked eye looked like my grandmother's dishes. Maybe he had brought back clay from a secret island and that's why any one of the cups climbed to a higher status until it turned into *the cup*, deserving amazement from common mortals.

However, the J. Iglesias ceramics scared me. Never before had I feared ordinary objects like a plate or a pitcher, nor had the representation of fruits and small domestic animals ever seemed so strange and threatening. Pure silliness on my part to speak about it, right? But in what other way does one abandon fear if it isn't telling such absurdities to a sensitive listener? I've had a pain stuck inside my esophagus ever since the damn moment I passed in front of the display windows. The beer did not ease it, or the plate of fried food either, which the colder it got was more difficult to eat, or the restaurant's ambiance with so many people laughing and gently whiling away the night.

That was when a ruckus started behind me. The bartender left some glasses without picking them up in order to follow somebody with his eyes who had come in and was heading toward the table area. He called out to the person with a "Hey!" and gestured to them to come closer. At my side stood a disheveled person, with overgrown hair and many pounds squeezed into a tee without sleeves and faded blue jeans. They moved with difficulty, trying to keep a folding chair, many bags and a large cardboard box under control in their hands. I shrunk back, a little bit shocked. I too would not have allowed someone like that to be seen in a business I owned. The bartender explained the golden rule:

"There aren't any available tables for only one diner. If you want to have something, take this available seat here at the bar."

That person climbed up with difficulty onto the stool at my left, attempting to hang onto the packages. Then they let the folding chair, the box and some bags slide down their legs so that they would fall to the floor without hitting it hard. That person put a little transparent handbag, adorned with stars and little dolls on the bar countertop. Out of it came little pieces of paper, color pencils and a few bills and coins. The bartender asked if that person wanted to drink something and that person said:

"Give me time, dear."

Holding his hands up high and looking over at the table area, the bartender snapped his fingers. I saw a tough guy in the mirror paying attention, leaving his post in a corner of the dining room, approaching the counter to converse in a low voice with the bartender, nodding and glancing at that person, while that person was asking, almost shouting, for a raspberry daiquiri. The bartender nodded rudely, taking a disposable cup and putting in ice, syrup and lemon. Without waiting for an additional order from that person, he returned to the tough guy and they both continued whispering. Finally, the tough guy went away from the bar, but not very far, just enough so as not to lose sight of that mass of flesh and curly hair seated at my left.

The couple eating hamburgers surely felt their space had been invaded, because they stopped their conversation and tried to understand the situation by looking into the mirror. That person was drinking the daiquiri somewhat hunched over, as if wanting to be sneaky. The group of friends continued doing their own thing, although some of the young guys were pointing at the tough guy, at the bartender, at that person and, I imagine, even at me: immediately some other young people started making comments and everyone was laughing. The bartender continued taking care of orders, and every time he made a movement many eyes followed him, then they laid their eyes on that person and then back to the bartender. He was constantly asking that person: "Do you want something else? . . . Are you planning to eat?" And the answers were reduced to a defiant, "No, darling."

"Don't say that to me again," grumbled the bartender.

"What, darling?"

"I mean 'darling.'"

"You don't like it? It's so nice to be loved!"

"Provoke me and you'll go out to the street."

"Throw me out and I'll kick up a stink you'll remember for the rest of your life."

They both searched among the crowd for the tough guy, who turned his head as if summoned by their eyes: from one side of the counter the bartender seemed to plead for help from him; from the other side, overflowing on each side of the stool, that person was challenging him. In addition, there we were, the curious onlookers with our attention on the mirror. Without any discretion we were waiting for some incident, an anecdote to tell later between laughter: "You know what, I went out to eat and suddenly . . ." But the tough guy might have gotten confused, or felt pity, and instead of approaching the counter he cast his eyes from here to there until he finally averted his eyes completely, as if searching for the origin of other disturbances that were more important. It seemed to me that the crowd gathered in the dining room was swallowing him up, or maybe he decided to grow smaller, trying to get the sound and the movement to make him invisible.

That person settled in on the seat again. Triumphant, that person began to blow through the straw, making bubbles on the pink daiquiri's surface.

"Don't call me that again," entreated the bartender.

"What?"

"Don't try it again."

That person looked at the cocktail. The bubbles huddled together before bursting with a modest sound, almost impossible to hear. The bartender left to help other customers, his face had lost its professional smile and his gestures only showed a certain mechanical efficiency. Meanwhile I was choking on the fried food, thirsty, as I was almost out of beer. I was cutting the food into little pieces to make it easier to chew, drinking small sips of hot liquid, making an effort to swallow in a natural way. I glanced at that person playing with their drink. It reminded me of my children when they would get bored during lunches, inventing make-believe worlds to go into, making the most out of that time. That person knew the restaurant did not welcome them, and if they were tolerating that person it was because they were still consuming and because neither the tough guy nor the bartender was in the mood to mount an inconvenient scene that might alarm the nice diners and make them think: "Damn! The class of people they let in here."

That person took out a comb from the little handbag adorned with stars and began to slide it through that wild mass of hair falling over their shoulders. I followed the movement of the comb without any pretense until that person's eyes surprised mine. I didn't move, perturbed when I realized that I went from being the one watching to the one being watched. That person transmitted so much confidence, as if accustomed to filling stages and provoking curiosity, admiration and reverence. That person's coquettish shaking of the head adjusted the hair around their face while drinking the daiquiri, savoring the pinkish concoction with the expression of someone who has found one of the greatest pleasures in the world.

"You don't know me, right?" that person said turning toward me.

Maybe by instinct I pushed the plate of fried food toward that person, as if I could protect myself by placing obstacles between us.

"No, I've never heard of you."

"Don't be a drag. Come on, try. You watch television, read magazines—at least you leaf through the newspaper."

I tried searching for help. The bartender was conversing with a customer at the other end of the bar, and I was certain he would not come near us. The couple was pretending to eat, the group of friends closed their circle, from a corner the tough guy watched someone who was moving through the dining room. Other diners interrupted their dinner to watch us with interest and secretly point at us. I felt a terrible need for another beer. That person was enjoying the daiquiri and very tactfully let their beady eyes go over my plate of fried food.

"Don't be timid, answer me. Do you read?"

"Some things. I travel a lot and I kill time reading."

"Then you should know about me. Do you like publications about society news?"

"No, I buy things in sports and travel stories. I sincerely do not recall your face. I don't know your name, either."

"Try to guess, you'll see how easy it is," that person insisted while nudging me on the shoulder. People around us were still watching.

"You're J. Iglesias," I said to end the senseless waiting.

"Oh, no! How could I be?" that person laughed uproariously, taking with their fingers, with their big pearly nails, a piece of my fried food. "J. Iglesias and I are friends, almost confidants. You must have found out about me from the reports of J.'s banquets on The Riviera."

That person boldly continued stealing mouthfuls from my plate while describing to me a fabulous beach house with twenty-three rooms, several terraces, swimming pools, playrooms, extremely valuable works of art, a pier and a yacht and a mansion frequented only by very select people from high society. That person always spoke about "we" when referring to the visitors who attended lavish events, enlivened by the hippest singers and comedians, and meetings in which enjoying life consisted of talking about finances, high fashion and show business. I couldn't retain so many details: lamps from Arabian dynasties, Hindu vases, alpaca rugs, Pompeian ceramic, Gloria Estefan, wines stored in vaults, the Rockefellers, Celine Dion, Mercedes-Benz armored vehicles, a zoo with tigers, snakes, trained monkeys and crocodiles, a move theater where "we" saw movies before their world-wide release . . . I waited, but when I realized that the barrage would be an unending one, I decided to interrupt.

"I am referring to J. Iglesias, the one with the collection of plates."

That person stopped, stupefied.

"Plates?"

I suspected that for that person it didn't matter if they were plates, Gobelin tapestries, or chamber pots: that person would always have an answer. Nevertheless, I did not want to provoke another torrent of explanations about how people with money lived.

"The one who exhibits plates."

"You're referring to a potter, right?" said that person with a somewhat grave face, trying not to show bewilderment and continuing to eat my dinner.

I didn't know at what moment I began to speak; I still don't know exactly how long I spoke. Possibly I said only disjointed phrases related to my experience as a salesman, the use of display windows, the value of a simple bowl decorated with parakeets and morning suns, those long walks through the city that leave your feet dead tired, the game of seeking how to wear yourself out—at all costs to wear yourself out—and go back again to your crappy room when even your most insistent feelings are tired, to drift to sleep thinking about velvety spaces, about crystal podiums, about impossible phone calls, about regrets, to die waiting, eating fried food that you don't like and that causes you indigestion, waiting for someone nice to sit down at your side in order to steal little bits of conversation, to keep walking, to enter shops, to ask for objects, to try them out, to return them to the saleslady with any excuse, to feel the stones that won't let you live in the moment, the moments that don't end even though you beg, God's incomprehension, God's loneliness, God's thirst, beer, the inability of being in a place, simply being, some shadows that are not projected, but creep along and carry weight, the city always with you, no matter where you may be, the comfort of some fried food, the last coins in your pocket, insects attacking, keep walking, gratitude because of a smile, suspicions before a smile, vertigo, the desire of having a goddamn table that night to sit down and wait for sleep. . . .

I stopped. I was feeling very dizzy, sweating intensely, with a sort of bitterness in my eyes. I realized everyone was looking and I felt ashamed. It seemed to me the bartender hit his fist on the counter, perhaps complaining of his luck and including me in his disgust. The tough guy, without moving from his corner, knit his brow. The friends tried to isolate themselves, speaking in lower tones closer together. Possibly surprised by the time, the couple decided to pay the bill and leave quickly. That person, high up on their wooden pedestal, was paying attention almost reverently while chewing the remains of the egg and bread crumbles, burnt and shiny from the oil. That person flipped away locks of hair with their index finger, as if to hear and see with better clarity. That person glanced at the bottom of the disposable cup, and with one gulp finished the last bit of water tinged with pink. Then that person said:

"I understand you perfectly, dear, I do understand you."

Then I gave free rein to the pain amassing in my eyes. Without the ability to think I let go on that person's enormous and smooth arm, searching for a place to rest my forehead and to help my reluctant tears. I cried almost free, and almost free from anguish I kept crying, my skin against that other hot and gentle skin. I cried with my eyes squeezed tight so I could see the blackness of my tears. I continued my sobbing until I created a torrent that dragged all feeling out of me to be destroyed in mud and rocks, in ruins, in tiny, minuscule pieces.

I opened my eyes and I thought I had awakened to a new moment in time. The restaurant was the same place as before, filled with more voices than people. However, it seemed to me that the bartender was opening two beers covered in frost, and he was bringing them to us on a tray adorned with tropical-colored birds. I saw the tough guy smile and come closer, ready to tell an amusing story. The couple decided to have another drink just to toast with us. The group of young people turned around to invite us to experience that night with them. The rest of the diners proposed another toast by raising their pink daiquiris. I saw all of them slowly approach with their arms open, wishing to clasp me and tell me, "We also understand you." I closed my eyes again, thankful and overwhelmed by the excess of affection. To some extent I felt pity for the people in the restaurant, because in that piece of the world made up of two stools and a bar counter there was only room for me and that person. For anyone else it was too late. Although someone might attempt to raise a bridge or throw lassos of appreciation, we—that person and I—had already become an unattainable desire, like that freedom our daily routine had denied us for years. No matter how much the others attempted to reach our secret, I was sure that they would never be able to. With my eyes closed and my forehead against that person's arm I felt compassion for the bartender, the tough guy, the couple and the friends. I pitied the other diners, the people passing by on the street, the people dying of boredom in front of the television set, my family. I felt sorry for all of humanity, because although the most desperate beings might want to come closer to us in that moment, they couldn't break through the moorings of their islands, and they would have no alternative but to continue watching us from a distance, from so far away.

New Orleans, August 1999

GOD HAS BEEN GENEROUS WITH US

May the road rise up to meet you.
May the wind always be at your back.
May the sun shine warm upon your face,
and rains fall soft upon your fields.
And until we meet again,
May God hold you in the palm of His hand.
Irish Blessing

Nobody had noticed the backpack or the many cases you were carrying; if some of them did see you with that much equipment, they weren't able to understand your intentions. People looked at you as just another stranger, tiredly, without a hint of suspicion because in those towns lost in the mountains nobody was going to do anything bad. It offended you not to feel welcomed because you had fantasized about this moment for days and days, and being there as if you hadn't arrived was still humiliating. You would certainly have to introduce yourself again, remind them what your name is, apologize to them because after so much time they had forgotten your face—and here you were—arriving, again, at the beginning, to take another first step. Those who ran away and those who went out in search of some answers landed here, and almost three decades before you arrived, because they had told you that no bluegrass singer who took his art

315

seriously could avoid that trip to the towns of West Virginia where the working men rotted their lungs in those coal mines dark and endless and at the same time insatiable for blood and human flesh. It was, as you understood it, one of those mythical journeys, like Route 55 to Louisiana for blues musicians or Route 31 to Nashville for those who play country music.

The police didn't even pay attention to you, although you thought as a good urbanite that it was their duty to ask you some questions. What are you doing here? What do you have in those cases? And that's portable recording equipment? You're looking for a musician, but you don't even know if he's still living? You can't give me that person's address, but you do know how to find your way around and get to his house? No, nobody asked you a question except when you approached the barricade that the police had raised around an old trailer hidden among the bushes. An old lady with her hands hidden beneath a thread-bare sweater was watching the commotion made by the police and the paramedics. "It wasn't like this in the past," she said without looking at you, "people died, and the death was a family matter. They buried their dead wherever they could, sometimes even in the backyard of their houses. I didn't have enough for my husband, not even to get a coffin, so the neighbors helped me wrap him in some sheets and we left him resting where the vegetable garden was. From that time on nothing has thrived on that land . . ." The old lady turned her head a little to spit out her dead husband's memory or the loss of the vegetable garden. Then she pointed at the trailer with her finger: "But see now. They're taking the dead body away in one of those trucks, and if the loved ones don't go down to claim it, then it's going to end up in a common grave." She spit again, even though it didn't look like she was chewing tobacco or anything like it. "The woman who killed herself inside there did it all wrong, looks like all the walls and even the furniture are stained with blood. So inconsiderate. You tell me: who's gonna want to live in a house where there was a suicide? And one that was so messy?" "There'll be someone," you responded, uncertain. "There's always someone in need." "Besides," continued complaining the old woman without listening to any voice but her own, "who's gonna clean up so much blood? It even began to drip down the trailer's steps! That's how we realized something bad was happening—it wasn't the gunshots, it was the blood. We hear a lot of shooting around here, people get desperate and go out to shoot at anything, from the moon to stray cats. But a red trickle coming out from underneath a door is another thing; bad luck, rotten luck, besides it attracts the dogs, makes them howl. They say the woman blew her head off at the first bullet and most likely when she fell, she pulled the trigger again, and this time she ripped open an artery. The trailer's ruined . . ."

Then, she looked you up and down. "Another musician," the elderly woman bemoaned, "—musicians always come with big plans. They learn our songs and then they leave, and everything here stays the same: the same mine, the same misery. Who are you looking for?"

A little annoyed, you responded to her that it was Justino Vaca, the one who plays the banjo.

Then the woman took out a cigarette from her sweater, spit and began to smoke, looking again at the trailer's door. "Ruined . . . nobody will dare live inside there . . ."

∽ ∽ ∽

You easily found the road to the Vaca family home, more from intuition than from anything else, because these towns that appear to stand still do gradually change in their own way, keeping their own history in hidden corners stowed away from oblivion. You were surprised to find the front door open and Justino Vaca napping in the living room, his legs covered with a shawl. You noticed right away there were many people in the house, but they had gathered in the kitchen to talk about something you couldn't understand. You put your things down on the ground and drew a chair over to Justino Vaca's rocking chair. The old man seemed the same, too, though maybe his features were a bit hardened by time. He opened his eyes and stared at you without surprise. You told him your name, but Justino seemed more interested in your baggage. "A guitar?" he asked, pointing to the case with his finger. You ran to take out the instrument and you put it in his lap. He said to you, "It's the same old one, just a little beat up. So many roads, right? Such a loyal guitar, who knows how much of the world it's seen . . ." You didn't dare clear up his confusion. If some day Justino left town, getting on a Greyhound to go to your bungalow near the Delaware coast, and he entered your studio, he would discover the many instruments hanging from your walls: guitars, of course, but also banjos, violins, a tres, several lutes and even a cuatro. But Justino Vaca would never leave there, and for him that guitar full of scrapes and dents was the image of some better time. He clung to that illusion and slowly pronounced your name. *Yes, he remembers*, you thought, amazed. The old man did not mention anything else from your past, not even the scene when you were last in that living room some twenty plus years before. He asked you to get his banjo for him: "You'll find it in that corner next to the window," and he began to play. You listened to him, and you were paying so much attention that you didn't realize the conversations in the back had stopped. Some people came closer, but not so much as to violate that bond you believed you were rebuilding with Justino Vaca. Moving slowly, you looked for your guitar, and you and Justino dove into retracing life without mentioning it, singing song after song until both your throats were dry. "We're thirsty!" shouted Justino without letting go of the banjo, as if it were going to fall apart without him. A woman who did not look like the dynamiter's daughter brought a table closer with a bottle of Jack Daniel's and two glasses like those you can get at the Dollar Store. "Dolores?" I asked her, but she left without looking at you and Justino took your arm as if you needed comfort. "You know God has been very generous with us, young man," he said, "so good . . ."

There wasn't a trace of irony or resentment. You nodded in silence while the Jack unmercifully burned in your stomach. You didn't like that liquor, you had promised yourself never to drink it again, but now, across from Justino Vaca, you were wetting your lips, mixing small sips of bourbon with lots of saliva, but it went down the same way—burning your throat and your esophagus until it landed in your suffering stomach. Nevertheless, you weren't going to offend Justino Vaca, no way.

The old man leaned back in his rocker. You served him several more drinks, and he put the banjo very gently on the floor before going off into a kind of slumber. "Where are you going to sleep tonight?" In spite of having closed his eyes Justino Vaca appeared alert. "Dolores' room," I answered to make him smile. Anyway, it had been he who had introduced you to Dolores, his niece, the daughter of his brother the dynamiter. However, Justino's face contracted and began filling up with wrinkles until it was transformed into something else, something mineral but alive at the same time, a reservoir of anguish that suddenly ended with the burning from Jack Daniel's. Perhaps Dolores had become someone they never mentioned, and you were putting yourself on dangerous ground. In almost thirty years people's lives can get messed up with unimaginable endings. "At this hour there isn't a bus that can take me away from here," you said in an apologetic tone, "but if I hurry, the police can take me to the town at the foot of the mountain. At least there are a couple of hotels over there."

You didn't tell him that you had thought about staying with him. You took for granted that your return was going to make the Vaca family happy. You were the lost son, the little White boy who got mixed up with the mining riffraff from the mountains of West Virginia, the one who found his voice and his life's path among those people always forgotten. You never really fell in love with Dolores Vaca, but you followed Justino's lead, his dynamiter brother's, everyone's in the town (they, meanwhile, had left them alone again in the living room, but now no conversations were heard in the kitchen, it was all silence). Almost thirty years before you had a difficult time leaving, do you remember? We who wanted you back in the city insisted, we had to threaten you. I, for example, told you on the phone that I was going to take a plane and rent a car to bring you back. You were too important to me to just let you get lost in a shitty town just for the music, because you felt you identified with the stories about poverty and exploitation of the townspeople and because of a girl whom you did not love, and neither did I.

"Down there yonder there's no place to stay," said Justino. "Just an old motel, *La Luna*, where rooms are rented by the hour. You never went?" No, you responded to him. You could never go because they would have found out about everything, even though one supposes that motels are temples of secrets. And that transgression, your transgression and mine, they wouldn't have forgiven it, because there are things that even the most fucked up people won't tolerate. We've seen that so many times in our travels throughout the country. We wonder why people accept so much inequality and at the same time cling to traditions and the thinking that oppresses them. Since when is what the heart feels more immoral than poverty? To Justino, to the dynamiter, you were a timid young man, more religious than what you wanted to admit, but not toughened by the things of this life, because at your age they had already married and were working from sunup to sundown. Dolores, however, got it very quickly. Women have always been more perceptive than we men, cleverer. They read better what men try to hide in vain, that's why it's easier to become their friends and for them to become our confidants. It was Dolores Vaca who finally made you understand that life at the top of the mountain wasn't for you. "You're using us as a source of inspiration?" she said to you, and you said no, that you were learning from them, in no other place could you be so close to the human spirit as with the mountain's poor, the miners, their stories and, overall, their way of making music. And she said: "No, there are things you can only understand from the inside, from living that same life. You are on the outside; you see us from out there and for your own reasons you've dreamt up that you're a part of us. But you're not, you never will be . . ."

You called me early in the morning, distraught. Do you remember? You had been writing for hours without succeeding in setting down your thoughts or your anguish. You wanted to know if I thought the same thing, if I saw you as an observer supported behind the barriers of your culture, your race, your social class. You, who were ready to rip off your white skin and put on a brown-colored one. "I renounced everything for you all," you told me with a restrained voice, avoiding the tears that might betray you. "I joined your fights, I've questioned my society, my country, even my roots, and here comes Dolores pointing to a limit, denying me the possibility of going further." I was quickly gathering all the reasons, but in the same way I remembered my own life, the countless contradictions that usually made me lose hours of sleep and the pleasure of living in the present. "That mountain is not for you," I finally dared to reply. "Come back here, with me, back to our life and to our battles." After a long silence you began to curse all of us outsiders. That's what you called us, right? Immigrants who had recently arrived; people like the Vaca family were not foreigners until they stripped them of their lands, those we were discriminating against, the great White majority and the progressive minority. "How is it possible that an ally is not considered to be part of the group for whom he is doing battle? What makes the ally different? Tell me that!" But I couldn't explain it to you, I didn't dare try to at four o'clock in the morning, with that highland coldness attempting to slip through the windows. "I miss you, get it? Even though I don't like bluegrass because I don't understand it, and I also don't believe it is possible to redeem oneself in the mountains of West Virginia. I love you despite the fact you don't tan in the sun: instead it turns you the color red, and I forgive you that you don't understand dirty jokes in Spanish because you forgive me equally for not understanding them in English. Isn't that enough for you?"

You answered me at the end of another silence that you were going to take Dolores Vaca away with you. She didn't deserve to waste her life in a miserable town taking care of her father the dynamiter, and her Uncle Justino—two dumbbells who didn't know how to lift their lives out of the hole in which they were born. No, you weren't going to allow it. You hung up after quickly saying goodbye. You didn't say anything about me, or what I was offering you. "His time will come," I thought as a consolation for that parched feeling that stayed in my chest. Nevertheless, I couldn't fall asleep until it was almost time to get up.

∾ ∾ ∾

"God has been so great to us," repeated Justino Vaca with his eyes closed, his breathing peaceful, his hands placed over his chest as if he needed to lock up his heart within its place, "so generous . . ."

You got up to look for some blankets. Although you knew that house to perfection, you decided to go to the kitchen first and ask for help from anyone who might be there. Thirty years (or even less time) bring with them the loss of almost all privileges. One of them, you didn't doubt, was wandering into the private spaces belonging to the people who loved you. Those spaces belonged to you before, but not now. Even though you did not feel like a stranger, you needed to negotiate the boundaries again. You found the kitchen suddenly empty. Those people you had heard talking, the ones who had later made a small circle when you and Justino played their music, those people had disappeared just like ghosts and only a small elderly woman remained, curled up in a corner. A weak light was shining on her from a tabletop radio, from where an evangelical pastor was giving a sermon demanding repentance. You asked the diminutive apparition—her feet did not touch the ground—about everyone else. But she just smiled and told you that the music had brought back many memories for her. "Do I know you? Do you remember me? I was living here years ago with Justino and also where the dynamiter lived." She repeated how beautiful the music was and then asked you if you were going to take care of Justino, at least for that night. "I can stay here, anyway I sleep very little," said the tiny old woman, "but I would like to go home for a little while. Nobody is waiting for me, but it would be nice. One's little habits . . ." And without knowing exactly why I asked her for permission to go upstairs to look for some blankets. It still was not too cold, but it certainly would be better to cover up Justino Vaca well. "I'm feeling a little uncomfortable. I don't want to be disrespectful." The elderly woman stared at you, then she turned off the radio, and while she was jumping off the chair, she said that anyway nothing mattered anymore.

When you went upstairs you found two worlds. Toward the front of the house, Justino Vaca's room was a total mess, as if he had attempted to leave at the last minute and hadn't been able to decide what he needed or didn't need. The room that had been your bedroom was also a disaster area, but in a different way. This time it was the chaos causing the neglect. Boxes with old clothes were piled up in a corner, a plastic Christmas tree was suffocating under a rusty stationary bike. You imagined that your room had been transformed into a purgatory for everyday ordinary objects, a way station where one decided the future of a lamp or a decoration, a tool or a pair of shoes. The objects could leave the room and be used again by people, they could also end up in a box waiting for better times or finally be sentenced to the local trash dump, another one of the symbols of the slow degradation of those towns. You found the blankets there, a little dirty, smelling of sealed memories, but it was the best you could do given the circumstances.

You went out into the hallway in the direction of Dolores Vaca's door. You knew it was useless to call out, but you did it anyway. If someone had seen you, just standing there like a mourner hoping for a miracle! You entered on tiptoe and, for a while, without knowing exactly why, you sat down on the edge of the bed with your hands between your legs, the posture of a scolded child who still doesn't understand his own guilt or the fury that surrounds him. As you got used to the darkness, the things in the room began emerging tainted by reality and fantasy at the same time. *That's what ghosts are like*, you thought, *this is a haunted place, I am too.* It seemed to you that the room was half made up, there were essential things missing, like the nightstand and the lamp with little red flowers that illuminated your nights with Dolores Vaca. She did not like to receive you in her room in the dark, but not with the lights fully on either. It was in that intermediary space, in the shadows, where she felt comfortable. That's why perhaps her body was always for you a game of lights and shadows, while for me it was the place with the trap, that specific point between trees or in a lonely alleyway where beasts pounce in order to trap their victims. That Dolores Vaca, that whore. How old was she when you met her? Eighteen? And her father the dynamiter and Justino already thought she was an old maid? And they chose you, right? That's what you told me many years afterwards, when the confusion of youth was already atrophying inside you into conformity, like what happens to us all. But it was already late for giving justifications and explanations, it usually is when we human beings can finally speak about our most secret and important matters.

You began to think . . . that's the problem with abandoned rooms, they force you to think because each thing around you begins to reclaim your attention. Dolores Vaca's room really hit you hard by the missing objects, by those objects that were already aged and by a few things you weren't acquainted with that were distorting your dreamlike state because they had no history in that bedroom, and they were a hole that your imagination felt obliged to cover up. And sitting there you thought about me and, as you later told me, about what I might have said to you in that moment, as if I were still in pain and so many years without seeing each other hadn't been enough so that I would stop calling Dolores Vaca the whore who for some time straightened out your nuts and made you a man, right? And about those who have kissed another's behind, who have offered themselves naked face down, who have delighted in licking all the skin that a man's body has on the outside and then, coming across someone like Dolores Vaca, forgotten what they are, denied their desires, slipped into a woman's bed and everything is as it should be according to the norms. You remembered, isn't that right? You left for West Virginia "to find yourself," you told me after years of going together and trying to understand us, although in truth, who can speak of understanding at twenty-something years old? And it was all for your music, for bluegrass and the voices of the poor and the duty of poets to go out and look for them, to gather their stories, put them to music, to create art. You told me that in those mountains, in addition to the coal miners there was an unusual family: a dynamiter, his brother and his daughter, all with the last name of Vaca, meaning the descendants of the founding families of the Southeast of the United States, of the Spanish explorers who settled in the highlands and forests of New Mexico after having crossed the desert without knowing where they were going or where they would stop. I must have put on the face of a confused kid and you, with the patience of dreamers, explained it to me: many of the poorer Whites in this country live in those mountains; nobody speaks openly about them, but they appear constantly caricaturized—in television, for example, or in the movies. Think about those rustic characters who go around carrying a rifle and speak with a very strong accent and scarcely know how to read or write. They live in the forest in houses built with knotty wood, they hunt their food, they're not friendly, they fight among themselves all the time and if some guy from the city has the bad luck to fall into their grasp (that's how it happens in movies about naïve hunters, or about nature lovers who go out to explore a river), he will not come out unscathed from the adventure: they're going to kill him, or at the very least he'll come out violated or psychologically disturbed. But those are the myths. The reality is something very different. "So then what is the reality?" You remained silent, perhaps trying to fit together the pieces that would allow you to describe in a single brushstroke those people that so few talked about. You told me about the miners who worked in dangerous conditions, again about the poverty, which for you meant a lack of education and opportunities, life in mobile home communities and above all being forgotten, because being forgotten is what distinguishes those who are beaten down: that invisible people, frozen in our imagination, devoid of history. "And you're going to a place like that? Aren't I enough to make you happy?"

∾ ∾ ∾

You would tell me a few minutes later that so many things came into your mind in the loneliness of Dolores Vaca's room, but above all you realized that woman's absence was now more profound and definitive. For you, she had begun to leave from the moment of the dynamiter's death. She had clung to you looking for explanations, forgetting your own doubts, your need for answers. How did something like that happen? He never said anything to you? Did he show you once some sign of his suffering, his madness, something that might announce his death? And you were embracing Dolores Vaca with no answer except to wish her peace. You didn't know then the code of silence that eats away at so many men, you didn't even know your own. It's better not to think about certain things, you repeated to Dolores Vaca, let go of all that you are holding inside, I am here to comfort you. But the woman was gradually entering that space where nothing is said. She left Justino's house and settled into the dead dynamiter's trailer, from where she had fled as a child for fear of what her father might do to her. She stopped seeing you, right? And that new absence caused your own departure. You told Justino Vaca that the dynamiter's tragedy had been too much for you, that you couldn't take care of Dolores. In reality you couldn't even take care of yourself, and you were planning to return to the city. "We all leave one day," the old man responded to you, "but at least here you'll always have a place to stay." And just like that, without any judgement, without a single complaint that you were leaving, almost fleeing, when the Vaca family's lives were plunging into crisis you took your things and went down to the foot of the mountain. You never said goodbye to Dolores, never, to my knowledge, wrote her a letter, but she always popped up in your conversations. You used her to explain your decision never to live with me again, to continue wandering in search of some absence as yet undefined. And I told you yes, it's all good, when it comes right down to it, I have no way of holding on to you—after all, love boils down to respecting without expecting, the heart is nothing more than a hindrance; go on, leave me alone, it won't be for a long time . . .

∾ ∾ ∾

That night, however, Dolores Vaca's absence was different, more definitive in keeping with what you sensed. You went down the stairs with long strides, ready to wake up Justino Vaca so that he would give you some explanations. You stopped when you saw the elderly man barely wrapped up, the banjo at his feet. A weak light that was coming from outside marked his face in yellowish hues and shadows. You bundled him up with the blankets. You went to the kitchen, but no one was there, then to the back porch where the dense early morning cold greeted you. Someone, somewhere, was watching television, and broken laughter could be heard. You were in that same place almost three decades before, when without giving any warning the dynamiter filled his truck with explosives and went to the train crossing to wait. It was never known if his intention was to blow up the one o'clock early morning shipment. Anyway, there were delays and the long convoy did not go past the crossing until after two o'clock, and it's crossing lasted, according to witnesses, for some forty minutes.

Almost thirty years before you were on that porch smoking away your insomnia. Dolores and Justino were sleeping on the second floor, the dynamiter should have been in his trailer. At that hour the bars had already closed, and the lonely had no other option but to drink at home. What had that night been like? You thought probably the same as this one, with that cold that gnawed at you on the porch. Then you looked for your cellphone in your jacket and dialed my number.

"Am I bothering you?" you said point-blank.

"It's very late at night and you're calling me, you ghost. Shouldn't I be surprised?"

"Are you with someone?"

I hadn't totally awakened yet. I stretched out my arm to feel around the other side of the bed, then I answered yes, but it didn't matter. You apologized, but you didn't offer to hang up or to call me again during normal hours.

"I'm in West Virginia again, in the mountains."

"You never left there, darling. For years you've been singing with that experience in your head. Is that why you're reaching out to me? Or are you going to tell me how much you miss me? I wouldn't believe you anyway, it's been such a long time since you knew anything about me. I do keep up with you on your webpage, on Twitter, although I suppose you don't write to your fans."

"Uriel, listen to me, don't give me sermons. I came back here without informing anyone, I don't know, thinking about the myth of the home left behind but always with its doors open, waiting for my return. Something has happened, that's why I'm calling you. When the dynamiter did what he did thirty years ago my first thought was you, do you remember? I looked for a telephone, I asked you for advice but in the end, I didn't follow it."

"You paid more attention to your fear and you didn't stay with those you called 'your people,' and instead you disappeared in the middle of the confusion that the dynamiter's death created. Yes, I remember. You decided to lose all of us: Justino Vaca, that Dolores and me . . ."

"I didn't decide anything, things happened by themselves. Can anyone decide at twenty-something years old? Today I have returned and the first thing I find is a trailer where a suicide has been committed. In Justino's house there's only he and I, the townspeople have disappeared."

"You're a lucky bastard, darling. The generous gods are giving you the opportunity to come full circle, to vindicate yourself. You're going to be able to pick up what was left undone thirty years ago, to do the right thing, to find your peace again. Didn't you speak to me once in a message about wishing for that?"

I think you whispered a "Yes, I agree," and you hung up before I could ask you anything about your life or give you permission to speak about me. You were still an adorable son of a bitch, I thought. You hadn't even asked how I was. And although I tried to sleep, I couldn't do it. And I'd rather suppress the urge and not call to ask you what you finally did. I supposed that you went to pick up your backpack and your many cases, walking on tiptoes so that Justino Vaca would not realize that you were leaving again, now and forever. If I recall you well, naivety probably played a dirty trick on you and you didn't hear the old man say your name and thank you for having come visit him in such sad circumstances.

In those places empty of joy, whoever walks along the early morning streets will make a great noise and a terrible silence at the same time. The sound will be heard by those who are waiting for something: a return, a memory, a fear…silence will mint resignation or weariness without hope. You're going to leave, but in a roundabout way, trusting that nothing will happen to you during the long descent to the town at the foot of the mountain, where at any moment a bus will pass by that will free you from the present, not so from the past. Without intending it, you're going to come to the train crossing where the dynamiter, almost thirty years ago, decided it was all done, because Justino had his songs and Dolores had you. More than anything else the possibility that his daughter might still be trapped in the circle of miners caused him anguish, but with you there, the rebellious urbanite, sooner or later you would relocate to a place that was definitely better. He arrived at the crossing and let the convoy pass. How many train cars? The ordinary eye never knows, it counts the distance by time, and that night it was almost forty minutes. Then he placed the truck right smack in the middle of the tracks and exploded the dynamite.

On that train crossing there were no vestiges of any tragedy, but you felt like everything was beckoning you, from the old crossing gate arm to the young bushes and their shadows. You let an invisible convoy pass by, you stopped in the middle of the track and the night let you imagine the young man who from the Vaca family porch heard an explosion while he was wondering what to do with his life. You saw him with all his doubts, on the verge of finding in the dynamiter's tragedy the opportunity to leave in search of himself. Your memory left him on the porch: a sweet young man, naïve, and self-centered.

A few minutes later, making the decision not to think anymore, you took the road toward the town's exit. Inevitably it was necessary to cross in front of the trailer lot. You gave the place where the old woman had complained to you about the inconsiderate acts of people who commit suicide a quick glance. The yellow tape placed there by the police in the afternoon was broken, indicating that the road was clear for whoever might want to take possession of those remains.

I LEAVE TOMORROW, I'LL ARRIVE YESTERDAY

A gente preenchia. Menos eu; —eu resguardava meu talvez.
João Guimarães Rosa, *Grande Sertão: Veredas*

If you're coming from Uptown on the streetcar, you get off at the last stop right on Canal Street, close to where people who have taken a bus named Desire and are now bound for Cemeteries or Elysian Fields make the transfer. But be on the alert, because this area is full of scoundrels and stores selling knick-knacks and you can easily get lost. It's better to go all at once to the other end of the French Quarter along Bourbon Street or Decatur, although I recommend you go down Royal, the street full of galleries, charming little apartments and old, sealed-off houses where the vampire tours make a stop. You'll be passing very close to where William Faulkner lived and assuredly you will come upon some guy standing casually on a street corner, pretending to be an artist of leisure. He'll look for you with his eyes, even though he doesn't know you, waiting for that first defining and clarifying contact that will draw you easily into a conversation, as if you both had been separated only for a short while instead of your whole lives. He'll entice you toward his corner with a gaze that captures the reflection of glittering waters. Despite the fact that at this hour it is impossible to see at a distance the color of any eyes, you respond to his command, you try to guess the origin of that vibration making your skin tingle until you find its owner leaning on the railing of the cathedral's garden, where a marble Jesus opens his arms to welcome everyone, although no one may have access to him nor to the garden's delights. There is something fragile and false in the young man, that doesn't come from his feet barely protected by sandals, or from his very white suit of Indian linen embroidered with little red figures or from his hair with curls carefully made to look disheveled. You think of him as an apparition, an intangible danger that speaks almost in whispers. For you he will spit fire, he will sing his original compositions, he will dance with silk veils, he will attempt to read your hand to discover that he is in your future: naked next to you on a pallet in a *shotgun* located scarcely a few streets away from where your palm begins to tremble before the possibility of enjoying the next few hours, until the sun rises again over the Mississippi, and you both take your clothes and go off in opposite directions. He caresses your lifeline, inventing difficult times that you have survived due to your resilience and persistence; he predicts travel but no wealth, softly asserting that your rational part is very strong, so much so that it hinders your love line; he makes you doubt, and he compels you to suffer as all people do who fear to surrender to the simple act of turning their skin over to the unknown.

Nevertheless, like so many other nights, you close your hand to new experiences, to the dizziness of uncertainty. You hold your fist very tight, deforming the lines of your destiny. You attempt to leave the young man without noticing that his hand has followed the movement of yours in an attempt to envelop it, creating a knot of fingers that he brings to his lips and kisses. You avoid looking at his face so as not to be dragged away by the deluge questioning you, disarming you. You prefer to focus on the confusion of fingers that can't be undone, because each attempt at separation brings on a new caress, a fresh weaving between the desperate lines of your life and those of the young man. At some point you let go, saying something like: "I can't do this," and you leave the young man, who takes a couple of steps towards you, stops, shouts at you not to forget that corner where he always pretends to be standing casually, although he's really engaged in waiting to devour some destiny printed on the skin of strangers.

You're walking very fast, upset, mingling with people. You hear when someone says to you, "Hey, mista, listen!" You turn in case the young man is following you, but the one who is asking for your attention is a very dark Black man, painted like an angel from the cemetery, a statue of flesh and blood who was a witness to the conversation between you and the fortune teller. He has abandoned his pedestal to follow you, carrying fake instruments made from old pots and ice cream buckets, making a ruckus as if he's going to announce to the crowd what he has witnessed. "I can take you to a place where the most beautiful boys in town—"

"I don't want problems," you repeated, fleeing from life to the other end of the French Quarter, frightened by the constant intrusion of temptation during that night of planned and safe goodbyes. The black angel painted white hurls a curse at you and goes back to his pedestal making a commotion. In just seconds he's back to being a statue so tourists can pose with him and leave him some dollars in a box at his feet. When he comes back down, stops being an angel and gets hungry, he'll go inside to buy a beer and make comments with his friends about the latest news, but we'll never know if you or your story will stay in his memory beyond this minute. Meanwhile, you keep going forward feeling the current of people going against you. Your feet want to disobey, to go in the same direction as the strangers, to return to the corner before someone else takes the young man away. You stop in the middle of the sidewalk, wondering which is the right direction, if you should listen to your heart or your head. You look for an answer in your hands. They look so silent, so ineffectual when it comes to making decisions. Groups of passersby keep bumping into you, a human statue without makeup or anything interesting, stuck to that spot on the ground as if you had just sprouted roots. The majority of those people passing by give you a curious look, surround you and then continue on their way. Someone murmurs advice to you: "Go for it," but you don't want to understand. Even so, you turn your head, searching for the corner that has turned into a blurry landscape. The cathedral garden is still spreading its shadow over the street, the railing reduced to a stroke of Chinese ink. The black-white angel stands out under the moist light of a streetlamp. Where is the young man? Why doesn't he have a name?

Then you continue on your way toward Marigny. You're so shaken up you don't see me, even though I am waiting for you at the designated spot, just under the sign *Pardieu Antiques*. You dry your hands on the fabric of your shorts, you speed up as if you were going to arrive late and I think with fondness: *You will try to be on time even for your death.* I look at my watch and I'm not getting involved: It's eleven thirty-four at night. You're late by four minutes. I'll take another fifteen minutes or so prowling around here, just so I don't leave you waiting in the place where Candide Pardieu will pick us up to go to his farewell party. You're walking so fast I can sense a certain anxiety. You turn toward me, but you can't see me, you're looking for something else, something beyond these display windows, the people, everything around here. I also turn around, trying to find that thing your eyes are looking for. It's not a gallery or an antique store, I can bet on it. Neither is there anyone around who shows suspicious behavior, although maybe a few streets down some con artist has tried to turn a profit. I take some steps in the heat that hangs so calmly, without a stirring of air, there's an almost visible stillness despite the drunk tourists full of false uninhibitedness. I attempt to see that mysterious object you're so interested in, but I only find a human statue and, a little farther, a young man who is flirting with some solitary passersby; flashing them with his bright white smile, he walks a couple of steps with them, ultimately returning to his corner.

I try to find you again, but you're already lost toward Marigny. We should meet up at *Antiques*, go to a certain café and wait for Pardieu—to keep him company on his last night of freedom. But it occurs to me that you prefer no other place like destiny. Something tells me that it's better to let you wander, and I'll tell a lie when they ask for you and you're not there. I'll say, for example, "He never arrived, I was keeping a watchful eye next to the antique store and I didn't see him." It was you who didn't see me, although certainly I let you pass by, fascinated because you had forgotten about me, and because you were looking for something in which I was not included. But until that moment of explanation arrives, I'll stop to admire the delightful baubles in the store belonging to our friend Candide Pardieu. That crazy guy has a great knack for sugar-coating everything, including certain tragedies, and of course, his many errors. Nevertheless, I wonder how he will feel in jail, where he'll be forced to wear an orange prison jumpsuit instead of his suits of light fabrics (delicately tailored and at a very high price), his shoes from New York and his Panama hats. I look into the shop window loaded with furniture, decorations, lamps, statues, treasures that run the risk of being neglected if Pardieu's companion doesn't know how to protect them. You can't even imagine how many afternoons I spent sitting in those chairs of incalculable value talking bullshit with Pardieu, who was a millionaire and a dandy when he was younger, a professional trout fisherman in Montana, an amateur hunter of Spanish wild goats and an expert taster of French wines and young Arabs. Later, when his family's wealth began to dwindle and the need for a conventional job threatened his prospects, Pardieu sat down with a pencil and paper to find a way out. He wrote in one column his multiple talents, in another his needs, in the third one where he should reside to achieve the logical sequence of talent to job, job to profit, profit to needs satisfied. As he himself admitted, a decadent dandy couldn't find money just like that. Neither was he able to break away from his family's possessions, because as a good adventurer he always ended up coming back to them, whether it was to write travel memoirs or, more pragmatically, to procure economic and legal aid. He recognized that it was very late to begin working. So, he thought about the noisy streets, about the waves of visitors, and he came up with the idea of opening an antique store on the most prestigious street in the French Quarter. He put on exhibit some personal objects that no longer touched his memories, or his heart, and he made a lot of money seated at the door of his business on a velvet armchair that looked rather like a throne.

At the end of a few years, Candide had plundered all the Pardieu family mansions, without his keeping at least a few dollars in savings. It was then that some internal mechanism lit up a kind of obsession for financial security. He spoke only about that to us, his friends, and when we were chatting about him, we said that the solution was very easy to articulate but difficult to execute. Candide would have to work for the first time in his life. And somehow he did it, because he went to the inner-city neighborhoods looking for merchandise, equally swindling the former owners and the potential clients, because Pardieu knew antiques and negotiating with him was like having a cup of coffee with one of the local vampires: he enveloped you with his accent (slightly affected by French), he seduced you patiently and painstakingly and when you were on the verge of an aesthetic orgasm, he would sink his fangs into your wallet.

Oh, Candide! Such wonderful journeys you have taken down the wrong path. You laugh so much at the world, but you don't think that one day you'll come back full circle from where you started. You wanted to be the same Candide, generous and extravagant, and you would scold me for my bad-humored, grandfatherly scolding: "You open the store when you're in the mood, you lie to your clients, you owe money to your vendors, you keep spending hand over fist—Candide, think about your old age." He did, but in his own way. A few weeks after my last sermon, they began to loot the cemetery. I never connected *Pardieu Antiques'* new sales, exhibited discreetly in a locked room at the back, with the brief police reports that described the desecration of prominent mausoleums, until one afternoon when I came by for a drink. Pardieu was dressed especially elegantly, with a silk tie, a very understated brown suit and his lucky hat, as if he were going on a trip. I served myself a drink, sat down in a little iron chair and listened as he explained that he was waiting for visitors: "The police," he said, smiling. Before letting me unleash a string of questions, he said: "Now, for example, you are seated in a handsome chair attributed to Lafitte, who would be Auguste Rodin's protégé, and who lived in New Orleans from 1885 to 1889. The chair had been placed in the Debernardi family chapel in 1887, ever since Sandra's death, the grand matron. Not long ago I rescued it from oblivion and now it is for sale." I didn't jump from the chair immediately, because in truth I did not understand, and I forced Pardieu to be more concrete. "You are very naïve, my friend. You must realize that more than half of my pieces come from the cemeteries."

The arrest was fairly discreet. The police, cognizant that they should protect the prestige of so distinguished a family, recovered the stolen objects during the night. The news barely took up space in the papers and local TV. A few days after his jailing, a stranger opened the store. As soon as I found out I went to visit him, and I discovered that the man was one of so many lovers that Pardieu supported from his antique sales. "We should be in solidarity in our disgrace," he told me mischievously. I asked him how he was going to keep the business, where would he get the capital, it was all just so insane. Then he explained that nothing was going to be sold. Pardieu wanted to preserve the store as he left it when the two policemen arrived, greeted him and with much regret asked him to accompany them. "The objects are for sale!" I protested, blind as usual. "Yes, but nobody is going to buy them." And, in effect, that's what happened. Each one of the pieces that survived the police raid now had a price several times higher than the original. The customers would leave disconcerted, or they would demand to negotiate directly with Pardieu, but he, ladies and gentlemen, was about to start a long journey to various continents to stock the store with wonders never before seen, and at this moment, while you are lost in the crowd, I take another look at the display window and verify that time has stopped inside there, as if that afternoon Pardieu had left to have a beer with the policemen and was about to return.

And he did return, because justice is served rather slowly, and he had, has had, has, his days of freedom. He wanted to turn his store into a museum, to leave it intact for when he had served his inevitable sentence. "It's the only thing I'll have left after paying the attorneys," he told us. Two weeks ago, they informed him that tomorrow, at eight o'clock sharp, he should report to the prison to serve his sentence of three years at a minimum-security prison. Tonight, we friends are getting together for a big celebration before Candide's departure. So, he'll drink his last glasses of champagne, smoke his Havana cigars and some joints and have his favorite young men.

"Remember that tomorrow I'll be leaving public life," he reminded me a few hours ago on the phone, "but I will return very soon to this sweet moment, to yesterday."

"Yes, Candide," I had answered with a knot in my throat.

But at this moment I am happy. The limousine most certainly has picked him up, after waiting for an hour while Pardieu finished making up his face. He probably put on a white foundation, lengthened the eyeliner to pretend that he has almond-shaped eyes and outlined his lips in red with his favorite pencil. With the help of one of his lovers, he put on his dress slippers and slipped into his mandarin outfit. His hair is pulled back into a ponytail, and he covers it with a type of hat that he asserts is an original piece.

I'm calculating that he should arrive at the meeting place in just a few minutes, to pick up you and me, and together we'll go to the Country Club, that old house with discreet drawing rooms, billiards and an enormous pool where the rest of the guests should be doing their moon-bathing. He'll make his triumphal entrance a little after midnight to announce again: "I leave today, I'll return yesterday," and cause everyone to think that the pool's water has been replaced with champagne.

I begin walking, greeting people. I look for you without hope or concern about finding you; it's more likely that you're up ahead and it's your turn to wait for me. But I arrive at the café where we should meet and you're not there. Inside, an elderly man is making his harlequin-dressed marionette dance in front of a table crowded with tourists. The tune drifts over to where I wait. While the tourists speak among themselves, the marionette makes pirouettes, bows, moves its waist, smiling nonstop. I think the tourists are making fun of the old man, but he and the marionette continue doing their show without abandoning their smiles.

When Pardieu's limousine stops, you still haven't arrived. I wonder if I should wait for you, give Pardieu an apology, go out looking for you, but it's absurd to venture out again into that fracas meandering from bar to bar, from show to show, from flirt to flirt. The driver opens the door and invites me to step in. The mandarin Pardieu urges me to get in lifting a glass. Other friends make room. I take a last look at the street, I get into the automobile and you, a few streets below, you forget about our gathering and quickly try to reach the corner where the young man should be waiting, even if he merely pretends to watch the river of people coming and going. You are sure that destiny is pulling you, in your inner being you are grateful for the surprise, the whim, the humid summer, the circumstances of tonight. You arrive at the place where not long ago the young man was pretending to just hang out, but he's not their either. Only the human statue of an angel remains, the skinny Black man painted totally white, so adept at his craft that he doesn't seem to breathe, nor to be aware of your anxiety. You attempt to get his attention, to bring him back to this world, but the angel feigns gazing at the world beyond. The tourists pose next to him, they take pictures, they throw money into the box at his feet. You get the gist, waving a bill in front of the angel's eyes you say:

"Where did he go?"

The angel slowly changes the position of his arms, like he had learned a robot would do it. He bends down, ready to transmit a divine message. Then you see that he has marked his eyes with some reddish lines that make them look very dark. You see that his makeup has cracked from drops of sweat. You feel the angel breathing.

"The guy in white pants and shirt," you insist, "he was right there ten minutes ago."

"Vaikuntha?" says the angel with an earthly voice.

You do not have a response. Nothing better occurs to you than to throw dollars into the box at the feet of the winged being.

"It means Heaven's gates," he asserts with authority.

"Where is he now?" you ask with a hint of desperation.

The angel looks like an articulated action figure. He lifts his head, his arms haven't decided to indicate a direction, you take out another bill. The show attracts people's attention, they begin to make a circle around you both. Some wonder if the angel reads the future like Jackson Square's card readers. He doesn't predict it; he points towards its direction, nothing more. You follow his finger's indication, but you only find a sea of people in constant movement. Some curious people also try to guess what the secret is that the angel has revealed to you, as if it were possible for his profane eye to see the aura of wonder or to hear the silence that moves in between so much noise.

"Vaikuntha," you are demanding among the people. "Vaikuntha."

You look for his namesake, even though all around you there's only a mass of bodies.

They roam around, they take on a ghost-like appearance, they dissolve into invisibility.

"Vaikuntha," you say with the faith of someone who repeats a prayer that guides him. "Vaikuntha," you demand, knowing that nobody can respond to you except him, the anonymous man, the one who must return from the secret to materiality.

But I can't see you walking crazily along Saint Peter to Rampart. I am arriving at the Country Club, where some guys in frock coats open the door for us. Pardieu walks ahead, greeting, or rather blessing the people who are conversing and drinking in the secret parlors. He seems to say with his hands: "Here walks the great seer, and I will bestow my favors on you."

A little earlier he had asked me my opinion about his mandarin outfit.

"You look like an astrologist on television," I answered him chuckling.

"Well, as a gift for your sincerity, I will honor you with a title from the zodiac; tonight, you will be Cancer: water, patience, family."

I kept quiet. With Pardieu you never know, it's better to wait for the next round of nonsense.

We go to the back of the old mansion, we cross through a door with high windows and go out to the pool, which is not filled with champagne, but it shimmers calmly under the nocturnal sky. As it should be in these circumstances, there is music that nobody dances to, long tables with food and bottles, people conversing almost without raising their voices. As it must be in heaven, around the pool many young men were taking in the moon. Lying down in chaise lounges, they concentrated on gazing at each other, excluding from their world of fitness the rustic reality surrounding them.

"Look at them letting their youth slip away, Cancer," Pardieu tells me, reading my thoughts. "Beauty is excessive and useless, but above all it is present, no other time has value, nor does it even exist. If the present vanishes, they will conjure it back."

I can't answer him. Some friends have noticed our arrival and they call for everyone's attention in order to welcome the mandarin, who will be in custody inside of a few hours at a state prison, with honors. You weren't pursued by the laws against sodomy still in force in Louisiana, you did not defend noble causes, you did not oppose the invisible hands of evil. You have been sentenced for selling stolen antiques. Pardieu, how prosaic! And then you take your triumphal turn around the pool, offering glances and risqué comments to the gorgeous young men on display in the loungers. The speeches begin, the toasts, the well wishes that the trip be pleasant and not very long.

"Just two years if I get out on good behavior," jokes Pardieu. "I will learn horticulture to devote my time to growing weed once I get out."

Suddenly Pardieu remembers you, he asks me about you. I shrug my shoulders. How am I to know that you are going from one side to the other on the streets, looking for a face that you have begun to idealize, going several times into bars, into cigar shops, into any place where Vaikuntha might be, the only one, the one who is pulling you along as if he had an identifiable odor, capable of guiding you even to a little shop where the young man has entered to buy incense. How can I affirm that time has stopped to let you dig inside the crowd in search of the mythical needle, the one that you have found against all probabilities? You see in the twilight the young man in white choosing scents. You come closer slowly, calling him by his name. He regards you as if he knew that you both were going to meet here, while outside time has started to move again, and night secured morning again and people were the same anonymous confusion of voices as before. You meet each other, you stretch out your hand to him, ordering him softly to read it, to explain to you the events of the past few minutes, the way all the coincidences have converged at that instance.

"Who brought me?" you ask.

"An angel," he responds.

"Are you still in my future?" I plead.

"Your hand doesn't say, it's not necessary to reveal more."

I can't explain to Pardieu that you both begin to chat, walking slowly toward the quieter areas of the French Quarter. I don't know that you both have arrived at a shotgun painted red, where music and murmurings are coming out, the celebratory party of the full moon rising in the East, as Vaikuntha explains it to you. To open the door, you only need to push it. You both enter a room that is rather long, illuminated by candles, with almost transparent curtains that hang from the ceiling and the walls. Toward the back there is a bookcase and a bed. Much closer a young man plays a type of drum while four women surround him, mesmerized. Vaikuntha asks you to leave your shoes on the small rug next to the door, he greets the rest of the visitors with familiarity and starts perfuming the house with incense. You sit down with the women, you give them a false name, you drink wine with them. The women recite poems as they feel the drum's rhythm, they get up to dance, they caress the young man's hair and Vaikuntha's, they drink from some tall stemware. A moment later or an eternity, after hearing about mystical experiences that you do not share or believe, the women beg Vaikuntha to sing. The other young man puts down his drum and goes for the guitars. The two musicians start a melody in an unknown language. Although it is impossible to understand them, their faces transmit a feeling that you make your own, and you sense that it describes you. Your body begins to follow the music's inflexions, you attempt to repeat some word, you feel yourself a part of that truth. You desire to ask Vaikuntha where he learned to play in that way, you want to hear some fabulous answer: "In heaven, at the feet of giant gods, next to a cleansing pyre, in the middle of the sacred river . . ." He doesn't answer. One of the women whispers in your ear: "In New Jersey, where he grew up." It's better not to know more. The enchantment can suddenly be broken, and it turns out that

Vaikuntha is really just a James or a David, some fine musician from the suburbs working to sell the illusion of a strange language to the gullible. I don't want to know, you repeat, I can't know, I say, having another drink and making a space between conversation and conversation to think about you. Pardieu has gotten lost in the interior of the big home with some of the moon bathers, but now he has returned to continue toasting and to say his goodbyes to his acolytes. He has asked me if I don't like someone, if I haven't decided to stop taking down notes on the story in order to live it, because it's not possible to live and write at the same time: the first one precedes the other and is not thought out, the second one is crafted and doesn't exist except in the confined spaces of our imagination.

"You're such a good witness of your own life, Cancer," he said to me with impudence.

He's been drinking, although for Pardieu they could never serve enough drinks to make him lose his lucidity, his elegance or his upright gait.

"When are you going to be your own protagonist, eternal spectator?"

I accept the challenge with a toast, and I respond to him: "Some day after today, when we are nothing but a story."

Pardieu laughs, gives me a kiss tasting of champagne and calls everyone over for another speech. He announces that he'll take his leave like carnival through the French Quarter, the last parade before tomorrow and in preparation for preserving yesterday. The aged seer decides to form his court with the signs of the Zodiac. Some young men bring out venetian costumes in twelve different colors. Pardieu points at me and I go forward with my name, Cancer, to the blue outfit. He names the other eleven men and each one is vested. We take a new turn around the pool before leaving. Two limousines are waiting, with an abundance of alcohol, beads and carnival doubloons. Pardieu takes with him the water signs, selects a few more people and sends the rest of the group to the other vehicle. "I leave tomorrow, but I'll return yesterday," he whispers obsessively. I am about to make a comment, but I stop myself, later I'll tell you my thoughts; whether I remember them or make them up, in the end it's all the same.

You'll also have a story to tell that I am not privy to, although someday, on our springtime strolls, we may walk in front of the shotgun and you'll point out the place to me saying: Here danced four women: the gypsy, the spiritualist, the one who saw unicorns in men, the clairvoyant. They circled around two barefoot musicians, drawing back the silk curtains, wrapping themselves in them, revealing themselves. I was sitting in a cloud of incense when I began to go up and up until I was floating over everything. The clairvoyant ordered the bed in the back to be covered in rose petals and it was done. The other women held me up by the tip of their fingers, but I wasn't afraid of falling, I wasn't going to fall even if it dawned and the light of day outshone the flames of the candles. I would float while there was music, then I would come down; I came down slowly, following the plainchant and without Vaikuntha's melancholiness. I touched down; I touch the floor with my whole body when the music dissolves into the incense. The women concentrate on adoring the young man with the drum and Vaikuntha gives me a kiss that has an expansiveness to everything ungraspable.

The women and the other young man go out in silence, leaving behind as souvenirs some rose petals floating every which way and falling in all corners. Vaikuntha unloads his weight on you, and the woman who sees unicorns is amazed because those beings that the Greek historian Ctesias first described have finally materialized. She leaves you both kissing each other on the floor of the house and closes the door trying to make the least possible noise. She hurries to catch up with her group. The gypsy walks ahead with the young man with the drum, the spiritualist and the clairvoyant walk arm in arm exchanging secrets. Little by little the street begins filling up with people, until they arrive under a balcony where several men in venetian costumes throw glass bead necklaces and fake coins to the crowd. A man dressed as a mandarin dominates the scene. His outfit outshines all the rest, along with his words. He encourages the young men passing by on the street to pull down their pants and show themselves to everyone gathered there. Those who dare to do it receive in exchange the most beautiful beads and big ovations from the public. The women lift their arms and shout for a gift. I look at them from behind my mask, they seem to look at me as well. They turn their open hands toward me, wishing for a prize. So, I throw them some beads: green for the clairvoyant, gold for the spiritualist, lavender for the discoverer of unicorns, violet for the gypsy.

"You are wasting your beads on women, Cancer," Pardieu reproaches me.

"Yes, yes," I respond while I throw out a multicolored bead to the young man accompanying them.

"Much better," comments the mandarin, still paying attention to the people.

I am thinking that instead I am generally wasting my life, but I keep quiet. I don't confess my secret to you, not even to you, because I know you will never be able to describe sufficiently Vaikuntha's voice, or his body, or the game that left some delicious scars on your chest and your back or the intense pleasure that put an end to tomorrow and settled into yesterday, that time in your memory to which you will return constantly through words.

There is a secret slowly growing in my throat until the people on the street get tired and leave with their beads. Several signs of the zodiac have fallen down drunk on the balcony, or in the apartment's small living room where Pardieu is still saying goodbye without any tears. He has asked me to go with him to his house, where he will stop being the mandarin when he puts on a simple pair of trousers and a shirt. Then we'll leave just in time to arrive punctually at the entrance to the prison.

"I think prisoners' orange will look good on me," he said to me a little while ago, and for the first time I hear his voice breaking. "But I leave today, and I'll return yesterday, Cancer, I promise you that."

We go down to the limousine. By order of the mandarin, it turns down Royal Street to *Pardieu Antiques*. We get out of the car and look in silence at the display window. Pardieu can't resist the temptation to pick up some trash that the wind has blown into the doorway.

"I leave tomorrow, but I'll return yesterday," he repeats tirelessly.

He asks me to leave him alone for a minute. I wait for him at the door of the limousine, trying not to look. From here it seems like he's praying. He stays a little while longer. If he has cried, he hasn't let me witness it, because he's hidden himself behind some dark glasses. When he returns, he takes me by the arm, and we get into the car. He clings to me—he demands strength from me.

"I *am* strong," I answer in silence. "He who leaves dies, and my life is strewn with corpses."

"I leave tomorrow, I'll return yesterday," he implores, trying to convince himself. "Are you going to be here, Cancer?"

The secret comes up into my throat. It struggles to get out of my mouth, my ears, my hands. I fix my eyes on the surface of the dark lenses that Pardieu is wearing. My reflection is distorted in them.

"No," I answer while we leave the French Quarter toward Rampart along a street where many lovers are intertwined. "Don't expect from me what I don't have, Pardieu. Don't ask me to stay in yesterday."

New Orleans, October 2000–March 2001

NOTES FOR A DETECTIVE STORY

I think it was Elmore Leonard who recommended never starting a detective story with the weather conditions. The footnote where the advice came from did not clarify the reasons, as if the fact that Leonard had said it would be enough. All that stuff about authority, right? Well, I have decided that my story will begin with a description of that night, and since the action transpires in the South (that's right, with a capital letter) of the United States, it is unavoidable—I would say even, obligatory—to say something about what the weather was like that early morning when the incident occurred. Let's see:

It was barely three o'clock in the morning, but the heat was so intense many people were still wide awake, especially those who were trying to beat the oppressiveness with the lazy whirl of the blades from a ceiling fan. It was useless to leave the windows open or to constantly drink water: August in the South is unrelenting, and without a solidly built house and a good air conditioner, sleeping was almost impossible. It wasn't only the problem with the mosquitos. Suffering intense heat and humidity is the closest thing to floating in space, something physical and spiritual at the same time, infinite and unfathomable. Many people in the city would take several showers to help themselves survive the night. So many others would just let go, as if making the least amount of movement might be the only way to endure it. But if you were young, strong and invincible, you could solve the heat with some very cold beers, and with some drug that might transform the harsh weather into a transcendental experience.

A good reference point where heat created a favorable environment for committing a murder is the 1981 movie *Body Heat* with then-leading actor William Hurt and Kathleen Turner, making her debut. The movie returned to noir fiction and the film tradition of connecting erotic desire with murder. Situated in Florida during a heat wave, the movie plays with the spectator's voyeurism, displaying the protagonists' torrid relationship as the cause of their fall from the law. I doubt that *Body Heat* in some way subverted the strict puritanical moral code of the works that inspired it, because at its heart noir skepticism is primarily a way of creating distance with respect to a world that is seen as corrupt from its very core, and where passions—let's also remember *Double Indemnity* (1944) or *Chinatown* (1974)—do not end well.

Heat may be necessary for my story. It would help me to explain two incidents that for the moment have no relationship between them. Let's observe a patrol car parked in what was a gas station, now converted into a restaurant. Not just any restaurant but a diner. Yes, that detail may be important. Diners are usually open until very late, which is why they are a refuge for night owls, insomniacs and policemen. Nobody thinks it's strange to find officers eating or simply chatting for hours, waiting for their shift to end. The city where the incidents occur that I'm interested in narrating is particularly violent, and a large percentage of the murders happen at night. The officers, those two we observe as they're talking, are well acquainted with the rules of the game, the official ones as well as the unwritten ones, those that nobody talks about unless they are guaranteed confidentiality. One of the rules is to do whatever possible to save your own skin. Heroism is an invention of Hollywood and of the American nationalist rhetoric, but real life is usually very different. Violent acts never happen in diners. One can disconnect for a while, maybe even ignore a call to an emergency.

Our policemen should be drinking something. As we come closer, we see that it's coffee or Coca Cola, any one of the two drinks will work, since the objective is to get some caffeine into the body. The fact that it's very hot doesn't matter either: anyone accustomed to drinking coffee will do it even if they are at the gates of hell. So, let's allow the reader to decide: strong black coffee or cola. What they are eating may be more important, because the diners of this city in the South tend to be somewhat atypical, and instead of offering only the traditional greasy hamburger, they have other varieties of food like muffulettas or po'boys; some even offer breakfast twenty-four hours a day: waffles with fried chicken, shrimp and grits…. Whatever it may be, that type of diet doesn't do anybody any good, which is why it's not strange that police officers (including the two we see seated at a table protected by a plastic tablecloth with yellow marigolds on a red background) are out of shape or, frankly, obese. Those health problems are another motive for trying to stay in the shadows, principally at night: it's not easy to move quickly when your vision and agility are very limited, and in police work those two limitations can have grave consequences, because, after all, we're talking about a hunt like any other, in which the animals attack each other, hide and defend themselves at any cost. And, if it's possible, kill one another.

These policemen really do not need to have names, but to give the story a cultural brushstroke I have decided to baptize them: Sage McCollom would be on the left and would be the heavier of the two; maybe in his forties, he has lost hair and, although baldness may be a family thing, he attributes it to the many years of service in that ill-fated city. McCollom belongs to the local religious right; besides spending Sunday mornings at church, he attends Bible class once a week, and he firmly believes in his right to bear arms. That's very clear if you visit his house, where he has a special display case for his collection of rifles. For McCollom, the city would be safer if each person slept with a pistol under their pillow. The other policeman's name is JC Piazza, and for some reason that I haven't been able to explain, he has a bushy moustache and a Cajun accent that's annoying. Much younger than his patrol partner, Piazza knew from early on that seeking your fortune in the city would be hard work. When he tried to go to a university, he realized that he scarcely knew how to read and write, so he had no other choice but to take classes at a technical school and then at the community college. Of the available options for earning a degree, Piazza decided on forensic science. After all, criminals were always going to be there, and the police force could well be a first step toward better things. Piazza was ambitious. He had figured out in no time that the police department was also a bureaucratic entity. Those who were higher up in rank not only had a better salary, they were also rarely exposed to the violence on the streets. Those ranking police officers—they called themselves the leadership corps—did office work, supervised the detectives and made sure that the lowest-level personnel like McCollom or Piazza would not get into trouble. They also frequently came on television or met with print media to talk about how investigations were going or to describe a crime scene.

Putting a McCollom into the story will remind some people that the Irish were for a long time "the other" southerner, a marginal White man, poor, who came over in crowded ships from a Europe without any future. Toward the end of the 19th century, the Irish were the unwanted, and almost all the societal evils of the city were attributed to them, even though if the streets were clean it was thanks to the Irish, and if there was boxing every Friday night it was also thanks to the Irish. McCollom frequented many of the joints where you could box. From the time he was a child he had heard stories about his family's boxing history, but for years it held no interest for him. Nevertheless, when his father died, he began to look for gyms where they might train boxers and organize weekly fights. At that time, he was twenty-one years old and had few ideas about what he wanted to do with his life. He attempted, without success, to prepare himself to compete in the sport, from there he went on to be a spectator (he had never told anyone, he loved watching those muscular men beating up on each other, there was something erotic in all of it that he couldn't explain) and finally he began betting small amounts to "support the boys." Sometimes he surprised himself by risking money not on the best, but on some others, unknown opponents for whom nobody was giving anything. For McCollom the possibility of surprising everyone else (and along the way earning some extra money) excited him, it made him feel powerful.

Being of Italian descent in that city was something else altogether, simply because the migration from Italy had begun long before the Irish one. That had allowed the community to build itself up by the 1880s, principally thanks to small grocers' shops and restaurants. In fact, the muffuletta has an unequivocal Italian American origin, and although sources may disagree, it's known that it has been around since the beginning of the 1900s. Making a contribution to the local culinary culture is a very important step toward feeling validated, and the Italians knew how to do it gracefully. The thing JC Piazza's accent indicates is that at one time his ancestors left to live in the coastal areas, perhaps to try their luck at catching shrimp and *ostiones* (now I'm giving myself away as Central American, because in certain regions of the Isthmus that's what mollusks are called, similar to oysters). Contrary to his patrol partner, Piazza is not very religious. However, he enjoys the rituals. Every year he goes along with his parents helping with the preparations for the feast celebrating St. Joseph's Day, and from the time he was a teenager, he has gone to church on March 19th to serve generous portions of pasta and wine to whoever comes by to honor the saint. Once he found a test in a magazine. He answered the questions with the greatest sincerity possible and then read with a mixture of pleasure and surprise a description of how his brain functioned: "You are a methodical person who knows how to navigate the parts of a process, and you always try to make sense of those seemingly unconnected pieces. You prefer to avoid anything unpredictable, and for that reason you are a good initiator of projects." Piazza felt a lot of satisfaction from the test. For him it confirmed the traits of a good policeman, a good citizen and a loyal family member. To a certain extent, he knew he was smarter than McCollom. Unfortunately, in our story Piazza is the rookie and McCollom is the veteran, the one with all the advice. He's the Irishman who knows that at that late hour, almost 3:00 a.m., when the kitchen is about to shut down, "Final call, boys," says the waitress, we get to the crucial moment of the night shift.

"Never get into any real trouble after they close the diners," he has advised Piazza several times already. "If you're on patrol, just see if places like this one have already turned off their lights. At that time you should do everything possible to *turn off yours as well*," McCollom makes a gesture like putting quotation marks around the phrase *turn off yours as well*.

Piazza lowers his head a little, as if thanking him for the advice, but the truth is he had decided a long time ago not to pay any heed to his mentor. The first thought that comes to his mind is: *If I want to know what time it is, I'll look at a clock, I don't have to go around checking to see if diners have closed or not.* Piazza can't appreciate the somewhat rough beauty of the image: old places, clean but deteriorated, chairs resting over the tables, the long counter (usually chrome plated), the bright colors of the stools now dulled by the darkness. He doesn't understand how poetic McCollom's simple wisdom is. A policemen's diner, once it's closed, is equal to expulsion from paradise, because each night you have to think there may be no going back.

McCollom is not, despite appearances, a naïve romantic. He's had a long career in the police department and has escaped some really unpleasant situations by a hair's breadth. Piazza suspects that he's a tricky character, because although the Irishman loves to repeat his anecdotes about danger and bravery, what they say on the grapevine is he's more talk than walk. But no one talks about this directly, since corruption will knock sooner rather than later at your door. It's come to Piazza in small doses, and up to now he hasn't succumbed. Is it possible that deep down his sense of honor is bullet proof? I don't think so, because nothing is ever really *bullet proof,* and there's a price that will buy any one of us. Perhaps it's simply that no one has found the right price to tempt Piazza.

"You don't wear a watch?" the Irishman had asked him that same night.

Despite how trivial the question was, Piazza grew tense. He knew well where this was going.

"I don't like them," he responded to him. "They make me nervous. I use my cell to see what time it is."

McCollom just made a smacking sound. He was going to give him a soft rebuke for the sparingness of his answers, but something told him it was better not to say anything. He had already heard a negative comment about his partner: "He doesn't go in for Rolexes, be careful."

His reaction was to respond to the snitch that someone's taste for a certain kind of watch was very personal, and to please keep his nose out of other people's business.

The snitch took a couple of steps back. Without looking directly into McCollom's eyes, he said: "Once there was a guy who went fishing. After standing for a while in water up to his waist, something took a bite. It was an enormous fish, with a pearl in its mouth. He tossed it into his pocket, but instead of letting the fish go, as any grateful person would have done, he ate him raw. Miraculously none of the fishbones got stuck in his esophagus. What is the moral of the story for you?"

McCollom, with a gesture that seemed fatherly, put his hand on the snitch's shoulder. With the other, he took him by the chin to force him to look him in the eyes: "The moral is you don't confuse real pearls with plastic ones, or what has fishbones with what doesn't have them."

The city where this story takes place is one of the most corrupt in the country. It's already become part of daily life that some politician will end up in jail for misappropriation of public funds, or for taking bribes. In fact, two mayors have been convicted in recent decades, a congressman was found with a fortune in cash "frozen" in the refrigerator of his office and a senator was found to be involved in a prostitution scandal. Even when there is a major disaster *something happens*, and the aid doesn't reach those who need it, but instead goes into the pocket of some middleman. Furthermore, this city is one of the most segregated in a nation fundamentally divided by issues of race and by scars from the time of slavery. If you closely analyze the most recent demographic information, you'll see that there is a concentration of wealthy White people near the banks of the Mississippi river (which winds through the city, giving it the shape of a fan), the same areas that are higher and therefore safer when it rains a lot. Those spaces taken by the newly rich and the long-standing noble bourgeoisie also have their history: during the first periods of slavery, several sugar plantations were concentrated there. These plantations were not as large as the ones found farther up the river, but they had the advantage of being close to the port, which facilitated the trade of products and, of course, of human beings. However, the same economic progress motivated the masters to reconsider where it might be better to concentrate sugar production, taking advantage of the real estate boom that was clearly taking root in the city. So, they decided to build their homes of leisure on the high parts of the Mississippi's banks, large mansions where they could escape from the rigors of work and amuse themselves with the city's urbane and cultural offerings.

When the slaves finally found themselves freed, they no longer had any space in the areas surrounding the river, or along the enormous lake that bordered the territories to the north, and so they had no other alternative but to establish settlements over the swamps that still had not been claimed by anyone. It wasn't only an economic matter: with the exception of the neighborhood created where the Claude Tremé plantation had been, the former slaves were not welcomed in the areas where their masters had settled, or by those who shared their way of thinking. That's how things were, and the paradox was that many Black communities ended up rising in between those of their former owners. The borders between the *good* and the *bad* neighborhoods became blurred, and although some learned to live together, many continued to view others with suspicion because historic wounds are never really completely healed.

Even if Piazza and McCollom are ignorant of these historical details regarding the demographics of the city, they do know that it is better to be in a *good* neighborhood, which is one of the reasons to choose that diner instead of others. McCollom believes it is simpler to deal with Whites. If, on the contrary, the person they arrest is a person of color, the situation can get complicated, even making the police officer's life a living hell for weeks. Piazza, for his part, thinks that they themselves, as policemen, are part of the problem. He has seen his fellow officers treat a White suspect differently from a Black one, from the way they speak to him to the physical force with which they handle an arrest. Generally, however, Piazza keeps quiet regarding those differences in police work. He likes being a policeman, in spite of becoming part of a legendary force known for its corruption. His enjoyment of his work doesn't turn him into a hero or an honest person, that only happens in the movies. But being conscious of things has made him a prudent person.

Let's return to the diner where McCollom and Piazza are taking a break that night. It's practically three o'clock in the morning, they should be taking off soon, and there are still four hours remaining before their shift ends. Piazza knows his partner can get nervous from one moment to the next. It's not to be understood that McCollom suffers from some unusual form of stress or bipolar personality. It's something simpler and at the same time darker: it's about accepting or not the fate of a night shift police officer with resignation, almost with a sense of fatality. On those occasions, McCollom waits for something *bad* to occur, announcing it to his partner in the same way a fortune teller would do it. Piazza has learned that the most important thing about those soliloquies (in order for us to adhere to the strict definition in English we should clarify that McCollom speaks as if he were alone, any person listening becoming invisible, or rather disappearing from his sight) is not the prediction in and of itself of the crime, but rather the way in which he portrays a city always in decay. Many times he repeats himself, but even when he tells the same story, there are details that make it different, more complex. And as if they were the notes for a detective story, the ending is open, in permanent construction, because life has no closure except when it ends, and ending a story is in itself a contrivance.

"This place is a shithole," McCollom says without the smile he usually wears on almost all workdays. "How else *can* it be when people kill each other over a simple disagreement, or because of stupid debts of just a few dollars? How is it possible that children shoot at one another when they are playing? Of course, they've seen it everywhere, from a young age one knows that any conflict can be resolved by a couple of gunshots. Have you ever read the statistics? Did you know that I sleep with a pistol under my pillow? When my mother died, I started to panic about someone coming into the house at night to harm my father and me. Do you understand me? We had lost our guardian angel, and the only way of protecting what was left of our family was to sleep with a gun close by. I used to think that little by little the need for a gun would begin to disappear, but that's not how it went. I realized that when I was traveling, I couldn't sleep well, and it was simply because my good luck piece wasn't under the hotel pillows, the only way to defend myself from any evil. Six months after my mom's death, a notification arrived in the mail that a sex offender had moved to the neighborhood…the house right across from mine. He was a very quiet old guy, with a wife and a dog. Once in a while, he would go out to the street on one of those tricycles for adults with a small child on his lap. Can you imagine? Don't look at me like that, a sex offender means many things, sure, but it's very difficult not to look for the danger. There he was, right on the other side of the street, someone who was convicted, and he was going out with a child. How could you know if that pervert wasn't up to something again? And don't tell me that it wasn't my business, that I was sticking my nose in where it didn't belong. What I did only you know about; if I have problems someday, I'll go looking for you first. I bought a rifle with a telescopic sight—you know that I'm a good marksman—but anyway, I became a member of a firing range in order to practice and to *really* get familiar with the rifle. Later I installed the weapon on the second floor and sat down to watch. From outside my house, you couldn't see anything, only a barely open window, the minimum space necessary to let the mouth of the barrel stick out. I never spoke to the old pervert, he disgusted me. He tried to be friendly, but he couldn't win me over. I didn't look him in the eyes, if I had I surely would have spit on him. I scarcely remember his voice, even though he greeted me until he got tired of it. Then one day he came to my house. It's very interesting, because people who are pursued sooner or later realize it, although they may not know with certainty who's pursuing them or why. He knocked on the door, and when I opened it, he simply said to me: "I also have the right to live in peace. Leave me alone." But I haven't left him alone. The rifle is still there, on the second floor, waiting. I can assure you, Piazza, that it can't be seen, but it definitely has had an effect: they've put the house on the other side of the street up for sale, and the child has never again been outside with the old pervert.

On nights like this one it's possible McCollom won't accept the world the way it is, instead he'll let himself go into the reality he knows, as if he were shooting down a gigantic slide. Piazza senses and fears those impulses. For him, sooner or later things are going to get out of hand with McCollom. Contrary to when he begins with the whole thing about "This city is a shithole," the Irishman's sparks of insanity are marked by an intense desire for activity. If that occurs, he's going to say to Piazza that it's time to go out *on the hunt* for the crook of the night, the one who will permit them to ignore a really grave emergency call. Usually, the supposed crook hasn't committed any crime, but for this city's police that doesn't matter. It's enough to find a joint on him, or some glass pipes or to presume he has drunk a lot. If fortune smiles, they can find a couple having sex in a park, or a guy sucking a dick in a public bathroom. It's just a question of looking for it.

As luck would have it, on this hot night it wasn't necessary to dive in and dig around this trash-filled city's hidden places. Just as they're warning that the kitchen is about to close, a young guy enters the diner. McCollom gives Piazza a little nudge at the elbow to get his attention. The guy is wearing some jeans that are too big for his body, held up as if by a miracle under his hips; there's also a loose-fitting T-shirt of a local football team, a dirty cap and hair tied up in a pony-tail. He's carrying a case of twelve beers that must weigh a lot, because he's passing it from one hand to the other.

The young man argues with the waitress—she's engaged in counting the night's tips and barely pays attention to him—and with the cook, who has the very last word when deciding if they'll take an additional order or not. His answer, the officers suppose, is negative. The young man keeps insisting. The cook does not argue with him, he simply continues picking up here and there, wishing to go home as soon as possible.

I would like to see that scene as a photograph in black and white. I think about those pictures of solitude in large urban areas, in which everything is cement, sidewalks, glass and artificial light. For a moment I imagine those human beings brought together into an empty space by a random event, which under certain circumstances might even become inhospitable. Doesn't that occur in restaurants at closing time, when no one is welcomed any longer, when conversations aren't heard, or the sound of people eating or the sound of activity in the kitchen? In our story you would have to add the somewhat sinister presence of the patrol car, the only one in the parking lot (the employees usually can't take spaces designated for customers, so their cars are down the street). So, at that hour, with that heat, there are only five people creating the diner's solitude.

The two officers, without exchanging any words, have selected their prey, or at least McCollom has done so. The cook and the waitress, experts in the rules of the game, ignore the victim, but they well know what may occur. The young man, like almost all young animals, has committed the error of venturing inside the domain of the urban beasts. He leaves disgruntled, carrying the beers with difficulty through a darkened area due to the lack of public lighting and the many trees along the road. His life is at risk, but at that age we all believe ourselves to be invincible: neither illness nor fate can do us harm.

The policemen leave the diner and watch him as he goes. Grudgingly, Piazza operates the patrol car's steering wheel while McCollom follows the young man. The neighborhood into which the boy is going has left me confused. I imagine it may be Black Pearl, because I'm well acquainted with it. It's a pretty area. Toward one end there are very old houses, some large, even one in the shape of a pagoda, where middle-class people have lived for generations. It's not strange to see young people walking through Black Pearl at all hours because the other end of the neighborhood borders several universities. This location gives it a lot of life, for good and for ill. There are restaurants, bars, cafés, places to wash clothing. It's also a noisy area, whether from the music or from the commotion the young people make when they get together and when they drink. Black Pearl is also a turf for thieves. Precisely because of the constant movement of university-aged kids (and carelessness owing to the age of invincibility), armed assaults, auto theft and beatings are very common.

Our character (let's say his name is Sebastian) has been a victim of that violence. His friends know (the same ones that asked him to go buy beer at such a late hour) that not too long ago, Sebastian was ambushed by a gang of youths. He was walking alone, like tonight, near the pagoda when the other kids came around the corner. He came upon them head-on and didn't know what to do. They circled him and began to comment that maybe the little White boy had money for buying cigarettes or alcohol. One of the boys from the group gave him a push that made him stagger until he hit against the hubcap of a parked car. Sebastian was very afraid: if he fell down completely, they might possibly kick him to death. Then he had a sudden inspiration, and said with the same accent with which he usually mimicked his relatives from Honduras when they were speaking English: *"Haven' yoo notice that ain't no Why but Latino?"* The boys stopped accosting him. They said something, but the tone and the intention were different. Nobody apologized, nor was there any attempt to help Sebastian stand up. The group continued up the street as if nothing had happened. Sebastian started to run with all his might. When he felt safe, he turned and shouted at the boys in the gang with his best southern accent: "Go back to P-Town, motherfuckers!"

Despite the danger, Sebastian couldn't keep from voicing his prejudices. Pigeon Town sits between the river and Black Pearl, on the other side of a beautiful boulevard that serves as the border. Many people think that P-Town is only a neighborhood of thugs and poor Blacks, even though there are also families who have lived there for generations and some old hippie and anti-establishment rebel strongholds who have found in the low prices for land and rent an opportunity to put up chicken coops, pigsties and beehives, or to create community orchards. It's not known for sure why the neighborhood is called Pigeon Town. Pension Town appears in post-civil war documents (circa 1866); there also exists the possibility that the original name—in reality a nickname—might have been Pidgin Town, a derogatory term that *people with manners* used to use to make fun of the accent and pronunciation of the neighborhood residents (war veterans, former slaves, people displaced by conflict). On the other hand, the name Black Pearl comes from two historic facts. The first is the enormous Black population that still inhabited the area until well into the seventies, when it was still called Niggertown. The second is a very short street named Pearl. Sebastian, in his need to regain his manhood and his right *to be there*, treated the boys in the gang as if they were *the others* on their own turf. In a certain way, this modest scene of violence reminds me of the history of humanity.

Sebastian has almost completely forgotten about that encounter with the gang when officers Piazza and McCollom come out of the diner to pursue him. He takes again the street with the pagoda, constantly changing the case of beer from one hand to the other because it's heavy and it's cutting into his skin. His friends are probably still playing music and haven't even thought about him. That's the drill. His roommate plays the drums (a constant noise that Sebastian accepts because how can he be young and criticize musicians at the same time?), so there's a constant parade of singers, bass guitarists and many more coming over either for rehearsals or simply to jam. The windows are open so that the aroma of marijuana is not trapped inside, and someone has left a shoe in the refrigerator as a sign of protest due to the total absence of food.

McCollom reports his coordinates to Piazza on the two-way radio, and soon after the patrol car turns the corner with its lights off. Piazza is really bothered by those stories his partner makes up, probably taken from some movie where the representatives of the law—whatever the meaning of that word is—move about in silence and in the dark so as not to be identified. *The only thing missing was for him to ask me to push the car so that nobody would hear the sound of the engine*, he thought with annoyance. One time, McCollom had scolded him for not following his instructions to the letter: "Protocol is like the Bible," he said to him, "you believe and obey because I say so." Piazza lowers the car window's glass. McCollom gets into the patrol car and whispers something like, "Fair game, fair game," but his partner doesn't want to understand. From that point on they will do a stake-out until one of the boys in the house commits an error. If no one does *any* kind of nonsense, McCollom will make up something in order to provoke them so they'll get into trouble. The most common way is to *mistake the place*, which means to carry out a police raid at the wrong address and discover a scene of drugs, alcohol and sex.

Piazza is beginning to feel bad. The music coming from the apartment is not unpleasant. They are definitely good musicians having fun with their improvisations and with the chorus of those in attendance. Piazza would have liked to have gone in, to have asked for one of the beers that Sebastian brought back, maybe even join the jam session. He's a decent guitarist and playing gives him a sense of well-being as intense as a secret, because nobody at the police station imagines that he can spend hours with his guitar, even trying to compose songs. Suddenly he sees himself in the safe space of his house with his instrument and his music, then just as suddenly he feels that he is being watched. Even worse: someone outside, just over there, is prowling, ready to jump him at the first opportunity. Then Piazza suffers a kind of spasm, as if his body were rebelling before the prospect of what is going to happen. *I disgust myself,* he thinks when he returns to the here and now on this early morning in the street.

A little while later, Sebastian comes out again, but instead of just walking he gets into one of the cars in front of the house and starts the engine. Piazza waits to let Sebastian get ahead of them, then he follows him from a short distance. Several studies assert that a high percentage of drivers get panicky from the simple fact of having a patrol car right behind them. Other studies have shown that the more time a patrol car follows an individual, the greater the probabilities that the driver will end up in trouble with the police. Let's just say that Sebastian doesn't notice anything right away, because who would be interested in following him? His friends have asked him for another favor, this time to go where there's a certain acquaintance in the vicinity of Hollygrove, who is waiting for him with a little package to keep the party going. Sebastian goes in the direction of the lake (it's very difficult to navigate here by the four points of the compass; let's remember that the city is in the shape of a fan, and north or west are not stable references but rather changeable ones, that's why people give directions with the lake or the river as points of reference) along a beautiful boulevard where the streetcar runs. He turns left by a public school, and at that moment, he knows that something is not okay. He doesn't stop when he arrives at his destination, even though the lights at the house are lit up and his friends' acquaintance is waiting, seated on a rocker looking at the street from his porch. The dealer doesn't get frightened when he sees the car pass by followed by a patrol car. It's not the first time that has happened. The dealer thinks he'll call Sebastian's friends, but it's really not good for him if the call is traced back to his phone. Besides, it's not his problem. He would rather turn off the lights and go to bed, but he's suffering from another bout of early morning insomnia. If there is something here to resolve, it's the impossibility of getting any sleep.

Sebastian feels his body shuddering from the cold. He becomes alert, his muscles grow tense, but it doesn't occur to him to communicate with his friends. Despite the fact they are evidently following him, he still wants to think that it's an error, a misunderstanding. He returns to the beautiful boulevard and starts for home. The officers in the patrol car turn on the flashing lights and activate the siren, but only for a few seconds, so as to confirm the order to stop. The young man stops next to an oak tree whose roots have broken up the sidewalk, forming something akin to the tentacles of an octopus. The policemen let several minutes pass. They know that the longer they wait the worse the nerves get for the possible offenders. McCollom reports the car's license plate on the radio and explains that they are going to investigate a drug possession case. When the case's reports are written up, there will be a record of the time from this last communication between the patrol officers and the police station: 3:13 a.m.

"Leave him to me," McCollom says to Piazza. "This one's going to be easy and enjoyable."

Piazza briefly covers his face with his hand. He's nauseous, but this isn't the moment to admit it.

Sebastian waits for the policeman with his vehicle registration and his identification in hand. If at any time he was high, that sweet feeling has already disappeared. At that moment he can't let his guard down, and he must be clear-headed and coherent about everything. He rolls down the window and gives the documents to the officer.

"You ran the stop sign," says McCollom.

Sebastian, surprised, turns around toward the corner where he has just made the turn.

"But I stopped—"

The officer turns on a small flashlight to review the license and the registration.

"The law states, *the driver should wait at least three seconds*. You made a yield stop, not a full stop."

Sebastian tries to make out the policeman in the patrol car. He can't see anything but a dark figure, apparently motionless, surrounded by blinding lights. *I'm getting dizzy*, he thinks.

"Three? How many seconds did I wait before going forward?" he says with a dry mouth.

"Too few. Get out and put your hands on the roof of the car."

The young man becomes rigid, as if he has stopped breathing. "Why?" he protests with a voice that even Sebastian finds strange, as if it weren't his.

"Because I think you're drunk and drugged up. And because I say so, asshole."

McCollom opens the car door and with his flashlight verifies that there are no weapons in the car.

"I told you to get out, son of a bitch," he orders him with a more forceful tone.

The young man is still rigid, his eyes looking in the rearview mirror. As on other occasions, McCollom turns toward the patrol car and signals to Piazza to come help him because the suspect is resisting. However, this time Piazza doesn't move from his seat. He's watching the scene like an aloof witness, someone who is interested in letting the events unfold without his intervention. McCollom calls him again. He has taken Sebastian by the neck and struggles to force him out.

Suddenly one of the patrol car's reflectors shines on him with such strength that he feels blinded by so much light. What the hell is happening to his partner?

As if in a dream, Sebastian feels himself being lifted into the air and then falling over the hood of the car. In spite of being so fragile and feeling like he has no arms or legs because a greater force is immobilizing him, his body twists back on itself trying to get free. He hears a blow against the car's hubcap, and something grips his neck. Soon after he can't get air. At the same time, the world around him is fading out, just like in those movies where people sink down in deep waters and the sea ceases to be so blue and changes into a shadow that envelopes them. Initially he suffers an intense pain, then he floats free into something similar to peacefulness. From far away he hears a voice calling, "Piazza," but not that word, nor anything else around him, makes any sense.

It doesn't matter to McCollom that the boy collapses. During many arrests the suspects end up fainting or in worse condition. At least this way he isn't going to move, and it will be easier for them to take him to the police station. The young man slowly slides down the curvature of the hood until he falls onto the asphalt. His eyes are wide open, and he is trying in vain to get air into his lungs.

"Do anything to annoy me, shitface, and I'll shoot you," he whispers to Sebastian.

Then he goes to the patrol car and opens the driver's door. He's about to grab Piazza by the shoulders and shake him, but his partner is faster and smacks him with his night stick. McCollom takes a few steps until he gets tangled up by his own feet and falls. While he recovers from the blow and his stupor, his partner jumps from the car.

"I'm going to bring you down, motherfucker," says Piazza coldly. "Even if we're both in shit up to our necks."

McCollom sees Piazza go over to where the young man is lying. He sees him touch his shoulder and talk to him, but he can't understand what he's saying. The street is deserted in spite of being a boulevard that usually has a lot of traffic, and none of the houses in the vicinity have their lights turned on. That might be a good sign—nobody is noticing the scene—or a dirty trick of fate—someone observing them hidden within the depths of the night. Piazza squats down, he touches the boy's neck, he holds his wrist for a few seconds. Very slowly, he returns to the patrol car.

"He's dead. You did something to him, and now he's dead."

Both policemen remain motionless for what seemed like an eternity. Either one of the two could easily access their radio transceiver or their weapons, but perhaps they're thinking about the next move, or one is giving the other a last opportunity to do *the right thing*. In the end, McCollom pulls out his standard issue pistol and shoots. Piazza makes a move, but it's not a defensive one, because there's no way to protect himself from the assault at such a short distance. He tries to activate his radio and notify headquarters that the night has spun completely out of control. But he doesn't have the strength. Then McCollom gets up, opens the patrol car's door and pushes his partner into the back seat. There's a lot of blood, and its odor mixes with the stench of an air freshener that the police apply each night before leaving for patrol or after an arrest. Piazza doesn't speak; he just covers the lower part of his stomach as if he wants to hold his entrails in place. *It's better that way*, thinks McCollum, *there's no time for explanations or apologies.* Then he goes over to where Sebastian is. He lifts him into the car, and he is careful enough to leave him in a position that gives the impression that he is sleeping. At any moment someone will find him, but that doesn't matter anymore. Following his instincts, McCollom checks the area around the driver's seat. He finds the young man's cellular phone and sees that he has received several text messages. Nothing out of the ordinary. His musician friends urge him to "bring the merchandise." *They're just selfish bastards*, McCollom thinks, *it doesn't matter to them if something has happened to him. What they want is their drug.*

By the time he gets into the patrol car, McCollom has already made some decisions. The first one: let Piazza, or rather his body, fall apart on its own. It doesn't seem ethically correct to him to finish off his partner. They have been together for a good while, and it would be horrible to have to give him the ol' *coup de grâce*. Maybe he's suffering from a lot of pain, sure, but McCollom knows well that a moment will come when the wounded man will lose full consciousness of what is happening; then death's imminence becomes everything, and pain passes into the background. Besides, he can't lose any more time. *The world*, he thinks, *in a moment of carelessness has been derailed, and now there is no other solution but to put everything back into its place again.* When did it happen? The moment when he used a hold on the boy so that he would stop resisting? Or was it maybe when he made the decision that *that kid* in particular would be the night's easy victim?

The first thing to do is to go back to the dealer's house. Although he may be armed, it will be very easy to settle accounts with him. Then he will have to make another decision: one choice would be to circle back around to the party and put an end to the alcohol and the drugs and—unfortunately—the music once and for all. *What a shame, they play very well.* But he knows those gatherings well, and without a doubt there would be overindulgences disrespecting the laws of God and men. The alternative would be simpler, less noisy but also meaningful. He would drive to his house, go up to the second floor and retrieve the rifle that had been aiming for some months at the dwelling on the other side of the street. He would cross over there rapidly and break down the door. In the house he would find the sex offender, his wife and probably the child. He has in mind to bring justice only to the dirty old man, but sometimes there's no other alternative but to clear the whole road of obstacles. Afterwards, his mission ended, he would go to the levee that keeps the river on its course. He wants to die there, watching the water drift toward the sea, the best metaphor for duty and the flow of life. So, he must decide what does more in the name of justice. To do that he still has some minutes left, meaning an eternity.

BOTTOMS UP!

We had been fleeing from those who wanted to save us. My friend
and I, we were very quiet, because he was a devout Christian, and it
was difficult for him to accept such harassment in the name of God.
As in other persecutions, I was muttering some kind of protest: *fanatics, intolerant people, hypocrites*. Of course, I was being unjust
because our persecutors could not hear me, only my friend who was
trapped between my fury and my words and shaking off my rage about
violence caused by religions didn't do anything but offend *him*, pointing out for him a contradiction that was perhaps only due to man, not
God, if God even existed. But while I was in need of someone who
would listen to my apprehensions, my friend seemed to be speaking
to himself, praying. In circumstances like those of that night, it was
best to leave him alone until he came out of that state of internal con-
templation, because there would come a time in which he would no
longer listen to anything else except the voices of his own conscience.
So, I silenced my rage and we continued along the street's semi-dark-
ness in search of a refuge.

Behind us remained a large group of believers praying for us, the
lost ones. One of them had even dared to step into the bar where my
friend and I had been having a drink. He had shouted at us that the
word of God was all-powerful, and if we only gave ourselves to Him,
our irredeemable evil would be healed. Some of the patrons at the bar
began to provoke the believer with jokes and innuendos, which surely
encouraged his redemptive mission, because he rolled back his eyes,

gestured in supplication to heaven and prayed louder and more fervently until he ended up speaking in tongues. The bartender threatened him with calling the police, but the believer was already on his knees, as if waiting for torture before the very gates of Hell. Behind him, forming a choir of blurred faces, other members of the faithful group were singing a hymn invoking mercy or fire, light and wrath from on high, because all earthly misfortunes were our fault, from starvation to wars.

The bartender called for assistance on the phone. There was a police station not very far from the bar, but the person who took the call asked a lot of questions and finally said that the worshipers had every right to demonstrate; after all, they were on the street and this country guaranteed free speech. "As soon as it is possible for us, we will send some officers. Meanwhile, keep the peace. Alright?"

When they arrived, the officers would probably only ask the group of believers to move on. Little else could be expected, especially if you took into account that there were still bullets embedded in the bar's walls that an agent, dressed in plainclothes, had fired a few years back. The incident was processed as an isolated case of insanity, not as a hate crime, since in this perfect democracy such crimes couldn't happen. One mitigating factor was that nobody got hurt, so there was no protest that might change the authorities' verdict. For that same reason the bullets were still in the walls, like dots spread out across a white surface, stripped of posters and neon advertisements. They were a warning that times were still changing, going backwards.

The other believers pleaded for compassion from God, a miracle that might help us to abandon our dark hell of immorality and corruption. *Forgive us for being who we are*, I thought, *for the humiliations we receive, for the violence covered up.* . . . The pious reiterated their plea with more chants while moving around a rustic wooden cross that looked to me like a symbol of the torment to which they were ready to subject us. "Dying on a cross is really trendy among queers," I said, draining my drink, but my friend did not want to understand the wisecrack because it worried him that someone might break that thread on which tolerance and the throwing of a first stone were being juggled.

One of the customers suggested shutting the doors. Some of us laughed nervously, because like so many other places in the French Quarter, the bar was open twenty-four hours a day and didn't have doors. It only stopped serving drinks between midnight and six o'clock in the morning every Ash Wednesday. A little before the last minute on the Tuesday of Mardi Gras, the entrances were boarded up with plywood that night owls would decorate with messages or drawings, and that were later stored, lest some hurricane force a curfew or an evacuation. Nevertheless, even in those extreme cases, whoever needed to wait for the winds to blow by was welcome at the bar. Local wisdom recommended celebrating always, even when all the forecasts pointed to tragedy.

The bartender announced that the police were about to arrive: "Any moment, might be right now or in a couple hours." I shrugged my shoulders. After all, I already had experience with fear, the fear of others *and* with my own. My friend begged for us to leave. He was very anxious, and in his hurry to finish his drink and get a move on, he splattered the bar counter with enormous drops of rum and unsolved murder stories: "Robert Kyong, public defender, was found on his knees in the living room of his apartment with a bullet in the forehead. *Evidently a crime of passion,* the authorities concluded…Father José Urrea was ambushed at the entrance to his house, they broke open his head with a baseball bat. *Crime of passion,* even though nobody was aware of his being gay. Not a single arrest…Roxxyana, crowned Miss Jena in 2001, turned up strangled in a roadside motel. They stuffed her mouth with her own genitals. The police didn't even bother to look for the guilty person—after all she was a transvestite with a history of prostitution . . ."

I helped my friend put on his jacket. Taking him by the arm, we went to the entrance. I said, "Excuse me," to the one speaking in tongues. He stood up, barely allowing us room to get by, but he didn't dare touch us. However, we were so close to one another I could feel the bitter breath of those unintelligible sounds spitting into my face and my friend's. Cautiously, in order to keep the religious group from surrounding us, we stuck to the wall until we distanced ourselves, then we went down the street.

"I need another drink," I said. "Fanatics, intolerant people . . ."

While I quickened my pace, I boldly made a comment to my friend: "They say that the civil liberties movement by African Americans sprang up from the churches, while ours started in the bars. Now it's the church harassing the bars."

My friend was walking a little farther back, as if he were running out of breath. Was that his strategy so he wouldn't have to respond to my bitter comments? He stopped in front of an antiques store. He leaned with both hands on a column next to the enormous store window. His eyes seemed to travel nostalgically over the reproduction of a cozy and intimate world, of soft armchairs, Persian rugs and hanging lamps brimming with sparkling crystals.

"Make no mistake," he finally responded, "The Church is not just one, but many."

At that very moment a group of people stopped at our backs. We could see the reflection of many bodies in the plate glass window; however, they weren't human beings, they were more like misshapen bulges, shadows that were gradually shifting from one light source to another. My friend went pale while his breathing grew more tortuous. I decided to wait, my cold, clenched fists in the pockets of my jacket. I listened carefully, my eyes fixed on some candelabras that gave the store an air of faded glory.

Suddenly a voice. It was describing the store as an old mansion that had belonged to a Sultan who had come from the Orient, from a county whose name nobody in the group could recognize. The large reception room was almost intact, as were the velvet draperies that now framed the store windows. For years it was thought that the sultan was just another eccentric foreigner, unsociable, surrendering to the loneliness of those who do not have a good understanding of the local language or its people. Nobody knew about his wives, all of them locked up on the upper floors in six small rooms furnished luxuriously, but always respecting his country's traditions. The oldest of the wives had not yet turned thirty when the sultan killed her. He got rid of the corpse with the help from some ruffians at the port and from that time on, soon to be joined by four other wives, she lay restless at the bottom of the Mississippi River. The sixth wife sensed her misfortune by the silence that was taking over the mansion. The women couldn't speak among themselves or let themselves be seen, not even by the servants. When the servants were cleaning a room, the wife was supposed to wait in a little tearoom located in that corner of the building where an amber light still shines. In spite of the prohibitions, each of the sultan's wives succeeded in informing the others of her presence by leaving small slips of paper in the little room's secret places. Perhaps they even enlisted help from some servant, those acts of solidarity that ladies never confess.

So, the sultan continued killing his wives one by one. They all knew it from the very beginning, because suddenly there would be no hidden messages from one of them, neither did they hear her singing the verses they had agreed upon as a way of letting the others know that she was in a good state of health. They also realized that their lord had decided to finish off the oldest one first, then the next one to follow her in age, then the next. They all resigned themselves to their fate, except the youngest. When she sensed her time coming, she left, as if carelessly, all her diamonds intertwined on the bed spread. Next to them was a note: "Please, leave the balcony doors open." The young woman went to the little tearoom. She smiled nervously at the sultan, who did not return the gesture. She drank from her little porcelain teacup, certain that a poison was lurking behind that herbal flavor. The sultan, as he had done five times before, excused himself because he had to attend to some business in his office. The young woman at least granted him credit that his cruelty did not go to the extreme of staying in the little room to enjoy the slow death of his wives. When she was alone, already feeling weak, she returned to her bedroom, went to the balcony and leapt to the ground, dragging with her enormous hanging ferns and planters loaded with red, violet, white and orange geraniums. Those who were passing by at that moment saw her fall in silence, without a single scream of horror. They say that she was even falling slowly, practically floating in the middle of a cloud of tiny, bright-colored petals. Sometimes, concluded the voice, very early in the morning, you can see the wives sitting down in this store's armchairs, their souls condemned to waiting futilely for a savior.

The shadows were gradually approaching us until they turned into a group of tourists in Hawaiian shirts and short pants, with cans of beer concealed in paper bags, and each with a digital camera. They circled around us without looking at us, searching behind the large window for some vestige of the tragedy of the sultan and his wives. To my right, the voice was transformed into a young man dressed up as a vampire. His face was hidden under a white foundation, decorated with bluish dark circles under the eyes, a pointed false mustache and black lips, fleshy like I hadn't seen in a long time. He was wearing gloves, an overcoat made shabby from much use and a top hat that was too big—it scarcely kept its balance over a jet-black wig. If his goal was to frighten his audience, the young man had categorically failed, because instead, he either stirred feelings of kindness or memories of characters from Lewis Carroll or Charles Dickens.

"Did the woman who jumped from the balcony survive?" I asked him. "Did the flowers soften her fall?"

The young man offered me a black smile, but he didn't answer. Then one of the tourists took the floor: "And what's going to happen to the ghosts when they sell that furniture?"

"This room is not for sale," said the young man with indisputable authority. "In the past some collectors attempted to acquire it, but strange things began happening to them. Finally, nobody dared to close the deal, because it would have meant bringing home a curse or their death."

Some minutes later the group began to move toward other places of interest. I was silently thankful we happened upon a vampire tour, because you always learned something new from their rounds through the secrets of the French Quarter, even though it might be a lie.

By then my friend was breathing calmly again. We waited a few more seconds, then we started off again on our march toward one of the oldest establishments in the neighborhood, Café Lafitte in Exile. The bar had two counters in the shape of a horseshoe and a balcony where extravagant queens would lean over, where love affairs and revenge had been forged and where, during carnival, men from every place in the world would crowd together ready to live the moment. But more importantly it was our own space, where we could be who we were.

The legend said that the original Café Lefitte had been on another corner a few blocks toward the west, but mysterious circumstances forced it to move several times, a pilgrimage that inspired the clientele to see in the bar's nomadic condition a metaphor for our own exile. That's the reason for the name on the makeshift sign badly hung next to the entrance. My friend and I went directly up to the balcony, we wanted to warn whoever might want to listen to us that the believers were in the vicinity, but the clientele were enjoying the evening in small groups, and the mood just wasn't there for alerting anyone about a danger that was so uncertain. I got hold of two chairs while my friend was going for some martinis. I looked off into the distance out of the corner of my eye, certain that it wouldn't take long for the believers to land here. The street, by itself so poorly illuminated, was swallowing up each passerby with its shadows. Any savior might be hidden out there in the night, ready to pounce on some lost person and attack him until he was able to purify his soul and return him to *normality*.

My friend returned with the drinks and I think he said something. He might have spoken for hours; however, I was absorbed by my thoughts, mixing together in my imagination the faithful revolving around our cross and that sultan without a face or language who milled about his mansion terrorizing his wives. From time to time I felt a piercing fear, caused by the nearness of those pious people, united by their certitudes on good and evil, by their obligation to straighten this world through prayers and violence. I also feared the sultan, whose footsteps on the padded rugs might have been imperceptible and at the same time huge, monstrous sounds for the ears of his wives, accustomed in their loneliness to perceive the immensity of power, even in the subtlest of sounds.

I was so lost in such thoughts that I didn't hear my friend calling for my attention. He had to vigorously shake me. "Look, look," he ordered me. After innumerable visits to that bar, for the first time I noticed the building on the other side of the street. It was a decrepit structure, with the exterior walls pitted from cracks like scars. On the first floor, there was a drag queens' diner serving twenty-four hours daily between odors of grease and impromptu shows of lip synching. Possibly I had stopped there some early morning to eat a hamburger or some eggs, listening to the stories from the regular customers and the employees in the place, many of whom were sure they would triumph in show business, on the catwalks and in Hollywood-style love affairs, or at least during the next carnival seasons. Over the diner there were a handful of miniscule apartments whose main entrance— a small, broken-down wooden door, a victim of the humidity and the heat—led to a side corridor, which probably opened up into a small garden where an unsteady staircase ascended to a hallway where the apartments were squeezed together. Next to that entrance from the street, also waiting for something or someone, was the young vampire guy. He was swaying as if he were following the rhythm of a song, looking alternately at one side of the street and the other. He was holding the top hat in his hand. Inside it he had placed his gloves, the tour brochures, some maps of the neighborhood and some promotional coupons. The only thing missing was a magical wave of his hand in order to transform all that into a bunny, or into a bouquet of flowers to flatter some unsuspecting pedestrian. He had taken off the cape but not the wig, transforming himself from a vampire into one of those extravagant beings who were on display every day in the French Quarter. My friend urged me to invite him over to have a drink with us. He leaned on the railing to shout at him: "You, there below, the sultan with the six wives...up here.... Will you join us for a drink?"

The young man raised his eyes, rewarding us with a smile that was still painted black, and he waved with his free hand. He also had dark-colored fingernails. Without saying a word, he whirled around and disappeared through the broken-down door. My friend sat down again, took me by the arm and complained about how irresponsible beauty and desire were.

"They become so fleeting," he said, "and they stalk you like wolves. What's the difference between evil and beauty if they both eclipse you, if both can make you happy and, in the end, they both can crumple your soul like one does with a small piece of paper?"

Across from Café Lafitte's spacious balcony there was a smaller one that preceded a very tall double casement window, which was wide open. While my friend was muttering about his speculations, I was pursuing in my imagination the vampire's possible path through the awful little garden, the stairs and the hallway to the door that I desired. On the other side of the street a light was turned on over reddish drapes, revealing the depth of the room.

"And what will become of us when there's nothing left of beauty but ruins?" my friend lamented.

I couldn't help taking another glance at the street; perhaps I had been mistaken, maybe the pious people would not include Lefitte in their rounds for tonight. I turned toward the little balcony just when the silhouette of a person with a top hat in his hand crossed the visible space from one side to the other, a kind of diminutive stage framed by the contrasts made by the red curtains. The silhouette was coming and going, taking the shape of the young vampire, becoming distorted according to the vagaries of the light, then becoming again the character who had told the story about the sultan. He pretended to be alone, seemingly unaware of Café Lefitte's huge presence, jammed with thirsty men. With calculated slowness, he leisurely took off his costume until he became a body that was pacing around the apartment as if he were imprisoned, now without a shirt, now without pants. "He's not half bad," said someone at my back. Already a small group of people began crowding around us, while the word was getting out at the bar and more patrons were arriving. The young man turned around, he took a few steps closer to his little balcony, just barely enough to get the light from the street. He had a slim torso, but one with possibilities, white skin, milky and fresh at the same time. His gaze did not include us, or at least that was the pretense, because in a movement that was guileless, intimate, he took off his briefs and threw them off-stage. One of the patrons whistled in amazement, but a hissing sound coming from everywhere forced him to keep quiet. The young man, every bit the professional in provocations and ingeniousness, exited the stage, leaving the onlookers on the edge of the abyss, about to jump off Lefitte's railing and venture into the unknown until we got to the other side of the street—anything as long as we got ahold of that body.

Minutes passed with nothing new and some people grew tired of waiting. My friend clung to my arm just in case I was thinking about giving up as well. At the end of an eternity, the young man appeared again. He brought a chair, a bowl and a mirror that he leaned against a piece of furniture impossible to see. He cast off the wig and slowly started to clean his face, his arms, his legs. . . . He used the chair in order to create new silhouettes, taking advantage of the light from the street and from his room. Then he turned his back, showing us his promising rear end, succulent for certain games. Meanwhile, we patrons at the bar were pretending not to be there, to be invisible. That was our minimum contribution to the show.

With our sights and minds centered on the young man, we did not notice the arrival of the believers. In the blink of an eye, they had organized themselves at Lefitte's doors, with the cross in the middle of the street, the prayers and the chants, those invocations of forgiveness that seemed more like a call to punishment. Up above, the young man was offering us some type of exotic dance. He was trying to be sensual, although in my opinion he was bordering more on the comical side. He briefly stroked his body, endeavoring to excite himself, but he really wasn't putting too much effort into his attempt. Next, we saw him take out his phone, and he lay back almost inside the window frame, touching himself again, but now with a mechanicalness, with the lack of attention of an actor who has lost his concentration and his charm. Some of the bar patrons began discussing if this new turn was adding value to the staging or if, on the other hand, it was ruining it, because it was evident to them how the young man was drawing from every trick in order to keep their attention.

The ones who were not succeeding in distracting us were the believers, in spite of their prayerful shouting. The man who only a short
while ago had spoken in tongues was immersed in silence. Perhaps the
effort to communicate incomprehensible things had weakened him
for the rest of the night, and now he looked like a disabled person
holding onto a woman's arm. More people had joined them, including a guy with a small tambourine who jingled it from time to time,
improving the performance of the hymns. At the order of the one who
must be the leader, the faithful held hands and began to revolve
around the cross again. Above them, the young man didn't seem interested either in the commotion that was starting to form in the street.
He was talking on the phone, nodding, touching himself without any
allure. When he finished the conversation, his face looked emptied.
He was no longer the vampire tour guide, nor the silhouettes, nor the
thirst that shortly before had assembled us. The seductor's charm had
abandoned the small stage with the red curtain, leaving before us only
a bag of bones, skin and some flesh, no longer that desire capable of
keeping the wolves at bay. And that rejection was accentuated by the
rumblings in the street, so abstract from that mixture of disparate
voices, the wind and the pious people dragging their feet around the
cross. Up here, on this side of the street, it was all anticipation. Some
patrons were reconciling for themselves in complete silence the per-
plexing situation of having witnessed how two scenes, so very opposite, could coincide at the same point in the cosmos. For me, I had
the conviction that they were not so dissimilar. At each apex of that
triangle there was a provocation, a desire proclaimed. All of them, in
their own way, were attempting to bring the other to their corner without offering any concession: The believers wanted a punishment over
us that would give them a justification; we were resisting that possibility, because in the sacrifice of resistance you also found your reason for being; my friend was suffering because of that artificial
distance between the prayers and the flesh, maybe in his heart he was
building bridges between both shores; the vampire was being
provocative from the security of knowing he was unreachable, he was
promising something that he was not going to honor, he was an ab-

straction almost like God, so innocent and perverse, so immediate and at the same time so distant . . .

When he finished his call, the young man appeared to return from a world better than this one, surrounded by walls and onlookers. He stopped exploring himself with his hands and began looking for something between the drawers. He got dressed again and, without greeting his public, partially closed the small balcony's doors. The bar's clientele complained about the ending and returned to their places. My friend proposed we go somewhere else, but I asked him to wait, as if I knew that the end of the show was still to come. Without understanding my words too well, he looked around for some sign. I simply pointed to the apartment on the other side of the street, where the young man gave us his profile while looking at himself in the mirror.

"It's all over let's go where they'll leave us alone," insisted my friend.

But this time it was *I* who held *him* by the arm: "One more minute."

The young man spun around, as if verifying his house was in order, then he turned off the light.

"He left," my friend said.

"Pay attention, don't be stubborn," I responded to him.

In my mind I was reconstructing his path toward the hallway; the wooden stairs, the garden, then the side alley and finally the entrance. He came out to the street, looked closely at the group of pious people until he identified someone. That person, undoubtably another young man, waved at him, left the circle and gave him a big hug, by all appearances a brotherly one. They began to speak very close to one another, so they could hear each other amid the noise of singing and prayers that were demanding we, the deviants, return to the Lord. From far away it looked like they were brushing the lobes of each other's ears with their lips, just as two lovers would. In the middle of the conversation, they both took out their cellular phones, verifying some information on their screens. They looked like a couple recalling for each other the last message, the most recent love call, the constant presence. When they finished, the believer took the vampire by the hand and led him to the circle. The other believers opened space for him between smiles and greetings. The young man sang with them, lowered his eyes at the moment of the final prayer, followed them when they slowly embarked again on their march toward the next den of iniquity. At the last second, before disappearing among the shadows again, he turned to look up at the balcony where my friend and I were witnessing his departure. For the first time, his expression seemed to include those of us who were still present at that moment, in that place. We exchanged looks. I gave him a nod of approval and I raised my glass, offering him a new toast. A smile crossed his very young face.

New Orleans, August 2005–Baltimore, January 2007

A CEMETERY FOR CARTS

He asked me how long I had been getting into trouble.

"I don't remember," I responded, unsure. "I mean, *nunca*—sorry, never . . . never before."

Had I done it right? Was my answer satisfying the doubt coming from that officer who precisely fit within the frame of the stereotype: large, impenetrable glasses where I, a wall and part of the furnishing were reflected; a bushy mustache that covered his lips; an expressionless face; an impeccable cap over close-shaved blond hair.

"Ah-ha."

I believed I understood, and I was afraid. What was the meaning of *ajá* in English? Were gringos using that expression too? Definitely, because the policeman's face was still impassive, and *ajá,* I had heard it with a j and with an h and the h is simply a j in English.

"Okay. Tell me again what you did tonight."

But in order to explain everything about that night, I'd have to put on the record everything that happened *over there* in the last few months.

"Over there? Where is *there*?"

"Over there, sir, in the cemetery for carts?"

"Where?" he insisted.

I saw him wrinkle his forehead over his glasses; and I saw myself reflected in the surface of each lens, discovering that even policemen-stereotypes could express bewilderment.

"Well . . . over there . . . where you arrested me."

His forehead relaxed and maybe even his mustache, because it seemed to me that it was falling at the sides of his mouth in the way that Hollywood says it should fall when something doesn't matter.

"So, you've been in that place before you were arrested tonight."

I admitted it with a bob of my head, even though I didn't have an attorney nearby or my advisor from the university. I moved my head without uttering a single word, and I behaved in that way so that a *yes* from me couldn't be recorded on the ultrasensitive listening systems probably hidden under the table. What's more, I made a very quick movement of affirmation to ensure that the ever-present video camera wouldn't pick me up. Nevertheless, I was assailed by a doubt: how could you hide such sophisticated equipment here? At first glance we were in a small, bare room, cold and stinking of disinfectant, located at the back of a building that didn't remind me of the police stations from the classic detective films; instead it looked like one of those gloomy storage rooms where criminals would usually conceal themselves and perpetrate executions. We had crossed through secluded rooms where all the office equipment was resting under plastic coverings, each piece of paper appeared to be placed in an obsessively orderly fashion and not a single telephone was ringing. We crossed hallways that were dimly lit, we went up and down the stairs…in short, we went deep inside the belly of a universe that was very different from my idea of a police station. However, we were in the southeastern United States, in one of those miniscule cities situated as if by a fluke in the middle of the desert, where the countryside, the people and life were so different, because everywhere a limitless horizon lay ahead, empty of mountains or greenery, while the sky was so scorching, even at night it melted the clouds and it turned into something profound, so profound. As a result of the heat, the cities were condemned to an eternal sleep, the vegetation had become hardened on the outside and the flowers only reproduced in the color of fire. The landscape adhered to the people's skin and their eyes: the houses were flat-roofed, gardens were full of reddish rocks and rain was only a hallucination. In these cities nothing was like what television and books had shown me, so it shouldn't have surprised me that even the police stations would have a certain air about them outside of what was *normal*.

When we arrived in the little room the officer took off my handcuffs, and he signaled for me to sit at one side of a metal table. Then he went out to the hallway to look around, locked the door and sat down in front of me with a notebook and a pencil in his hand.

"Did you say 'Yes'?" said the policeman, putting me between a rock and a hard place.

"Yes," I responded after searching in vain for a way out. "I have been in that place before."

The policeman's face went back to its original expression. And by that I mean, he went back to being inexpressive. I waited for the next step with a dry mouth, without daring to interrupt the waiting by asking for water. I was suffering from horror and thirst, but I thought it best to keep everything down in my throat.

"I'm gonna give you another chance," the officer said. "Tell me your version of tonight's events and try to be clear."

I sighed; that's what a character and people should do when the bad guys relax the tension and a break comes. A miniscule mirror, hanging on the wall behind me, was reflected in the green surface of the officer's sunglasses. I assumed that a group of detectives were observing me from the other side of the glass, so I turned to confront them, feigning my best look of self-assurance. However, the mirror was too small, so the detectives—if there were any—must've been stacked on top of each another so as to have the pleasure of studying my criminal face. Besides, I wasn't a criminal.

"I'm not a criminal, I'm a student," I said in order to erase any doubt.

I needed to explain to the officer that if I had walked near the cemetery for carts it was by accident, or rather by misfortune—or bad luck; the thing is, I have a very old car and the son of a bitch is always breaking down.

"Who is a damned son of a bitch?" asked the police officer in the middle of a yawn.

"*Mi carro*, you know? It's *descompuesto*...broken almost all the time, and I have no option but to walk to the university."

I believed the officer was taking down my statement, but shortly after I could see his notes and there were no such notes—

"Why didn't you take the bus?" he said to me without looking at me, his attention concentrated on the supposed notes.

Why hadn't I taken the bus instead of walking? At first it seemed like a dumb question, then I thought it was suspicious. Maybe he was prompting me to say that the city's bus system was shitty and that only the very poor, desperate students and the elderly would use it. I imagined a grim future, one in which I was in front of an immigration judge swearing my fidelity to the United States while the prosecutor, with his notebook full of entries, was reading my criticisms of the public transportation system as evidence of my lack of loyalty to the nation and was asking the judge for my immediate and definitive expulsion from this great country.

"Well, I don't know," I responded naïvely. "In my country, I used to walk . . ."

The policeman shrugged his shoulders. "But this is not your country, and now you're at odds with the law."

I also shrugged my shoulders, taking away the seriousness from what was happening. I repeated to the policeman that I always walked to the university following the same route, just so I won't get lost, okay?

"Don't you like to walk around the city?" I added timidly. "No? Your perspective changes a lot. A person in a car doesn't get reality, you lose details, you become unaware of the most cruel and strange things. Cars are limiting, isolating, and you can't see, for example, how pumpkins die after Halloween: first the shell around the smiley face slowly dries up, so that it's no longer a ghost and becomes a toothless old lady; then it's transformed into a monster that consumes itself, because the empty mouth caves in and the eye holes close up; finally, after being in the sun and the cold, the face completely cracks open, the magic ends up falling apart in orange-colored pieces over the wood on the front porch of the houses. I can tell that you proba-

bly also haven't noticed the small tobacco shop in front of the cemetery for carts. The store is taking advantage of the remaining shell
that used to be a service station, it has a booth and three ramps where
there once used to be pumps for dispensing gas. The store always
looks desolate, it's so sad that in order to attract customers it repeats
on all its columns and beams its advertisement *Cigarettes for Less.*
Have you noticed that dogs in this city don't bark? They've given up
the joy of scaring pedestrians, perhaps they don't even know what a
pedestrian is. The dogs peer over their low fences to look at us timidly
and fearfully, when in a normal situation it should be us, the pedestrians, who should hurry past them afraid. And the sand? That's what
really confuses me—it makes me feel like the sea and the beach are
in close proximity, but only isolation surrounds us. This city is surrounded by sand, it was created by sand, it's lost in sand...I don't
know, it's like a biblical curse."

"What are you talking about?" responded the officer with annoyance. "We're living in the desert, aren't we? So, why the hell are
you complaining?"

I raised my index finger to give emphasis to my answer. "Please,
take note of my answer: I'm not complaining. *Mi intención* is *ponerlo
a usted en situación*, nothing else. I don't have second intentions, *yo
no me quejo.*"

He supposedly took notes and I continued saying that right there,
in front of *Cigarettes for Less*, near the place where dogs don't bark,
on a lot abandoned except for that sand that reminds us of the sea,
that's where the cemetery for carts was.

"Such a place doesn't exist in this city," the officer said without
moving a single muscle on his face, like an old ventriloquist's dummy.

"I swear to you on my mother, even though the poor woman has
nothing to do with all this stuff. It's there, right where you caught me
with the eight carts from the Jewell Osco supermarket. That's the
cemetery; therefore, I wasn't committing any crime, instead I was
doing more like an act of charity."

"Come on, stop the bullshit. Admit you stole the carts."

"But I didn't do it, sir. I found the carts on the street! I never stole any cart. When you stopped me, I was simply taking them to their cemetery."

I came closer over the table and the officer hid his notebook. Thinking that he was about to pull out his pistol, I asked him to stay calm with a gesture and I returned to my seat. I was again overtaken by my thirst, but it was still not the appropriate moment to request a glass of water or other favors.

"Blame me for passing in front of that land that holds no promise but the color of sand," I continued. "Blame me for being deeply moved in the face of injustice. I am guilty only of not accepting that someone might take a supermarket shopping cart, make use of it and then forget about it over there."

"Umm," the policeman said, and I sensed that thirst and fear would very soon take away my voice and my strength.

"I didn't invent the cemetery, I just recently discovered it. During my long walks I saw the carts left behind—high and dry—on that land across from *Cigarettes for Less*," I said with genuine feeling. "A few of them appeared to be lined up, searching for some absurd order, most of them were showing their abandonment at an angle, parked over the instability of some very small dune, or they were thrown down on one of their sides, feet up—I mean, wheels up, totally exposed and vulnerable. They all seemed to be calling out to me, begging for mercy. They were right, because being forgotten causes painful corrosion. However, it was necessary to also admit that at least those poor souls had a place where they could rest. Then I thought about the other carts, those abandoned on any city street, far from the warmth of their fellow carts, hundreds of carts faithfully working day and night, week after week, so we can buy our food at the supermarket and take it comfortably to our car."

I felt my eyes getting watery from the emotion. "I wondered why people could be so cruel," I said, deeply moved.

"You mean with the supermarket carts, don't you?" the policeman asked, taking fake notes.

This time I answered with an emphatic *yes*. "Each cart put its heart into its duty for the customers. It would silently permit them to fill it up with different items (meat and vegetables, chicken and canned goods, soap, toothpaste, snacks to consume while one watches television), and it would let itself be taken out of the supermarket, certain that its obligation would end in front of the trunk of a car, where it would be freed from its burden before returning to the supermarket to be used by another consumer. But customers weren't able to grant them even a token gesture of gratitude. Abusing the supermarket's generosity, some people would leave the cart dumped in the park. Others, ordinary pedestrians, would leave the supermarket's area, and go down the street with it to who knows where. When they were safely at home, with all their purchases in their own cupboards, the cart began to get in the way, and so they would throw it out onto the street. It's cruel, don't you think?"

"Umm," said the policeman, putting down his pencil to one side in order to look at his entry, then he gave a huge yawn and scratched his private parts with so much pleasure that he made me uncomfortable. "Go ahead," he ordered.

"Are you writing my statement?" I protested, but very respectfully.

"I write down what I consider important," he said, still scratching himself.

"Well, all of my steps would take me to the lot in front of *Cigarettes for Less*. Soon I spent time respectfully standing guard. Then I lit candles, probably until I grew sad and I cried."

"Really? So, you were sad . . ."

The policeman, for my peace of mind maybe, picked up his pencil again, but he didn't take any notes, and he began to scratch his earlobe with the eraser.

"I did feel very bad, officer sir, but I was also convinced that the cemetery was the best place to fulfill my humanitarian mission. I was so sure of it that I concentrated on bringing over every cart I could. At first, I would act purely by chance: I would find one, wait prudently until I was sure nobody would claim it, then I would take it away. But as time passed, I discovered that I was actively going out to look for carts. I was walking the city under the sun, cold, sand-storms—all that wasn't important. I was doing my good deed, taking under my wings those creatures that did not deserve such a cruel fate. I became the owner of the cart without asking questions. I would push it along smooth streets, orderly sidewalks, magnificent pedestrian walkways, marvelous bike paths—in short, along all the roads that lead to the cemetery, which acquired a sinister atmosphere, like every place where bones rest."

"Umm," said the policeman without anger, focusing again on the notes that weren't notes but were instead some drawings. "That's your excuse for trespassing with eight stolen carts from Jewell Osco su-permarket?"

"Pardon?" I asked, surprised by this new accusation.

"You understand very well."

The isolated city in the desert, the southeast, the theft report, the language gap, the loneliness . . . all the ghosts squeezed their claws around my throat at the same time. I could barely continue, thirsty and torn apart on the inside.

"You are insisting that I entered a private property to steal super-market carts? . . . I mean, *you* are the one who doesn't understand."

The officer continued drawing lines in his notebook. I felt like my future was vanishing into a lifetime behind bars.

"Don't believe what your eyes saw but were unable to compre-hend, officer. It's true: tonight, I entered the parking lot of an apart-ment building without permission and I took all the carts I found. I was discovered by some tenants when I was leaving with my load of carts. We made eye contact, I waited for a reaction, but there were no protests, shouts or persons pursuing me. Maybe the tenants confused me with an employee from the Jewell Osco supermarket who had gone out to collect the carts as one more act of customer service."

"One of the tenants called us," said the policeman, and he slipped one hand underneath his shirt, as if caressing his nipple, while with the other he continued working in the notepad. Suddenly he fixed his invisible eyes on me from behind the sunglasses. "At least you've admitted that you trespassed."

So, a tenant called the police. Somebody let me proceed and then reported me. The ghosts squeezed my neck even more. The officer wasn't understanding anything. My reasoning didn't seem to go beyond proving his suspicions: a crazy man was running through the city with a lot of supermarket carts so he could dump them on a vacant lot, an idiot with absurd loot, making the city's law enforcement waste time. Such a crime might deserve an exemplary punishment.

"Let's do something to solve this problem," the officer finally said, putting the pencil behind his ear, his hand still under his shirt.

"You think we can come to some agreement?" I said with my throat cracked from sheer anguish.

The officer seemed conciliatory, sympathetic, somewhat complicit with me. I thought for a moment that my work in the cemetery had not been in vain. Maybe the punishment would be to repair all the carts, reinstate them to their former owners and with that give them new life. I was ready to do whatever might be necessary, both to get out of this predicament and to vindicate my work.

"I'm going to do whatever you want, sir," I smiled.

"Really?" he asked before breaking out with an obliging roar of laughter.

"Really, whatever you want," I asserted, also laughing.

Then he pushed the notepad toward me. The booklet slid over and stopped just at the edge of the table. I took a look fearfully, because I didn't consider it normal that a policeman would want to show me my own statement. I went through the pages looking for the entries, but there weren't any, only some drawing of cartoon figures fucking, one of them with a cap and dark glasses, the other in obscene positions, stuck inside something just like a supermarket cart. The stereotype-policeman was looking at me unruffled, with the exception of a bitter smile underneath his mustache.

"So?" he said, suddenly looking at the door, as if searching for the origin of sounds that for me were inaudible. I didn't have any answers, any word would only deepen my confusion.

"I don't understand, sir."

"Of course, you do," he replied.

He added that he was simply trying to resolve the matter in a civilized way. He would help me by dropping all charges of theft, reducing the incident to a dispute with a police officer. That would mean a warning and a period of probation. If I didn't get into any more trouble, everything would be forgotten in a couple of months. All in exchange for a short time with him.

I nodded my head, but every movement hurt me in a way I had never experienced before. With the last remnants of myself, I got out a question: "Where are we going?"

Then, behind the dark glasses, the impeccable cap and the mustache, he told me triumphantly that we didn't need to leave the small, bare room. The table, the chairs and the mirror were discreet enough. Nobody would listen to our sounds or to our conversations. If I wanted, we could even argue again, comfortably and freely, about the subject of my cemetery, about the lost carts and about that very foolish wish to save the world at any cost.

Las Cruces, November 1998–Flemington, January 1999

THE CROWD

Allí se me representaron de nuevo mis fatigas
y torné a llorar mis trabajos.
Lazarillo de Tormes

¿Somos una persona o nos habita una multitud?
Martín Solares, *Los minutos negros*

The cat's name was *Baldobino*, but Clara couldn't succumb to the temptation of looking for his true name, because *Baldobino,* besides being a tough mixture of vowels and consonants, was more in keeping with the animal's other life, not his life with Clara, Daniel and the children. So, as time went by, it simply became *Nino*, and it didn't seem to bother the cat. He had also learned that they called supper-time with songs, one for him and one for each of the other two cats and one for the dog. More or less at the time when hunger was beginning to set in, Daniel would call from the kitchen: "Luna, do you want your tuna? Benito, café tinto? Nino, your bowl of vino?" The three cats would respond in a hurry, as did the dog, who ate peacefully at their side as if he were part of the same species and the same pack.

Like everyone in the family, Nino came from somewhere else. When his name was Baldobino he belonged to a woman from Texas, a street artist who had arrived in New Orleans looking for inspiration and a lost love, who was reluctant to accept the intensity of her feelings and set up house with her. The artist sold trinkets in Jackson

391

Square, but there wasn't even enough money to cover the rent for a run-down room in the Marigny, let alone to satisfy her needs for tobacco, marijuana and alcohol. Clara met her one Friday night when she went to feed the homeless. Each week, she and other volunteers would prepare a communal meal and serve dinner to whoever might want it in the twilight of a parking lot surrounded by old port warehouses and the levee wall that kept the Mississippi on its course. The volunteers stood in line behind some folding tables covered with white paper tablecloths, and they generously offered what might be there: rice, pasta, beans, salad. Many times, the person eating dinner did not fit the image that Clara had of an indigent person. They were not necessarily dirty people, they didn't come with their hair unkempt, or nails like claws, or an imploring expression on their face. Some seemed to be traveling salespeople, others were neighbors who were simply passing by the place at that hour. In the group there were kids with trendy haircuts and clothing, drug addicts who could finally give themselves the luxury of a hot meal, old men and old women who stretched out their hands laden with rings. The Texan artist had arrived that Friday with Baldobino in a basket. She went about asking each one of the volunteers if he or she wanted to adopt him. The answers were friendly but evasive. Even so, the woman continued asking.

"I have to leave the city and I can't take him with me," she would implore before having a go at it again with the next person. "A good cat from Austin, but black as he is, he drives away love and I must follow my man."

Clara showed the woman a spoon overflowing with red beans.

She accepted with a nod of her head and immediately said: "Do you want my cat? His name is Baldobino."

Clara smiled anticipating the situation: "I have a lot of animals."

"But this one is different," the woman insisted. "He's the cat for artists. Besides, my inner voice tells me that you are the right person."

"You just said that a black cat drives away love."

The artist set her eyes on Baldobino, who looked uncomfortable in the basket. She began to stroke his head to calm him.

"It's bad for the kind of love I feel, but maybe you . . . do you have children?"

They asked the woman to move forward. She complied docilely, not a single protest. She went to the end of the table where they were handing out bottles of water and later disappeared among the other people. Following a kind of unwritten rule, volunteers rarely spoke with the homeless. In fact, they always referred to them as *the diners*, although it was also permissible to call them *the people* or even *the customers*. It was a way of being charitable without opening too much space to intimacy. When all was said and done, those people who went there to eat every Friday were *the others*, never someone close with whom you could share a concern or even a dream.

Once the last round of diners subsided, the volunteers began to pick up the kitchen utensils, the bags full of trash and the leftovers that nobody wanted. They needed to leave the parking lot as clean and as stark as they had found it. Clara packed up her things and left to search for a taxi. Very soon she heard the woman's footsteps behind her. A little frightened, she looked around trying to assess her possibilities for escape. She was well aware that after the meal all gestures of empathy between the volunteers and the diners went on hold until the following Friday. The rules were so clear that when customers and volunteers would meet on the street, they would not exchange a word or a glance.

Returning to the parking lot was impossible, because she wouldn't be able to avoid the person pursuing her. Up ahead, but at a distance that seemed insurmountable, was Elysian Fields, an avenue that was sufficiently lit up, where tourists were always walking around and where it wouldn't be difficult to find a taxi.

"Are you running because you're afraid of me?" the woman shouted at her. "Do you think I'm going to take something from you?"

Clara stopped after a few steps. The woman sat down on the edge of the sidewalk somewhat overcome by her efforts. She tipped over the basket and the cat fell out, taking two little tumbles while his owner was complaining to him: "Nobody loves us because we're old and dirty, Baldobino."

Then Clara came closer, still a little afraid. She petted the animal and saw that he would let her lift him up without any qualms.

"I found him sniffing the trash in Austin, he and I were competing for something to eat," the artist said. "I love him a lot, but I can't keep him. Life has taught me to travel light in baggage and affections."

"Then you don't love him anymore," Clara concluded while stroking the animal's small, ugly face.

"If I didn't love him, I would leave him on the street or . . . I would drown him in the river . . . Things are different, you know? And what we love the most inevitably goes astray. Now I'm leaving this shitty city and I want to begin with a clean break, including love. Are you going to take him with you?"

Neither Daniel nor the children protested when they saw the newcomer, but they didn't show enthusiasm either. He was one more in a long line of animals they had picked up off the streets and that almost always ended up disappearing at the end of some months or years. Daniel put himself in charge of looking for an old bowl to feed him, coined a little tune for suppertime and let him enter his workshop whenever he pleased. He left Nino alone with the other cats and the dog, since they would have to figure out the shared living space in the house between them sometime. They soon realized that Nino made some particularly strange noises, as if he were purring instead of meowing. A veterinarian friend suggested that his gums might be hurting him, or maybe it was some condition difficult to identify, like a chronic headache. "An animal's old age ailments," the friend concluded, "there's nothing you can do."

The cat would spend the night in the kitchen. Toward four o'clock he would climb to the second floor and from the door of each room he would make noises demanding attention, but usually only Clara would wake up and attend to the animal. Despite the hour her mind was already in that in-between state in which there's awareness that one is dreaming, although the images and the sensations may run their course at will, without it mattering to them that one may be the spectator of oneself or of the incoherent scenes that are still happening in spite of ourselves. The cat's cry came through even that uncertain fog of semi-wakefulness. Poor Nino was no longer able to battle his insomnia and he suffered for it. He needed to go out to the garden to try to get his bearings, not necessarily to socialize with other cats, since the neighborhood felines no longer paid attention to him—surely for being grumpy, and for going about telling stories about better times, when he was handsome, when he wasn't missing hair on his back, when nothing would hurt him and around him floated a bohemian aroma. Clara would hear the cat gliding through the room, she would slowly wake up and like a reflex reaction, she would look down at the floor searching for him. Then she would glance at the other side of the bed where Daniel should be sleeping. One early morning in particular, a Friday by the way, Daniel wasn't there; the sheets weren't even disheveled, as if he hadn't spent the night there.

Clara stood up and saw a light coming from the hallway. She put on her robe and came out behind Nino. The house was so silent you could hear the children's measured breathing from their rooms. "Daniel?" she said, but she got no response. Downstairs the lights were also turned on. She and Nino went through the living room, the dining room, the kitchen—everything was lit up and in silence. "Daniel?" she repeated without receiving an answer. Very near the house a truck roared by and its powerful roll through that city founded on a swamp made the land shudder and a brief jolt made the dining room lamps jangle. Clara looked out over the garden. Outside the humidity was settling into dense blankets of fog. It could be cold, so Clara returned to the bedroom for a sweater; then she came out with the cat winding in between her legs. She called out to her husband again. She went to the small workshop where Daniel made his art, a workspace in the shade of a magnolia tree. The lock was not set, so she decided to go in: "Daniel?" She turned on the light and saw a mess, which was unusual. A large mirror was resting supported against the wall; there was a lot of paper strewn about the floor, as if her husband had focused on shredding his sketch books. In a corner was still waiting what would be Daniel's masterpiece, an enormous brass tree from which leaves were hanging with words engraved on their upper side. Handfuls of those leaves were arranged in apparent chaos, but according to Daniel it was up to the observer to give meaning to the texts. "This is a tree for reading," he would say with emotion, "all the meanings can be found on it, you only need to create the right path." A path would open up with the word "sea," another with "Caribbean," the third one with "embraces." Daniel claimed that all the paths, like in a labyrinth, would lead to a central idea, unique to each observer. Each leaf had been individually made, then it had been placed on the tree according to a map that wasn't described anywhere, except in Daniel's head. From time to time, Clara would go out to admire the results. She agreed in silence about certain details and kept to herself like an unspeakable secret her conviction that the work would never be finished, because Daniel would get lost in the words and their meanings like he would get constantly lost in the real world. At times it was difficult to share a life with him, because Daniel wasn't a man, he was a pendulum that would go back and forth between euphoria for his nonsensical projects and the bitter schisms of a reality that was more akin to a prison. But that's how she liked him, with his interminable searches, with his fragility when facing a world that didn't abide by his dreams. "Daniel?" she called out again, as if he might emerge from the mayhem. Nino was purring from the door, possibly complaining about the damn insomnia that unfairly made his nights long.

At the foot of the mirror Clara found a pile of rolled up papers, worn erasers, several pencils and pieces of charcoal. She undid the first of the rolls. What was drawn there surprised her, but not much. She flattened out the rest of the papers, they all had the same thing. Daniel, before disappearing, had spent time drawing his own feet. On occasion he had worked on Clara's feet in outlines sketched in a single stroke that barely suggested the form, as if the intention were to make the observer follow the direction indicated by the pencil so as to inadvertently get lost in the full expanse of the paper. Daniel intended to create a complete series, for which he had made the drawings and, in his view, would represent dissimilar situations. There were some feet belonging to Clara when she was reading, others from when she was sleeping after making love, others presumably from a happy or sad Clara, all suspended in infinity. Now, perhaps during the last workdays or hours, Daniel had drawn himself, although the sensibility was altogether different. In the forefront were his feet, farther back, at an angle somewhat forced, you could see the legs, the butt cheeks, the torso, an outline of the head . . . it looked like the obsessive portrait of a cadaver, a shape thrown down without rhyme or reason onto the floor. They were Daniel's feet, but they were also other feet, full of cracked grooves, with the toes disproportionately misshapen. They were not desirable feet but rather suffering feet, drawn from a perspective that underscored the anguish of a body that had no peace, not even in its most intimate nakedness.

"Daniel?" said Clara very low, as if she were looking for her partner between sleeping children, "Daniel!" She slowly crawled through the studio, looking into the worktable's compartments, between outlines and pieces of artwork not finished, between loose words that might someday become a part of that absurd tree. She was searching because Daniel would get lost along the way, he would become disconcerted on the path to his intentions and only with Clara's help once in a while could he anchor himself. She got to the door where Nino was waiting for her. They went out toward the street along the side of the house. The gates were closed, the old van was still there, covered in dampness. Clara had a suspicion. She peered through the car windows after cleaning off the glass with the sleeve of her sweater. They were also fogged up inside, but that did not keep her from perceiving Daniel lying on the floor of the vehicle.

She tried to open it, but the doors had the locks pushed down. At that moment, trying to think of what to do, she wasn't paying much attention to the person who from the street was asking her if she had lost her keys.

"It happens to me often that I lose things. So, I ask Saint Anthony for help, a miraculous saint but an opportunist, because he won't do the miracle if you don't promise him some recompense."

Clara put her open hands over the windows, as if holding herself up, or as if she were transmitting strength to make the locks pop up and free Daniel. Slowly she turned toward the voice suggesting to her that she pray to Saint Anthony. It was the neighbor from across the street, Lyla, a woman who when looking at her gave the impression that she had stopped aging in her later years of youth. "It's probably from her mixed blood," Daniel had commented once while spying on her from behind the lace curtains. "Lyla envisages perfectly that trait in Blacks and mulattos my mother would frequently mention: you only know they're old when you see them shuffling their feet." There was still not sufficient light, but Lyla was always on her feet from very early on as if she had something urgent to resolve. She would shower slowly, and she wouldn't read the newspaper until after drinking a cup of coffee and listening to the first traffic reports and the weather forecast. Afterwards she would sit in her rocker on the porch of her house waiting for some event that might surprise her.

"You couldn't sleep well, Clara? I couldn't either, but in my case it's because I'm old. You have good reason to be anxious, today begins your new job at the office, right? It must be very exciting . . ."

Clara didn't say anything, her thoughts were disconnected from the conversation her neighbor wanted to start. She pressed her nose against the van's window again: Daniel was still motionless; it wasn't even clear if he was breathing.

"Lyla, I'm going to need your help," she finally said. "I don't know if my husband is alive or dead. While I find out, you are going to take charge of my children."

~ ~ ~

Once the door was opened, a heavy odor of rotten fruit came out of the van. Daniel's sweater was stained with drool, his pants were twisted every which way, his feet were split open and dirty. He did not react when Clara touched her palm to his cheeks, nor when Lyla splashed half a glass of water with ice directly onto his face.

"Strange," said the neighbor attempting to dry off the sick man with a towel. "In the movies, it always works."

By that time Clara had called a taxi, because she didn't want an ambulance to awaken the children. "It will already be difficult enough to explain their parents' absence to them," she commented with a neutral voice, "but at least they know you."

They tried to take his body out of the vehicle, but they could barely do it because of his weight. Once in a while, Daniel would murmur something unintelligible, rudimentary; maybe he was traveling in time toward other lives.

"And the new job," said Lyla, worried. "Wouldn't it be better to request a day off?"

Clara shook her head no. Suddenly she felt like having a cigarette, but it had been years since she had smoked or drunk anything. Supposedly Daniel had also renounced putting junk into his body.

"I would have to give too many explanations. I'm not ready even to understand for myself what's happening."

"But you only need to tell them that there's a family emergency, they don't need to know more."

Clara gestured with a no again. "That's the most common excuse for missing work. Precisely when they offered me the promotion, they warned me that absences because of family problems would be the first practice to eradicate."

The taxi arrived. Between the three of them it was easier to carry his body, although when they tried to place him inside the vehicle he went sideways and was half-wedged between the seats. Clara gave a long look at that mass of flesh and dirty clothes. For an instant she felt empty of emotions, but at the end of a few seconds she thought she wanted to strangle Daniel, drag him through the street and leave him next to some bags filled with leaves and branches that were piled up on the corner. She sat down next to the driver. She gripped her knees with her hands until she felt pain.

"To the hospital. It will be a long day."

∽ ∽ ∽

"Yes, of course, Nino, life's very sad, Nino, many adventures, but time goes by and one begins to get tired, Nino, yes, yes . . ."

Lyla had made herself a cup of coffee and sat in the dining room waiting for the children to wake up. On the other side of the street her own cat was waiting for her and her breakfast of low-calorie cereal. But on this side were the children, who needed to get ready for school

399

with someone who up to that moment hadn't been more than the neighbor, that lady with somewhat dark skin and very light eyes who had lived in the same house for more than sixty years and who would tell with a smile on her lips stories about good Black people and about White people who had no inkling of their own evil. The children, for their part, had learned to perceive the world as a series of stop-offs. They would arrive at those points or they would abandon them due to the vicissitudes of work, or because something was always missing, as if the specter of anxiety were lurking there all the time, even when life offered one of those simple and absolute joys. The children had heard many times a certain conversation between Daniel and Clara. Without understanding it completely, they could easily guess where it was going and the consequences: "How can you search for something that you can't name? Why does the world inevitably dangle between anxiety and the abyss? Can we save ourselves from absurdity?" Some of the moves were provoked by an intuition, usually from Daniel. He would tell his wife and his children that maybe, now, yes, in such-and-such place, they could find their spot, the something so yearned for without a doubt would be there, in that new city or in that neighborhood where as soon as you got there you felt at home. However, after a while, some sign that could only be deciphered in the world of adults would signal to them that it was time to pack the suitcases again.

In all those years, only once had there been a hint of protest. Clara had accepted a job in another city, and she assured the children that they would make new friends, who this time would be more fun and loyal. "But we're happy with our friends," they protested, "and you lose them when you go away." Clara insisted that it wasn't like what they were thinking. They would see how great the new house was, the neighborhood, the places for entertainment, the school. . . . The kids did not believe her, but they already knew that the world of adults was filled with imposed decisions. So, they left to get their things ready, because from a young age they also knew where the suitcases were kept and how to decide between what was important and what was necessary.

Following the job trail, they had arrived in New Orleans, where Lyla Alonzo had always lived. Hanging on to a thin network of friends and necessities, from the school to an income that would allow them to get by with their debts, Clara and her family were slowing leaving behind the pilgrimage from one city to another, but not their uneasiness. They used to go from one rented house to the next, from shotgun houses to improvised apartments at the top of run-down mansions where the vestiges of better times still survived. Finally, they settled in across from Lyla. At the first opportunity they crossed the street, introduced themselves and she invited them in to have a cup of coffee to listen to their story. She was greatly surprised to meet people who were nomadic, because she found the idea of abandoning those streets, where she had been a witness over the course of a century to be inconceivable. For example, very near her house the streetcar was still running with the same green-colored cars, devoid of air conditioning or heating. "Haven't you noticed," she shared with the children, "when you get on the streetcar you can see all along the aisle pairs of little holes? During the fifties, when I was your age, in those holes they would secure screen barriers to separate the seats for Blacks from the seats for Whites. Depending on how many Whites were traveling, we would have to get farther and farther back, piled on top of each other at the tail of the streetcar. And just to make sure nobody had any doubts, there was a sign: *No negroes beyond this point.* When the civil rights movement began, I was one of the first to throw a barrier out the window. It was the bravest thing I've done in my life. But the little holes are still there, and they don't bother me: They help you to remember what's important."

Very near the Alonzo house you could also eat shellfish and corn chowder in the restaurant where the mafia used to put on celebration banquets decades before. As a form of recognition to the noble lineage of their diners, the walls were filled with pictures autographed by people of dubious repute, photographs that in another city would have been taken away from the public eye out of sheer embarrassment. At first glance, those faces and those names don't mean much, but you only had to dig a little to discover the atrocities those individuals had done in their lives and for which they were remembered.

But what really made Lyla Alonzo proud was for Clara conclusive proof of the fleetingness of everything human and of its tenacity, of history as a faint shadow but an obstinate one. The past was sinking New Orleans almost from its very founding, from that lost moment in eternity when its founders crossed the definitive line between salvation and the abyss. Clara detested romanticizing violence, inequality, exclusion. . . . Others like Lyla or even Daniel loved the music, the food, the entertainment—that culture of excess that was spreading its shamelessness through the streets and the parks; through those neighborhoods populated with Blacks and Latinos who equally celebrated in an apparent brotherhood or were killing each other; through those borders never made official, where the most absolute poverty rubbed shoulders unabashedly with the fortunes of the old families, whose last names were linked to the exploitation of sugar, cotton and human beings. It was a city of extravagant characters, of alcohol and drugs by the handful. Perhaps here they would find what they had been looking for, although, because of the children, there was no longer alcohol in the house (supposedly no drugs either).

Lyla served herself another cup of coffee without paying attention to the noises Nino was making. The other animals seemed to be absent, although the dog should be waking up at any moment to go outside to do his business. She took a long sip and then began walking down the first-floor hallways, where Clara had accumulated plants with dense foliage under Daniel's enormous paintings. Were they worth anything? Personally, she did not like them. Some were truly strange, like that series in which there were splotches in the background and some badly formed swastikas in the foreground. What the hell was that? Then there were those other paintings of people devoured by nature: A tree that was eating the lumberjack, a group of ants about to go up a woman's hand. . . . As far as she knew, Daniel had never had an exhibition, nor had he sold a single painting. His art was accumulating on the walls of the house, and in the small workshop at the back, whose door from a distance looked open.

She went out into the fresh morning air; perhaps the best thing to do in that moment was to bring back a little bit of order, restoring some sense of normality to the day. She had entered the small workshop very few times, so she couldn't resist the temptation. She closely observed everything thrown about, she saw the outlines of contorted bodies and the leaves with words. "These people are nuts," she said to Nino, giving up on her efforts, leaving that little hidden world behind the door.

Lyla heard Clara return. She was going to ask her about Daniel, but she thought better of it: *Later, Lyla, later.* In truth she did not know what else to do, if she should wait downstairs or go up to the rooms pretending that everything was still the same. In the end she decided to stay with Nino, to follow him and to respond to him when he complained. Clara went upstairs to get ready and to wake the children. They understood very quickly that there was a new silence in the house. "Dad had to go on a trip," their mother said, "they called him from another city." Lyla saw the kids peer out the window. Unsure if it was the correct thing to do, she began to greet them. "This morning Lyla is going to take you to school, don't you think that's fabulous? A change . . ." Clara was trying to keep her tone casual, but they did not reciprocate. They washed up and dressed in silence and then went downstairs to have breakfast whispering to each other who knows what. A little while later they ran off to Daniel's small workshop. Clara let them do it. They called out to their father, they knocked on the door and on the walls of the workshop, they sniffed around the old van as if drawn there by a clue. "They don't believe me," Clara told Lyla while she was serving herself a cup of coffee, "but they won't contradict me either. Children always know when something bad happens." Lyla didn't really agree, she preferred to think that kids grew up in a bubble, never with the suspicion that adults lie to them, even though it may be to protect them from the evil that roamed the world. Clara watched the children's insistent search and she understood that a child's fear is never easy to explain. It is a fear that lacks sufficient words in order for it to be expressed, a forbidden fear due to the child's obligation to be happy. Lyla, standing next to the window, watched the children walk as one through the garden, repeating a name not in a demanding way, more like a question. "See? I told you all," Clara called out. "Another city, he's in another city. Come inside, we still have a lot to do."

∽ ∽ ∽

At the office they were waiting for her to start a group activity. They usually performed one or two exercises a year to pursue one of the most recent theories on business efficiency. "As the new section supervisor," her superiors had told her, "you have greater responsibilities now, and therefore the training will be more intensive." Clara accepted the office rituals with resignation, remembering all too well the comment made by the Cuban woman whom she had met at one of those "cocktails with clients" that she was obligated to attend. She was a plump fortysomething, light hair, almost white and a smile impossible to ignore. They had gone through some workshops together on motivation and leadership practices that included as the high point an activity in which the attendees were separated into groups. The participants had to get up on a platform at a certain height from the ground and jump off into the "unknown," while the rest of their colleagues waited below, with their hands intertwined, making a net—all arranged to ensure that they would not break their necks. It was very difficult for Clara. Insecurity and fear paralyzed her for several seconds, while at the foot of the platform her colleagues were encouraging her, since they wanted to win the contest. At the end of the day, each group would receive a certificate—a poster board with seals and signatures—a different color depending on the number of competitions won. Clara let herself go more from dizziness than from conviction. Although she was slim, they could barely hold onto her at the last second and Clara found herself face down on the ground. Ultimately, her team did not come out in a good position because the Cuban woman categorically refused to jump from the platform. This resulted in the speakers talking at length about how a business could not move forward without effective group work based on mutual trust and on the certainty that each one of the members would carry out their tasks to the fullest—of course, as long as such tasks had been clearly stated and the person had been provided with all the tools and the opportunities in order to completely perform such duties. Another conclusion that was derived from the failure with the Cuban woman was that the company wouldn't venture to assume risks: jumping off from the platform could also be considered a metaphor for relationships in the marketplace. From that perspective, fear of failing could not be accepted, especially if you were counting on a trustworthy team. The Cuban woman swallowed her comments as best she could while some members of her team agreed with each one of the speakers' statements. Finally, she got up, furious, from her chair: "I am sick and tired of that authoritarian business language, always wrapped in euphemisms like 'consensus' and 'agreements.' All lies! This is like being back in Cuba. Where you would say the *Party* now you must say *the Organization*. If over there you spoke about the *homeland*, here you speak about the *company*. If over there it was the future, here it is growth, solidarity becomes efficiency . . . but in the final analysis we hold the same assemblies, we do the same acts of repudiation and we in lower and middle-management organize ourselves until the higher administration holds us back. In seminars like this one we end up doing self-criticism and expressing that there's always something over us that gives us meaning and surpasses us: the company, the company. The difference between one system and the other is how much food there is at the end of the day. I don't want to hear any more long-winded speeches about group work. As an individual, I will never jump off into the unknown in order to please *you*, the gurus on theories in business."

That Friday morning, after sending the children to school, Clara took the streetcar downtown and on the way, she remembered again the anecdote about the trust-fall. She was exhausted, and it wasn't even nine o'clock. At least the children had accepted going to school with Lyla. They stared at their mother from the door of a taxi, then they got in without saying goodbye. Daniel, meanwhile, had remained in good hands; Ted, a nurse friend, was still on duty in the hospital's emergency room. Together, the three of them had smoked who knows how many pounds of marijuana and had drunk barrels of wine throughout a tortuous friendship. But when Clara and Daniel decided that enough was enough, that it was better not to continue abusing their bodies, the relationship cooled. Ted drifted away with no recriminations, trying to find in others the same mental sharpness, the same banter but eventually he found himself alone, sunk down in his own world, without success in getting those delicious drugs to taste the same, because the pleasure of sliding headlong down the hill as a group was missing, the complicity—in joyful rebellion against the other city, the city of rules, one of those places willing to be subjected to what ought to be. Clara and Daniel had heard stories about Ted, all negative, each one emphasizing the sad condition of solitary drinkers, of nameless addicts, those who are surprised by their clear conscience buying liquor late at night or going into massage parlors and saunas without fear of being seen. And after so much time, after some falling outs, there they were, the three of them again, although Clara was feeling uncomfortable and preferred to keep quiet, even if Daniel was smelling like all the body's humours and every once in a while, he grunted or spit out an incoherent phrase between his teeth.

Ted took his vitals and told Clara with a complicit smile that he remembered those better times well when they didn't stop until their bodies were "just exhausted," with complete abandon.

"Don't worry," he added. "We're gonna get out all that shit he has inside, and he'll be back on his feet again in a jiffy."

Clara thanked him, said she would be waiting for news, but she couldn't stay: it was the first day of her new job.

"Well, congratulations. . . . We'll have to celebrate when it's appropriate."

Then she dashed out again: From the hospital to the taxi, to the house, to the streetcar, where weariness took her by surprise thinking about the Cuban woman and her accusations. And when she got off at the stop near the building where she was going to begin again, with more responsibilities, a stricter code of personal presentation and a few employees under her supervision, she wondered if she really deserved the opportunity, if it wasn't all a chain of misunderstandings destined to collied that Friday.

A little later, while she tried to reciprocate in a friendly way the congratulations from her office co-workers, the plump Cuban woman's comment came back to her, that and the strange certainty that she found herself again before an abyss from which she could escape only by uprooting the problem and leaving for another city. She went into her first meeting of the section bosses, where she was introduced by one of the area directors as an innate leader, the ideal person to carry out certain business modernization projects, a hard worker tested time and time again during difficult challenges. Clara smiled with the image of the Cuban woman still in her head, along with the memory of dizziness of being up on the platform making her sick to her stomach and she thought about life's paradoxes: what was now called bravery for her hadn't been anything more than fear, and what was declared as confidence hadn't been anything but an instinctive reaction from someone with no way out. Perhaps that was the meaning of bravery: the unknown as the only option.

The director highlighted the attributes that every good administrator should have and singled her out again as an example. Clara, however, couldn't remember if they had ever exchanged a single word anytime before that meeting. As if coming from the other side of a wasteland, she heard the voice of the man proclaiming attributes that Clara did not consider to be hers. Then she realized that everyone was waiting for a reply.

The director insisted: "Clara, tell us something, anything that will help us to get to know you better. Tell us an anecdote."

"My family and I used to live in another city," she responded without thinking it through, without knowing where she was going with this, "in a very small house next to a Baptist Church's parking lot. I didn't like that parking lot because it was dark, and many times people went there to sell drugs or to relieve themselves. Punctually at five thirty, a family with their little lap dog would wake me up. A boy, with his dad or his mom—depending on the day—dressed very early, and would go out with the animal. And the boy would always start talking to the dog, begging him to do his business. The parents didn't say anything, it was as if they were absent. It was something very personal between the boy and the dog, or rather it was something just from the boy, from his insistence, his droning on so that the dog would please him in that strange way. One night I was alone with my children, my husband was visiting his mother in a hospital that was far away. It was still very dark when I heard a woman's screams. It was horrible, desperate screaming. She wasn't saying anything, she was only making those noises as if she were defending herself, although hopelessly by the sound of it. I awoke, but stayed where I was. I didn't get up and look out into the alleyway and find the woman dead there, or badly hurt or raped. I was afraid. I wrapped myself in my blankets in desperation and fell into an agitated sleep, so much so that I didn't hear the alarm clock and we all arrived late to our activities the next day. Only when I left with the children did I dare peer over at the parking lot. At first glance there was nothing, and for a few seconds I concentrated on searching for some evidence, like a bloodstain or a piece of cloth. . . . A few months later—on this occasion my husband Daniel was sleeping at my side—as if it were the same circumstance as the last time, a man and a woman entered the parking lot. They were arguing bitterly, he was calling her 'liar' and worse things. She, whoever she might be, was asking the man to listen, but he was beside himself, he paid no attention to her. I listened to their complaints from my bed. My husband, on the other hand, didn't even hear the noise. I was about to look out the window, but I stopped because a strange idea crossed my mind: what I was listening to in that moment was in truth the *beginning* of what had occurred the first night, the preamble to that situation that was so horrible it made the woman scream as a last resort. For some reason time had reversed itself and made me the witness to the end of the story . . . first."

The director needed a few seconds to react and address the group, whose eyes were locked on Clara.

"Very well, let's go on to the first topic of the day."

~ ~ ~

Sometimes, maybe always, days of glory belie an overwhelming sadness. Terrible and subtle at the same time, it comes over you at the first opportunity, whether it be in that almost imperceptible breath that separates words of praise, in the silence mixed between rounds of applause, or at the end of everything, even when you believe it's time to rest. That Friday morning, after the business meeting, Clara shut herself up in her new office. She had finally left behind the room filled with cubicles and noise. In exchange they had assigned her a workspace without windows. In order to illuminate it, up on the ceiling there was a type of acrylic skylight that was dirty from the humidity, with stains that made Clara imagine it to be a deformed and watchful monster. On the other side of those walls was the city's ambiance, probably a view over the river, the bridge toward one of the east bank neighborhoods and toward the first settlement of New Orleans, the one that was razed by fire a long time before and where now horrible apartments for the poor coexisted with storehouses where carnival floats were constructed. Throughout the office there were documents to classify piled up, hurriedly gathered when she cleaned out her cubicle. Clara had in mind three categories: "indispensable," "useful" and "trash." In her heart she craved to put everything in the last category.

In the small world of the office the beginning and the end of everything were collapsing. If some stranger were to see Clara like this, with her lost look behind that desk, surely that person would be confused: Who was that despondent woman? Was she someone just starting who was already overwhelmed by the expectations and the doubts? Or is this all about one of those staff members beaten down to the point of wanting to leave it all behind after years of battling against the routine and the deceptions? If that were the case in that moment it would all be so easy, just leave the mess exactly where it was and forget about her career, the room with the cubicles, the anxiety of climbing further up another rung and the desire of finally getting an office with a view of the river, just how she liked it. The office with large windows might mean heaven itself, not so much because before each workday she would behold the mighty Mississippi, but because ambition often withers in the purely symbolic. So far no one had entered to congratulate her, much less to offer her help with the mess. That's what power was, right? A dose of loneliness for each one of triumph.

And just sitting there like that, in the middle of the chaos, Clara felt like smoking, like having a drink and going out to conquer the next city, not the one offering her this company of cubicles and offices without a view, but the other one, open to dreams, to the enjoyment of everything fleeting. She was thirsty for it all, but she didn't have close at hand anything but a pile of documents and, suddenly, a shadow had slipped in without knocking at the door. She didn't remember if they had knocked, or if she had given permission to anyone to come in. But there was the director interrupting her symptoms of rebellion.

"Happy with your new space?" he said to her.

She was going to answer that she was not satisfied, to be so would require sufficient natural light, plants, the presence of the river. To be happy she needed a lot of freedom, in spite of the consequences. So, she sighed deeply and responded:

"Yes, everything is very fine."

Smiling, the director gave some reminiscences about what that office represented for him, because at the beginning of his career he had also been working there. His memories led him to his philosophy on personal success:

"From the bottom, that's what beginning is like, but you should always have your sights set on the highest point. And you know something, Clara? The majority of people are not able to look beyond, sometimes not even beyond what is there on the other side of their desk. But I think you are different, you have some very special qualities, a capacity to hear others. Do you understand me? There will be many hours of sacrifice, long workdays with a lot of stress—because this company's expansion is unstoppable, and once on board this train, its own strength and velocity will carry each one of us forward, even against some people's will. Do you understand me? Some will resist, but don't worry, Clara, we're here to support you."

They remained there in silence for an eternity, Clara with her arms resting on her knees as if she had frozen at the moment when she was bending down to pick something up, the director against the door, blocking it.

Finally, he said: "Concerning this morning's meeting . . ."

Clara turned her head searching his eyes.

"I wanted to be honest with you . . . whatever your personal problems may be, please do not bring them to your job. Leave them, in a manner of speaking, in that other city from your story."

∽ ∽ ∽

Although it wasn't in her plans, Clara decided to leave early from the office. During the entire day she hadn't touched any of the documents piled up in one corner of her desk. Neither had she done anything to organize the mess brought over from her cubicle, nor had she given her office the so-called personal touch that for many was the symbol of taking possession of a space, that first act of conquest when you plant the flag and claim for yourself the territory that others once occupied. She did take note of some pending things, in particular to make a couple of calls to staff from other departments, because apparently a conflict was in the making, and she should get ahead of the events. Rule number one for success: watch each other's back.

She decided to make use of her new prerogatives. She left a message on her secretary's voicemail (she couldn't call her that, since the institutional regulations had eliminated the term "secretary," and those that had once been "secretaries" had been renamed now as "administrative assistants"), she took her things and left along the center aisle surrounded by cubicles. She did not want anyone to discover that she was leaving, but everything seemed disposed so that the opposite occurred. Clara felt the stares and the whispering, and she had to summon up her courage in order to get to the stairs without turning around, pretending that the sudden storm of envy didn't really exist. She said to herself, "I am not going to return," and she had to repeat it to herself again when she got into a taxi and gave the driver the address of her children's school.

When she arrived, she saw Lyla on the other side of the street, sitting on a park bench under the shade of an oak tree. She was in her Sunday best, with a wide-brimmed hat to protect herself from the sun and a rose-colored dress adorned with a silk magnolia pinned up on her chest. She waved hello to Clara using a fan bristling with lace, then she took out a small white handkerchief to dry the sweat from her face.

Clara was planning to tell her that from that moment on she would be taking charge of the children, but Lyla didn't even give her a chance to begin. She made some space at her side, taking Clara's arm and telling her some confidential things about the people in the neighborhood, including the driver of the taxi. She knew that man very well, he was a descendent of free Blacks. His ancestors were emigrants from the Caribbean, from Haiti to be precise, businessmen who settled between the city and the lake, whereas toward the north of Esplanade Avenue the children of Spaniards lived door to door with the families of color who had arrived from the Antilles. On the other side, to the south of the avenue were the undesirables, the poor, those who had just arrived, whom very few people respected.

"Do you know who those outcasts were, Clara? Well, the Irish. Didn't the taxi driver tell you his history? How strange, since that man talks his head off."

Clara wouldn't even have been able to describe the taxi driver's face. She had made the ride in a state of forgetting herself and everything that was surrounding her, as if the city all around her had been hung in suspension, without that upcoming minute, without the next corner, without any other event that was moving forward. Confronted with Lyla's question she tried to remember, but everything had become hazy, as if the most recent events had occurred years before or far away, in another city.

"Do you know anything about Daniel?" Lyla seemed to speak with a voice that was equally broken up by distance and time. "I have been thinking about him all day."

And even though she had heard something about her husband, Clara did not respond. At some point during that day of work immersed in a crowd, Ted had called her with news: "We quickly pumped his stomach and we got quite a bit out of him, but nothing out of the ordinary. We succeeded in getting him to react and his vital signs are stable. You are going to be able to see him tonight, if you want, and in no more than two days you'll be able to take him home, good as new." Then he spent some time telling her his story, where he had strayed in recent years, how much he missed Daniel and her, how much he was looking forward to a dinner together. Clara, as if in a dream, had thanked him without promising him anything, because in that moment, perhaps in the office, or under the sun of the South's eternal summers or in the taxi of the man impossible to remember, she was moving away from herself, her heart attempting to answer itself if it was time to pack the bags again and go off to another city. Daniel, in his own way, had made an attempt by taking who knows what substances. But at this time in her life, she couldn't, maybe because the other cities were no longer a destiny, but rather something that was looming over her, over her everyday life. The cities were gradually losing their certainty, their materiality, they were transforming into something indescribable, intangible but absolutely present. And every day, Clara understood, one goes from city to city, entering places without even realizing it, leaving behind landscapes even against your will. So, little by little, Clara managed to recreate her memories from the taxi on the way to the school. She had decided that it was already quite enough, she was fed up. If Daniel wanted to take off, he could do it; in the final analysis, human beings can always be free again. She had decided to wait until he recovered his sanity in order to sit down to talk and be very frank. She was going to tell him he could go to another city whenever he wanted, even if in his decision making he remained at home. But, at the same time she wasn't going to allow him to drag her and the children along with him. Any trip he might take, he would have to take alone, just like she was doing in going back and forth through those spaces of asphalt and concrete, wood and history, and people, so many people.

Lyla made a comment about the park's oak trees. Every year they dropped a thick and heavy pollen that would accumulate in soft layers like a rug. The oak trees were the ones that announced the change in weather, the passage from one season to the other. Lyla took a small thermos, two cups and a little bottle of cognac out from her purse. Without asking Clara she served coffee and liquor for both of them. She drank slowly from her cup, savoring it with a pleasure that was contagious. Then she let loose a little laugh and covered her mouth.

"You're going to think I'm crazy, but I just remembered a misfortune that I think is very funny. It happened to my friend Zoila. She's from Honduras, jet black, married to a guy from around here very proud of his American heritage, although for paying the bills and buying food they survived by virtue of a tiny dry cleaners over there around Maple Street. Well, the husband kept her like a slave in that business. Zoila did everything and she couldn't go out unless she did it on the sly, with lies. I advised her to leave; she had to solve that situation in a radical way. You know what she did? One morning she arrived at the dry cleaners—six o'clock, as usual. As soon as her husband left, she threw paint on all the clothes, except one blazer. Then she disappeared. I arrived without knowing anything, and her husband was absolutely beside himself, his eyes were coming out of their sockets he was so furious. But hanging nicely next to the cash register, I found my blazer that had been cleaned very well and ironed to a perfection."

Clara made a toast in honor of the Honduran woman. She had laughed when she heard Lyla's story, and now she felt relaxed, thankful of how well she was feeling under the oak trees. She saw the children come out from school, but she did not call them over. She wanted to leave them alone for just a moment, to learn from them. She also wanted to tell Lyla some story, talk to her about the people around there, about vast cities where she had traveled.

New Orleans, August 2005–Baltimore, February 2008

Uriel Quesada, a Costa Rican scholar and writer, is the author of several books of fiction, including *El atardecer de los niños* (1990), awarded the Editorial Costa Rica Award and 1990 Costa Rica National Book Award; *Lejos, tan lejos* (2004), which won the 2005 Áncora Award in Literature; *El gato de sí mismo* (2005) and *La invención y el olvido* (2018), both of which received Costa Rica's National Book Award. He co-edited, with Letitia Gomez and Salvador Vidal-Ortiz, *Queer Brown Voices: Personal Narratives of Latina/o Activism* (University of Texas Press, 2015). He has an MA in Latin American Literature from New Mexico State University and a PhD from Tulane University and is the associate dean of the College of Arts and Sciences at Loyola University New Orleans.

Elaine S. Brooks is the chair and a professor of Spanish in the Department of English and Foreign Languages at the University of New Orleans. She has translated works by Fernando Contreras Castro, including *Única mirando al mar (Única Looking at the Sea)* and *Cierto azul (Blue Note)*.